KB147090

추사 김정희 실사소설

세 한 도

오 성 찬 장편소설

푸른사상

시간을 초월하는 삶

추사의 유배도 그렇거니와 그의 그림 〈세한도〉 역시 떠도는 신세였던 것은 비슷했다. 구한말 '완당 바람'이라는 새로운 학풍을 만들어낸 그의 학문적 인격과 고매한 예술이 함축된 최고의 걸작 〈세한도〉. 당쟁과 세도정치에 휘말려 북청을 거쳐 제주도로 유배 온 그는 유배 전부터의 제자 우선(藕船) 이상적(李尙迪)이 중국에 역관으로 갈 때마다 유배지의 스승을 잊지 않고 구해다 준 서책들을 두 차례나 받고 나서 그의 선비적 성품을 "겨울 당한 후에 소나무, 잣나무가 여느 나무와 다르다는 것을 안다(歲寒然後 知松柏之後凋)."고 비유하여 소나무와 잣나무 그림과 그런 내막의 글을 상으로 내렸다고 한다.

그후 이 〈세한도〉는 국보 제180호로 지정이 되었고, 일제 때는 총독부 간행의 고등보통학교용 한문독본 교재 5권에 소개가 되었다. 이 무렵의 소장자는 경성제대 동양철학 전공의 후지스카 교수. 그는 청대 고증학이 한국에 소개된 과정을 밝힌

3

박사학위 논문을 쓰면서 한국과 중국의 관련자료와 작품, 서간 등 2,000여 점을 모았는데, 우리의 〈세한도〉가 거기 끼어 있었던 것이다. 그는 휘문학교 설립자인 구한말 권신 민영휘의 아들인 민규식으로부터 이 그림을 구했다고 한다. 이 그림은 태평양전쟁의 막바지에 후지스카와 함께 일본으로 건너갔는데, 얼마 후 진도 갑부로서 서화 수집에 몰두하던 소전 손재형이 그 소식을 듣고 일본으로 건너가 후지스카를 설득시켜 극적으로 찾아왔다.

전쟁 말기 그를 찾아간 손재형에게 와병중이던 후지스카는 처음에는 "내가 죽거든 가져가라."며 거절했다가 소전이 그의 집 앞에 여관을 얻어놓고 석 달 동안이나 물러날 생각을 않고 죽쳐 있자 "한국 청년의 정성에 감복했다."며 〈세한도〉를 내놓았다 한다.

종전 직전 한국으로 돌아온 〈세한도〉는 한동안 소전의 자랑거리였지만 그가 국회의원 출마를 하는 과정에 손세기 씨의 손에 넘어가 그의 아들이 소장하고 있었다고 전한다.

나의 추사 관련 소설 『세한도』는 생전에 추사의 유배생활만큼이나 기구하고 유난하다. 이 소설은 이미 15년이나 지난 1986년 6월, 추사 탄생 200주년을 기념하여 당시 마포에 있던 동광출판사에서 출판되었다. 국보 180호 세한도를 표지로 하고 낸 이 처음 책은 서울 교보문고의 가장 돋보이는 자리에 전시가 되었던 것으로 기억하고 있다.

그러나 당시 기울어가던 이 출판사는 2쇄를 찍지 못하고 미안해하며 그 판형을 나에게 넘겼고, 나는 그것을 다른 출판사에 부탁하여 다시 찍었으나 끝내 활기를 찾지는 못했다. 그러다 1993년 도서출판 큰산이 다산 정약용, 연암 박지원 등과 함께 『추사 김정희』라고 책이름을 바꿔 낸 적이 있었다. 거기다 1999년에는 추사김정희

기념사업회가 이 소설을 토대로 하여 고등학생 정도가 읽을 수 있게 쉬운 문투로 풀어 쓴 것을 또 책으로 낸 바도 있다.

그후로 나는 이 책에서 미련을 떨쳐버리고 싶었으나, 다시 재판을 낼 발심이 생긴 것은 단순히 두어 달 전 지방신문의 짤막한 기사 때문이다. '추사 적거지 방문객 급증'이라는 제하의 그 기사는 1998년 9만6천, 1999년 14만8천, 2000년에는 22만6천으로 연간 20만 명을 넘어섰다는 것이다. 그것은 하루 평균 600명이 넘는 숫자이며, 외국인이 찾는 경우도 나날이 늘고 있다는 것이다. 그런 저런 이유로 추사 적거지가 위치한 남제주군에서는 올해 3억 원의 예산을 들여 이 일대를 정비, 단장한다는 소식이다.

그렇다면 여기를 찾아간 관광객들에게 이곳을 소개할 만한 매체가 반드시 있어야 할 것이란 생각이 들었다. 이 책을 다시 내는 이유가 우선은 여기에 있다. 또 멀리는 이 시대에 추사를 널리 알리자는 것이다.

그리 크지도 않은 그림 한 장이 이렇듯 소설의 제목이 되고 소재가 되는 경우란 그리 많지는 않을 터인데, 나는 이중섭이 6·25 공간에 서귀포에 와서 그린 초상화 몇 점과 더불어 몇 해째 이 그림, 〈세한도〉에 매달려 있는 셈이다.

새로 나오게 되는 책을 위하여 수고하시는 푸른사상의 한봉숙 사장님과 직원들의 노고를 고마워하며, 새로운 세기에는 이 소설이 제 위치를 차지하게 되길 바라는 마음 간절하다.

2001년 새봄
한라산 기슭에서 오성찬

● 차례

유배지로 가는 길

해가 바다 속으로 자맥질해 들어간 지가 이슥히 지났는데도 바다와 하늘을 가르는 수평선은 오히려 더 뚜렷했다. 하늬바람이라도 터지려는 것인가, 검붉던 서녘 하늘이 차츰 좁아지더니 이젠 손수건 만해져 있었다.

해촌 사람들은 하릴없이 이 작은 포구에 아침저녁으로 모였다. 그것은 이들의 한 일과였다. 이들 중엔 어른들뿐 아니라 아이들과 강아지들도 끼여 있었다.

바다도 저녁이 되면 잠이 드는가. 하루 내내 성이 나서 거칠게 으르렁대던 바다가 많이 수그러져 있었다. 그런 바다를 타고 큰 돛배가 포구 안으로 미끄러져 들어왔다. 이미 돛은 내리고 노 젓는 삐그덕거리는 소리만이 포구에 가득 찼다. 사람들이 일어나서 포구가로 몇 발자국씩 다가섰다. 아이들까지도 겁먹은 시선으로 주춤주춤 다가섰다. 그런 그들은 한결같이 팔짱을 끼고 있었다.

어둠 속에서도 우뚝한 뱃머리에 추사(秋史)는 앉아 있었다. 관을 벗어 상투바람인 그는 바람에 수염이 휘날려 더욱 쓸쓸하게 보였다. 그는 갯가의 아이들에게 시선을 꽂은 채 미동도 하지 않았다. 아이들도 그런 노인을 계속 지켜보았으므로 그것은 어둠 속의 눈싸움이 되었다.

저 아이들의 시선에 이 늙은이의 꼴은 어떻게 비칠까?

추사는 경황 중에도 이런 생각을 했다.

배가 닻을 거는 듯 기우뚱거리더니 마침내 전립 쓴 사람 둘이 노인에게로 다가갔다.

"뭔 놈의 파도가 그리 거친지. 멀미를 해서 혼났구마는……."

금오랑(金吾朗)이 바다에서의 일이 면구스러운지 득득 뒷머리를 긁었다.

"나도 여러 차례 육지 나들이를 했주만 오널 같은 날씨는 처음입니다."

이방 고한익이 능치는 소리.

"이제 그만 내릴 차비를 하시지요. 마침 아랫것들이 말을 준비해 가지고 당도한 모양입니다."

"모두들 이 늙은이 때문에 고생들을 하오."

추사의 목소리는 차분하고 안정감이 있었다. 그는 양쪽에 전립 쓴 사람들의 호송을 받으며 천천히 운신하여 배 댄 곳으로 갔다. 어느새 배 옆구리에는 널빤지가 걸쳐 놓여져 있고, 널빤지 옆으로는 바닷가 사람들이 죽 늘어서 있었다. 그들은 귀양객을 마치 귓것이나처럼 생각하고 있으면서 왠지 더 친밀감을 느끼기도 했다.

추사도 그들에게 따뜻한 연민의 정이 솟았다. 그는 널빤지 끝에 서서, 멀찍이 그를 에우고 있는 섬사람들, 섬 아이들을 한참이나 이윽히 바라보았다. 시선들만 살아서 또롱또롱 쳐다보고 있는 아이들 — 그 순간 그는 자신의 처량한 처지를 잊어버렸다. 귀양길을 내려오다가 남원(南原)에서 자신의 처량한 모습을 그려 〈모질도(耄耋圖)〉라고 제목을 붙인 일이 있거니와 이 아이들은 어쩌면 그 그림 속 노인의 아이들같이만 생각이 들었다. 그리고 그것은 실지로 있을 수 있는 일이었다. 조선조에 들면서 이곳이 원악유배지(遠惡流配地)였으니 이 아이들 중에 귀양객의 아이들, 유배자의 자손들이 안 섞였으리라는 보장이 없었다.

"가시지요. 말이 준비되었습니다."

고한익이 주춤 서 있는 추사의 옆구리를 찔렀다.

"오늘은 이미 밤이 늦었으니 진(鎭) 아래 민가에서 묵고, 내일 대정으로 향하기로 하지요."

그는 키가 작았지만 다부진 인상이었으며, 일의 결단을 내리는 수완도 빨랐다.

"고 수반이 수고가 많수다.……"

사령들에게 명하여 일을 처리하는 걸 보며 금오랑이 고한익을 추켜세웠다.

사령들이 끌고 온 말에 고한익이 타서 앞장에 서고 그 뒤로 추사가 말에 올랐다. 추사의 말고삐를 갑쇠(甲釗) 놈이 와서 붙잡아 이끌었다. 돌아다보니까 몸종 철이(鐵)는 배가 아픈지 몸을 웅크리고 있었다. 추사의 뒤로는 금오랑과 기병들이 탄 말이

따르고 사령들은 걸어서 뒤따랐다.

그들이 해변길을 더듬어 걸을 때 마을 사람들은 포구 곁의 그 자리에 지켜선 채 그들을 배웅하고 있었다. 약속이라도 한 듯, 누구도 따라오거나 움직이지 않았다.

수질한 사람들은 저녁도 드는 둥 마는 둥 인사도 차릴 경황 없이 저마다 구석을 찾아 비슥비슥 쓰러져버렸다.

추사도 좀팍(작은 됫박) 같은 방에 눕자 그제야 긴장이 풀려서인지 방바닥이 자꾸 빙빙 감돌았다. 천장이 쏟아지고 벽이 무너져 내렸다. 어정쩡한 세월, 시원치 못한 위장에 된밥까지 먹은 것이 자꾸만 토기를 돋구었다.

옆방에서는 고르지 못하게 코고는 소리가 가끔 컥컥거리며 들려왔다. 갑쇠도 철이 놈도 세상 모르게 잠에 골아 떨어졌다. 이런 상황에서 누굴 깨운다는 것은 못할 노릇이다. 그는 거북한 몸을 구들바닥에 억지로 눕힌 채 잠을 청했다. 그러나 잠은 청하면 청할수록 천리만리 도망쳤다. 그가 유배길에 오를 때 병약한 두 누님은 그의 소매를 붙들고 하늘이 꺼지는 듯 울었다. 그런데 그때까지만 해도 추사는 그들을 이성으로 말릴 수가 있었고, 헤아릴 수 없는 태질의 멍멍한 아픔 속에서도 이성을 잃지 않았다.

— 인명은 재천인 것, 어찌 배운 사람이 세속 사람들처럼 상황에 따라 마음이 변하고 약해져서야 됩니까.

그런데 막상 천리 타향, 외딴 집 구들바닥에 누워 있자니 끈 끊긴 연이 센바람 속에 휩쓸려 나가듯 고적감을 배겨내기 힘들었다. 거기다 자정쯤은 됐으리라고 여겨지는데 웬걸, 밖이 한결 소란해졌다. 쌩쌩, 무엇이 자꾸 날아드는 것도 같고, 누가 와서 문을 흔드는 것도 같아서 가슴이 떨렸다. 그는 처음 그것이 사람의 짓거리로 여겨져서 더 겁이 났다. 유배길에 사람을 시켜서 생명을 해치는 것은 그리 드문 사건이 아니었다. 그를 나포해서 모진 고문을 하던 몇몇 얼굴을 떠올리자 그들이 능히 그럴 수 있으리라는 생각도 들었다. 그런데 그렇게 죽는 일은 개죽음이다. 차라리 그럴 바엔 사약을 받고 죽는 게 낫다는 생각이 들었다.

그러나 신경을 곤두세우고 듣고 있자니, 그게 바람소리라는 게 이내 판단되었다. 포구에 닿았을 때 바람이 잔 것같이 엎드렸던 것은 어쩌면 속임수였다. 그리고 보니까 제주도의 바람소리에 대해서는 언젠가 귀소문한 적이 있었다. 여자 많고(女多) 돌 많고(石多) 바람 많다(風多)던가. 그 바람귀신이 바다에서부터 쫓아오더니 이제 창가에 와 달라붙어서 실랑이를 벌이는 거였다. 가끔 쉬었다가는 이잉이잉 우는 이 바람소리, 또 문을 덜컹거리는 이 바람소리는 참으로 원귀의 소리와 방불했다.

'마음이 슬프니 바람 소리도 슬프고 무섭게 들리는 게지.'

그는 속으로 그렇게 단정하고 마음을 다잡아먹었다.

어쨌거나 바람의 신은 원귀일시 분명했다. 가만히 누워 있자니 캄캄한 천장에 회오리바람 속 같은 요 몇 달 사이 자기 주변의 일들이 떠올랐다.

부친 노경(魯敬)을 추삭(追削)한 숙적 김홍근(金弘根)이 대사헌에 임명된 것은 그 해 6월 30일이었다. 그는 대사헌에 임명된 지 불과 열흘 만인 7월 10일에 윤상도(尹尙度)의 옥사(獄事)를 재론하고 나섰다.

10년 전의 윤상도 옥사, 그 사건에 아버지가 끼여들게 된 것은 순전히 안동김씨와의 세력다툼 때문이었다. 결국 쫓겨나서 고금도(古今島)에서의 유배생활, 그는 그때 원통한 사람이 꽹과리를 쳐 임금께 사실을 하소하는 막판 격쟁(擊錚)의 수단까지 동원하지 않았던가.

그런데 이번에는 사건을 재론하면서 처음 윤상도 옥사가 일어났을 당시 대사간으로, 그의 부친을 탄핵했던 같은 장동김문(壯洞金門)의 김양순(金陽淳)까지를 연루시켜 장살하는 고육지책마저 서슴지 않고 있는 것이다. 게다가 윤상도의 상소문을 추사, 그가 초안했다고 들고나선 판이 아닌가.

추사의 입에서는 저도 모르게 한숨이 흘러나왔다. 진흙탕 속에서 개 싸우듯 하는 권세 다툼이 이제 극에 달한 느낌이었다.

윤상도 부자가 잡혀 능지처참을 당했다는 소문을 들은 것은 그가 벼슬을 내놓고 검호(黔湖)에 물러나 있을 때였다. 그리고 8월 20일, 이른 새벽에 득달같이 포졸들이 달려들었다. 그는 하릴없이 잡혀가면서 이미 각오를 하고 있었다. 그들이 겨냥하고 있는 과녁이 자기라는 것을 뚜렷이 알게 된 이상 구차스럽게 굴 필요는 없었다. 이미 벌어진 아버지의 추삭, 윤상도 부자의 능지처참, 김양순의 장살 등 여러 상황이 그로 하여금 모든 걸 포기하고 주저앉게 했다.

"네 죄를 네가 알렷다!"

갓 형조판서에 임명된 데다 추사와는 각별한 사이인 친구 권돈인(權敦仁)의 음성은 떨리고 있었다.

"……"

추사는 산발인 채 고개를 쳐들어 막역한 벗의 얼굴을 살폈다. 친구는 고개를 꼬아 그만 외면해버렸다.

"……자네를 원망치 않겠네. 사세부득인 걸 어쩌겠나?"

그의 봉눈은 꼬리가 처지고 음성은 침착했다.

관아 마당 안은 물을 뿌린 듯이 조용했다.

"하나이요……"

"두울이요……"

"세엣이요……"

"네엣이요……"

집장사령이 수를 셀 때마다 착착 엉덩이에 와 붙던 곤장의 매운 맛, 그런데 그때마다 그는 자신의 삶에 대해 어떤 쾌재를 부르짖고 있었다. 그것은 피안의 것을 실제 자기 것으로 삼은 데서 얻은 쾌감이었다. 그는 사람이 이렇게 죽어갈 수도 있구나 생각했다.

그가 초죽음이 되어서 옥으로 내쳐지고 마침내는 친구인 우의정 조인영(趙寅永)의 구제로 제주 절도 위리안치(圍籬安置)가 된다는 소문을 들었을 때 그 감회가 어땠는가. 차라리 죽음보다 두려운 현실이 눈앞에 다가왔다는 것을 깨달았을 때 그 두려움이 어땠는가. 사방에 모두 다 죽이려는 사람들뿐인데, 오직 한 사람 목숨을 걸고 자기를 구제해 준 친구의 의리, 그 은혜가 얼마나 도탑게 느껴지던가.

바람은 그제도 창밖에 와서 문풍지를 울리며 안으로 들어오 겠다고 안달인데, 떨리는 창호지의 창에 희뿌옇게 미명이 비쳐 오고 있었다. 누워 있어도 머리가 어찔어찔해서 밖이 밝았는데 도 그는 내처 자리에 누워 있었다.

갑쇠 놈이 먼저 깨어서 웅크리고 누운 철이의 옆구리를 찔러 밖으로 나가는가 싶더니 한참만에 도로 들어왔다. 그리고 심술 부리듯 말했다.

"오늘은 바람이 심해서 앞으로 나아갈 수가 없어 하루 쉬어 야겠답니다."

그 소리를 들으며 그는 가볍게 한숨을 내리쉬었다. 이 하루의 작은 휴식이 여간만 고맙지가 않았다. 비로소 그의 속에서 시 한 수가 흘러나왔다.

> 마을 안 아이들이 나를 쳐다보네
> 귀양다리 내 얼굴 참 가증하이
> 죽을 고비 넘어서 마침내 다다른 곳
> 남극에 은혜는 미쳐 파도도 자네
>
> 村裡兒童聚見那
> 逐臣面目可憎多
> 終然百折千磨處
> 南極恩光海不波

그들은 아침에 서둘러 거처를 성안 고한익의 집으로 옮겼는 데, 그 과정에 어찌나 바람이 거세게 부는지 눈코 뜰 수가 없었 다. 마른 바람이 불어서 마당에 깔아놓은 지푸라기들을 구석으로 몰아가거나 휘몰아서는 하늘 어딘가로 날아가 버렸다. 주인 아낙네와 하인들은 장작이나 돌 같은 걸로 짚을 눌러놓고 있었으나 집요하게 몰아치는 바람은 실랑이 끝에 거의 모든 지푸라기들을 허공으로 날려보내곤 했다. 가끔은 바람이 화승총알 만한 돌멩이와 흙들을 날라다가 창문에다 흩뿌렸다. 그때마다 창호지의 창살이 다다다닥하는 단 소리를 내었다.

사시(巳時)쯤해서 금오랑과 고한익이 추사가 거처하는 방으로 건너왔다.

"에잇, 뭔 놈의 바람이 이리 거센지. 소문만 들었더니……"

금오랑은 문지방에 무릎을 대고 엉거주춤 앉은 채 투덜거리기부터 했다. 그는 출발할 때의 구긴 미간을 여태 펴지 않고 있었다. 그러나 그들 둘의 얼굴에서는 어젯밤에 마신 듯 독한 소주 냄새가 아직 가시지 않은 채 풍겼다.

"그래도 이 정도는 약괍니다. 7, 8월 태풍 때는 나무도 뿌리째 뽑아놓고 지붕의 기왓장도 날려버립니다. 집채를 아주 바다로 들어다 놓는 경우도 있습지요……"

고한익이 한술 더 떴다.

"대감, 아무래도 오늘은 바람 때문에 길 떠나기가 힘들 것 같으니 아랫것들이나 먼저 보내어 배소를 정함이 어떨까 합니다만……"

금오랑이 추사에게 대감 호칭을 붙인 것은 길을 떠나서 이번이 처음이었다. 그러나 그 호칭에는 약간의 야유가 섞여 있는 걸 추사는 놓치지 않았다.

"금오랑의 생각이 그러시다면, 집에서 데리고 온 정군(鄭君)

을 보낼까 하오만……."

정군은 이미 조반을 끝내고 추사의 방에 대령해 있었다.

"예, 지가 가옵지요."

그가 무릎걸음으로 앞으로 다가앉으며 대답했다.

"혼자 보낼 수는 없으니까 길 안내 겸해서 고 수반이 사령 하나를 딸려보내 주시지……."

"그야 어렵지 않습죠."

"바람이 거세어서 고생되겠다만 도착하는 길로 그곳 현청에 들러 배소 지정에 도움을 받도록 하여라."

"예에. 염려놓으십시오."

고 이방은 사령 하나를 불러 곧 길 떠날 차비를 하도록 일렀고 정군도 행장에서 발감개를 꺼내 치기 시작했다.

"그럼 저희 먼저 떠나겠습니다."

"바람이 거세어서 고생되겠다……."

"별말씀이십니다."

그들이 떠난 뒤에도 바람은 계속 극성스럽게 불었다. 그만 누그러지는가 하면 또 한 차례 몰아와서는 마당과 울타리 가의 나무들과 호된 실랑이를 벌였다. 소피를 보러 밖으로 나왔을 때 보니까 날아다니는 먼지로 하늘이 온통 희뿌옇고, 그런 흐린 하늘에 지푸라기들이 솔개처럼 더 있는 게 보였다. 원악유배지란 말만 들었는데 과연 그럴 만한 조건이 된다는 생각이 들었다.

방으로 들어와 비스듬히 앉아 있자니 어깨 다리 할 것 없이 욱신욱신 쑤셨다. 이제까지는 서두르느라 아픈 것조차 의식하지 못하고 있었는데, 몸이 한가해지니까 상처의 아픔이 되살아나는 모양이었다.

"젠장, 뭔 놈의 바람이 이리도 부는지. 개맛에 매어놓은 배가 두 척이나 닻이 끊겨서 도망갔다고마씸……."

오정 때쯤 해서 밖으로 나갔던 이 집 하인이 들어오더니 그게 마치 집안에 들인 사람 탓이기나 한 듯 짜증을 내며 추사 쪽을 흘낏거렸다. 추사는 그만한 말에도 가슴이 찔끔하고 아랫것들 눈치가 살펴졌다. 그러는데 민규호(閔奎鎬)가 그의 방으로 들어왔다. 그는 수질을 몹시 했던 듯 수척한 얼굴에 눈조차 부성부성했다.

"자리 불편하지 않으셨습니까?"

그는 너무 늦게 건너온 것이 황송한 듯 어깨를 움츠렸다.

"아니, 괜찮았어…… 그런데 자네야말로 괜히 좇아와 사서 고생을 하는구만……."

"별말씀을 다 하십니다. 제가 온 것이야 당연지사지요."

"좌우간 몸 보중하게. 그렇게 당해놓고 보니까 몸이 건강해야겠다는 생각밖에 없어……."

"몸도 중하지만 역시 중요한 건 정신력일 듯합니다. 저는 아무래도 어제 일이 꿈속만 같아서……."

"허긴 파랑 거칠어 열흘, 한 달 걸리는 길을 단 하루만에 왔으니……."

"그도 그렇지만 도사공도 겁이 나서 덜덜 떠는 판에 물마리나 잡수시던 선생께서 이물에 앉아 선원들을 부리셨으니……."

"사실은 나도 뭐가 뭔지 분별이 잘 안 되었어. 지내놓고 하는 말이지만……."

"어쨌거나 날아서 건너왔다는 말을 들을 정도니 이변은 이변인 듯합니다."

"그래, 바람이 만들어준 이변이지……."

그들이 이런 말을 나누는데 이번엔 갑쇠와 철이놈이 그 방으로 건너왔다.

"대감마님, 어디 편찮으신 데나 없으신 게라우?"

갑쇠가 싱글거리며 추사의 곁에 무릎을 꿇고 앉았다.

"오냐, 너는 괜찮으냐?"

"예, 저는 이렇게 멀쩡하여라우."

"민 대감님도 괜찮습니까?"

이번엔 철이가 민규호 쪽을 보며 물었다.

"아, 나야 아직 젊지 않은가?"

갑쇠란 놈은 이런 때 보면 섬세한 구석도 있고 제법인데, 뭔 일을 시켜놓으면 덤벙대기나 하고 챙기기보다는 헤집어 놓기가 일쑤였다.

"철이 너는 아직도 배앓이가 안 멎은 모양이로구나?"

추사는 얼굴빛이 핼쑥한 몸종 철이 쪽을 살피며 걱정스럽게 물었다.

"여직 칙간 출입이 잦긴 해도 쑤시는 증상은 많이 누그러졌사옵니다."

"그만하길 다행이다. 어쨌거나 음식 먹는 걸 조심해야 하느니라."

"……"

철이 놈은 모든 게 귀찮기만 한지 대답은 않고 고개를 숙여

버린다. 일을 시키면 군소리 없이 잘 처리해 놓는 충성스런 놈인데, 오랫동안 이질을 앓으며 맥을 못 추고 있으니 안쓰러운 일이다.

"대감 마님, 그래도 날씨조차 우리를 알아보는 듯하니 마음이 그리 섭섭치는 않습니다."

"……날씨가 우리를 알아보는 것이 아니라 우리가 그런 때를 맞춰온 것이니라……."

"세상만사가 생각 나름인디 기왕지사 이익되는 쪽으로 해석하는 게 좋습지요."

"허긴 네 말이 맞다."

이놈은 어디서나 홍얼홍얼 장타령을 부르고 남 웃기기를 좋아하는 광대기질이 있었다. 그것은 사실은 하찮은 것 같으나 이런 때를 당하고 보니까 대단히 소중한 일면이었다. 이놈은 지금도 틀림없이 울적해 있는 주인을 웃기기 위해 건너왔을 터였다.

"이곳 사령놈들이 그러는데, 우리는 내일 제지(楮旨)로 해서 청수(淸水)로 해서 조수(造水)로 내리게 된답니다."

갑쇠놈은 이 말을 하며 빙긋이 웃었다. 그 말을 듣자니까 소리가 되어 나오는 은유가 요상하기는 했다. 이놈이 어떻게든 한번 웃겨보자는 속셈이 들여다보였다.

"그래, 그래서 그게 그렇게도 우스우냐?"

"우스운 게 아니라요. 그렇게 이름 지을 게 없어서 마을 이름을 '제지'다 '조지'다 붙여놓았을까 해서지유."

"이놈아, 넌 그 말의 깊은 뜻을 몰라서니라. 청수, 조수, 저지, 그것이 다 물을 그려서 붙여진 이름일 터이니라."

"소인이야 뭘 압니까요? 그저 이름이 요상하게 생각돼서 하는 말입지요······."

"허허허, 녀석······."

어쨌거나 방안에는 웃음이 터졌다. 놈은 계산대로 비죽비죽 웃겨놓고는 제 방으로 달아나 버렸다. 추사는 한편으로 쓸쓸했으나 다른 한편으로는 마음이 꽤 헐거워졌다.

추사가 말에 태워져 유배지로 갈 때였다.

> 앞멍에랑 들어나오라
> 뒷멍에랑 멀어나지라

밭에서 일하는 사람들 중에 한 사람이 선창을 하자, 나머지 사람들이 후창을 했다.

> 앞엔 보난 태산이여
> 뒤엔 보난 맨산이여
> 엉어어야 디어로구나
>
> 뒤에서 따르는 건 보난
> 흑너울과 청너울 사이
> 흐르는 건 눈물이더라

나머지 사람들은 다시 엉어어야 후창을 했다. 뜻을 전부 알아들을 수는 없었으나 그 내용이 어떻다는 것을 대강은 짐작할수 있었다. 흑너울과 청너울 사이 흐르는 건 눈물이더라. 어째

서 일을 하면서 홍겹기보다는 울음을 앞세웠을까. 추사로서는 서민들의 애환에 대한 관심을 이렇듯 가까이 다가가서 가져보기는 처음이었다. 그것은 그의 출생과 성장 과정이 서민들과는 무관했기 때문이다. 그러나 그는 이제 이 나이가 되어서 한낮에 자갈투성이 길을 터덜거리면서 비로소 서민들의 애환에 가까이 다가서고 있었다.

밭 둔덕의 농투성이나 저자거리의 사람들과는, 그는 출생부터가 판이했다. 그가 웬만큼 자라서 철들 무렵, 그는 이미 동네 사람들이 자기를, 높직이 올려다보는 팔봉산(八峯山 ; 가야산의 連峰)만큼이나 위하고 있음을 몸소 깨닫고 있었다. 어머니 유씨(兪氏)는 추사를 두 해나 몸 속에 담고 있었고, 그가 태어나던 날은 뒤꼍 우물의 물이 줄어들고, 팔봉산의 수목이 모두 시들었다고 전해 내려오는 터였다. 그것은 제사나 잔치, 기회 있을 때마다 눈덩이처럼 동네에서 커져가던 소문이었는데, 동네 사람들은 그 소문을 기정사실로 수렴하고 있었다. 그는 소문에 대해서 그리 크게 관심을 두지는 않았다. 다만 아버지가 그에게 관심을 쏟아 글과 글씨를 가르쳤으므로 그걸 좇았을 뿐이다.

그는 예산의 고택에서 낳았으나 출생 후 줄곧 서울 장동(壯洞)의 월성위궁(月城尉宮)에서 살았다. 대문이 겹겹 달린 기와집, 뜰도 넓고 "이리 오너라!" 소리 한마디면 어디서나 심부름할 종이 대령해 있었다.

여섯 살이 되던 이른봄이었다. 마당에서 제기차기를 하는데 난데없이 굵은 목청이 들려왔다.

"이리 오너라!"

그 소리는 울담을 넘어 안집의 처마 끝까지 쩌렁하게 울렸다.

"이리 오너라!"

이번에는 약간 누그러진, 그 사람이 부르는 소리가 들렸다. 어디에 있었던지 귀 빠른 경득(庚得)이 놈이 대문간으로 내닫는가 했더니 두루마기에 갓을 쓴 풍채 좋은 영감이 안으로 들어섰다. 경득이가 굽실거리며 아버지 노경이 있는 사랑채로 그 노인을 안내하여 갔다. 그런데 그가 사랑채의 마당에 막 들어서자마자 사랑에 앉아 조는 듯 책을 읽고 있던 아버지께서 대뜸 일어나 버선발로 댓돌 아래로 내려서는 것이 아닌가.

"아니 어떻게 정유(貞蕤) 대감님께서……."

그들은 무척 반가운 듯 손을 맞잡았다.

"산보 삼아 나왔던 길인데, 유당(酉堂)댁 입춘첩이 하도 빼어나길래 들렀소이다!"

경득이를 따라 여기까지 왔던 추사는 얼굴이 달아오르고 가슴이 할딱할딱 뛰었다.

입춘대길 천하태평춘 사방무일사 효자충신가
(立春大吉 天下太平春 四方無一事 孝子忠臣家)

대필로 쓴 이 글귀는 그 자신의 필치였기 때문이다. 그 글을 쓸 때 지켜보시던 아버지는 빙그레 웃으며 고개만 끄덕이고 계셨던 걸 그는 이제까지도 기억하고 있었다.

"좌우간 여기까지 오셨으니 누추하지만 안으로 오르시지요."

"오르다마다. 오늘은 내 이 집 술 한잔 잘 받아먹고 가야겠소. 그 대신 저 아이의 장래는 내가 책임을 지리다……."

유난히 차양이 넓은 갓을 쓰고 있던 이 영감이 사랑으로 올라간 후, 월성위궁의 주방은 부산해졌다. 안주를 만들고, 술을 내가고, 그리고 두 어른은 주거니받거니 한낮까지 술이 계속되었다.

나중 안 일이지만 그가 당시 북학(北學)의 기수로 소문나 있던 박제가(朴齊家). 그가 취해서 돌아간 후 대취한 노경이 안방으로 건너와서 큰 소리로 어머니 유씨에게 자랑하는 걸 그도 들었다.

"두고 보시오. 인물 하나 낳으니. 정유 어른도 말했소. 학문과 예술로 세상에 큰 이름을 날릴 터이니 잘 가르쳐 성공시키라고……."

"좋기도 하겠소."

"좋다마다. 이게 다 부인이 스물넉 달 고생한 덕분이 아니오."

사랑채의 고조된 흥이 어느새 안방으로 건너와 있었다.

그뿐 아니었다. 이듬해에는 영의정 채제공(蔡濟恭)의 행차가 문간에서 멎은 일이 있었다. 노 제상은 행차를 멈추게 하고 추사가 써 붙인 입춘첩을 이윽히 올려다보다가 문 앞에서 주인을 불렀다. 종들이 놀라 사랑채로 내닫고 사랑의 노경이 기별을 받고 달려나왔다.

"어인 일로 대감께서 저의 집엘 다……."

노경은 노 제상이 남인(南人)의 거두라는 걸 유념하고 머리를 숙인 채 서 있었다. 이미 소문난 노론의 골수인 이 집과는 전혀 내왕이 없는 터에 의외의 일이었기 때문이다.

"대문에 붙인 저 글씨가 대관절 누구의 것이오?"

"예, 입춘첩은 제 아들놈이 습서 삼아 쓴 것이옵니다."

노경은 옆에서 놀고 있는 정희에게로 시선을 보냈다.

그는 연신 고개를 끄덕이며 아비가 시선을 보내고 있는 동자 차림의 정희에게 뜨거운 눈길을 쏟았다. 그리고는 속삭이듯 말했다.

"저 아이가 반드시 명필로 이름을 드날릴 터이오......그러나 만약 글씨를 잘 쓰면 운명이 기구할 것이니 절대로 붓을 잡게 하지 마시오."

"......"

노경이 말귀를 알아듣지 못해 멍청히 서 있자, 그는 매듭짓듯 말했다.

"대신 만약 문장으로 세상을 울리면 꼭 크게 귀히 될 것이오."

그리고 그들 행차는 붙잡는 노경을 물리치고 황황히 가던 길을 가버렸다.

그후부터 아버지의 추사에 대한 학문적 관심은 더욱 깊어졌다. 그는 벌써 백가서(百家書)를 익히고 있었으며, 열다섯 살에는 어려서 약속한 대로 박제가를 스승으로 모시고 지도를 받기 시작했다.

그는 말을 타고 조는 듯 가면서 분수 모르고, 거침없이 자라던 무렵의 일들을 꿈속처럼 떠올리고 있었다. 나른한 섬의 햇살은 그 무렵의 추억을 정말 봄꿈처럼 달콤하게 했다. 그러나 이제 생각하니 그것은 한갓 헛된 꿈이었다.

　그리고 그 무렵부터 그에게는 예기치 않은 사건들이 닥쳐오기 시작했다.

　큰아버지 노영(魯永)의 죽음은 어린 그에게는 적잖은 충격이었다. 큰아버지는 자식이 없어 그를 후사로 생각하고 있었고, 소중하게 아끼던 터라 그의 충격은 더욱 클 수밖에 없었다. 거기다 격식을 갖춘 까다로운 상례 절차는 그에게 몹시 심한 허탈감까지 몰고 왔다. 그런데 이런 슬픔은 홀로 오지 않았다. 큰아버지의 죽은 슬픔이 채 가시기도 전에 아들의 죽음을 슬퍼하던 월성위궁의 주인 할아버지께서 덜컥 타계해 버렸으니 월성위궁으로서는 한 해에 젊고 늙은 두 주인을 모두 잃어버린 셈이었다. 그리고 막무가내로 추사는 열두 살 어린 나이로 이 큰 집의 주인으로 서게 된 것이니 추사는 멋모르고 뛰어놀 어린 나이에 어른들의 격식 틈바구니에 끼여 어른 행세를 하지 않으면 안 되었으며, 그런 격식을 몸에 익혀야 했었다.

　그러나 그에게 무엇보다 큰 충격은 그가 열여섯 살 나던 해에 세상을 떠난 자애로운 어머니의 죽음이었다. 어머니 유씨 부인의 죽음은 그것이 서른넷, 죽기에는 너무 젊은 나이였던만큼 슬픔 또한 컸다. 그는 월성위궁의 안팎 주인을 몇 년 사이에 거푸 잃어 가는 동안 어느새 겉늙은 소년이 되어 있었다.

　앞서가던 고한익의 말은 작은 언덕 하나를 올라가더니 멈춰서 있었다. 그는 자기 말이 그 곁으로 가 섰을 때 그에게 말을 걸었다.

"내게 하나 궁금한 게 있소이다."

그가 말을 꺼내자 고한익이 고개를 들어 그를 바라보았다.

"저 사람들이 입은 옷이 한결같이 붉은 이유는 무엇입니까?"

"예, 저 옷으로 말하면 '갈옷'이라고 무명에 풋감의 즙을 물들인 것이지요. 감물을 들이면 색깔도 저럴 뿐더러 옷이 질겨 농사꾼들이 즐겨 저 짓을 합니다."

"……"

그는 깊게 고개를 끄덕였다. 그런 지혜가 어디서 난 것일까? 그것은 기어코 이 척박한 땅과 모진 기후가 빚어낸 결과일시 분명했다.

"농부들은 저 옷 한 벌이면 사철을 난답니다. 저 옷이란 게 빨아서 돌 위에 널면 바로 물이 마르는 이점이 있습지요. 여름에 땀이 배지 않고, 통풍이 안 되기 때문에 겨울에는 춥지 않습니다."

"거, 대단한 이점이 있는 옷이군요."

"그런 셈이지요."

"모자도 다양하고 재미가 있습니다."

"예, 저 꼭지가 뾰족한 모자가 삿갓이라고 대로 짠 것이지요. 육지의 삿갓에 비해서는 거칩니다. 또 저 벙거지는 허드레 털을 가시리풀에 뒤섞어 만든 털벙거지인데, 비도 방비하고 햇볕도 막지요."

"이 고장의 풍속은 참 기이한 것이 많습니다."

"외딴 고장이라 풍습도 그런 셈이지요. 몽고놈덜이 백 년 가까이 지배했던 만큼, 그곳 풍속이 묻어온 것도 더러 있나 봅니다."

길은 반이 지났다고 한 때부터 조금 평평해지고 밀림이 무성해졌다. 느릅나무, 녹나무, 보리수, 조록나무, 으름넝쿨 등 잎이 지지 않는 나무들이 길가에 무성하게 늘어섰고, 그 넝쿨들이 길 천장 위까지 덮은 곳도 있었다. 들찔레와 구지뽕, 실거리 가시들도 아랫도리를 붙잡아 긁었다. 이런 숲 사이로 햇볕은 비쳐들며 숲 속에 무지개 빛깔을 내뿜었는데 그것은 참으로 영롱한 빛깔이었다.

"자 고 수반, 좀더 빨리 몰 수 없겠나? 오늘 안으로 다시 목 안으로 들어가야 할 사람도 있으니깐."

뒤쫓아오던 금오랑이 큰 소리로 말했다. 그것은 물론 고한익에게 하는 소리였지만 유배길에 풍광을 완상하는 듯한 추사에게 들으라는 소리이기도 했다.

굽이를 돌아서니까 대여섯 길은 실히 되는 바위틈에 새빨간 단풍이 들어 그 빛을 한껏 자랑하고 있었다. 추사는 그 선홍빛 단풍을 보자 가슴이 섬뜩했다. 그는 문득 매질을 당하면서 흘렸던 피를 연상해냈다. 그 바위 기슭을 돌아서자 눈앞이 확 틔었다. 밋밋한 산기슭 밑에 벙거지를 엎어놓은 듯 둥두렷한 산, 그리고 하얀 바다에는 점점이 섬들이 흩어져 있었다. 오른손 편으로도 쭈욱 길게 두 개의 섬이 놓여 있는 게 보였다.

"저 산이 산방산(山房山)이라고, 우리 가는 곳이 바로 저 산 인근입니다."

고 이방이 문득 멈춰 서서 눈부신 듯 산 쪽을 보며 말했다.

"대단히 산세가 기이하고 풍광이 아름다운 곳이군요."

"예, 그러나 보기보다는 살기가 그리 좋은 고장은 아닙니다."

그는 말막음을 못박듯이 했다. 그러나 추사는 그 기이한 산세를 내려다보면서 뺨에, 허구리에 전율 같은 것이 훑고 지나가는 것을 느꼈다. 어쩌면 견뎌낼 것 같은 생각도 들었다.

"좋구마는. 저런 산세는……그런데 저런 곳이 어째 유배지가 됐을구?"

금오랑이 쫓아와서 옆에 서며 거들었다. 그 말꼬리에는 여전히 비웃음 같은 야유조가 곁들여 있었다.

"보기엔 저래도 땅이 거칠고, 무척 바람이 거센 곳입니다. 지척민빈(地瘠民貧)한 탓인지 인심도 사납다는 게 정평이지요."

"난이라는 난은 모두 저기서 난답니다. 옛날부터……."

고 이방의 말을 사령놈이 시퉁하게 받았다. 그러나 그것뿐 그들은 더 아무 말도 하지 않았다. 거기서 귀양살이를 할 그의 마음을 헤아리는 듯했다.

거기서부터는 내리막이었다. 잎 지는 나무들 사이로 질펀한 들판과 이마까지 올라온 하얀 바다가 시야 가득 펼쳐졌다.

그는 어려서 아버지를 따라 연경(燕京)을 여행하던 때의 일을 떠올렸다. 진흥왕순수비를 확인하기 위해 산 속을 헤매던 일도 떠올랐다. 이때 기억으로 몸은 힘들었지만 좋아서 하는 일인 만큼 마음은 가벼웠었다. 낯선 산야를 눈으로, 발로 확인하고 밟는 일은 신나는 것이었다.

그런데 지금 보는 경치는 그보다도 빼어났다. 감탄할 아름다움이었다. 그러나 이제 그걸 즐길 수 있는 마음의 여유는 없었다.

벙거지를 엎어놓은 것 같은 산은 더욱 가까워지자 절벽 같은 위엄으로 앞을 막아섰다. 더구나 그 주변의 낮은 산세는 칼날처럼 성긋하고 거칠었다. 그것들이 가슴을 벨 듯 위태로웠다.

말은 내리막길에서 더욱 더듬거렸다. 발 한 자국을 내딛을 때마다 자갈을 밟아 뒤뚱거렸다. 좁은 길 천장까지 뻗어 나온 보리수 가지와 청미래덩굴이 옷을 붙잡고 가지 말라고 보채었다. 바로 건너뛸 듯이 보이는데, 띠밭들이 펼쳐진 야산지대까지는 꽤나 멀었다.

야산지대로 내려서면서 군데군데 무덤들이 눈에 띄었다. 무덤은 머리 쪽이 처녀들 땋은 머리처럼 좁아들고 발 부위가 뭉툭한 용묘(龍墓)인데, 그것의 전체적인 분위기는 참 안온했다. 모든 일을 다 끝내고, 일손을 놓고 나앉은 어진 시골 아낙네 모습이 저럴까. 거기다 겹으로 담장을 둘러놓은 속에 가지런히 앉은 쌍묘는 가히 '영(靈)들의 집'이라 할 만했다.

언덕 하나를 넘어서니까 이런 무덤들 가에 웅기중기 사람들이 서 있었다. 그 중 주장인 듯한 사내가 주룩 앞으로 나서더니 고한익의 앞으로 와서 꾸벅 절했다. 추사에게도 어정쩡한 인사를 보냈다.

"원로에 수고가 많았소이다."

"현감께서 수고를 하셨소."

거기 서자 말(斗) 만한 성 하나가 발 밑에 깔려 있었다. 그들은 주춤거리는 말을 몰아 이 성 안으로 들어갔다. 성의 입구 양편에 키가 땅딸막하고 괴이한 표정의 돌하르방이 서서 그들 일행을 맞았다.

순간, 산방산을 돌아온 바람이 쌩, 그들의 귀쌈을 후렸다.

"송계순이라고, 포졸 일을 보고 있습지요."

어변청(禦邊廳)이라는 낡은 건물에 닿았을 때 현감이 벙거지 하나를 일행에게 소개했다.

"당분간 저의 집에 거처를 정하시지요."

추사는 그의 깨끗한 인상을 대하자 우선 안심이 되었다. 성깔은 있게 생겼으나 아직 때묻지 않은 인상으로, 눈이 크고 뚜렷했다.

그를 따라 마을길을 가는데, 마을 사람들이 마주 오다가는 등을 돌리고 가는 걸 보았다. 아이들은 돌담가에 몸을 숨기고 담구멍으로 그들을 살폈다. 그리고 저들끼리 수군거리는 소리가 들려왔다.

송 포교의 집은 현청 아래쪽의 평평한 곳에 자리잡고 있었다. 지대가 높직해서 정갈한 느낌이었으며, 그들이 목표 삼고 온 벙거지를 엎어놓은 듯한 산이 왼손 편으로 듬직이 앉아 있었다. 이제 보니까 그것은 대단히 묵중한 무게였다. 거기에다 그 산 앞으로는 가슴을 벨 듯 거친 산세의 낮은 산들이 질펀히 널려 있었는데, 그것이 단산(簞山)이었다. 이 산을 마을 사람들은 박쥐 같다 해서 '바굼지오름'이라고도 부른다고 했다. 단산과 산방산은 가까이 있으면서도 산세나 그 인상이 영 판이했다.

송계순은 이미 그가 들어 살 집을 대강 치워놓고 있었는데, 성급하고 살뜰해 뵈는 그의 아내가 수건을 쓴 채 마루에 걸레질을 하다가 경황 중에 그들을 맞았다.

"집이 원체 좁은 데다 농사꾼 집이라……."

그녀는 그들을 맞는 인사를 이렇게 대신했다. 그 외에도 무슨 말인가를 목청을 돋궈 급히 했는데, 추사는 그 말을 전혀 알아들을 수가 없었다.

그들이 묵게 된 집은 모커리로 서향인데, 눈썹 같은 툇마루가 달려 있고, 한쪽은 작은 부엌이 있으며, 그 부엌에 잇달아 두 간쯤 되는 광이 있었다. 이 광을 집주인 아낙은 '앙팡'이라고 불렀다. 뒤따르던 주인은 혹 '고팡'이라고도 부른다고 토를 달았다.

"밥을 안 지어 먹을 거니까 이 부엌에 구들을 들이면 여럿이 살기에 편할 것이우다."

추사의 앞장에 서 집을 안내하던 송계순이 말했다.

"그게 그렇게 된다면 대단히 좋겠군요. 우리가 거처해도 되고……."

뒤따르던 철이가 받았다. 그는 아직도 얼굴빛이 검었다.

모커리를 뒤로하고 돌아서니까 안채와 바깥채는 마당을 사이에 두고 ㄷ자로 서로 마주앉아 있었다. 지붕은 때로 이은 데다 역시 짧은 때로 꼰 굵은 새끼로 성기게 얽어 있었다. 집은 사방을 제주 돌로 쌓았는데, 돌 사이사이에 갠 흙을 놓으며 탄탄하게 쌓아 올려놨다.

울타리 역시 제주 돌로 성기게 쌓았는데, 구멍이 벌룽벌룽 나고 금세 넘어질 것 같으면서 어제 같은 바람에도 끄덕 않은 것이 고개가 갸우뚱거려졌다. 울타리 안 텃밭에는 무·배추 들이 풍성하고, 담가로는 가지런히 부추와 미나리도 심어 키우고 있었다. 이 텃밭의 채소들은 주인의 부지런함과 알뜰함을 잘 일러주고 있었다.

걸레질하던 주인 아낙은 어느새 안채의 부엌으로 들어가더니 저녁을 짓는 듯 연기가 무큰 좁은 문 밖으로 새어나왔다. 얼굴은 보이지 않았으나 머리를 길게 땋은 처녀도 부엌 안에서 움직이는 게 뒷모습으로 보였다.

추사는 대충 집을 돌아보고 금오랑, 고한익과 함께 바깥채의 구들에 좌정하고 앉았다. 그는 방에 앉아서 낮은 천장과 가까운 벽을 둘러보았다. 앞으로 몇 해가 될지는 모르지만 이 방이 자기의 거처가 된다고 생각하니 새삼 가슴이 울컥 북받쳐왔다. 좁은 창호지의 띠창살, 그것이 결코 낯설지는 않았으나 이런 모든 자잘한 물건과 상황들은 이제까지의 그와는 무관했던 것이었다. 그런데 이런 것들이 바로 자기의 것으로 눈앞에 닥친 것이었다. 그는 지그시 눈을 감아보았다. 월성위궁의 고대광실, 높은 처마와 단청들이 눈앞으로 다가들었다. 그러나 그는 고개를 털고 눈을 떴다.

어쩔 수 없는 일이다. 주어진 상황을 그대로 받아들이는 것, 그 상황에 감사하는 것. 생각하면 귀양길 이천 리 밖 외딴 물위까지 와서 생명을 부지하고 살아있다는 게 얼마나 감격스러운 일이랴. 그래, 견디는 것이다. 감사하며 견디는 것이다. 그는 다시 눈을 감았다. 그런 그의 표정을 금오랑과 고한익은 조심스럽게 살피고 있었다. 그들은 가늘게 떨리는 추사의 눈가가 차츰 붉어져 오는 것을 보고 있었다.

사령들이 서둘러 야산에서 가시나무들을 베어오고 있었다. 낫이나 나대(나무를 베는 연장)를 가지고 가시나무의 밑동을 자르면 기다리던 사령이 그것들을 모아 새끼로 섬피(씨 뿌린 밭을 고르기 위해 나뭇가지로 부채 모양으로 엮은 농기구)처럼 엮어서 길 한가운데로 끌고 내려왔다. 탱자나무, 구지뽕나무, 실거리나무, 찔레넝쿨, 제주의 야산에는 가시도 많았다. 그렇게 날라 온 가시들을 그들은 송계순의 집 바깥채 돌담 울타리에 덧쌓았다. 이런 사령들의 총지휘를 고한익이 맡고 있었다.

추사가 밖으로 나갔을 때 그는 멋쩍은 듯 뒷덜미를 쓸었다.

"법이 지엄하니, 이거 죄송하옵니다."

"별말씀을…… 어찌 예외를 바라겠습니까? 이만한 대접도 너무 과분하지요."

그는 진심으로 고개를 숙여 보였다. 사령들은 아직도 가시에 손을 긁히며, 마을 가운데로 먼지를 풀풀 날리며, 가시들을 캐오거니 쌓거니 하고 있었다.

그는 마당 한가운데 멍청하니 서서 사방에서 자기를 에워오고 있는 가시들을 보고, 그것들이 아우성치는 소리를 듣고 있었다. 그는 그 성긋한 가시들이 자기의 가슴을 예리하게 찌르는 듯한 착각에 사로잡혔다. 그러면서 한 발자국도 움직일 수 없는, 벗어날 수 없는 자신의 처지를 안타까워했다.

"지나치게 심려 마십시오. 이것은 한 형식일 따름이옵니다. 현 안에서야 더러 돌아다닌들 어쩌겠습니까?"

"고맙소. 고 수반의 은혜는 잊지 못할 것이오."

그런데 이상한 일이었다. 가두는데, 가시 울타리가 죄어오는데 이상하게도 그의 의식은 그 상황에서 오히려 놓여나고 있었다. 산방산 꼭대기에 마침 한 조각 안개구름이 걸려 있었는데, 그의 생각은 그 꼭대기에 가 앉아 있었다. 그리고 순간 그의 가

숨속에 어떤 시원한 바람 같은 게 오른쪽 옆구리의 갈비뼈를 열고 깊숙이 들어왔다. 그와 함께 기쁨이, 어떤 소리를 지르고 싶은 의식이 마음속에 샘물처럼 고여오고 있었다.

아무렴, 너희들이 나를 가둬놓지는 못할 것이다. 몸은 비록 가둔다 해도 마음까지를 가두지는 못할 것이다.……

그는 깊게 한숨을 내쉬었다. 실망과 낙담과 환희가 지척지간임을 그는 깨닫고 있었다. 부와 빈, 권력과 몰락, 호사와 빈천도 모두 지척지간이었다. 그것은 이제까지는 막연한 깨달음이었는데, 이번 참의 깨달음은 생살을 찢는 듯 사실적인 것이었다.

그에게 문득 서결(書訣)의 실마리가 잡혔다. 그는 그것들을 마음속에 새겼다.

— 글씨가 법도(法度)로 삼아야 할 것은 텅 비게 하여 움직여 가는 것이다. 마치 하늘과 같으니, 하늘에는 남북극이 있어서 그것으로 굴대를 삼아 그 움직이지 않는 곳에 잡아매고 그런 뒤에야 능히 그 항상 움직이는 하늘을 움직여 가게 할 수 있다.

그는 천동설(天動說) 시대의 사람이다. 글씨가 법도로 삼는 것도 역시 이와 같을 뿐이다. 이런 까닭으로 글씨는 붓에서 이루어지고, 붓은 손가락에서 움직여지며, 손가락은 손목에서 움직여지고, 손목은 팔뚝에서 움직여지며, 팔뚝은 어깨에서 움직여진다. 그리고 어깨니 팔뚝이니 손목이니 손가락이니 하는 것은 모두 그 오른쪽 몸뚱이라는 것에서 움직여진다. 또한 오른쪽 몸뚱이는 곧 왼쪽 몸뚱이에서 움직여지는데, 왼쪽과 오른쪽 몸뚱이라는 것은 몸뚱이의 위쪽에서 움직여지는 것이다. 그리고 상체는 곧 하체에서 움직여지는데 하체라는 것은 두 다리다. 두 다리가 땅을 딛는데 발가락과 발꿈치가 바닥에 닿아 나막신굽이 땅을 디디는 것처럼 하면, 그러면 이것은 하체가 충실하다고 할 수 있다. 하체가 충실해져야만 그 이후에 능히 상체의 텅 빈 것을 움직여 갈 수 있다.

그러나 상체도 역시 그 충실함이 있어야 하는 것이니 왼쪽 몸뚱이를 충실하게 해야 한다. 왼쪽 몸뚱이는 엉겨붙듯이 책상에 기대서 아래와 거듭 서로 이어져야 한다. 이로 말미암아 세 몸뚱이가 충실해지면, 오른쪽 한 몸뚱이의 빈 것을 움직여나갈 수 있는데, 여기서 오른쪽 한 몸뚱이라는 것은 지극히 충실해지게 된다. 그런 뒤에 어깨로써 팔뚝을 움직여나가고 팔뚝으로 말미암아 손목을 움직여나가며 손목으로 손가락을 움직여나가는데, 모두 각각 지극히 충실함으로써 지극히 텅 빈 것을 움직여나가게 된다. 비었다는 것은 그 형태이고, 충실하다는 것은 그 정기이다.

정기라는 것은 세 몸뚱이의 충실한 것이 지극히 빈 가운데에서 무르녹아 맺힌 것이다. 오직 그 충실한 까닭으로 힘이 종이를 뚫고, 그 빈 까닭으로 정기가 종이에 맑게 배어 나온다……

그는 혼자서 연신 고개를 끄덕였다. 그의 의식은 빈 것의 충실을 수긍하고 있었다.

소문에 듣던 대로 바람은 잦고 거세었다. 계절이 그래서인지 적어도 사흘에 하루 꼴은 바람이 부는 듯했다. 저녁 무렵 모슬봉(摹瑟峯) 쪽에 검은 구름이 짙게 뭉치고 노을이 붉으면 대개는 바람이 불었다. 그 구름이 바람을 몰고 오는 소리는 추수가 끝난 빈 밭에 떼말들이 달리는 것을 방불케 했다.

바람이 크고 잦은 만큼 바람의 이름도 여러 가지였다. 동풍을 '샛바람', 서풍을 '서갈바람', 남풍을 '마파람', 북풍을 '하늬바람'이라고 했으며, 그 외에도 8월부터 9~10월 사이에 한라산(漢拏山)에서 불어 내려오는 바람을 '높새바람', 이 높새바람이 산방산에 막혀 되돌아치면 '뫼우리바람'이 되었다. 이 바람은 매년 이 고장 곡식에 큰 피해를 입히고 있었는데, 이 해에도 가을농사를 망쳐놓고 있었다. 이 고장 사람들은 '뫼우리바람'과 비슷한 회오리바람을 '도깽이주제'라고도 했으며, 태풍과 같은 큰바람을 '놀'이라고 해서 이 세 바람을 제일 두려워했다. 이 세 바람은 그 해 농사의 흉풍을 가름하는 바람들이어서 마치 못된 귀신같이 이 고장 사람들의 일을 해살놓고 있었다.

이런 날씨 탓인지, 노독(路毒) 탓인지 그는 혓바늘이 돋고 입술이 터져서 고생을 하고 있었다. 주인 아낙네가 동젯밥(귀한 손님을 대접할 때 짓는 쌀 섞은 밥, 제주 사람들이 자기들끼리 먹는 밥은 순잡곡밥이었다.)을 지어서 들이미는 것이었으나 깔깔해서 그것조차 목구멍 아래로 내리기가 힘들었다.

가장 괴로운 것은 조팝을 먹는 일이요, 가장 슬픈 일은 파도소리이다. 가장 두려운 것은 사갈이다.

그 옛날 불과 열다섯의 어린 나이로 이 고장에 유배를 왔던 왕손 이건(李健)의 술회가 그대로 가슴에 와 닿았다.

성질이 깔깔한 송계순의 아낙은 남편이 관가에 포교로 나가고 나면 자신도 농사도 짓고 바다에 물질도 다녔다. 그 농사일을 두 아들과 장성한 비바리 딸이 거들고 있었다. 송계순의 늙은 부모도 한시도 쉬지 않고 밭에 안 나가면 집에서 부스럭거리고 있었다.

하루는 이들이 마당에 멍석을 깔아놓고 둘러앉아서 밑동까지 베어서 집에 날라 온 조의 이삭을 자르고 있었다. 기운 햇살의 맥없는 잔광이 이 좁은 마당을 비추고 있었다. 추사는 무료히 방안에 앉았다가 이들이 이삭을 자르는 마당으로 나갔다. 삭삭, 사각사각 햇볕에 잘 바랜 조짚을 만지는 소리와 뚝뚝 골라낸 이삭을 낫으로 자르는 소리가 고즈넉한 마당 안에 간헐적으로 들렸다.

조는 멍석들의 양쪽에 한쪽엔 충실한 노란 빛깔의 이삭, 또 한쪽엔 연두색의 칙칙한 이삭들로 따로 쌓인 채 햇볕에 마르고 있었다.

"조가 이건 아주 달라 보이는데, 이것들이 어떻게 다릅니까?"

추사는 자신이 나와도 아랑곳 않고 일만 하고 있는 그들에게 이삭 하나를 주워 보이며 말을 걸었다.

"이건 모힌조(메조), 저건 흐린조(차조). 모힌조에도 마시리, 바개시리, 모살시리, 검은돌와리 여러 가지가 있고, 흐린 조에도 흔덕시리, 모살시리, 돌하리, 조시리 여러 가지가 이십주."

송계순의 처가 여전히 손을 놀리는 채 그에게 대답했다. 삭삭 사각사각 조 이파리 스치는 소리와 이삭 자르는 소리는 계속 간헐적으로 들렸다.

"콩도 독새기콩, 생이콩, 민콩, 가마귀콩 여러 가지고, 돔비(동부)도 가마귀돔비, 붉은돔비, 흰돔비, 여러 가집주."

이번엔 이 집의 늙은 주인이 거들고 나섰다.

"참 이름도 다양합니다. 그 이름들을 어떻게 다 기억하고 계십니까?"

"아 농사꾼이 한평생 그것만 외우며 살아왔는디 그만 것을 모를 리 있습니까? 글하는 것에 비하면 이까짓 거야 누워서 떡 먹기우다."

해풍에 바랜 수염, 겹겹한 이마의 주름살 틈에는 까맣게 때가 끼어 있었다. 팔뚝도 거멓게 타서 갈옷의 색깔과 피부 색깔을 구분하기가 어려웠다.

그는 또 고개를 끄덕였다. 이들이 천직으로 알고 살아오고 있는 생애가 결코 자기의 삶보다 못하지 않다는 깨달음 때문이다.

점심 후에 그들은 잘라 햇볕에 말린 조 이삭들을 큰 멱서리에 담아서 얼마 안 떨어진 연자마로 지고 갔다. 그들은 연자마를 '말방에'라고 불렀는데, 그것은 말로 끌게 해서 연자마 웃돌을 굴리기 때문인 듯했다. 갈 헝겊으로 눈을 가리운 말은 채찍을 가진 사람이 뒤에서 모니까 앞발을 높직높직 들어 올려서 창돌을 맴돌게 끌어갔다. 그는 뒷짐을 지고 서성거리며, 이들이 하는 노동을 지켜보았다.

말을 모는 할아버지의 소리는 퍽 구성졌다. 아무리 알아들으려 해도 잘 헤아려지지 않는 소리가 계속 이어졌다.

어려려려려려려려. 요 몽생이 저 몽생이 어서 뱅뱅 돌아오라.
어려 어려려 려려 려려 어려려.
려려려려 어서 돌아오라. 이 방에 어서 져야 밭 갈레 갈 차례여. 어려려려 려려려.

　이런 잘 알아들을 수 없는 소리는 조금 쉬었다가 또 반복, 반복되었다. 이렇게 말이 발을 쿵쿵대며 돌을 굴려가고 나면 송계순의 처가 뒤따르며 빗자루를 가지고 밖으로 흩어지는 이삭들을 안으로 쓸어 넣었다. 이런 작업을 계속하는 동안에 쭉정이는 차츰 위로 났고, 알곡은 떨어지며 밑바닥에 내려앉았다. 이런 작업과정을 지켜보면서 추사의 마음속에는 한 구절의 시가 떠올랐다.

　　　사람은 열이 할 일 말은 오직 혼자 하니
　　　세 집의 시골에도 신기함을 자랑하네.
　　　대기(大機)를 크게 씀이 본디부터 이러하니
　　　도리어 종풍(宗風)의 노고방아가 우습네
　　　샘을 끈 물방아가 또한 진한 기재이니
　　　절굿노래하는 이여 보고 시기하지 마오
　　　선천(先天) 향해 지상(至像)을 더듬는 것 같으니
　　　용마(龍馬)가 팔괘도(八卦圖)를 지고 오는 듯하네.

　　　人十能之馬一之
　　　三家村裡詑神奇
　　　大機大用元如此
　　　還笑宗風老古碓
　　　引泉爲碓亦鹿晰
　　　晰嘔春歌莫見猜
　　　似向先天深至像
　　　怳疑龍馬貧圖來

옆집에서 콩타작이 한창이었다. 멍석을 죽 펴고 그 위에 콩단을 흩어놓은 다음 사람들은 도리깨를 들고 양쪽으로 둘러서서 번갈아 가며 내리쳤다. 이 타작에도 역시 소리는 곁들여졌다. 목소리가 높은 한 사람이 선소리를 하면 다른 사람들이 함께 받아 홋소리를 했다.

> 어야홍아 어야홍
> 어야홍아 어야홍
> 한섬하고 어야홍
> 두섬이여 어야홍
> 어야홍아 어야홍
>
> 접군님도 어야홍
> 지쳤구나 어야홍
> 요동산을 어야홍
> 넘어보세 어야홍
>
> 한소리랑 어야홍
> 얕게하고 어야홍
> 한소리랑 어야홍
> 높여보세 어야홍

가사는 즉흥적이었으나 가락에는 깊은 한과 그것을 극복하려는 의지가 서려 있었다. 그런데 그것은 동작을 맞추기 위한 자연스런 장단이 되었다. 두드릴수록 짚북더기와 쭉정이는 위로 올라오고 알곡인 콩들은 바닥으로 가라앉아 갔다. 그는 한참이나 뒷짐을 지고 이들의 작업과정을 지켜보았다. 그러는데 누가 뒤로 다가오는 기분이어서 뒤돌아보니까 철이가 허리를 구부린 듯한 자세로 그에게 다가와 있었다.

"농부들이 고생이 많구만유. 그런데 이곳 농부들은 '수눌음'이라고 계(契)처럼 어울려서 서로간에 일들을 도우니 장한 일입니다."

"글쎄, 고맙고 지혜로운 일이야……."

그는 크게 고개를 끄덕였다.

"알곡과 쭉정이가 가려지는 원리도 볼 만한데. 털면 털수록 알곡은 가라앉는데, 쭉정이는 솟아오르는군."

"예?"

철이가 타작소리에 말을 잘 알아듣지 못한 듯 되물어왔다.

"세상일의 진리가 알아질 것 같다 이 말이야."

그는 혼자 단정을 내렸다.

한참만에 그는 가시울타리를 건너 자기 방으로 돌아와 서안 앞에 앉았다. 이윽고 눈을 감고 앉았다가 연적의 물을 따라 먹을 갈기 시작했다.

"제가 갈겠습니다."

붙좇아 와 꿇어앉았던 철이가 주춤 다가앉으며 말했다.

"아니, 내가 하겠다."

그는 천천히 먹을 갈며 또 지그시 눈을 감았다. 자옥광(紫玉光) 묵향이 서서히 천장이 낮은 방안에 퍼지기 시작했다.

— 글자는 먹을 바탕으로 하니 먹은 글자의 피와 살이 되며,

힘을 쓰는 것은 붓끝에 있으니 붓끝은 글자의 힘줄이 된다. 힘줄이 있는 것이라서 돌아보면 정이 생기고, 핏줄이 흘러 움직이니 아지랑이 한 가닥이 섯돌며 끊어지지 않는 것과 같다. 사람들이 글씨를 씀에 모두들 붓을 중히 여기나 그보다 앞서야 할 것은 먹이다.

그는 이만하면 됐다 싶을 때가지 천천히 먹을 갈았다. 그리고 팔을 걷고 글씨 쓰기를 시작했다. 이곳에 온 후로 처음 글씨를 쓰기 시작하는 것이다. 영 붓이 손에 잡히지 않는데, 이곳 농부의 타작마당과 연자마 작업을 구경하고 나서 비로소 의욕이 불끈 솟았던 것이다. 그는 이날 '연자마'에 대한 시도 쓰고, 다른 서첩을 펴놓고 오래 임서도 하였다. 팔굽이 욱신거리도록 많은 글씨를 썼다.

농부들은 조와 콩 등속을 거둬들이고 나서는 야산지대에 나가 겨울 동안 땔 잡초들을 베어다 집 주위에 쌓았다. 그들은 물이 스미지 않게 돌로 자리를 깐 이 터를 '눌왓'이라고 불렀는데 곡식이나 짚 할 것 없이 이렇게 쌓아놓은 것을 '눌'이라고 불렀다. 그리고 나서 하는 일이 보리를 가는 일이었다. 이 고장에서 보리를 가는 일은 또 별났다. 돼지를 기르는 측간에 보릿짚 같은 것을 넣으며 썩힌 다음, 이걸 꺼내서 그 위에 보리 씨앗을 뿌리며 잘 다졌다. 이 거름을 뒤집으면서 씨앗과 잘 섞었는데, 이 섞인 거름을 갈아놓은 밭고랑에 흩뿌리는 것이었다. 언제부터 이런 영농법이 시작된 것인지는 모르나, 씨앗에 버무려진 거름이 보리의 씨앗을 틔우는 데 자양분이 된다고 이곳 사람들은 생각하는 눈치였다. 이 보리 농사를 할 무렵쯤이면 한라산 서녘 기슭을 내리달아 온 하늬바람이 유독 거세고 진눈깨비도 흩뿌린다. 사람들은 헝겊 같은 것으로, 온통 얼굴을 싸고 밭에 나가서는 이런 바람과 싸우며 보리 씨앗과 거름을 흩었다. 그리고 손으로 그 씨앗들을 덮었다. 자갈투성이 빌레(땅속에 묻혀 있는 바위)밭에서 흙과 자갈을 긁어모아 씨앗들을 덮었다.

이렇게 지겨운 겨울 농사가 끝나고 나면, 그제는 초가 지붕을 이을 띠를 한라산 기슭의 야산에서 베어 실어왔다. 띠는 지붕을 이을 감이 되는 긴 띠를 '새'라 부르고, 이어놓은 띠 위에 바둑판처럼 바람에 날리지 않게 얽는 줄을 꼬는, 짧고 부드러운 띠를 '각단'이라고 불렀다. 베고 묶어서 져 나르는 이런 일을 모두 끝내고 나면 어느새 한 해가 저물어 있었다.

일 년 동안 쉴 새 없이 하느라 모질 대로 모질었으나 양쪽 가장자리가 남아 있는 손톱, 발톱을 다듬고, 오랜만에 한가한 마음으로 수염이라도 깎고 물을 데워 손발이라도 씻을 수 있는 기회란 오로지 해그믐 때밖에 없었다.

연말연초의 며칠간, 그렇게 쉬고 나서는 남정네는 먹서리, 멍석 짜기와 구럭 겯기, 또 여편네들은 물 때 보아 바다에 들기로 또 여벌의 일을 시작하는 것이었다. 살펴보건대 그들은 오로지 일을 위해서 태어난 사람들 같았다.

그 해가 거의 그물어갈 무렵, 어두운 밤에 대정현의 현감 이모(李某)가 추사의 배소를 찾아왔다. 그는 포졸 하나만을 데리고 깊은 밤에 조용히 그의 방을 찾아 방안으로 들어왔는데, 도착하는 날 얼른 만나고 이번이 두 번째였다.

"그 동안 바쁘기도 하고 영이 지엄해서 와 뵙지 못하였습니다."

갓을 숙여 인사하고 고개를 쳐드는 그를 보니까 턱이 좁고 촉새눈인 게 눈치꾼이라는 걸 대번에 알아볼 수 있었다.

"어둔 밤에 무거운 걸음을 하셨습니다. 어찌 바랄 수 있는 일이겠습니까?"

추사는 무명 저고리의 고름을 바로 매고 매무새를 고쳐 앉았다. 방 가운데는 등피불이 타오르고 있었는데, 흔들릴 때마다 그림자가 일렁거렸다. 이 사람이 어찌 새삼스럽게 나를 찾아왔을까, 추사는 몇 가지로 짚어보는데 그리 특별한 이유가 있는 것 같지는 않았다. 눈치를 보느라 시기를 벼르다가 마지못한 걸음을 했을 거라는 생각이 들었다. 이런 두 사람 사이에 그리 시원한 대화가 이어질 리 없었다.

"원체 모진 땅이라 음식 범절이 입에 맞지 않을 것입니다. 불편이 이루 말할 수 없으시지요?"

"죄를 입은 몸이 어찌 편하기를 구하겠습니까? 이만하기도 모두 지극하옵신 성상의 은총이지요."

그리고 또 대화는 동강이 났다. 현감은 방 가운데 놓여 있는 서안과 몇 가지의 서책들에 눈길을 주었다.

"그 동안 글씨는 좀 쓰셨습니까?"

"마음이 편해야 글씨도 쓰이지요. 입안에 헛가시가 가시질 않고 눈도 침침해서 손에 잡히질 않습니다."

추사는 그 동안 마련된 다기(茶器)를 끌어당겨 물을 붓고 찻

잔들을 부셨다. 차 봉지를 헤치자 승설다(勝雪茶)의 은근한 향기가 좁은 방안에 퍼졌다.

"향기가 매우 좋습니다."

현감이 재빠르게 아는 체를 했다.

"예, 그 효가 월산다(越産茶)에는 미치지 못한다고 했으나 제 생각에는 색이나 향, 미가 별 차이가 없는 것 같습니다."

차를 따르자 현감은 눈치를 봐가며 홀짝거려 마셨다. 고개를 갸우뚱거리는 것이 차 맛을 별로 모르는 게 틀림없었다. 추사는 천천히 잔을 들어 차 맛을 음미하여 그에게 차를 낸 것이 실수였다고 인정하고 있었다.

"차맛이 싱겁지요?"

"아닙니다. 아주 상긋한데요……."

추사는 속으로 웃었다. 어차피 그에게 더 대접할 아무것도 없었으므로 도리없는 일이잖은가.

"제가 오늘 온 것은……갑갑하실 때에는 동네 눈치 봐가며 밖으로 소요도 좀 하시고……."

그가 선심이라도 쓰듯 작은 눈을 몇 번 깜짝거렸다. 그러나 그의 말투로 보아 이제까지 그가 나다닌 데 대한 통제조치임이 분명했다.

"원체 동네가 됫박 만한 데다 사람들 성미가 깨까다로워 놔서……."

그는 기어코 본색을 드러냈다.

"예, 소문이 나쁘게 전해진 모양이지요?"

"아닙니다. 그런 게 아니라 혹시라도 말썽이 생길까 그걸 걱정하는 것입지요. 다시 말하자면 너무 속박받진 마십시오."

"감사합니다. 그렇게까지 걱정해 주시니⋯⋯."

추사는 다시 차 한 잔씩을 찻잔에 따랐다.

"아니 뭐 이렇게 자꾸⋯⋯."

"한두 잔 마셔서는 인연이 안 닿는다는 차올습니다."

"⋯⋯."

현감은 얼굴을 붉혔다. 그리고 서둘러 일어났다. 그가 돌아갈 때 마당에는 세찬 바람과 함께 진눈깨비가 측측 흩날리고 있었다. 가시울타리 어귀에서 그들은 서로 상체를 숙여 보이고 헤어졌다.

인연

2월 새벽, 대둔사(大屯寺) 경내의 공기는 정갈하고 찼다. 소매 속으로 스며드는 맑은 공기는 밤 동안 찌든 정신을 맑게 해주는 듯했다. 마루 끝을 내려선 허유(許維)는 유천(乳泉)으로 내려가 얼음을 깨고 쪽박으로 물을 떴다. 한 모금 마시고 입안에서 찬 기를 가시우고는 내리우고, 다시 한 모금을 그렇게 해서 입에 물었다. 유천에 굽어서 되레 우러러보는 두륜산(頭輪山)은 둔중하면서 서기에 차 있었다.

그는 그런 산세를 올려다보며 마음속으로 바다 밖 외딴 섬을 떠올렸다. 이제 만나기 위해 길을 떠나려는, 몇 달째 헤어져 있는 은사의 안부가 궁금했다. 어떤 모습으로 어떤 생활을 하고 있을까? 그는 일어나 찬 서리가 얼찐거리는 숲 사잇길을 거닐기 시작했다.

따지고 보면 은사인 추사와의 인연도 이곳에서 비롯되었다.

그 을미년(1835년)에 그는 이 절로 와서 초의선사(草衣禪師)가 머무는 일지암(一枝庵)에 방을 얻어 거처하고 있었다. 그때 선사는 대화 중에 걸핏하면 추사 얘기를 입에 올렸다.

"내 일생의 지음(知音)인 추사야말로 그 뜻이 높을 뿐더러 명실상부한 시·서·화의 삼절(三絶)이지. 인물 자체가 걸물이야……."

"……."

"서격(書格), 화격(畵格)이 그렇게 고매할 수가 없다니까니……."

노상 이런 투였으므로 추사란 인물의 이미지는 허유의 뇌리에 깊이 인이 박혀 있었다. 그로부터 그는 자기 속에서 한 계략을 세워나갔다. 윤공제(尹恭齊)의 그림을 정성 들여 본떠 그리고 스스로도 몇 폭의 그림을 그렸다. 자기 계산이 어느 정도 섰을 때 그는 그것들을 말아 가지고 선사의 방으로 들어가 무릎을 꿇었다.

"선사님, 제가 그 동안 그림 몇 폭을 임사한 게 있습니다."

그는 그 그림들을 선사의 앞에 펼쳐놨다. 꼬불어드는 것을 손바닥으로 쓸어 펴서 펼쳐놓고는 차례로 한 장씩 걷어 나갔다. 달걀형의 민대머리, 선사의 긴 눈썹이 꿈틀하는 걸 엿볼 수 있었다.

"으음."

그러나 그는 신음 같은 한마디를 뱉을 뿐, 더 무슨 말이 없었다. 표정도 원래 변화가 없는 분이지만 약간 긴장돼 있을 뿐 별

변화를 나타내지 않았다. 그는 이 때다 싶어 무릎걸음으로 다가
앉으며 말했다.

"선사님께서 하도 그러시니 추사 공께 보내어 한 번 증질(證
質)을 받아보고 싶습니다……"

"음."

선사는 몇 번 가볍게 고개를 끄덕였다. 그리고 며칠 후 그 그
림들은 선사가 두릉(杜陵)에 가는 걸음에 바랑에 넣어 짊어지고
옮겨갔다. 기대와 불안이 섞갈린 스무나문 날, 그리고 서울로부
터의 편지가 날아왔다. 편지를 개봉할 때 허유는 얼굴이 홧홧
달아서 선사의 무릎 앞에 앉아 있었다. 갈겨쓴 추사의 편지는
짧았으나 야무진 내용이었다.

허군의 화격(畫格)은 거듭 볼수록 더욱 묘하니, 이미 품격
은 이뤘으나 다만 견문이 아직 좁아 그 좋은 솜씨를 마음대로
구사하지 못하니, 빨리 서울로 올라와서 안목을 넓히게 하는
것이 어떠하오……

"허엇 그, 사람 하나 잃어버리게 생겼구만……"

초의는 읽던 편지를 허유 앞으로 내던졌다. 그는 그 편지를 받
아 눈을 부릅뜨고 다시 자세히 읽어나갔다. 가슴속에 으름 속 단
물 같은 기쁨이 서서히 고여 갔다. 어깨에 잔뜩 힘이 생겼다. 초
의는 마저 읽은 편폭(片幅) 하나를 그의 앞에 떨어뜨렸다.

이와 같이 뛰어난 인재를 어찌 손잡아 함께 오지 못하였소?
만약 서울에 와서 있게 된다면 그 진보는 측량할 수 없을 것이

오. 그림을 보매 마음 흐뭇하니 즉각 서울로 보내도록 하오.

이 편지의 인연으로 허유는 그 해 8월 종형을 따라 서울로 올라간다. 진도, 좁은 섬을 벗어나 가는 곳마다 만나는 새로운 산천과 성읍, 그는 들뜨고 가슴이 확 열리는 기분이었다. 그러나 서울이 가까워올수록 가슴속에 한 가닥 불안도 없지 않았다. 모사한 그림을 한 번 보고 써보낸 지나친 찬사가 영 믿기지 않아서였다.

그런데 소사(素砂)로 가는 도중 길가에서 초의선사와 딱 맞닥뜨린 것은 아무리 생각해도 기연이었다.

이러는 수도 있는 거구나, 세상에 이러는 수도 있는 거구나.

그는 속으로 기뻐 흐느끼고 있었다. 그들은 손을 맞잡고 한참 길가에 선 채 반가움을 나누다가 선사 쪽에서 오던 길을 되돌아섰다.

"나는 갈 길도 일정치 않고 부운(浮雲) 인생이니 내가 되돌아가는 게 옳지……."

허유 형제는 그런 선사가 너무 황송하게 생각되었지만 말릴 계제도 못 되었다. 성큼성큼 앞서 걷는 선사를 고맙고 황송한 마음으로 쫓아갔다. 그날 밤, 그들은 초의선사가 잘 아는 칠완점(漆阮店)에서 잤다. 그리고 이튿날 새벽 일어나 초의는 추사에게 보내는 편지를 한 장 써서 허유 손에 들려주었다.

"좋은 인연이 될 걸세. 부디 대성하게. 작은 것에 집착하지 말고 남이 가질 수 없는 크고 넓은 것을 갖도록 노력하게."

허유는 이런 넉넉한 선사의 얼굴을 말없이 올려다보았다. 한

참 마주잡고 있는 선사의 두 손이 녹나무 새 이파리처럼 정갈하게 느껴졌다.

"어서 가……어서 가보라구……."

선사가 손을 놓고, 그들은 뒷걸음쳐 물러가면서도 여린 실이 그들 서로의 사이간에 연결되어 있음을 느끼고 있었다. 멀어지면 멀어질수록 그 여린 실은 거미줄처럼 늘어났다. 굽이를 돌아 안 보이게 된 후에도 그 실은 계속 풀리며 그들 사이를 잇고 있었다.

한강을 건너고 남대문을 지날 때 나직나직한 기와지붕들은 그들을 반겨 맞는 듯했다. 그들은 이런 거리를 스적스적 스쳐 걸었다. 초의가 약도를 그리며 일러준 대로 남대문을 돌아 장동(壯洞)의 월궁댁(月宮宅)에 도착한 것은 한낮이 훨씬 기울어서였다. 추사는 상중(喪中)이라 여막(廬幕)에 머물고 있었다. 그들은 이 여막으로 올라가 위패 앞에 분향 재배하고 초의가 써준 편지를 내놓았다. 그리고 떨리는 마음으로 스승 앞에 무릎을 꿇고 앉았다.

"월여 전에 임방(臨倣)해 보낸 그림을 보았소……이렇게 쉬 만나게 되니 다행한 일이구려……."

방안은 좁았으나 정갈하고 분위기가 낯설지 않았다. 서안이나 문방사우도 잡힐 듯 친근감을 주는 물건들이었다.

추사는 초의의 편지를 서안 위에 펼쳐 읽으며 빙그레 입이 벌어져갔다. 그는 꼭 무슨 말을 한마디 할 것 같다가 말았다. 마침 북쪽 문으로 상복을 입은 추사와 얼굴이 비슷한 사람이 들어왔다.

"아, 앉으시게. 이 분들은 그림을 그리는 허유 씨와 그 종형님 되시는 분이야. 그리고 이 사람은 내 둘째 아우요……."

"예, 저는 명희(命喜)라고 합니다."

"저는 전라도에서 올라온 허유입니다."

"아, 지난번에 형님께 보낸 그림을 완상했었습니다."

"부끄럽습니다. 힘껏 하지도 못한 것을……."

"무슨 말씀을, 저흰 퍽 감격을 한 걸요……."

그러면서 그는 약간 뜬 얼굴을 찡그렸다. 그리고 보니까 그는 잔병을 앓고 있는 듯 얼굴색도 파리했다.

그러는데 이번에는 약간 더 젊어 보이는 사람이 들어왔다. 다시 소개하는 걸 보니까 그는 막내 아우 상희(相喜)였다.

추사 공이 서안 옆에 놓인 목탁을 들어 사랑 쪽을 향해 딱딱 두 번을 두들겼다. 그리고 조금 있으니까 갓 스물이나 됐을까, 애띤 청년 하나가 안으로 들어왔다.

"아버님, 부르셨습니까?"

청년은 읍하고 서 있었다.

"그래, 상우야, 이분들에게 인사드리고 오늘부터 너와 함께 바깥 사랑에서 기거토록 하는 데 불편 없도록 해드려라."

"예, 아버님."

"그럼, 원로에 피로하실 테니 나가서 씻고 좀 쉬도록 하시게."

"예, 감사합니다. 그럼 이만 물러가겠습니다."

그들은 스승 형제분에게 가벼운 목례로 인사를 대신하고 여막을 물러났다. 이후부터 허유는 계속하여 바깥 사랑에 머물게 되었다. 아침에는 큰 사랑에 나가 스승에게 인사하고 화품(畫品)에 대한 논평을 경청하였으며, 어떤 날은 난을 치거나 글씨를 쓰는 필법의 묘경을 터득해 갔다. 이런 때는 어린 상우도 옆에서 거들고 지켜보았다. 허유는 점점 좋은 그림을 그릴 수 있겠다는 자신이 생겨갔다.

십여 일이 지난 어느 날 저녁이었다. 저녁을 마친 후에 큰 사랑에서 추사가 그를 불렀다. 그는 물을 끓이고 다기들을 벌여놓고 있었다. 아직 반쯤 찬 달이 처마 끝 감나무 가지에 걸려 있었다. 어디서 귀뚜라미 소리가 시름시름 들려왔다.

추사는 차를 달여 그의 잔에부터 따라주고 자기 잔에도 따랐다. 그리고 잔을 들어 마시기 시작하자 말을 꺼냈다.

"어째 정진이 잘 돼 가시는가?"

"제 나름으로는 한다고 하고 있습니다만……."

"어째 영 신통한 대답이 아니군."

추사가 훌쩍 잔을 들어 마셨다. 섬돌 밑의 귀뚜라미가 지익 울더니 소리를 뚝 그쳤다.

"화도(畫道)라는 것은 참으로 어려운 것이지. 거기다 화격(畫格)을 터득하기란 더 어렵고……."

어째 처음부터 분위기가 엄숙해서 허유는 운신을 못할 만큼 마음이 졸아들어 있었다. 얼굴도 자꾸만 숙여졌다.

"자네가 처음 배운 것은 바로 윤공제(尹恭齊)의 화첩인 줄 아는데, 우리 나라에서 옛 그림을 배우려면 공제로부터 시작하는 게 당연하지. 그러나 공제는 신운(神韻)의 경지까지 이르지 못했네."

"……"

그는 더 얼굴이 달아올랐다.

"겸재(謙齋) 정선(鄭敾)이나 현재(玄齋) 심사정(沈師正)이 모두 이름을 떨치고 있지만 화첩에 전하는 것은 한갓 안목만 혼란시킬 뿐이야. 결코 들쳐보지 말게."

허유는 홧홧 단 얼굴을 쳐들어 스승의 얼굴을 마주봤다. 겸재나 현재는 그래도 당대의 대가들인데, 한갓 안목만 혼란시킬 따름이라니…… 그의 속에 의문의 먹구름이 짙게 깔렸다. 그러나 스승의 얼굴에는 온유하면서도 꺾지 못할 절대의 자신감으로 차 있었다.

"자네는 화가의 삼매(三昧)에 있어서 천리 길에 이제 겨우 세 걸음을 옮겨놓은 꼴과 같아. 방심하면 안 되네."

허유는 더럭 두려움까지 생겼다. 이제까지 마냥 칭찬하고 엉덩이 받아 나무에 올리듯 올려놓기만 하고 있었는데 갑작스런 이런 말은 그의 기를 꺾어놓기에 충분했다.

그러나 다음 순간 추사는 서안 위에 놓여 있던 화첩 한 권을 그 앞으로 내려놓았다.

"청초(淸初)의 서화가 백운산초(白雲山樵)의 화첩이네. 원인(元人)의 필법을 방사(倣寫)한 것인데 익히고 나면 점차 깨치는 게 있을 게야. 한 본 한 본 열 번씩 본떠 그려보도록 하게……"

허유는 물러나와 그 저녁부터 백운산초의 그림을 본떠 그리기 시작했다. 낮에도 매일의 일과로 그림을 그렸다. 한 본을 열 번씩 그리는 일은 지루한 작업이었지만 막상 마쳐놓고 보면 마음에 들게 그려진 게 한두 점에 불과했다. 이렇게 그려진 그림들을 추사에게 바치면 추사는 한 점 한 점 유심히 보며 검토했다. 이것은 허유에게는 진땀나는 과정이었다. 자신에 대한 회의도 몇 번이나 있었다.

그런데 하루는 저녁 무렵에 큰 사랑 옆을 지나다가 스승이 무슨 말끝엔가 호탕하게 웃는 웃음소리를 들었다. 이 정도로 큰 웃음소리가 새어 나오는 걸 보면 상중이라 좀처럼 없던 일이지만 그는 취해 있는 게 분명했다. 그리고 그 웃음 끝의 한마디가 그의 발걸음을 덫에 건 듯 묶어놓았다.

"자신하고 말하지만 두고 보게. 그는 조선의 큰 화가가 될 것이야. 자, 이 백운산초를 임방한 그림을 봐. 한 폭씩 걸어둬 보게. 어디 내놔도 부끄럽지 않을 것이야."

손님이 무어라고 대꾸하는 소리는 거리가 멀어서 잘 알아들을 수 없었다. 그러나 말귀로 보아 그들이 자기가 임방한 그림을 놓고 평을 하고 있다는 것만은 이내 알 수 있었다. 그는 마치 은밀한 짓을 하다가 들킨 사람처럼 가슴이 울렁거렸다. 얼굴도 달아올랐다. 그는 황급히 그 자리를 떴다. 바깥 사랑의 댓돌을 오르면서야 그는 비로소 숨을 내리쉴 수 있었다. 그리고 속으로 으름같이 단 샘물이 솟아남을 의식했다. 누구에겐가 상대 모를 사람에게 무한히 감사하기까지 했다.

그런 일이 있고 나서 며칠 후였다. 그날도 저녁 후에 허유는 큰 사랑으로 불려갔다. 차를 마시고 나서 그는 허유 앞에 글씨 두 자가 쓰여 있는 화선지 조각을 꺼내 보였다. 거기에는 차분한 예서체로 '소치(小癡)'라고 적혀 있었다.

"맘에 들지 모르네만, 내 그 동안 자네의 호를 하나 지어놓았지. 옛날 진나라에 호두장군(虎頭將軍)이라고 박학한 고사(高士)가 있었는데, 그가 재절(才絶), 치절(癡絶), 화절(畵絶)의 삼절이었어. 중국 황대치(黃大癡)의 호도 거기서 유래한 것이야. 소치라, 거기에 비해서 어때 너무 작은가?"

그는 그만 가슴이 꽉 막혀왔다. 소치라면 꼭 황대치와 비교하지 않더라도 운치 있는 이름이었다. 더구나 아무 부탁도 안 했는데 이런 배려를 해준 스승의 마음씀이 고마웠다.

"사부님, 은혜 백골난망이옵니다."

그는 무릎을 고쳐 꿇고 깊이 절하였다. 이런 자상한 마음씀은 부모라고 해도 따르지 못할 것이었다. 그의 입안에 단 샘처럼 침이 고이기 시작했다. 이제 그것은 황홀한 추억이었다.

이런저런 생각을 하며 어정어정 숲 속을 거니는 사이, 어느새 해는 두륜산 등성이를 기어올라와 부챗살 같은 햇살을 사방에 흩뿌리기 시작했다. 숲 위에, 산등성이에 가득 차 있던 서기는 이제 서서히 꼬리를 사리며 나무 숲 아래로 내려와 있었다.

그는 이제도 스승 추사가 잡혀가던 그날 밤의 일을 생각하면 가슴이 쿵쿵 뛰고 겁이 났다.

면상(免喪)한 후에 형조참판을 거쳐 동지부사(同知副使)가 되었던 추사는 7월에 재상 김홍근이 소(疎)를 올려 윤상도옥사를 재론하고 공격하는 바람에 직첩을 회수당할 지경이었다. 그는 금호로 물러나 있다가 8월초에는 예산지의 묘소가 있는 곳에 가 머물고 있었는데, 스무날 어두운 밤중에 포졸들이 달려들었다.

그날 그는 스승을 찾아 예산지로 내려가 있었으므로 스승이 곤욕을 당하고 끌려가는 모습을 목도해야만 했다. 그날은 꽤 후덥지근하게 무더운 날씨였는데도 소치는 몸이 덜덜 떨렸다. 하마터면 그도 무더기로 끌려갈 뻔했던 것이다. 이제 생각해도 그때의 상황은 공포분위기였다. 그들은 무지막지했으며, 부러 그런 분위기를 조성하는 듯했다.

그는 그 길로 어미 잃은 망아지 꼴이 되어 하릴없이 마곡사(麻谷寺)의 상원암(上院庵)을 찾아가 십여 일 머물다가 강경포(江鏡浦)에서 배를 타고 물길을 따라 내려온 것이었다. 지난 한 달여가 악몽만 같았다. 숲 사이로 간간 들리던 아침 예불의 목탁 소리도 멎은 지 이미 오래다. 일지암(一枝庵) 추녀 밑으로 차 달이는 상긋한 냄새가 솔바람처럼 흩어졌다.

초의선사는 정좌를 하고 앉아 차를 달이며 그를 기다리고 있었다. 그는 선사 앞에 나아가 무릎을 꿇고 앉아서 작은 찻잔에 따라놓은 차를 두 손으로 싸잡았다. 몸이 꽤 얼어 있었으므로 방안에 가 앉자 퍽 안온한 기분이 되고 몸도 풀려갔다.

"스님, 오늘은 떠날까 하옵니다."

소치는 숲 속을 거닐며 마음먹은 대로 말을 꺼냈다.

"어딜?……대정(大靜)으로?"

이미 이곳에 도착해서 일차 언질을 준 적이 있었기에 선사는 말귀를 곧 알아들었다. 소치는 묻는 말에는 대답을 않고 그냥 고개만 숙였다.

"인연이 소중하기로 쳐서야 백 번을 가도 가당하지. 하지만 생명을 걸고 위리안치된 죄인을 찾아가서 어쩌자는 것인구?"

"아무래도 가 뵙지 않구는……."

"전생의 인연이라……나무관세음보살……."

선사는 합장을 하고 나서 차를 또 한 잔 따랐다. 벌써 석 잔째였다.

"뜻이 소중하니 말리기도 어렵구만. 자, 이건 무염지(無染池)에서 딴 승설다(勝雪茶)야……."

선사는 상체를 뻗어 시렁 위에서 차 봉지 하나를 꺼내더니 소치의 무릎 앞으로 쑥 밀어버렸다.

"한 자 소식이라도 적으심이 어떠신지요?"

소치가 읍하고 섰다.

"적긴 뭘 적어. 가서 본 대로 전하랄 밖에……나도 바로 뒤따라갈지 몰라……."

선사가 고개를 들어 시선으로 나뭇가지 끝에 흘러가는 구름을 좇고 있었다.

"예?"

소치의 의심쩍은 시선이 그런 선사의 턱 밑에 가 꽂혔다.

"왜? 자네가 가는데 유운(流雲) 같은 내가 못 갈 이유가 없잖은가?……언제가 될지 모르지만 나도 꼭 한 번 바다를 건너갈 거야."

마주친 그들의 시선이 퍽 불꽃을 일으켰다가 잉걸 밖으로 꺼내진 단쇠처럼 식어갔다.

소치는 읍하고 물러나와 행장을 수습하고 바랑을 걸머졌다. 이제 그는 이런 일에 이골이 나 있었다.

허리 굽혀 인사를 하고 물러나왔는데, 절 입구의 작은 다리께까지 걸어나와 뒤돌아보니까 그제도 선사는 절을 받던 그 자리에 무심한 듯 서서 이쪽을 바라보고 있었다.

관두량(館頭梁) 포구까지는 좁고 험한 길이 구불구불 가도가도 그만이었다. 그는 흥얼거리며 부러 활개를 쳐 걸었다. 맵게 마주 불어오는 바람이 되레 길동무가 되어 주었다.

그는 언덕을 오르면서도 생각하고, 비탈을 걸어 내리면서도 생각했다. 장(杖) 일백 대를 무참히 맞고 초죽음이 된 스승이 이 길로 실려 간 모습을 떠올릴 때마다 가슴에 돌이 앉은 듯 을큰을큰 아파 왔다. 장 백 대, 유삼리(流三里), 말이 좋지 그게 어디 사람이 감당할 수 있는 실형인가. 무지막지한 형벌을 명주 같은 스승께서 당하는 생각을 하면 복통이 터졌다.

그러기에 옛날에도 그런 시가 나온 게지. 삼십대 초반 젊은 나이에 육경을 지내고, 사화(士禍)에 연루되어 제주로 귀양가는 도중 해남의 바닷가에서 충암(沖庵) 김정(金淨)이 지었다는 시가 그의 머리를 타고 눌렀다.

　　무더운 여행길에 허덕이는 사람들을 가리워줄 셈으로 산중을 멀리 떠나와서 긴 몸 구부리고 서 있는 것이겠지. 촌나무꾼도 도끼로 베어가고 지나는 행상마저 가지 꺾어 밥을 지으니 그대의 공덕을 진시황만큼 아는 이도 없구나.

그는 아마 치고 받고 밟힌 자기 신세를 길가에 서 있는 노송에 비유했을 터이었다.

가지는 꺾인 채 잎새는 삼가 도끼에 찍힌 몸을 모래 위에 눕히니 슬프기 그지없다. 동량원재(棟梁元材)가 되려던 당초의 희망은 이제 사라지고 뻣뻣한 그대로 해선(海仙)의 뗏목이나 되리라.

젊은이는 제주로 귀양 간 후 2년 만에 사약을 먹고 죽었으니, 그는 이미 이곳을 지나갈 때에 자기의 숙명을 점치고 있었는지도 몰랐다.

하늘을 보면 구름은 자꾸 자기가 가는 방향에서 거슬러 흘러오고 있었다. 젖빛 같은 하늘이 자꾸만 그를 눌러와서 키마저 작아지는 느낌이었다.

그는 길가의 작은 마을들을 만나면 집에 들어가 길도 확인하고 물도 얻어 마셨다. 배가 고프면 서슴없이 음식도 구걸해서 먹었다. 마을 아낙들은 그의 차림을 흘끔거려 확인하며 선선하게 먹을 것을 주었다. 그는 이런 일이 조금도 부끄럽거나 부담스럽지 않았다. 설사 구박을 당해도 그게 즐거웠다.

"이거야말로 나란 놈은 더 될 나위 없는가 봐."

그는 음식을 얻어먹고, 입술을 훔치며 골목을 나서면서 혼자 중얼거렸다. 그리고 어깨를 들썩이며 속으로 웃었다.

해촌의 작은 마을들은 한결같이 이내가 낀 듯 흐릿한 속에 집들은 옹색하게 엎드려 있고 지붕은 낮았다. 반면에 멀리 가까이 산세는 그림인 듯 빼어나고 아늑한 곳도 있었다. 등성이 뒤에 또 등성이, 그 뒤에 또 배경처럼 흐릿한 등성이가 정말 그림을 그려보고 싶게 그를 유혹했다. 첨예한 상록수림도 신선한 장면이었다.

그가 이런 산천을 두루 구경하며 관두량 포구에 닿은 것은 2월의 해가 서녘으로 훨씬 기운 이른 저녁 때였다. 작은 포구, 물이 나간 갯바닥에는 돛을 내린 고깃배 서너 척이 눌러 붙어 있었다. 사방은 적막강산, 어디 가서 어떻게 배를 얻어 타는 것인지 막막했다.

그가 이런 관두량 포구 주변을 배회하다가 제주로 오는 화물선을 얻어 탄 것은 포구에 닿아서 사흘째나 되는 날이었다. 배에는 항아리, 대독, 방구리, 자배기, 푼주 등속을 켜켜 쌓아놓았고, 군량미인 듯한 가마니도 싣고 있었다. 면화와 실, 직물감을 갖다주고 미역과 전복, 해산물들을 받아내 간 상인배가 몇 사람 같은 배에 타고 있었다. 배가 바다를 헤쳐갈 때 그들의 관심은 결국 행색이 유별난 소치에게로 쏠렸다.

"어디까지 가는 손님이시오?……보아하니 양반 어르신네 같은데……."

탕건 바람의 사내가 결국 호기심을 끄지 못해 다가앉으며 물었다.

"제주까지 갑니다만,……객들은 어디까지 가시오?"

"우리도 마지막 목적지는 제주섬이지요. 그러나 우리 삶이라는 건 도대체 목적지가 없습니다."

"그날 닿는 데가 목적지고, 그날 지나는 데가 경유지라예. 그저 하루하루를 떠서 지낸답니다."

머리에 수건을 두른 젊은이가 타령조로 이야기했다.

"하루 머물러 한 독 팔고, 하루 머물러 한 방구리 팔지요. 더 바랄 것도 없고 더 바라지도 않습니다."

그것은 서술이기보다는 넋두리였다. 그 넋두리 속에서 그들의 생활을 느낄 수 있었다.

"이 포구 들러서 대독 하나 팔고, 저 포구 들러서는 자배기 한 개 팝니다. 값으로는 돈도 받고 서속도 받지요. 우리들이 못 받을 것이란 아무것도 없답니다."

"우리는 어디서나 떠서 생활하지요. 오늘은 이 포구에서 살고 내일이면 다른 포구로 갑니다. 거기서 우리 물건을 필요로 하지 않으면 이내 다른 포구로 옮기지요. 우리는 보채지도 않고 안달하지도 않습니다. 다만 필요해서 붙잡는 곳에서는 며칠이라도 머물지요."

"듣자하니 그 생활이 참 부럽습니다.……세상 이치를 아주 그럴 듯하게 지니고 살아가는군요."

"어떤 때는 환대도 받지만 어떤 때는 홀대도 받습니다. 세상 이치란 참 파도 이랑과 같은 것이어서 한 이랑이 높으면 한 이랑은 낮은 것이더군요.……필요하다고 다 손을 내밀어 붙잡는 것도 아닙디다."

"필요한 데서 되레 떠다밀고, 되레 헤살을 놓는 경우도 적잖더군요."

소치는 망연히 흘러가는 물 이랑을 내려다보았다. 하늘에 떠가는 흰 구름도 보았다. 배도 뜨고, 옹기도 뜨고, 구름도 떠서 결국은 어딘가 끝간 데 없는 곳으로 흘러가는 듯한 느낌을 그는 갖고 있었다.

선문답을 하듯 시름시름 이야기하던 옹기장수들은 재도 안턴 장죽을 뱃전에 놔둔 채 잠든 듯 눈을 감고 있었다.

배는 진도(珍島)의 벽파진을 들르고 추자(楸子) 근해에 왔을 때 거슬러오는 바람을 만나 나뭇잎마냥 까불리기 시작했다. 먹은 것 없는 아랫배에서 욕지기가 치솟고, 그것이 창자를 아리게 했다.

"아무래도 며칠 추자에서 쉬어야겠수다."

녹대수염(구레나룻) 거친 수사공이 배 안의 모든 사람에게 명령하듯 말했다. 그리고 배는 어느새 붉은 산이 있는 섬을 한 바퀴 돌아 물 때 맞은 개에 올라 있었다. 붉은 산머리에 티끌이 솔개처럼 치솟아 소용돌이치는데도 고운 자갈돌이 깔린 좁은 포구는 손바닥 안처럼 고요했다. 바람 한 가닥 포구에 범접하지 못했다.

"고려 적 최영 장군도 목호(牧胡) 토벌 길에 이 포구에서 여러 날을 후풍(候風)했다 합니다. 그때 그물 깁는 법을 섬사람들에게 가르쳤다 하지요."

"어림없는 소리. 그게 그럴 수가 있는 일인가. 다 지어내서 하는 얘기지."

"아, 그럼 근거 없이 제사를 지낼 것이여? 자네는 말끝마다 끼여들지 말어어."

"누가 누구더러 할 소린지 모르겠네. 자네사말로 말끝마다 끼여들어선 못 쓰느니……."

소치는 옹기장수들의 실랑이를 귓등으로 흘리며, 얼른 자갈 위로 뛰어내렸다. 멀미로 시선이 어질어질한데 씻긴 자갈 위에 빗긴 햇빛이 또 어룽거리고 있었다.

쏴르르르 쏴 쏴르르르

차르르르 쏴 차르르르

씻긴 자갈들을 재우치는 물결소리가 그의 아랫도리를 휘감고 났다가는 또 휘감았다. 그는 그 소리들 사이로 미끄러지는 자갈들을 밟으며 걸었다.

포구 머리에 초가집들이 진드기처럼 붙어 있었는데 등허리에 잔뜩 그물을 쓰고 날아 갈까봐 납작하게 엎드려 있었다. 섬의 간고가 파도처럼 밀려와서 그의 어깨를 누르고 가슴도 쳤다.

그는 또 이 주변 어느 바다를 헤쳐갔을 스승을 생각했다. 스치고 멍든 얼굴도 떠올랐다. 파도가 밀려와서 다시 그의 어깨를 치고, 가슴 한가운데를 쳤다. 그는 같이 타고 온 배의 사람들이 전혀 한세상 사람들 같지가 않았다.

추자도에서 파도 때문에 사흘을 더 지체하고, 관두량 포구를 떠난 지 이레째 되는 날에야 배는 간신히 제주의 화북(禾北) 포구에 닿았다.

그는 진도가 고향인 탓으로 배를 타고 여러 번 왕래하는 뱃길에 험한 고비도 여러 번 넘겼지만 이번 같은 험로는 처음이었다. 마치 무엇에 씌운 것 같았다. 바다가 한없이 두렵고 고맙게도 생각되었다. 그저 막연하게 한없이 고맙기만 하였다.

뱃길의 여독으로 초죽음이 된 그는 제주의 여사에서 하루를 뒤채며 앓은 다음에야 추사가 위리안치되어 있는 대정현(大靜縣)을 향해 길을 떠났다.

80리라는 야산 길에 나서자 눈 덮인 한라 산정이 가직하게 자꾸만 뒤쫓아왔다. 뒤쫓아오는 그 산은 언제까지나 왼쪽 옆구리 가득 충일감을 안겨왔다.

그런데 그 산은 전국을 돌며 살핀 다른 산의 인상이나 해남에서 본 산의 인상과도 전혀 달랐다. 계곡은 깊지만 산은 낮고 모나지 않았다. 만만하지만 넘볼 수 없는 품위도 있었다. 화제(畫題)로는 신통치 않으나 참으로 편안한 기분을 주는 인상이었다. 선이 부드러운 작은 산들은 대개 꼭대기가 오목하게 패어 있었다. 그 패인 꼭대기는 붕긋 솟았던 거품이 내면에서 푹 꺼지며 내려앉은 듯 한쪽이 베슥이 낮아져 있었다. 그 패인 자국들이 마치 열서너 살 계집애들의 물오르는 조개 같은 생각이 들어서 웃음을 깨물게 했다.

이런 오름(봉우리)들은 하나를 지나치고 나면 또 저만큼 앞에 나타나고 나타나곤 했다. 그래서 나그네의 기분은 연달아 홍겨웠다.

대정현이 가까워졌을 때 문득 마주친 산방산에서도 그는 비슷한 인상을 받았다. 오름들이 암컷이라면 돌출한 산방산 봉우리는 단연 수컷의 인상이었다. 마침 해가 설핏 서녘으로 기울어 있어 강렬한 조명을 받은 산은 그 때문에 더 강한 인상을 주었다.

헤어지는 감발, 허탈한 기분으로 비탈길을 내려와서, 그는 한 묵은 고을에 닿았다. 성담에도 회색 돌이끼가 끼고, 폭삭 늙어버린 여인 같은 고을이었다. 이런 고을의 입구에 괴이한 인상의 돌하르방 무더기가 양옆에 버티고 서 있었다. 짐짓 한쪽 어깨를 치켜올리고 입꼬리에 웃음을 물고 있는 돌하르방, 이것들을 만나자 그는 이 고을이야말로 자기가 찾는 스승의 적소임을 대번에 알 수 있었다.

"여기 쉰나문 곱게 늙은 노인네가 귀양살이하는 집이 어디입니까?"

소치는 지나가는 농부를 붙들고 물었다.

"저영 가다가 요영 돌아오민 되어마씀."

갈잠방이 적삼의 농부가 손가락으로 꼬부라진 길모퉁이를 가리켰다. 저리 가다가 요리 돌아오면 된다는 의미는 몸짓을 통해서만 읽을 수 있었다.

농부가 손가락질한 대로 그가 길모퉁이를 돌아 골목 안 배소를 찾아들었을 때 배소 난간 가장자리에는 나비 날개같이 연약한 겨울 햇살이 파르락거리고 있었다. 그걸 보는 순간 급했던 가슴에 나무 송곳이 쿡 솟구쳤다.

"아니 이거, 소치 어르신네 아니십니까?"

객이 부르는 소리를 듣고 띠창살을 발겨 본 철이가 엉겁결에 마당으로 내려섰다. 놈은 반가운 김에 어쩔 줄을 모르고 한참동안 손만 부벼 쓸고 있었다.

"대감마님, 대감마님, 소치 어르신께서 오셨습니다."

그의 뒤를 따라 방을 뛰쳐나온 갑쇠가 '모커리' 쪽 구들 문 앞으로 달려가 문고리를 잡아 흔들며 경황없이 떠들었다.

배추흰나비가 팔랑거리는 마루 끝에 바랑을 벗어놓고 그는 스승이 앉아 있는 방 문지방을 넘어섰다. 지그시 눈을 감은 스승은 서안 저편에 가부좌를 틀고 앉아 미동도 하지 않았다. 그 눈꼬리께가 가늘게 떨고 있었다.

"스승님, 절⋯⋯받으십시오⋯⋯."

그는 오래도록 구들바닥에 이마를 맞댄 채 엎드려 있었다. 얼른 보매도 잿빛으로 찌들어 있는 은사의 얼굴이 망막에 잡히고 눈물이 하염없이 쏟아졌다. 그 흐르는 눈물을 주체할 수 없었다.

"그 먼 길을……어디, 손 한 번 잡아보세……."

스승의 손이 서안 위를 넘어와 엎드려 있는 그의 손을 잡았다. 뜨거운 스승의 손 안에서 그의 찬 손이 녹고 있었다.

그는 고개를 쳐들어 은사의 얼굴을 마주보았다. 드리운 너울 사이로 은사의 얼굴은 비를 맞고 있었다. 그 얼굴은 웃고 있었으나 웃는 얼굴 위에 비는 줄창 내렸다. 스승의 얼굴이 비죽 웃다가 허물어져 버렸다. 눈꼬리께에 비친 눈물이 흘러내리다가는 문뜩 멎었다.

"고생이 많았지? 그 먼 길을……."

그런 입이 벌어지다가는 이내 다물어졌다.

"악연(惡緣)이지……악연이구 말구……."

스승이 거듭 고개를 끄덕이고 있었다. 제자도 덩달아 고개를 끄덕였다.

소치는 뒷박 만한 방안을 둘러보았다. 가시를 두른 울타리 안에 소똥 무더기 만한 초가, 그리고 뒷박 만한 방, 그러리라고 생각은 하고 있었으나 막상 눈으로 확인하고 나자 가슴이 더 쓰리고 아팠다. 그는 다시 엎드려서 스승처럼 깊이 눈을 감았다. 그 감은 눈꼬리에서 바위섶 샘에서와 같은 맑은 눈물이 또 한판 쏟아지기 시작했다.

사제간의 이런 대좌는 띠살문 창호지에 저녁 그림자가 서서히 드리울 때까지 계속되었다. 엎드려 있던 소치는 쑥새 무리가 둥지를 찾아가는 쨱쨱거림을 듣고서야 정신을 가다듬었다.

천리 바다 건너 이 섬까지 스승을 찾아온 것은 이러기 위한 것이 아니지 않은가? 그가 보매 스승은 그 놀랍던 정신력으로도 운신을 못할 만큼 지쳐 있음이 분명했다. 주름이 많이 늘어버린 잿빛 표정, 서안 옆에 아무렇게나 젖혀진 파지들, 넝마처럼 널려 있는 얇은 이불, 이런 것들이 모두 스승의 피로를 대변하고 있었다.

그는 궁리했다. 어떻게 앙금처럼 가라앉아 있는 스승의 기분을 추스를 것인가. 그리고 문득 한 꼬투리를 잡았다.

"권돈인 대감께서 지난달 중순께 이조판서에 임명되셨습니다."

그의 예견은 적중했다. 스승의 봉눈이 게슴츠레 뜨이고 있었다. 그의 고개가 서너 번 위아래로 끄덕여졌다.

그러나 다음 순간, 그런 벼슬의 변화마저도 그에게는 별 의미가 부여되지 않은 듯 도로 눈이 감겨버렸다.

"그래, 그 동안 어떻게 지냈는구?"

드디어 띠살창이 회백색으로 변했을 때 스승이 말문을 열었다. 그 말의 실마리가 어깨까지 꽉 죄어오던 상황에 틈을 벌여놨다. 그가 잽싸게 그 틈에 쐐기를 박았다.

"예산지에서 그 일을 당하고는 두렵고 떨리는 마음에서 마곡사의 상원암으로 갔지요."

그의 목소리가 떨리고 있었다. 마른침 내리우는 소리가 좁은 방안의 정적을 깼다. 스승이 다시 눈을 감아버렸다. 눈꼬리에 깊은 선이 패였다. 그런 스승의 표정이 다소 그를 안정시켰다.

"거기서 십여 일을 머무르다가 강경포를 따라 해남으로 내려

왔습니다……초의선사님은 저를 어르고 달래 주셨습니다. 거기서 몇 달간을 지낸 셈이지요……."

추사가 또 고개를 끄덕였다. 그때마다 얼음장처럼 죄어오던 상황이 파삭파삭 소리를 내며 부셔졌다. 그러나 가만히 있으면 깨졌던 틈서리가 어느새 살얼음으로 채워졌다. 스승의 꼿꼿한 자세가 그런 분위기를 주도했다.

"그래, 초의는 어떻던가?"

"예, 스승님께 무염지의 승설다 한 봉지를……그리고 불원 한 번 건너오신다는 전갈이셨습니다."

"무어? 초의가 이 적소에를?"

스승의 목소리가 한층 높아졌다. 그 서슬에 주변의 적막이 확 깨졌다.

"진심이셨습니다. 제가 떠나오던 날도 길게 배웅을 해주셨습니다."

"그럴 테지. 있을 만해……이 또한 우리 사이의 깊은 악연이지……."

이번에 스승의 고개는 좌우로 돌아갔다. 아마 그것은 부정의 부정일 터였다.

"이제 그만 불을 밝힐랍니다."

소치가 약간 무릎걸음을 옮겨놨다. 그런 그를 스승이 손을 들어 말렸다.

"놔두게. 불 켜봤자 보이는 건 구차한 생활……어둠이 어떻게 내리는지를 지켜보세……."

소치는 무릎걸음으로 나가다가 다시 그 자세로 물러났다. 그런 무릎이 친친 저려오고 있었다.

바깥의 쩍쩍거리던 쑥새 소리도 들려오지 않았다. 노을의 마지막 발악인 듯 창문 밑둥께가 검붉게 물들어 있었다.

좁은 마당엔 적막뿐, 모슬봉(摹瑟峰) 너머 먼 지평선 쪽에서 우우우 빈 밭에 말달리듯 하는 바람 내리는 소리가 들려왔다.

"또 매운 하늬가 불려는가보군. 뼈가 아리고 무릎이 저리더니……."

스승이 눈을 감고 있는 채 혼잣말처럼 뇌었다. 그러나 소치는 그 말의 뜻을 정확히 알아듣지 못했다.

바람이 창문에 매달려 실랑이를 벌이는 하룻밤이 지나자 소치의 내방은 적소에 적잖은 생기를 불어넣었다.

이튿날 새벽, 잠에서 깬 스승과 제자는 초의가 보내준 승설다 잔을 앞에 놓고 대좌했다. 바람은 그제도 마당에 회오리를 일으키고 있었다. 심기를 맑게 하는 야릇한 향기가 코끝에 와서 머물렀다.

"그래, 백운산초의 그림 방사하는 일은 마저 하는가?"

그가 문득 고개를 쳐들고 소치의 얼굴을 마주보았다. 그 시선에 아직도 정기가 번득이고 있었다.

"스승님이 떠나신 후론 정신이 혼미하여 더 정진을 못하였습니다."

"그래서야 쓰나. 사람은 저마다 제 몫이 있는 법, 자네는 자네의 일을 해야지."

"……"

그는 멍해서 스승의 얼굴을 쳐다보았다.

그는 처음 스승의 사랑을 찾아가서 그림 배우던 때의 일이
생각났다. 그때 그는 추사공의 자제 상우씨와 함께 바깥 사랑에
거처하며 매일 아침마다 큰 사랑에 나가 스승님께 인사를 드렸
다. 어떤 날은 스승이 친구들과 벌이는 화품에 대한 논평도 듣
고, 글씨 쓰는 것을 지켜보며 필법의 묘경도 익혔다.

어느 날 저녁, 그날도 그들은 오늘처럼 대좌해 앉아서 어둠이
마당귀에서부터 차츰 가운데로 차오는 모습을 바라보고 있었
다. 이윽고 스승이 말문을 열었다.

"화도라는 것은 참으로 어려운 것이야. 자네는 그림에 있어서
이미 화격을 터득했다고 생각하는가?"

"……."

그가 질문의 의미를 정확히 몰라 오늘처럼 미적거리고 있자
스승은 대답을 재촉했다.

"자네가 처음 배운 것은 윤공제의 화첩이었지, 아마……."

"예, 그렇사옵니다."

그의 손등이 얼른 인증으로 가서 인증을 두어 번 문질렀다.
이것은 그의 젊어서부터의 버릇이었다.

"잘한 일이야. 우리 나라에서 옛 그림을 배우려면 마땅히 공
제로부터 시작해야지……. 그러나 공제도 신운(神韻)의 경지는
아니야. 그건 알고 있지?"

"……."

그는 답답히 고개를 떨구고 앉았을 수밖에 없었다.

"자네는 화가의 삼매에 있어서 천리 길에 이제 겨우 세 걸음을 옮겨놓은 것이나 진배없네."

그는 얼굴이 확 달아오름을 의식했다. 속에서 두려운 생각과 혼란이 마구 일어나서 검은 실타래처럼 얽혔다.

"오늘부터 다시 그리는 일을 시작하게. 그것밖에 방법이 없어……"

그는 스승으로부터 이런 경우를 두 번째 당하고 있었다. 스승의 시선이 하염없이 창 밖을 살피고 있었다.

그렇게 하려고 작심중입니다…….

그러나 이 말은 소리가 되어 나오지는 못했다.

바깥엔 궂은 바람이 각각 불어대고 있었다. 바람은 지난 밤 한잠을 자고 깨서부터 불기 시작해서, 심술 사나운 여편네처럼 마당과 담 모퉁이와 새끼로 얽은 초가지붕에 갖은 실랑이를 다 벌이고 있었다.

무심한 듯 바깥에 시선을 줬던 스승이 다시 입을 열었다.

"……소제(蘇齊 ; 翁方綱의 호)께서는 일흔여덟 나던 해에 깨알에다 '천하태평(天下泰平)' 네 글자를 쓰셨지. 놀라운 집중력이셨어. 또 그 해 설날 아침부터 금글씨로 불경을 베끼기 시작해서 날마다 한 장씩 쓰고 그믐날에 끝내어 법원사(法源寺)에 보시하신 적이 있지. 이걸 봐. 내가 받들어 모시고 있는 선생님 영정의 이 작은 제자(題字)들도 모두 그 나이에 이루신 거라네……."

추사는 몸을 일으켜 시렁 위에서 엄지손가락 만한 노인의 영정을 꺼내서 서안 위에 세웠다. 소치가 그 영정을 들여다보자 실로 파리 다리 같은 글자의 획들이 가물거리며 눈에 들어왔다. 그는 속으로 깊이 고개를 끄덕였다.

추사는 언젠가 처음으로 스승 옹방강을 만나고 금석진적(金石眞蹟)들을 구경하던 때의 소감을 들려준 적이 있었다. 자획이 가느다랗기가 금실과 같고, 돌이 이지러지고 이끼가 끼어서 눈 밝은 사람이라도 쉽게 글줄을 찾아내고 글자 획을 판단하기 어려운 판이었는데, 스승이 자상하게 가르쳐 줘서 비로소 그 대체를 알 수 있더라는 이야기였다.

이 가녀린 글씨들이 이미 일흔여덟, 고령에 쓴 것이라는 생각을 하자 이마가 화끈거려 왔다.

"옛 사람들은 아무 때나 글씨를 쓴 건 아닐세. 이런 고사가 있지. 왕희지(王羲之)가 산음(山陰)에 눈이 오자 흥겨워서 밤새 노를 저어 친구 대규(戴逵)를 찾아갔단 말이지. 그런데 새벽에 그의 문전에 닿았지만 그땐 벌써 흥이 깨어진 판이었어. 그래 그냥 되돌아오고 말았다는 얘기네. 뜻과 흥이 일어나는 데 따라서 쓰기도 하고 말기도 하여 조금도 거리낌이 없어야 하는 거지. 그래야만 글씨의 정취가 천마(天馬)가 하늘을 나는 듯 하는 것이지."

그는 얼른 납득이 가지 않았다. 그렇다면 어느새 글을 쓴단 말인가. 그는 심중의 의문을 스승에게 물었다.

"마음에 뜻이 있지 않으면 언제까지나 쓰지 말아야 하는 것이옵니까?"

"마음이 일도록 힘을 쓰되 붓은 잡지 말란 말이지. 억지로 왕희지를 맞아다가 곧장 대규의 집으로 들이밀려 해도 허사라는 뜻이야. 말 부리는 종이 천마를 어거하여 높은 언덕으로 끌고 가려 하지만 어찌 그게 구름 일으키는 날랜 걸음이야 될 수 있겠나?"

소치는 숙인 고개를 쳐들 수가 없었다. 어려운 일이었다. 글쎄 그런 경지가 그에겐 좀처럼 올 것 같지가 않았다. 자신이 없었다. 그리고 쓰는 일이 전혀 즐겁지 않은 일이 아니로되 아직도 그것은 그에게 고역에 속했다.

"그림을 그리는 데는 준법(皴法)을 터득하는 일이 중요하지. 원나라 사람들은 그림을 그리는 데 된먹(枯墨)으로 손을 대어 차츰 덧칠하는 수법을 썼지. 황대치(黃大癡)는 대치의 준법이 있고, 운림은 운림의 준법이 있어서 본뜰 수 있는 경지는 아니지. 채 다 그리지 않은 듯한 나무나 못생긴 듯한 산은 모두가 타고난 기틀로부터 얻은 것이야……."

스승은 이제 어제의 눈물을 비치던 나약한 늙은이가 아니었다. 이것이 소명이란 건가. 이제 그는 맺고 끊는 데가 분명한 매운 스승으로 돌아가 있었다.

"예서의 옛 법도 감춰진 법술이 십여 가지야. 한(漢)나라 비문 글씨는 툭 터지고 똑 고르되 졸박(拙朴)하며 흉측하고 험상궂지. 그러나 이것도 요즘 사람들의 천박한 기량과 작은 소견으로 따르기는 어려워. 후한(後漢)의 한 오른 삐침(波), 전한(前漢)의 한 가로획(橫劃)이 도무지 힘든 일이야……."

소치는 벌받는 아이처럼 스승 앞에서 움쭉달싹할 수가 없었다. 글씨 쓰고 그림 그리는 일이 어렵다는 것이야 누차 일깨워

온 터이지만 오늘같이 준엄한 가르침은 일찍이 없었다. 그는 어렵게 바다를 건너온 보람을 깨닫고 있었다. 더운물로 시원히 떡을 감았을 때처럼 몸이 훈훈하게 녹아 내리고 있었다.

"나도 오늘부터는 정진할 터이거니와 명심하여 공부를 시작하도록 하게 기회란 두 번 오는 게 아니야."

그는 물러나오며 다시 손등으로 인중을 문질렀다. 그런 손안에도, 인중에도 끈끈한 액체가 묻어났다.

어느새 뒤따라 나온 스승이 거친 글씨 같은 단산 등성이에 시선이 머물고 있었다.

좁작한 상방 마루에서 소치는 묵란(墨蘭)을 치고, 놀러왔던 마을 젊은이 허숙(許淑)은 그 작업을 지켜보고 있었다.

난 치는 마음가짐과 붓 다루는 법을 가르치는 스승은 가부좌를 튼 채 묵연히 눈을 감고 있었다.

"날씨가 모처럼 화창하니 울 밖엘 나가보심이 어떨는지요?"

난초 그림의 뿌리 쪽에 점 하나를 똑 찍고 나서, 소치가 화선지를 제쳐놓으며 스승의 얼굴을 쳐다보았다.

"그 참, 드문 날씨입니다."

허숙도 마당에 새로 깔아놓은 보릿짚에 부서지는 햇살을 바라보며 뇌었다.

스승은 그제도 눈을 뜨지 않았다. 처마 그늘이 상체를 가리워서만도 아닌데 그의 얼굴은 검었다. 눈자위도 검었다.

"일어나십시오. 바깥이 너무 따숩습니다."

허숙이 주춤 무릎을 일으키며 재촉했다.

"글쎄야, 겨울 날씨가 이렇게 맑다니, 이변이군……"

어느새 뜨였는지 마당으로 쏠린 스승의 눈초리가 예리하게 빛나고 있었다. 목청도 떨리고 있었다. 제자들은 이런 스승을 보며 가루음식에 체했을 때처럼 가슴이 답답했다. 그들은 스승의 가무스름한 눈자위에 잔 파도 같은 떨림이 스쳐 가는 걸 놓치지 않았다.

스승은 아직도 가부좌를 튼 채였다. 그는 그렇게 앉아서 밤에 찾아왔던 현감의 목소리를 떠올리고 있었다. 간드러진 그의 음성이 여름날 쇠파리 소리처럼 귓바퀴에 와서 울었다.

"눈치 봐가며 바깥출입을 하시지요."

장려하는 말인지, 금하는 말인지 모르겠던 그 어투. 그는 그 말의 간사함이 그렇게 역겨울 수가 없었다.

"나가시지요. 그냥 보내기 아까운 날씨입니다."

허숙의 목소리에 배시시 잦아지는 해조음이 묻어 있었다. 키가 작고 얼굴이 그은 듯 검은 사내, 그는 아직 시문(詩文)에 능숙한 편은 아니었으나 열정만은 대단했다. 추사는 그에게서 키 작은 제주마 같은 전형적인 제주인을 읽고 있었다. 땅딸막한 체구도, 검은 피부 빛깔도, 열정도 모두가 그랬다.

그가 스승의 겨드랑이를 끼고 일으켰다. 그들이 보릿짚 깐 마당을 밟을 때 보릿짚 마디들이 틱틱 소리를 내며 깨졌다.

탱자 가시 울타리를 벗어날 무렵쯤 햇볕은 그 성긋한 탱자 가시에도 찔려 부서지고 있었다.

마을의 길은 한 뼘마다 구부러지고, 온통 빌레투성이였다. 길가를 따라 가슴만큼 올라오게 쌓은 돌담, 그 숭숭 뚫린 구멍들이 폐부 속으로 들어왔다. 칙칙한 색깔의 돌담 너머에 지나치게 화사한 빛깔의 유자가 드리워져 있는 것은 대조적이었다. 이은 지 얼마 안 된 초가지붕의 띠 색깔도 화사했다.

이런 돌담길을 따라 열 대여섯 난 비바리들이 허벅에 물을 담아 지고 오고 있었다. 그녀들은 앞서거니 뒤서거니 길 가득 오다가 그들 가까이에 이르자 한 줄로 담가에 바짝 붙어 서서 고개를 외우꼬고 지나갔다. 그런 그녀들의 수건 밑으로 드러난 턱들이 진홍빛으로 익어 있었다.

초가 울타리 담장 너머로 흰 성담이 마을을 두르고 있었다. 군데군데에 묵은 기와를 덮은 작은 관아들도 보였다. 됫박 만한 성은 각박하고 답답했다. 성은 어쩌면 미운 나그네를 보내어 가두기에 꼭 알맞은 형국이었다. 아련히 한양과의 끈이 닿아 있다는 것만으로도 대단한 위안이 아닐 수 없었다. "섬은 바다의 남쪽 끝에 있고 현은 섬의 서쪽 귀퉁이다."고 읊은 시는 비단 귀양객의 마음이 아니더라도 절박한 데가 있었다.

동문 어귀 쪽에서 잘달막한 노인 하나가 바람에 날리는 듯 그들 쪽으로 다가오고 있었다. 지팡이로 돌짝길을 더듬거리며 허청거리는 걸음으로 노인은 다가왔다. 땟국이 흐르는 무명바지저고리, 학발(鶴髮)에 희고 성긴 눈썹, 노인은 허청거리는 걸음처럼 머리도 목 위에서 멋대로 흔들거렸다. 게다가 백태 낀 동자는 사시였다.

"어딜 다녀오십니까?"

허숙이 아는 체를 했다.

"으음."

노인이 고개를 가누려 했으나 그 목은 이내 다시 돌아가 버렸다. 그는 백태 긴 사시로 그들을 힐끗 살피고는 무슨 말을 할 듯하다가 그냥 스쳐 가버렸다. 몹시 서둘고 허둥거리는 모습이었다.

"훈장까지 지낸 영감님인데 그만 돌아버렸습지요."

허숙이 쯧, 혀를 차며 말했다.

"먼 일가뻘에 목자(牧者)가 한 사람 있었습니다. 그런데 지난 겨울 눈사태에 그가 가꾸던 어승마가 폐사해 버렸습니다…… 목자는 자결하고, 노인이 재산을 팔아 뒷감당을 해야 했지요……."

쯧, 혀 차는 소리가 어느새 스승에게로 옮아와 있었다. 소치도 크게 고개를 끄덕이고 있었다. 자연낙과하는 밀감도, 폐사하는 소나 말도 모두 농가와 목자들의 책임이라니 야속한 사단이었다.

윤경당(潤經堂)을 지나고 얼마 못 가 길가에 작은 누대가 하나 나타났다. 돌계단을 올라가니까 청풍루(靑風樓)라는 현판이 걸려 있었다. 추사는 현판의 글씨를 지켜보며 무수히 고개를 끄덕였다. 그런 스승을 바라보며 허숙의 얼굴은 익고, 소치도 스승에게 전염된 듯 고개를 끄덕였다. 그 글씨를 보아 이 고장 문장의 수준을 미뤄 알 것 같았기 때문이다.

누대에서 둘러보니까 마을은 손바닥을 오무린 형국이었다. 바람에 날아 갈까봐 모여 엎드린 초가들, 게다가 성이 둘려 있어 더 좁게 보이는 것 같았다.

"저기 보이는 게 객사(客舍), 그 남쪽 건물이 향사당(鄕社堂)입니다. 남문루 가까이 보이는 게 장교청인 어변청(禦邊廳)이지요. 객사 저편 건물이 아사(衙舍), 그 중간 중간에 보이는 것들이 사창(司倉)을 비롯한 창고들입니다."

"갖출 건 다 갖췄다는 얘기군."

허숙의 말을 소치가 받았다. 추사는 그제도 턱을 숙인 듯하고 연신 고개를 끄덕이고 있었다.

"성은 좁아 보여도 주위가 4천8백90척이나 됩니다. 높이는 17척 4촌이구요. 고려 적 삼별초가 들어올 무렵 해서 아주 바다를 막아 환해장성(環海長城)을 쌓을 계획까지 했던 적이 있습지요. 그 흔적들이 아직도 해변에 많이 남아 있습니다."

"삶이 삶이 아니었겠지. 이 각박함이라니……."

스승이 다시 고개를 끄덕이는데, 처마 밑을 벗어나자 겨울 햇살을 조명으로 해서 그 얼굴의 잔주름이 부챗살처럼 퍼졌다. 그런 햇살은 먼지 쓴 마을 위에도 함빡 내리쬐고 있었다. 그리고 마을 동녘의 거대한 가마솥을 엎어놓은 것 같은 산방산 중허리에도 가서 현란하게 부서지고 있었다.

활집으로 배를 치받친 옥황상제가 홧김에 한라산 꼭대기의 백록담 자리를 뽑아 내던졌다는 산, 그 모습은 전설만큼이나 기이했다. 그 이쪽의 구불구불한 단산의 등성이도 곧은 선비가 빡빡한 붓으로 그어 내버린 글자처럼 졸박한 데가 있었다.

그들이 동문을 벗어날 때 문 양옆에 낮은 키의 돌하르방 네기가 그들을 바래줬다. 차양 짧은 모자를 쓰고 볼락눈을 한 괴상한 모습의 돌하르방들은 짐짓 가슴에 두 손을 모으고 있었다. 한쪽 어깨를 얼추 치켜올린 장난스러운 표정, 그러나 그것은 울고 있는지 웃고 있는지 분간이 잘 안 되었다. 모자의 차양에,

콧등에 내려앉은 뽀얀 먼지를 보다가 스승이 혼잣말처럼 중얼거렸다.

"천형(天刑)이야……"

누구를 두고 하는 소린지 몰랐다. 어쩌면 자기를 향한 소리일 수도 있었다.

소치도 고개를 끄덕였다. 그는 아까 오던 길에서 스쳐간 허청거리던 노인을 떠올렸다. 그 왜소한 체구, 사시이던 눈동자도 떠올랐다. 그러면서 그가 전혀 남이 아닌 것 같은 친근감이 느껴졌다. 눈을 감았다. 속에서 을큰한 샘 같은 물이 고여오고 있었다. 그런데 그 물맛은 짰다.

길가 잔디밭에 소똥을 떡 빚어 놓은 것들이 군데군데 있었다. 빌레 위에도, 돌담 위에도 그것들은 지천으로 널려 있었다. 추사는 이곳 사람들이 구들바닥을 데우는 땔감으로 말린 짐승의 똥을 쓰는 걸 이미 알고 있었다. 그러나 그 과정이 이렇다는 건 이제 처음 보아 아는 사실이었다. 빚은 소똥은 말라가면서 다섯 개의 손가락 금을 더욱 뚜렷이 드러내고 있었다. 그는 담가로 다가가 마른 소똥을 손으로 만지고 뒤집어 보았다. 마른 소똥의 냄새는 건초의 향기처럼 매캐한 데가 있었다.

그는 묵연히 고개를 끄덕였다. 지혜라는 게 여기까지 갈 수 있구나, 명치끝을 치받치는 게 있었다.

그는 처음 이곳으로 와서 변소에 가는 것이 고역이었다. 더구나 그것이 밤중 같은 때는 성가시고, 한 공포이기까지 했다. 너펄귀를 털어 내고, 주둥이가 성긋한 시커먼 돼지는 아무거나 내대면 끊어 먹을 듯이 꿱꿱거렸다. 변소라는 게 '돗통'이라는 담장으로 두른 좁은 울타리 안에 돼지집과 '디딜팡'이라는 디딤돌이나 판자를 걸쳐놓은 것이었다. 거기 걸터앉아 일을 보게 되는데, 밑에는 돼지가 누기만 하면 똥을 먹겠다고 쫓아도 쫓아도 덤벼댔다. 그는 처음 성가시고, 이 모든 것이 이곳 사람들의 미개함 탓이라고만 생각했다. 그러나 차츰 인습에 익숙해지면서 그는 세상 만물의 공생관계를 깨닫고 있었다. 그것은 한 원초적 삶의 방법이며, 이곳 사람들은 아직 그 단계를 답습하는 거라고 생각했다. 그리고 그것은 결코 이곳 사람들만의 책임은 아니었다. 그의 가슴 밑바닥에 찌꺼기 같은 것들이 걸러져 남았다.

시야 가득 칙칙한 돌담 너머로 겨울을 나는 보리밭이 이미 봄 차비를 하고 있었다. 한겨울에도 유지하고 있는 그 푸른빛은 또한 이 고장만의 경이였다. 스승은 눈을 가느스름하게 뜨고 검은 돌담과 어우러진 푸른 보리밭의 경치를 완상하고 있었다.

"아하, 이런 ! ……"

그런 스승의 입에서 짧은 절규가 터졌다. 그의 시선을 좇아갔더니 돌담 밑둥에 소담스럽게 수선화가 한 무더기 피어 있었다. 우아한 미색의 꽃무더기. 둘러보니 그것들은 밭두둑과 빈터에도 지천이었다. 바람이 한 회오리씩 불어올 때마다 그것들은 후드득후드득 꽃대를 흔들며 향기를 날렸는데, 진한 내음이었다.

스승은 심호흡을 하듯 폐부를 열고 한참이나 그렇게 서 있었다. 이런 스승의 분위기에 질려 두 제자는 아무도 말을 꺼내지 못했다.

거기뿐만 아니었다. 발길을 옮겨놓는 데 따라 수선의 무더기는 돌담을 끼고 계속 이어지고 있었다. 스승은 걸으며 계속 가습을 연 자세였다.

"흔한 때문에 귀한 줄을 모르는군. 귀한 것이 이리도 흔하다니……."

돌담이 끝나는 데서 스승이 한마디했다. 이번에는 제자들이 고개를 끄덕였다.

픽!

픽!

어디서 화살이 과녁에 가 맞는 소리가 들려왔다. 두성두성 사람들의 말소리도 들려왔다.

"가까이에 연무정(演武亭)과 사장(射場)이 있습지요."

허숙이 소리의 내막을 스승에게 아뢰었다. 날씨에 끌려 시골 무반들이 활 쏘아 술내기라도 벌이는 모양이었다. 소치의 입가에 피식 웃음이 스쳐갔다.

조금 더 가니까 암림원(暗林園)이라고 간판이 나붙은 과원에 아직도 유자와 하귤들이 달려 있었다. 그 귤들의 노란빛이 한라산 꼭대기의 잔설(殘雪)과 퍽 잘 어울려 보였다.

"과직(果直) 한 사람과 수고(首考)가 과원을 지키고 있습지요. 보시다시피 이 고장은 바람이 거세어서 귤이 잘 달리는 쪽은 아닙니다."

나무들은 가지 끝이 빗자루를 닮아 있고 익은 귤들도 껍질이 많이 긁혀 있었다. 그러나 그런 것들조차 이곳 사람들은 따먹을 엄두를 못 내었다.

"문·무간의 시비는 시골이라고 해도 다를 게 없는가 봅니다. 저 산 건너 동네에 유반석(儒班石)과 무반석(武班石)의 이야기가 전해 오는데…….”

허숙이 입을 열자 스승과 제자가 그의 얼굴을 살폈다. 그런
그들의 표정을 맞받아 살피고 나서 허숙의 야무진 입술이 다시
열렸다.

“이 돌들은 마을 양쪽에 있는 일종의 입석(立石)인데, 동쪽
돌이 유반석, 서쪽 돌이 무반석입니다. 동쪽 돌이 선 때에는 무
관들이 승하고, 서쪽 돌이 선 때에는 무반들이 성한다는 거지
요…….”

“그래 서로 쓰러뜨리기 내기를 할 참이었군…….”

소치가 말 중간에 쐐기를 물렸다.

“그렇지요. 밤중에 쓰러뜨려 놓으면 낮에 다시 일으켜 세우곤
했지요. 또 낮에 세워놓은 걸 밤중에 쓰러뜨리고……그 돌들이
여간 큰 돌들이 아닙니다.”

“그렇겠지……세상일이 어디나 그러니 큰일 아닌가…….”

스승이 크게 고개를 끄덕였다. 그의 밝아졌던 눈자위에 다시
어두운 그림자가 돌아와 있었다.

“결과야 당연한 것 아니겠소? 힘센 무반들이 이길 밖에…….”

세 사람의 입에서 동시에 한숨이 흘러나왔다.

씨앗을 다 날려버린 억새밭을 질러 조도(鳥道)가 아스라이 단
산 쪽으로 뻗어 있었다. 해풍과 햇볕에 마를 대로 마르고 비틀
린 억새들은 화병 난 여자들처럼 거칠었다. 가끔 억새 이파리가
그들의 아랫도리를 휘감았다. 단산 밑 밭담가에 늙은 소나무 두
그루가 서 있었다. 그것들은 해풍에 미어 가지 끝과 이파리가
모진 빗자루처럼 닳아 있었다. 그러나 겹겹한 껍질은 오히려 더

두꺼웠다. 스승은 가다 말고 조도 가운데 우뚝 멈춰 섰다. 뒷짐 진 허리를 뒤로 잔뜩 젖히고 늙은 쌍 소나무를 이윽히 바라보고 서 있었다.

"서예가 늙은 소나무 가지 하나와 진배없다(書藝如孤松一枝)는 말은 이걸 두고 한 말이군……"

소치의 가슴에 찡하고 울려오는 게 있었다.

서예여고송일지(書藝如孤松一枝), 서예와 소나무의 가지……

그는 마음속으로 몇 번이나 뇌었다. 그 소나무들이 고생대의 동물 같은 단산의 산세를 배경으로 더욱 기이하게 돋보였다. 스승도 깎아지른 듯한 단산의 단애를 우러러보고 있었다. 화산이 불꽃을 터뜨리고 바윗물을 녹여 토해내는 광경이 눈앞에 벌어졌다.

스승이 먼저 산기슭 찬 바위에 엉덩이를 대고 앉았다. 소치와 허숙도 비슷비슷 앉았다.

바다는 희뿌연 은빛깔이었다. 요자(凹)를 닮은 형제섬이, 또 멀리 가파(加波), 마라도(馬羅島)가 떠보였다. 자세히 보니까 수평선 가는 금이 이마만큼 올라와 있었다. 추사의 가슴이 덜컥 내려앉았다.

그에게, 갇혀 있다는 의식이 갑자기 몰아닥쳤다. 그들은 모두 투명한 큰 사발 속에 갇혀 있었던 것이다. 투명한 수평선, 사발의 가장자리, 그것들이 두렵게 그들에게로 다가들었다. 텅 빈 가슴 밑바닥에 누가 쿡 돌을 던졌다. 또, 또 날아드는 주먹 만한 돌덩이들, 이제 몸은 아픈 것조차 느낄 수가 없었다. 마침내 가슴속을 성긴 돌덩이들로 채우고 있는 스승의 얼굴을 쳐다보

고 있었다. 그들의 가슴에도 누가 간헐적으로 돌팔매질을 하고
있었다.

떠 있는 마라도 서남방에서 구름 한 조각이 생겨나서 바다
위를 떠오고 있었다. 그것은 바다에 그림자를 띄우며 떠오고,
다시 그 뒤로 구름장이 생겨서 뒤따라 떠왔다.

뿌연 바다 건너에서 희끗희끗 물결이 일고 있었다. 그 물결은
해중(海中)에 숱한 고기들이 떼로 떠오며 일으키는 것 같았다.
그런 바다에 어디서 일어난 것인지 돛배 두어 척이 황망히 떠
오고 있었다.

"또 바람이 불려나보군……."

스승이 혼잣말로 중얼거렸다. 가슴속에 채워진 돌들이 흔들
려 재워졌다. 소치는 스승의 얼굴에서 그걸 읽고 있었다.

문득 돌아다보니까 산방연대(山房煙台) 쪽에서 연기가 솟고
있었다. 서너 길 솟아오르던 연기는 옆으로 누우며 무슨 길짐승
처럼 퍼져가고 있었다. 둘러보니까 산방연대와 맞신호를 보내
게 된 무수연태(無首煙台)와 당포연태(唐浦煙台)에서도 뽀얀 연
기가 솟아오르고 있었다. 갈색 옷을 입은 사내들이 부산하게 움
직이는 모습이 개미떼들처럼 보였다.

"무슨 일이 난 모양이지요?"

소치가 스승과 허숙의 얼굴을 번갈아 쳐다봤다.

"하루라도 편한 날이 있어야지……효종 임금 연간에 난선(蘭
船) 한 척이 파선해서 다 죽게 된 선원들이 떠왔던 곳도 저어기
지척간에 있습니다."

허숙이 손을 쳐들어 연기가 솟고 있는 산방연대 동남녘을 가

리켰다.

"가파도에 영국배가 들어와서 소들을 약탈해 간 것도 얼마 안 된 일이지?"

"바로 작년 일입지요. 소정(小艇)을 내려서 타고 다니며 새끼로 섬 둘레를 재고, 돌 더미를 모아 회를 바르기도 했습지요. 보다 못한 현감이 배를 타고 가서 항의하니까 방포(放砲)를 해서 겁을 주었습니다. 담력 있는 내 친구 유명록(柳命祿)이 화약을 지고 가 배를 파선할 계략을 꾸미던 차에 배가 떠나버렸습지요."

허숙의 쳐든 얼굴이 울먹울먹했다. 목젖이 불룩 솟았다 꺼졌다.

"예기치 않은 일들이 많은 섬이지……."

추사가 고개를 끄덕였다.

"놈들의 약탈 통에 가파도 목장의 소덜을 모동장(毛洞場)으로 옮겼습지요. 그 일이 또 작은 공사가 아니었습니다."

"그랬겠지……그러니까 섬사람들은 아직도 그때의 경기(驚氣)를 끄지 못하는 셈이군……."

"그렇습지요. 걸핏하면 봉수대에 불을 싸고, 연대에 연기를 올리게 된 거지요. 망한(望漢)들이 하루도 편한 날이 없습니다."

"그 일을 기화로 설익은 군졸들이 또 성화를 부리는 거군."

"언제나 복대기는 거야 백성들입지요."

"변방의 바람이라니…… 모든 게……."

스승은 말끝을 마무리지 못하고 연신 고개를 끄덕였다. 연대에 연기가 올랐으나 내려다보이는 해변에는 아무 일도 일어나지 않았다. 돛을 기울이고 떠 있던 배들은 포구로 들어왔는지 이제 보이지 않았다. 연대의 연기도 어느새 중동이 무질러져 있었다.

그들은 누가 먼저랄 것 없이 엉덩이를 털고 일어났다. 그들이
돌아오는 길은 당포(唐浦)로 뚫린 말길이었다.

"고려 적 99년, 몽고놈들에게 말을 바칠 때 말을 몰아가던 길
이라 '말질'입지요. 옛날 일을 생각하면 가슴이 칵칵 맥혀옵니
다……."

"쯧……."

바람이 어느새 거뭇거뭇한 물살을 해변까지 몰아다놓고 있었
다. 건듯건듯 바람이 옷자락에 와서 스몄다. 구름 그림자가 빌
레투성이 말길 위를 줄달음치며 지나갔다. 그만하면 변덕 심한
계집년 심술 같다던 이곳 기후를 알 것도 같았다.

그들은 마을 어귀에서 괴나리봇짐을 지고 오는 무쇠(戊釗)놈
과 맞닥뜨렸다. 녀석은 그들을 알아보자 털레털레 마주 뛰어왔
다. 놈이 그렇게 뛰어오는 것을 보며 추사는 가슴이 철렁 내려
앉았다.

"대감 마님, 어딜 다녀오시는 게라우?"

놈도 감정이 북받치는지 볼멘 소리였다.

"오냐. 먼길에 고생 많았구나?"

무쇠가 고개를 드는데 눈에 허연 이슬이 맺혀 있었다. 그가
손등으로 그 이슬을 찍어냈다.

그들은 서둘러 배소로 돌아왔다. 무쇠놈은 난간 위에 봇짐을
부리기가 바쁘게 창호지로 된 봉함편지부터 꺼내었다. 명희(命
喜)와 상우, 그리고 예안이씨(禮安李氏)의 것이 각각 한 통씩이
었다. 봉함을 뜯는 스승의 손길이 떨리고 있는 걸 두 제자는 확

연히 보았다. 그는 얼굴에도 파르르 솜털이 돋아 있었다.

예안이씨의 필체는 그녀의 체모처럼 가다듬어져 있었다.

지난 연말에 배소에서 띄운 편지 잘 받아보았습니다. 배소 주인네가 지극히 순박하고 조심성 있게 일을 도와주신다니 다행한 일이옵니다.

떠나지 않는 신병과 쌓인 근심이 어찌 크다 아니하겠습니까마는 간난의 때일수록 몸 보중하시고 사사 일 걱정은 접어두시기 바라옵니다.

이곳 집안은 모두 무고하오나 명희 아주버님 병환이 차도가 시원치 않아 걱정이옵니다.

어머님은 강녕하오시며 상우도 집안일을 알아서 처리하오니 대견스런 일입니다.

바로 가까이 봄이 왔기로 명주 바지저고리와 두루마기를 갖춰 보냅니다. 또한 인절미 약간과 어란젓, 김치 등속을 갖춰 보내오니 거두시고 드시옵소서.

혓바늘과 코 막히는 일체의 병은 심려에서 연유한 것이오니 아무쪼록 마음을 편히 잡수시옵소서. 세상만사가 마음 쓰기 나름이라고 늘 말씀하시지 않으셨습니까?

권돈인 대감께서 지난 중순에 판서에 부임하셨습니다. 안개 속에서 해를 보듯 기뻐할 일이오나 어찌 한 사람의 힘이 사해에 미칠 수 있겠사옵니까?

마음 같아서는 날아서라도 당장 그곳에 가고 싶사온대 재주 없음을 한탄할 따름이옵니다. 부디 옥체 보중하시고 기대 저버리지 않도록 하시기 비옵니다.

신축(辛丑) 신춘
아내 꿇어 드림

편지의 문면이 흐릿해지면서 가슴 밑바닥이 파르르 떨려 왔다. 마음 같아서는 날아서라도 그곳에 가고 싶사온데……그럴 것이다. 그러나 어찌 날개 젖은 연약한 새가 그 넓은 바다를 날아 건널 수 있으랴. 또한 인절미와 김치 등속 반찬들을 두루 갖춰 보냈다니 그 과분한 정성이 눈물겨웠다. 평소 아내의 조용한 동작, 쉬지 않는 몸놀림이 눈에 선하고 언 손도 시선에 잡혔다.

아우 명희와 상우의 서신은 한결같이 안부 내용이었다. 명희는 지난 설에 차례 지내던 집안 내역을 소상하게 적고 있었으며, 상우의 편지는 집안 꾸려갈 계획들을 쓰고 있었다. 그 내용에 성숙한 면이 엿보여 대견했다.

추사가 편지를 읽는 동안에 무쇠와 철이놈은 달라붙어 괴나리봇짐을 풀었다. 그리고 짐 속의 것들을 종류대로 벌여 놓았다. 크고 작은 단지에 꼭꼭 담은 다음 한지로 싸고 싼 어란젓과 김치들, 그것들을 헤쳐놓으니까 방안에 배리착지근한 냄새가 퍼지기 시작했다. 그러나 창호지로 싸고 또 베 헝겊으로 겹싼 인절미는 풀어보니까 굳고 파르스름한 곰팡이가 슬어 있었다. 킁킁거려 냄새를 맡아보니까 쉰 냄새가 풋 하고 맡아졌다.

"숯을 가져다 얹고 불을 달구어라. 구우면 먹을 만하겠다."

스승이 철이 쪽을 돌아다보면서 말했다. 그는 눈을 감고 앉아서 꽤 까다로웠던 자신의 식성을 되생각했다. 여름에도 된장에 쉬가 슬면 안 되고, 국에도 티끌 하나 들어가면 안 되었다. 그의 식도락은 그대로 결벽과 연결되어 있었다. 그런데……태질을 당하고, 옥에 갇히고 광대뼈가 스치고 하는 그 동안의 닥달은 어느새 그의 식성까지 바꿔놓고 있었다.

숯불이 어지간히 피어올랐을 때 적쇠를 고이고 인절미를 올려놓자 방안은 다시 한 번 달콤한 냄새로 가득 찼다. 그 은밀한 냄새가 문틈을 비집고 밖으로도 새어나갔다. 인절미는 이내 늘어나며 부풀어올랐다. 노랗게 거품이 일다가는 다갈색으로 변하여 갔다.

떡이 익는 대로 꺼내어 한 조각씩 입안에 넣었다. 곰팡이 냄새가 풋 맡아졌으나 그보다는 구수한 냄새가 더 짙었다. 입에 넣자 그것은 입안에서 사르르 녹아갔다.

추사는 떡을 내리우지 않고 잘근잘근 씹었다. 언제까지고 그렇게 씹었다. 따끔거리던 혓바늘이 그로써 낫는 듯했다.

그는 가만히 눈을 감고 씹었다. 그런 그의 눈꼬리로 빛깔 없는 물줄기가 비어져 나왔다. 그런 시야에 서서히 무지개 빛깔이 서리기 시작하고, 그 빛깔 너머로 당당한 자신의 모습이 떠올랐다.

순조(純祖) 9년 기사(己巳)에 그는 스물넷의 나이로 생원시에 합격했다. 기대했던 것들이 바로 눈앞에 드러나고 세상이 온통 푸른빛으로 보였다. 그뿐인가. 그는 그 해에 아버지 노경이 호조참판으로 동지겸사은사(同知兼謝恩使)의 부사가 되어 연경(燕京)으로 갈 때 수행을 하게 되었다. 그 시절 그에게 연경은 그대로 무지개 속 궁궐이었다.

스승 박제가는 걸핏하면 연경 학계의 이야기를 입에 올렸다. 그의 안중에 조선학자는 하나도 들어 있지 않았다.

"연경에야 집채 같은 거물 학자들이 우글우글하지. 거기 비하면 조선에야 학자가 있다는 말두 못해……."

"……."

젊은 추사가 부러운 시선으로 고개를 치켜들면, 스승은 그 위에 과일즙을 짜 뿌리듯 다시 말했다.

"대처를 알아야 한다구. 그릇이 커지려면 방법은 그것뿐이야……."

스승은 시선을 내리떠 그를 보았다. 기대와 자신에 차 있는 시선이었다. 그는 천재라는 소리를 숱하게 들었다. 신동이라고도 했다. 그것은 딴 사람들이 그럴 뿐 아니라 이제는 그 자신의 속에서도 굳어진 생각이었다. 사실 이 땅에선 받들어 배울 만한 스승을 찾지 못하고 있었다. 연경에는 거물들이 있다. 집채 만한 학자들이 있다. 그곳은 바로 동경의 성이었다. 아버지로부터 따라갈 수 있는 허락을 얻었을 때 그의 가슴은 할랑거렸다. 옆에서 보매도 알아볼 수 있게 높이 뛰었다.

처음으로 간 연경은 과연 대처다웠다. 큰그릇들은 큰그릇을 알아보았다. 이미 그는 자신했듯이 갇힌 성 안의 재사는 아니었다.

연경의 기대되는 소장학자 조강(曹江)은 이미 그의 천재성을 소문으로 들어 알고 있었다. 그는 서둘러 동학들에게 소문을 돌려 그를 환대했다. 어깨가 다 으쓱해졌다.

　　동쪽 나라에 김정희(金正喜)란 선생이 있으니 자(호를 잘못 안 것)는 추사다. 나이 이제 이십사 세인데 개연히 사방으로 지기(知己)를 찾아다닐 뜻이 있어서 일찍이 시를 지어 말하기를 "개연히 한 생각 일으키니 사해에 지기를 맺고자, 만약에 마음에 드는 사람 찾기만 하면 위해서 한 번 죽기도 하련만. 하늘 끝 저쪽엔 명사도 많다니 부러움 홀로 주체 못하네."라고 하였다. 이로써 그 기상을 가히 알 수 있는데, 그는 세상과 잘 어울리지 못하여 글을 꾸며 짓지 못하고 형식에 얽매이지 않으며 시도 잘 짓고 술도 잘 마신다고 한다. 지극히 중국을 그리워하여 동쪽나라에는 사귈 만한 선비가 없다고 스스로 말했다 하는데, 이제 바야흐로 사신을 따라왔으니 장차 천하의 명사들과 사귀어 옛 사람들이 정의(情誼)를 위해 죽던 의리를 본받으려 한다는 것이다.

그가 연경엘 왔다는 소문은 삽시에 연경 성안에 좌악 퍼졌다. 젊은 소장학자들이 우줄우줄 그의 숙소를 찾아왔다. 필담(筆談)만으로도 충분히 의사가 통했다. 빙긋이 웃고 손을 잡기도 하고, 가가대소하며 어깨를 싸안기도 했다. 학문이 좁은 때는 막히지만 넓어지면 트인다는 것을 그는 여기 와서 실감했다.

"이 분이 금석학(金石學)의 대가인 옹방강(翁方綱)의 문인 서송(徐松)이올시다."

필담으로 인사하는 그는 눈초리가 치켜올라간 봉안(鳳眼)인데 입조차 무거운 사람이었다. 옹방강, 완원(阮元)과 함께 그의 이름은 수없이 스승으로부터 들어 외우고 있던 터여서 친밀감이 더했다.

"그런 큰 스승님을 모셨으니, 부럽습니다."

그가 다시 필담으로 답했다. 그는 속이 달고 있었다. 이번 기회에 꼭 옹방강 노사를 만나고 싶었다. 그의 나이 칠십팔 세. 어쩌면 다시 기회가 영 오지 않을지도 모르지 않는가. 얼굴에 열기가 오르고 손에 땀이 쥐어졌다.

"노사를 뵙기 소원입니다. 기회를 마련해 주십시오."

그가 필담지에 썼다.

"그러하오나 노사께서는 외인들 만나기를 꺼려하십니다."

예상했던 대로 냉랭한 대답이 돌아왔다. 그들의 시선이 공중에서 부딪쳤다. 그런 두 사람을 번갈아 보던 조강이 잽싸게 끼여들었다. 그는 영리한 만큼 민첩한 데가 있었다.

"서형이 들면 못 할 것이 어디 있소? 노사께서 그렇게 신임하는 터이니……."

이런 대화를 추사는 눈치로만 읽었다.

서송이 시선을 쳐뜨리고 마루를 내려다보며 잠시 생각에 잠겼다가 대답했다.

"해보지요. 허락을 받아내고 전갈해 드리리다."

조강이 이 내용을 종이에 써서 보여 주었다. 그의 입가에 회심의 미소가 서려 있었다. 추사의 가슴이 또 한 번 높이 뛰었다.

기대했던 대로 서송은 이틀 뒤에 전갈을 보내왔다. 그것은 암호 같은 짤막한 내용이었다.

내일 묘시(卯時), 스승님께서 기다리고 계십니다.

여백이 훨씬 넓은 편지였다.

묘시라, 묘시면 아직 어두운 새벽이다. 이런 시간의 지정은 필시 그의 정성을 시험하는 것일 터였다. 그러나 그런 시간쯤 그에겐 아무 문제도 되지 않았다. 그는 미리 인력거를 몰아 노대가의 집 위치를 눈여겨두었다. 기대로 밤을 밝히고 정해준 시간에 노사의 집 문 앞에 닿았다. 물론 조강과 서송이 동행을 해서였다.

동자를 따라가는데, 뜰은 넓고 건물은 고풍스러웠다. 조경은 손댄 흔적은 모르겠으나 있을 것들은 다 제자리에 가 서 있었다. 담백과 활달이 한데 어우러진 조화였다.

계단을 올라가니까 장식 없는 흰 벽지의 서재에 중국 전통복을 입은 건장한 노인이 혼자 앉아 있었다. 더부룩한 백미(白眉), 깊숙한 속에 맑은 동자가 새벽 서기(瑞氣)를 받아 은은히 빛나고 있었다. 벽가의 묵은 탁자 위에는 매화 한 가지가 새 봄을 기다리고 있었다.

스승이 그윽한 시선으로 앉을 자리를 점지했다. 매화 탁자 옆에 무릎을 꿇고 앉았다. 자신의 왜소함과 애티가 그의 풍모로 하여 더욱 두드러지게 드러나는 듯했다.

"크신 스승님을 면학(面學)하게 되어 영광입니다."

엎드려 큰절을 드리고 나서 필담지에 그가 또박또박 썼다.

노사의 시선이 두꺼운 눈 두께 속에서 은은히 웃고 있었다.

서송이 다시 한 번 추사를 스승에게 소개했다. 조강이 자기 나름으로 보충설명을 했다. 그들의 말을 들으며 노사는 천천히 고개를 끄덕이고 있었다.

몇 차례의 필담이 이루어지는 동안에 노사의 자세는 가다듬어져 갔다. 표정도 긴장되는 걸 읽을 수 있었다.

"동쪽 나라에도 이렇듯 영특하고 기백 있는 젊은이가 있다니……."

그가 마침내 조강, 서송 두 젊은이를 번갈아 보며 말했다. 그리고는 손을 뻗어 추사의 손등을 덮었다. 전복같이 두꺼운 손이 은은한 체온을 전해왔다. 을큰한 정이 가슴속에서 눈으로 올라왔다. 그것은 마침내 뜨거운 눈물로 빚어져 나왔다.

석묵서루(石墨書樓), 전각된 서재의 현판이 두 겹 세 겹으로 떠보였다. 구슬같이 꽂혀 있는 귀한 책들이 금방 무너져 내릴 것 같은 착각에 빠졌다. 그러나 눈 꿈적여 보면 현판의 조각은 깊은 한 획이고, 책들은 그 자리에 꽂혀 있었다.

그가 물러나오기에 앞서 노사는 붓과 종이를 내어 횡액 한 폭을 써주었다.

경술문장 해동제일
(經術文章 海東第一)

추사로서는 가슴 뛰게 과분한 문구였다.

그의 두 아들 수배(樹培)와 수곤(樹崑)을 만난 것은 두 번째 방문했을 때였다.

"좋아. 체류 기간 동안 이 방을 무상출입해도 좋다니까."

첫날 그들이 헤어질 때 낙관 찍듯 써준 그의 필담지는 젊은이들 모두를 놀라고 감격케 해버렸다. 추사로서도 믿기지 않는 개방이요, 환대였다. 그는 떨리는 마음으로 조심스럽게 스승의 서재를 드나들기 시작했다.

수배, 수곤과 통성명을 하던 날, 수곤이 다가와서 필담지에 썼다.

"그러니까 우리는 동갑이네요."

그들은 이내 형제처럼, 친구처럼 되었다. 뒤채 그들의 서재에서 함께 술을 마시며 젊은이다운 토론을 벌였다.

"모름지기 학문의 길은 요순임금 시절에 완성한 거나 다름없지요. 주자나 공자에게로 돌아가야 합니다."

"그건 바로 아버님의 주장이기도 하지요. 훈고학이니 성리학이니 경계를 나눌 필요도 없다고 늘 말씀하셨습니다."

"문호를 많이 가르는 것은 파당만 조장하는 것이지요. 실사구시(實事求是)로 다만 심기를 고르게 가다듬어 착실하게 배우고 실천할 따름입니다."

추사의 정연한 논리에 형제는 멍하니 쳐다볼 뿐이었다.

"저술을 많이 하는 것도 허망한 일입니다. 높은 깨우침, 진실한 알맹이가 없고는 진짜 저술이라 할 수 없지요."

"그저 허탄한 논리를 늘어놓고 실적에 안주하는 무리들이 얼마나 많습니까?"

"답답한 일이지요. 도로(徒勞)에 그칠 따름입니다."

그들은 밤이 깊은 줄도 모르고 마시고 필담을 나눴다. 비록 필담으로였지만 전혀 의사소통에 지장이 없었다.

석묵서루에 드나드는 동안 그에게는 여러 차례의 감격이 스쳐갔다.

"그것은 이런 게야."

소제 스승은 전혀 난감한 금석문을 쉽게 실마리를 풀어주었다. 그가 가르쳐주면 어려운 금석문도 엉킨 실타래가 풀리듯 풀렸다.

일흔여덟의 나이로도 스승은 손 하나 떨리는 법이 없었다. 흰 참깨 알에다 '천하태평(天下泰平)' 네 글자를 썼는데, 글자 하나가 파리 머리보다 작았다. 그는 또 금글씨로 불경을 베끼고 있었는데, 그 꾸준함과 정연함이 혀를 내두르게 했다.

그러나 이제 그 넓은 이해, 후한 가르침, 자상한 배려, 그것들은 손닿지 않는 먼 데 있었다. 게다가 동갑이었던 홍두(紅頭) 수곤이 이미 저 세상 사람이 되었다니 세상사란 얼마나 허망한 것인가.

석묵서루의 일뿐인가. 마흔일곱의 젊은 학자 완원(阮元)과의 만남도 또 다른 의미에서 소중한 인연이었다. 학문에 있어 주관적 공허를 깨뜨리고, 실질을 추구하는 실사구시의 학풍을 굳힌 것은 오로지 그의 영향이었다. 그 자신의 완당(阮堂)이란 호도 실은 완원의 머리글자를 빌어온 것이었다. 그와의 다화(茶話)는 잊을 수 없는 향수를 불러왔다. 완원은 젊은 만큼 자신 있는 이론을 갖추고 있었다.

"학문이란 마땅히 실제 있는 사실에서 올바른 이치를 찾아야 할 것이며, 공허한 이론으로 그릇 이끌어서는 안 되지요……."

그는 목소리조차도 단정하고 깐깐했다.

"속이 비고 엉성한 잔꾀로 방법을 삼거나, 먼저 잘못 얻어들은 말로써 주장을 삼아서는 안 된단 말이군요?"

"그렇지요. 진(晋)나라 사람들은 노장(老莊)의 허무사상을 강론하면서부터 배우는 게 게을러져서 속이 비기 시작했지요. 선기(禪機)로 깨닫는다는 것이 지리(支離)로 흘렀어요……다만 성현의 가르침이란 비유컨대 큰 집과 같아서 진수는 항상 안방이 됩니다. 안방에 들어가기 위해서는 반드시 문간을 거칠 수밖에 없는데, 훈고(訓詁)라는 것은 그 문간에 해당하지요."

"당실(堂室)로 잘못 들어가지 않기 위해서는 정밀하게 훈고에 열중해야 한다는 말이군요?"

"그렇긴 한데 훈고에 치우치면 일생을 문간에서만 맴돈 셈이 되지요. 허허."

"조화란 참 어렵다는 걸 깨닫게 되는군요."

"진(晋)·송(宋) 이후의 학자들은 멀찍이 공자를 존경하여, 오로지 성현의 가르침을 높이만 두었지요. 얕은 문간으로 들어가는 것이 아니라 허공으로 뛰어올라 하릴없이 용마루 위를 왔다 갔다했단 말입니다."

"대체 성현의 가르침을 바로 좇는 데는 어떤 길이 있습니까?"

"몸소 실천하는 데 있는 것이지요. 공허한 이론을 숭상하는 것은 안 됩니다. 심기를 고르고 고요하게 하여 넓게 배우고 힘써 실행할 따름입니다."

"……"

추사는 은연중에 고개를 끄덕였다. 그는 완원과 만났던 그때도 이렇듯 고개를 끄덕였던 것이다.

인절미의 맛은 오래 씹을수록 달착지근했다. 그러면서 녹아 목젖 아래로 내려갔다.

그 시절엔 무지갯빛 꿈이 있었다. 지금도 눈감으면 그런 꿈이 되살아났다. 그러나 이제 그 꿈은 한 차례 바랜 색깔이었다. 그는 눈을 감고 앉아 있기 시작하면 종일이라도 앉아 있었다. 옛날을 떠올리면 가슴이 돌을 얹어놓은 것처럼 아팠다. 문득 떠올려보면 팔도 저리고 허리도 결렸다.

사람들이 어느새 하나둘 제 방으로 물러가고 등피불만 외롭게 타고 있었다. 그 불빛이 시렁에 일렁거리는 그림자를 비추고 있었다. 이제 화로의 재도 많이 식어 있었다.

쌔애앵, 바다를 건너온 바람이 마당에 깐 보릿짚을 몰아가는 소리가 났다. 그는 끙 신음소리를 내곤 짚북더기처럼 옆으로 넘어져 누웠다. 눈을 감았으나 잠은 천리만리로 달아났다. 쌔애앵, 다시 바람소리가 몰아가고 침침한 그의 시야엔 또 무지개가 떠올랐다.

순간, 그는 온 몸에 소름이 돋도록 혼자임을 의식했다.

들꽃과 꿈

들꽃 같다. 긴 댕기 머리의 비바리가 그 어머니와 밥상을 맞들어다놓고 나가는 걸 보며 추사는 퍼뜩 길가에서 만났던 수선화를 떠올렸다. 버선목 위로 드러난 튼실한 장딴지, 좀처럼 벌어지지 않는 단정한 입술, 한시도 쉬지 않는 잰 몸놀림, 그것은 두고 볼수록 은근한 경이요, 호감이 갔다. 수선이기보다는 가시돋은 찔레였다.

"에이, 지독한 여잡디다."

갑쇠는 단정을 내렸었다. 그 말을 들으며 무쇠도 고개를 내둘렀었다. 필경은 이놈들이 여자에게 흑심을 품었다가 된혼이 난 것이리라. 지독한 여자. 그렇지, 지독할 수도 있지. 여다(女多)라니. 그것은 수적인 의미가 아니었다. 밥짓고, 세답하고, 집안정리하고, 남정네들보다 앞장서 점심 구럭 짊어지고 밭일 나가고, 물 때 맞춰 새벽이고 저녁이고 바다엘 들고, 그녀들의 활동은 무시(無時) 무소(無所)였다. 1인 5역, 10역, 그러니 남의 눈에야 여자가 많게 보일 수밖에 없었다.

김 오르고 있는 상 위를 바라보았다. 쌀과 서속이 반반인 반지기밥, 새 미역국에는 분홍빛 옥돔의 대가리가 비죽이 주둥이를 내민 채 누워 있었다. 이런 가운데 칼자국을 낸 숙복과 삶은 다음 알맹이를 꺼낸 소라가 반찬으로 올라와 있었다. 맛보다 먼저 겨울 바다의 한기가 몸 속으로 전해져 왔다. 이룩이룩 여자들의 몸에 새겨진 문신……. 그는 '모실개' 바닷가에서 겨울 잠녀(潛女)들의 작업을 구경한 후 해물 맛이 달라졌다. 잠녀들의 작업장면을 보고 부임기간에 일체 전복이 자기 밥상에 오르는 걸 금했었다는 기건(奇虔)이라는 강직한 목사의 이야기가 떠올랐다.

소치가 세수를 마치고 들어오자 그들은 밥상을 마주하고 앉았다.

숙복은 한 점 입에 넣고 씹으면 처음에는 고소하다가 나중에는 씹으면 씹을수록 달착지근해졌다. 추사는 한 상념을 좇고 있었다.

"정조 임금 연간에 조정철(趙貞喆)이라는 젊은 선비가 역모에 연루되어 이 섬으로 유배된 적이 있었지……."

스승은 음식을 씹는 채 띄엄띄엄 이야기를 시작했다. 소치도 밥을 먹으며, 그래서요 하는 시선을 스승에게 보냈다.

"이 사람이 어떻게나 재수가 없었던지 서른둘에 유배를 와서 근 환갑이 될 때까지 스물일곱 해나 귀양살이를 했어……."

"황금 같은 시절을 귀양살이로 다 보낸 셈이군요."

"그런 셈이지.······그런데 이 사람에게 여자가 있었더라 그 말이야. 향리의 딸이었는데, 얼굴도 빼어났지만 마음도 지독했던가 보아······."

그가 안거리 쪽으로 힐끗 시선을 줬다가 고개를 숙였다. 소치도 은밀하게 그쪽으로 시선을 보냈다가 거뒀다. 그는 스승의 화두(話頭)가 어디에서 연유했는지를 대강은 짐작하고 있었다. 그도 며칠째 부딪쳤지만 말 한마디 나눠보지 못한 무표정의 비바리가 마음 한구석에 둥지를 짓기 시작하던 참이었다.

"처음엔 세답이나 해주고 심부름이나 하던 것이 정이 깊어졌지. 젊은 기운이 외로움을 부채질했을 것 아니야?"

"······."

소치의 눈동자가 반짝 빛났다. 그런 그를 눈짓해 살피고 스승은 이야기를 계속했다.

"그런데 당시 목사로 와 있던 사람이 반대파인 소론의 일당이었어. 기회에 이놈을 잡아야 되겠다 마음먹은 거지······."

목사는 스스로 벙거지를 쓰고 염탐에 나섰다. 그리고 한 이틀도 지나지 않고 그 비바리 홍랑(洪娘)은 목사에게 잡힌 바 되었다. 얼씨구, 이제야 네놈도 죽을 길로 들어섰구나. 다시는 변명을 못 하리라.

그러나 동헌 마당에 결박 지워다 놓은 비바리는 독한 계집. 묻는 말마다 묵묵부답이었다. 어쩌다가 한마디하는 대답이라곤 똑같은 내용이었다.

"세답하고, 청소하고, 잔일을 거들었을 따름입니다."

"그게 말이나 돼, 이년아? 죽으려면 무슨 짓을 못 해? 되게 쳐라!"

벗은 여자의 부끄러운 볼기에 초달 치는 소리는 더욱 실감났다. 곤장 부러지는 소리가 가끔 튀고, 살갗이 착착 묻어났다. 뼈 부러지는 소리도 이따금 뼈에 맞혔다.

"말을 해라! 했냐 안 했냐? 조정을 비방하고 성상을 욕했지?"

"어서 한마디만 했다고 말을 해!"

그러나 홍랑은 터지게 입술을 깨물 뿐 아무 소리도 하지 않았다.

"이놈들, 죄 없는 사람에게 죄를 씌우려는 나쁜놈들! 네놈들이야말로 역적이 아니고 무엇이냐?"

"에이, 저저저 지독한 년! 저년을 도리에 거꾸로 매달아라!"

목사의 호령에 따라 여자는 동헌 처마에 거꾸로 매달렸다. 그것은 꼭 사냥해 온 꿩을 매단 형국이 되었다. 입과 코에서 피거품이 솟는데도 매질은 계속되었다. 그 여린 몸에 무려 장 70대, 그녀는 마침내 축 늘어져버렸다. 그러고는 다시 깨어나지 못했다. 고래로 사람잡기란 이렇게 이뤄졌다.

"독한 절개였었지. 조정철의 몸에서 은밀히 얻은 딸 하나가 있는 걸 보면 딱 잡아뗀 그 마음은 연심이었을시 분명해. 이 사건은 나중에 밀계(密啓)되어 목사가 파직되기까지에 이르지……."

"정철은 어찌 됩니까? 여자를 죽기까지 하게 한, 그 조정철은……."

소치가 다급해져서 물었다.

"그게 그러니까, 나중에 귀양이 풀리고 제주목사가 돼서 오지……."

"허, 옛말 같은 이야기로군요."

소치가 허탈해져서 뒤로 물러앉았다.

"결코 꾸며낸 이야기는 아니야. 목사가 돼서 온 그 사내는 여자를 위해 무덤을 돋우고 비석을 해 세우지. 그 시가 또 절창이라구……."

식사 후에 스승은 조정철이 비바리를 위해 지었다는 시를 붓으로 썼다. 그제도 밖엔 바람이 심보 사나운 여자처럼 복개며 마당의 검불들을 흩날리고 있었다.

그대 묻은 무덤에 몇 해 만인가.
풀 수 없는 억울한 사연 구천(九天)에나 호소해 볼까?
아득한 황천길 누굴 믿고 돌아갔는가.
푸른 피 간직하고 죽으니 인연을 끊을 수가 없구나.
그 이름 천고에 아로새겨 열문(烈門)에 빛나리.
한 가문에 두 절부(節婦)가 났으니 형제가 모두 어지네.
아름다운 두 꽃의 이야기 글로 쓰기 어렵구나.
싱그러운 풀 되살아나 무덤 앞에 푸르거라.

"홍랑에겐 열부인 언니도 있었던 모양이야.……씨에 씨가 난 거지."

스승은 글을 다 써놓고 망연히 다시 안거리 쪽으로 시선을 보냈다. 소치도 귀를 열어 그쪽으로 세웠다.

안거리 쪽에선 조반 설거지를 하는 조용한 달그락거림 소리
가 들려오고 있었다.

홀연 그에게 10여 년 전 평양에서의 일이 떠올랐다. 늘 머리
가르마가 반듯하고 귀밑이 흰 여자. 젊은 추사는 그때 그녀에게
빠져 있었다. 평양감사였던 아버지가 병중이긴 했지만 가까이
서 간병을 해야 할 만큼 중증은 아니었다. 아버지 핑계를 대고
그의 마음은 여자의 주변을 감돌고 있었다.

마음을 사로잡는 은은한 눈매, 상큼한 콧날, 보소소한 귀밑머
리, 어느 하나도 놓칠 수 없었다. 그녀 앞에 앉았으면 사지가
녹작지근했다. 그녀를 쳐다보고 있는 것만으로 마음 하나가 가
득 찼다. 꿈 같은 나날이었다.

그러나 어느 날 날아든 부인의 편지는 그의 봄날 꿈을 버쩍
깨웠다. 부인의 편지에는 예절을 지키면서도 엄격한 힐난이 감
춰져 있었다.

마디마디 정성이 스민 솜바지저고리, 마침 섣달을 바라보고
있던 절기여서 그 정성이 더 살뜰히 느껴졌다. 그러면서 그 냉
혹한 힐난이라니.

그는 급히 변명할 밖에 도리가 없었다. 서둘러 부인 앞으로
편지를 썼다.

……짓궂은 누님이 무슨 고자질을 했는지는 모르나 그것은
당신을 놀리노라 꾸며낸 얼토당토않은 이야기요. 생각해 보

라. 이제 내가 백수지년(百首之年)에 어찌 그런 일이 있을 수
있겠느냐. 참으로 남 들으면 웃을 소리로다.

하고 편지를 썼으나 곧이 먹혀들 것 같지 않았다. 기분이 영
찜찜했다. 그는 이 내용의 편지를 겉봉에다 수결(手決)까지 하
여 보냈다. 행여 집안의 누구라도 뜯어본다면 얼굴 붉혀질 일이
었기 때문이었다.

그런데 이제 그때 일이 새삼 떠오름은 무슨 연고일까. 잠시
그의 가슴에 으름 같은 달콤함이 고여왔다. 그러나 다음 순간
입술에 비죽이 웃음을 물고 설레설레 고개를 가로저었다.

설거지를 끝낸 비바리가 물허벅을 지고 마당을 가로질러 올
래로 나가고 있었다.

과거의 귀양객들을 꿈속에서 만나기 시작한 것은 불면 가운
데서였다. 그들은 맞닥뜨려서는 울고불고 하소연을 했고, 어떤
때는 산발을 하고 입에서 피거품을 뿜으며 달려들다가는 사라
졌다. 어떤 때는 그 자신도 피를 흘리며 그런 무리들 속에 어우
러져 있기도 했다.

문정왕후(文定王后)를 배경으로, 한세상을 휘어잡던 승(僧) 보
우(普雨)도 귀양을 와서는 별 도리가 없었다. 중의 민대머리는
깎지 못해 오히려 밤송이처럼 거칠고 얼굴은 이마와 광대뼈 부
근이 온통 헌데와 멍투성이었다. 이런 그의 등뒤에 도포 차림에
유건(儒巾)을 쓴 근엄한 표정의 유생들은 한 치도 떨어지지 않
고 뒤쫓아 다녔다. 그들이 손에 손에 말아 쥔 상소문을 들고 열

을 올려 아우성치고 있었으나 소리는 들리지 않았다.

유생들의 얼굴은 핏독이 올라 벌겋다 못해 검붉었다. 유약한 유생들의 이런 치열함은 그 또한 모를 일이었다.

보우는 이런 무리들에게 한마디도 못하고 몰려다녔다. 그는 차림부터도 돼지꼴이었다. 넝마나 다름없는 승복이 흙과 오물 투성이였다. 그는 이런 차림으로 객사와 관청의 청소를 도맡아 하고 있었다.

패영(貝纓)과 상모(象毛)로 한껏 위엄을 부린 전립 쓴 변협(邊協) 목사는 비스듬히 누대 위에 기대앉아 거드름을 피우고 있고, 팔뚝 만한 장칫(긴 막대기)을 든 표정 없는 무골(無骨)은 그를 쫓아다니며 사사건건 시비를 걸고 짐승 다루듯 몽둥이질이었다. 보우는 견디다 못해 돌아서 손발을 부비며 사정도 해보고 우는 시늉도 해보는 것이었으나 무골은 목사의 표정을 잠시 잠깐 살필 뿐 전혀 무표정이었다. 누대에 비스듬히 누운 목사는 엄지손가락을 세워 아래로 내려 찌르는 시늉을 했고, 무골은 콧등에 주름을 세우며 되레 몽둥이찜질이었다. 무골의 몽둥이 맞은 자리에 피멍이 들거나 상처 자국이 났다. 이럴 때, 게걸스러운 표정의 목사는 허리춤을 출렁거리며 웃었다. 턱을 추키며 행동을 부추기기도 했다.

보우의 이런 괴로움을 추사는 쫓아다니며 억지로 구경을 해야 했다. 고개를 좌우로 틀어보아도 추사의 시선은 보우의 고통을 지켜보아야만 되었다. 마침내 추사는 중이 돼지처럼 장살(杖殺)되는 장면도 목격해야 했다. 그가 장살되던 늙은 팽나무 아래에는 노랗게 물든 단풍잎들이 시나브로 떨어졌다. 떨어져서 시신을 덮었다. 바람이 건듯 불고 지나가면 나무는 비대한 밑둥을 흔들고, 노란 단풍잎들은 우수수 떨어져서 넝마의 그의 몸과 멍든 얼굴을 덮었다. 단풍잎이 얼굴에 떨어질 때마다 보우의 얼굴은 이상하게 평온을 되찾아갔다.

끅끅끅, 흐흐흐, 돼지몰이처럼 보우를 몰고 다니던 무골이 우는 듯한 웃음소리를 냈다. 그것은 그가 최초로 낸 소리였다. 누대 위의 전립도 크게 흔들리며 웃었다.

추사는 온몸이 섬뜩했다. 들키면 자신도 그런 일을 당할 것 같아서 달아나려고 돌아섰다. 그리고 도망치다가 한 낮은 주막집을 만났다. 그는 다짜고짜 그 안으로 들어갔다. 그런데 그는 거기서 인목대비(仁穆大妃)의 어머니 노씨(盧氏) 부인과 딱 부닥치고 말았다. 그의 시야에 용상에 앉아 있는 선조(宣祖)의 얼굴이 얼른 스쳐갔다. 그가 계비인 인목대비와 희롱하는 장면도 스쳐갔다. 그런데 노씨가 술상을 차리다가 그가 들어서자 하얀 시선으로 돌아다봤다. 얼른 보매 주모의 차림인데 얼굴엔 뻔뻔스러움으로 도배되어 있었다. 되레 그를 유혹하려는 교태가 분명했다.

"목구녁이 포도청인디 게민 어떵?"

부인은 이미 귀티가 싹 가시고 말투부터가 이 고장 아낙네들처럼 거칠고 퉁명스러워져 있었다. 그는 가슴이 덜컥 내려앉았다. 그녀가 사람을 끌며 술상을 보고 있다는 것보다도 그 뻔뻔스런 표정과 태도가 더 겁이 났다.

"술 더 줘. 이디. 어이 할망, 술 더 달라는디……."

모여 앉아 술을 마시던 술꾼들이 소리질러 그녀를 불렀다. 그들의 말투에는 장난기가 완연히 배어 있었다.

"예, 이제 갑니다."

능청스럽게 대답까지 한 그녀가 추사의 앞을 지나가며 빙긋 웃었다. 얼굴이 검고 눈꼬리께가 게게 풀린 뱃사람들이 술을 마시다가 그녀에게 싱긋 눈웃음을 보냈다. 그녀도 웃음을 물고 찡긋 한 눈을 감아 보였다.

죽이 잘 맞는구나, 그는 속으로 탄식했다.

술자리에 앉았던 구레나룻의 사내가 술 주전자를 든 부인의 팔목을 확 잡아당겼다. 그 서슬에 주전자 뚜껑이 나뒹굴고 술이 상 위에 쏟아졌다.

"대비 모친, 술맛도 좋지만 손목맛도 괜찮수다."

"헤헤헤."

"호호호."

그들은 갈적삼 아래로 드러낸 배때기를 출렁거리며 웃었다. 그런 중에 술이 옷에 튄 한 친구는 노골적으로 싫은 표정을 하고 시선을 부릅떴다. 그러나 그녀는 표정 하나 변하지 않고 술 주전자와 찬그릇들을 상 위에 반듯하게 놓았다. 하얀 그녀의 표정은 가면 같았다.

그녀는 돌아 나오다가 추사의 앞에 오자 주춤거리며 멈춰 섰다. 그리고 그에게 재빠르게 속삭였다.

"양호(梁濩) 목사가 오고 나서는 어떻게나 학대가 심한지…… 부역이란 부역은 다 시키고 식량도 안 줍니다. 먹고살긴 해야 텐디 어쩝니까?"

그는 그저 멍하니 이런 그녀를 쳐다보았다. 그는 사람이 이렇게도 변할 수 있다는 사실에 아연하고 있었다. 그는 그녀에게 아무 위로라도 해줘야겠다고 생각하는데, 입이 통 열리지 않았다. 스스로 생각해도 답답하게 입이 열리지가 않았다.

그런데 그녀의 집주인 내외가 그녀를 도와주고 있었다. 양호 목사가 시킨 부역도 주인집 여자가 솔선하여 거들고 있었다. 여자는 성격이 싹싹하고 부지런했다. 목사와 군졸들이 못마땅한 눈치였지만 그 주인 내외는 모르는 척 그녀의 일을 도왔다. 참 흔감한 일이었다.

그런데 그녀는 어느 날, 까치처럼 까여서 섬에서 날아가 버렸다. 새하얀 깃을 빛내며 바다를 건너가 버렸다. 주인집 남자도 검은 새가 되어서 까치의 뒤를 따라 날아가 버렸다.

그가 안도의 한숨을 내쉬는데 장칫을 든 무골이 나타나서 양호 목사의 골을 한 방에 빠개버렸다. 섬은 눈앞에서 피바다가 되고 피비린 냄새가 사방을 덮었다.

그런데 옆을 돌아보니까 부사직(副司直) 정온(鄭蘊)이 열 길이나 되는 위리(圍籬) 안에 갇혀 있었다. 그는 마흔다섯의 젊은 나이이면서도 허연 수염을 늘어뜨린 채 산발이었다. 그는 죽은 듯이 눈을 감고 앉았다가 부르르 수염을 떨며 벌떡 일어났다.

"영창대군(永昌大君)을 증살(蒸殺)한 강화부사 정항의 무리는 마땅히 죽여야 합니다. 그리고 대군의 시신은 마땅히 추복예장(追復禮葬)해야 합니다."

그의 목소리는 굵고 우렁찼다. 뿌득뿌득 분노가 옆으로 빠져나왔다.

"폐모의(廢母議)를 선창한 무리는 신하의 도리를 저버린 것이

므로 마땅히 치죄해야 합니다. 이를 치죄하지 못한다면 나라의
정도를 바로잡지 못할 것입니다."

그의 시선은 멀찍이 가시울타리 밖에 엿보고 서 있는 추사에
게로 왔다. 그가 당황해서 시선을 피하려 드는데, 침같이 날카
로운 시선은 날아와서 그의 동자를 찔렀다.

찔린 그의 시야에 칠대조 홍욱(洪郁)이 망건바람으로 나타났
다. 할아버지의 얼굴은 전해 듣던 대로 희고 눈이 빛났다. 마침
조정은 강빈(姜嬪)의 옥사(獄事)로 술렁거리고 있었다. 황해도의
변방 관찰사로 있던 그는 참을 수 없어 바른 상소를 하고 나섰
다. 그러나 사방은 수수밭처럼 흔들리며 빈정댈 뿐이었다. 강하
게 상소하면 되돌아오는 것은 강렬한 웃음소리였다.

그는 마침내 주목거리가 되어 볼기가 까진 채 장판(杖板)에
붙들어 매어졌다. 착착, 살갗을 파고드는 곤장 치는 소리, 숫자
헤아리는 소리가 아득히 멀어졌을 때 사내는 축 늘어지고 말았
다. 그는 그가 다시 일어나지 못하리라는 걸 벌써부터 알고 있
었다.

장판에 매여 죽임을 당한 할아버지가 정온의 얼굴과 혼란을
일으키며 떠올랐다. 그 날카로운 시선이 다시 그에게로 날아
왔다. 정온이 정색을 하고 말했다.

"내 올해로 이 대정(大靜) 배소의 귀양생활이 꼭 9년이오.
모르긴 하오만 대감도 아마 9년은 살아야 풀려날 수 있을 겁
니다."

순간 그는 부르륵 몸을 떨었다. 9년, 아아, 9년. 이 예언 비슷
한 말은 그의 몸을 떨게 만들었다. 그래도 그는 정온에게 아무

말도 더 할 수가 없었다.

그때였다. 봉두난발 상투차림의 사나이 하나가 가시 울타리 안으로 으쌍으쌍 들어서고 있었다. 저런, 저 모든 걸 포기한 걸음걸이라니⋯⋯게다가 저 울타리 안에를 어떻게 들어갔지? 그러는데 그들은 어느새 배소 난간에 가부좌를 틀고 마주앉아 있었다. 눈여겨보니까 상투차림의 사내는 정언(正言) 이익(李瀷)이었다. 지엄한 광해(光海) 임금 앞에서 격한 상소를 올렸던 사내, 그 표정에는 아직도 격한 감정이 이글이글 끓고 있었다.

"⋯⋯궁궐을 엄하게 단속하지 않아서 내외가 서로 결탁하여 태아(太阿 ; 옛날 보검(寶劍)의 이름)의 자루가 이미 다른 사람에게 거꾸로 잡혔습니다. 사사로이 뇌물을 바치는 일이 끊임이 없으며 다투어 이를 서로 본받게 되니 민생의 곤궁함이 이미 극도에 달하였고, 그밖에도 가지가지의 병이 모두 극도에 이르러 구제할 수 없는 지경이 되었습니다⋯⋯천명(天命)이 이미 정해졌으니 사람의 힘으로는 어쩔 수 없습니다⋯⋯."

이런 세월이야 어찌 그 당시뿐이랴. 그런데 어쩌자고 고집불통의 사내는 자기 속의 것을 다 토해놓고 있는 것이다. 임금의 노한 얼굴이 떠올랐다. 그에게 질타하며 책임추궁을 하고 있었다. 마침내 그는 곤장을 맞고 귀양살이로 쫓겨나고 섬으로 건너온 것이었다. 그렇지, 그럴 밖에. 자기 단심(丹心)을 은근히 감추지 못하고 바로 드러내는 자가 필연적으로 걷는 길이었다.

그들은 표정이 누그러지자 앉아서 시문(詩文)을 지어 서로 화답하기 시작했다. 정동계(鄭桐溪)가 먼저 시를 지어 읊었다.

대정성 동문 밖에 헌 초가 한 채
10년 전 일찍이 귀양 살던 집이네.
소나무 네 그루 키 넘게 자랐고
떨기대 여러 가지 섬돌을 덮었네.
인간사 흥망을 물어 무삼하리요.
이 세상 모든 영욕 본래 허무하다네.
영주(瀛洲) 일곡(一曲)이 잔역(殘域)에 머물렀으니
취한 후 시험삼아 아이에게 불리네.

　동계는 시를 읊으면서도 표정은 풀지 못했다. 다만 얼굴이 불
쾌한 것은 술을 마신 탓이었다. 그는 성정이 곧고 인품도 고운
사내였다. 거기 비하면 봉두난발에 홑저고리 바람의 이익은 훨
씬 활달한 데가 있었다. 파락호의 기질마저 엿보였다. 그는 목
청을 돋구어 목동사(牧童詞)로 대거리를 했다.

아침에는 소를 마을 어귀 골짜기에 풀고
저녁에는 산밑으로 모네.
아침저녁, 또 해마다 이러하니
산전(山田)이 메마름을 이로써 걸게 하네.
누가 너희 집에 소가 적다 하더냐.
아흔 마리 소 귀가 모두 습습하네.
앞 뒤 산기슭마다 소 무리로 찼으니
벗을 부르고 무리를 끌어 너와 함께 치네.
가을 풀에 난입(亂入)하니 수효도 많을시고.
혹은 마시고 혹은 내리며 누운 놈 풀 뜯는 놈……
저물녘 돌아올 제 팔 내저어 지휘하니
무리들 주인 따라 밭둑길로 흩어지네.

소는 비록 짐승이나 영물이라.
역시 아이놈도 부리는 기술 있네……
내 바라건대 목동이 세상 끝날까지
해마다 풍족하고 객도 또한 족하기를.

그들은 시를 읊고 나서는 무릎을 치며 웃었다. 그것은 보매 초탈의 경지였다. 추사는 자기도 위리 안으로 넘어갈 수만 있다면 그들과 대작을 하며 시를 읊고 싶었다. 시의 운까지도 이미 잡혔는데 도저히 그 울타리 안으로 들어갈 수가 없었다. 그는 못박혀 앉혀진 방관자일 따름이었다.

그때였다. 위리 안의 돌빌레투성이 골목으로 얼굴이 허연 사내가 또 어슬렁어슬렁 들어서고 있었다. 자세히 보니까 얼굴이 허연 것은 땀에 절은 소금기였다. 그리고 그 사내는 영창대군의 일로 노하여 정동계를 이곳까지 유배시킨 광해주(光海主)가 틀림없었다. 그는 얼굴이 허옇게 덮씌워 있을 뿐 아니라 피골이 상접하게 야위어 있었다. 그러나 그 판에도 성깔을 끄지 못해 벌컥거렸다. 광해는 터지는 분노를 코로 불며 그들이 대작하고 있는 데로 갔다. 소행을 따지자면 동계는 그만 고개를 돌려버리고 냉담할 만한데 일어나 극진하게 예를 갖췄다.

"아니, 어쩐 일로 이런 곳엘 다……."

동계는 너무 돌연한 일이라 당황한 빛이 역력했다.

"인조반정으로 쫓겨나서 강화로 가 가족들은 다 죽여먹고 눈을 가리워 이 섬까지 왔다네……."

그는 억울함으로 음성이 떨렸다. 그러고 보니까 그는 차림새부터 파락호가 다 되어 있었다.

"내가 왜 이런 외딴 섬까지 와야 하는지 도무지 알 수가 없어……."

그는 닭살이 돋은 몸을 부들부들 떨었다. 안절부절못하는 눈치였다. 그러자 정동계가 그런 그를 빤히 쳐다보며 대꾸했다.

"공께서 군주로 계실 때 간사하고 아첨하는 무리를 멀리하고 환관과 궁녀들로 하여금 국정에 간섭하는 걸 금했더라면 어찌 이 섬까지 왔겠습니까?"

그러자 광해의 시선이 허공에 머물고 흰 얼굴빛이 파랗게 질려갔다. 침이 목젖에 걸려서 내리우지도 못하고 우두커니 앉아 있었다.

그는 그렇게 앉았다가 흐물흐물 위리 안에서 주저물러 앉아갔다. 위리 바깥 사람들이 위리 주변을 부산하게 돌아다니기 시작했다. 무슨 큰일이 벌어진 게 틀림없었다.

그런데 그런 부산한 동작 위에 사약을 받고 피를 흘리며 쓰러지는 허연 영감이 있었다. 그 확대된 노인의 얼굴은 송시열(宋時烈)이었다. 돼지처럼 몽둥이질에 시달려 죽은 보우와 인성군(仁成君)의 어린 처자들, 그 안쓰러운 모습, 불과 서른여섯 젊은 나이에 절명사(絶命辭) 한 구절을 남기고 자진(自盡)하던 충암(沖庵) 김정(金淨)의 얼굴도 겹쳐져 떠올랐다.

외딴 섬에 귀양 와서 고혼이 되는도다.
어머니를 두고 가니 천륜을 어기었네.
이 세상을 만나서 나의 목숨 끊으나
구름을 타고서 천재(天齋)의 궁궐에 들러서
굴원(屈原)을 따라 맑고 높게 소요나 하련다.

기나긴 어두운 밤은 언제면 아침이 될꼬
밝은 일편단심은 쑥밭에 파묻히고
당당하고 장한 나의 뜻은 중도에 꺾이었으니
아! 천추만세에 응당 나를 슬퍼하리라.

投絶國兮作孤魂
遺慈母兮隔天倫
遺斯世兮隕餘命
乘雲氣兮歷帝閽
從屈原兮逍遙
長夜冥冥兮何時朝
耿炯哀哀兮理華萊
堂堂壯志兮中道摧
嗚呼千秋萬歲兮應我哀

충암이 약사발을 받고 피를 토하여 쓰러지는 걸 보며 그도
함께 굴렀다. 그는 이제까지 앉아서 꿈을 꾼 것이었다. 악몽치
고는 몸서리치는 악몽이었다. 그는 깨어서도 부르르 몸을 떨었
다. 꿈속의 주인공들이 혹은 피를 흘리며, 혹은 허연 얼굴로 다
가들다가는 무산되었다.

친구요 은인인 조인영(趙寅永)이 영의정에 임명됐다는 소식
과 중부(仲父)의 부음을 접한 것은 그런 일이 있고 나서 불과
한 달 어간의 일이었다.

잡초들의 삶

아직 새벽 잠자리에 누운 채인데 자꾸만 둔탁한 것이 무엇을 쳐 허무는 소리가 들려왔다.

탁 솨르르르, 탁 솨르르르.

이런 소리는 일정한 간격을 두고 간헐적으로 들려왔다.

누가 뭘 부수는 소리일까? 추사는 일어나 바지 허리를 여미며 밖으로 나왔다. 그는 귀양지에 온 후 거의 잠잘 때 옷을 갈아입지 않고 있었다.

돼지우리 곁 항아리에 소피를 볼 때도 그 소리는 여전히 들려왔다. 그는 소피를 보고 소리가 나는 집 모퉁이 쪽으로 돌아가 보았다.

송계순의 부친, 집주인 할아버지가 쇠막(외양간)의 흙벽을 망치로 쳐 허물고 있었다.

"어쩐 일로 새벽부터 집을 허무십니까?"

그는 질문으로 새벽인사를 대신했다.

"예, 오널부터 신구간(新舊間)이라마씸……."

추사의 고개가 갸우뚱 저절로 돌아갔다.

"신구간이 무슨 말입니까?"

"신구간이란 건 대한(大寒) 후 5일부터 입춘 전 3일까지 이레 동안을 말합니다. 이 기간엔 신구 세관(歲官)이 임무교대를 하는 참이라 이 세상엔 싹 귀신이 없답니다……맘대로 집을 고쳐도 동티(動土)가 안 나마씸."

영감은 말을 하면서도 탁 쇠르르, 탁 쇠르르 쉬지 않고 벽을 허물었다.

추사는 노인의 사투리를 정확히 알아들을 수는 없었으나 그런 대로 그 말뜻이 무엇이라는 것쯤은 알 수가 있었다.

"선상님도 집을 옮기시려면 신구간에 옮기셔야 해마씸……."

노인이 그를 돌아다보며 말했다. 녹슨 구릿빛 이마에 힘줄이 불거지고, 시선도 심술궂게 부릅떠 있었다. 이 집에 손님으로 든 후로 추사는 늘 그에게 미안했다. 처음엔 그가 훨씬 나이가 위일 거라고 생각했는데, 막상 따져본 나이는 한 살 차이였다.

이런 노인의 삶은 전혀 그와 반대였다. 우선 노인은 자고 깨면 한시도 몸을 쉴 때가 없었다. 아침에 일어나 나와보면 어느새 나갔는지 하다못해 검불짐이나 젖은 해초라도 지고 들어왔다. 농한기인 겨울에도 짚을 다듬거나 새끼를 꼬거나 멱서리를 겯거나 하루종일 부시럭거리고 있었다. 그는 혼자 작업을 하면서 알아들을 수 없는 노래를 속으로 흥얼거릴 때도 있었지만,

가족들과도 꼭 필요한 말 이외는 하지 않았다. 말소리는 단쇠를 때리는 듯이 팔고 통명스러웠다.

그들은 한집에 사는 비슷한 나이면서도 대화의 기회는 가장 적은 편이었다. 추사는 늘 자격지심이 있었다. 그들의 간격은 일하는 자와 놀고먹는 자의 간격이었다. 노인이 늘 빈둥거리는 자기를 업신여기고, 적개심을 갖고 있으리라는 가책이 일었다.

"우리런 농부완이(농투성이) 생활엔 웬놈의 귀신이 그리도 많은지 본향한집(本鄕堂神)부터 성주, 조왕, 토신, 칠성 이것덜이 모두 차지하고 이서마씀. 이것덜이 딱 차지하고 앉아서 신구간 외에는 돼지우리. 통시 고치는 것도, 쇠막 수리도, 집 중창도 못하게 합니다. 심지어 나뭇가지 하날 못 자르게 한다니까마씀……."

"……"

추사는 고개를 끄덕였다. 노인의 핏발이 서고 튀어나온 눈동자의 내력을 알 것 같았다. 그는 당하고만 살아온 사람들의 분노와 그들이 사는 방식을 약간은 엿본 것 같았다. 그의 가슴 아래께가 을큰하게 아파왔다.

"이런 일을 보통 때 하려면 토신제(土神祭)를 지내고 별 아양을 다 떨어야 하는디 신구간에만은 그런 걸 안 해도 되어마씀……."

노인은 그에게서 어떤 평가를 바라는 눈치였다. 그리고 그들과는 틀린 생활의 방식 같은 것도 배우고 싶어하는 눈치였다.

"말하자면 귀신이 하늘로 올라간 새, 살짝치기인 셈이구만요?"

추사는 고개를 끄덕이며 이런 데 착안한 농부들의 지혜가 가

상하게 여겨졌다. 아니, 어쩌면 이건 다른 영악한 제도가 빚어
낸 부스러기인지도 몰랐다.

"맞수다. 바로 그겁주."

"그런디, 신구간 아닌 때에 일을 하면 무슨 탈이 납니까? 실
지로……."

"아, 이제까지 지 말하다 보니까니, 똑 동티가 나서 집안에
누게가 눈이 아프거나 돌이 굴러서 다리를 다치거나 해마씀. 아
주 망해버린 집도 부지기숩니다."

노인의 신념은 확고했다. 그는 그것을 곧이곧대로 받아들이
고 있었다.

추사는 이 마을로 유배 온 지 얼마 안 되어서 몹시 당황한
적이 있었다. 밤중인데 잠결에 누가 문을 흔들어서 얼른 일어나
보니까 띠살창이 환하게 마당에 횃불이 켜져 있었다. 젖혀 보니
까 횃불 아래 사람들의 머리수가 꽤 여럿이었다.

그는 철렁 가슴이 내려앉았다. 그런데 자세히 보니까 그들은
거의 아낙네들인 데다 얼굴이 익은 동네 부인들도 끼여 있었다.
그래 우선 안심은 되었다.

"아닌 밤중에 웬일들이오?"

그는 수염을 쓰다듬어 점잔을 가장하며 근엄하게 물었다.

"아이가 아파서 그럽니다. 갑자기 아이가 그만 편편이우다."

앞선 여인이 말을 하자 횃불 곁에 섰던 여자가 무리 앞쪽으
로 나섰다. 그녀의 팔에 이미 뻣뻣한 아이가 안겨 있었다. 아이
는 크기나 모습으로 보아 대여섯 살은 실히 되어 보였다.

"이 밤에 의원을 찾아갈 수도 없고 선상님 글 많이 읽어시니 경문이라도 읽어주십서."

그제야 그는 이 여인들이 찾아온 이유를 알 것 같았다. 그의 가슴에 또 을큰한 아픔이 고여왔다. 더구나 이런 데 전혀 무지인 자신의 한계도 탓하게 됐다.

그의 가슴에 이들을 그냥 보낼 수 없다는, 뜨거운 것이 쿡 치밀었다.

"우선 아이를 이리로 눕힙시다."

그는 일어나 난간으로 나아가 아이를 부축하여 마루 위에 눕혔다. 맥은 뛰고 있었으나 아이의 손발은 싸늘했다.

경문이란 건 아마도 아이를 살리는 주술인 모양이었다. 그도 그런 주술이 있다는 것은 알고 있었으나 전혀 관심을 두지 않고 있던 터였다.

그는 파랗게 죽은 아이를 난간에 눕히고 이윽히 얼굴을 들여다봤다. 순간 그는 어떤 절대한 힘에게 빌고 있는 자신을 깨달았다. 그 힘은 그가 어려운 고비를 당할 때마다 쿡쿡 옆구리를 쳐오던 힘이었다.

그는 자기가 덮던 요를 끌어당겨 손발이 찬 아이의 몸에 덮어 주었다. 그리고 손을 들어 소요하는 아낙네들을 제지했다.

여인들은 그의 입에서 낭랑한 경문이 터져 나오기만을 기다리고 있었다. 그러나 그는 소요의 기미가 일 때마다 손을 쳐들어 보이며 눈썹 부위에 힘을 모으고 긴장한 표정을 지었다. 참으로 지루한 시간이었다. 아직 추운 날씨인데도 이마에 땀이 솟는 걸 그는 의식할 수 있었다. 아이가 부시럭거리고 얼굴에 차츰 화색이 돌아온 건 얼마 만일까. 사람들의 짧은 소요가 일고, 아이 엄마가 아이의 가슴을 붙들어 안고 울음을 터뜨렸다.

마침내 아이가 거품 푸걱거리는 입으로 '아아' 울음을 터뜨렸을 때 아낙네들의 소요는 또 한 번 일었다.

"거봐, 내가 일 아는 어른이라고 했잖여?"

"게메, 어딘가 다르다 했더니……"

아이가 깨자 소요하던 아낙네들은 흥정을 끝낸 장사꾼들처럼 물러갔다. 추사는 비로소 긴 한숨을 내리쉬었다. 별자리가 많이 기울어진 한밤이었다.

망치로 벽을 치는 노인의 동작은 자신에 차 있었다. 그들은 평소 모든 물건에 귀신이 붙어 있다고 믿는 경향이었는데, 이제 망치로 벽을 허무는 걸 보니까 내용 없는 껍질을 부수고 있음이 분명했다. 망치가 휘둘러질 때마다 흙벽은 삭은 곤충의 허물처럼 부서졌다.

"그런디, 신구간에도 반드시 방위는 보고 가야 합니다. '명삼살이'는 죽어서도 머리를 돌려서는 안 되고, '해삼살이'는 그 해에만 못 가는 방웝주. 그러니 선상님도 귀양이 풀리면 방위는 잘 짚어보고 가야 해마씸……"

노인의 말투는 이미 그가 떠나는 것을 전제하고 있었다. 노인이 오늘 새벽 이렇게 많은 이야기를 지껄이는 것도 그가 떠날 것을 전제한 행위일시 분명했다.

그는 쓸쓸했다. 허긴 그는 이미 몇 집 건너 강도순(姜道淳)이란 훈장네 집으로 옮기기로 내약을 해놓고 있긴 했다. 그러나 끝내 늙은 주인과 이렇게 헤어지는 건 서운했다.

추사가 이사를 서둘게 된 이유는 집주인인 포교 송계순이 차츰 그를 꺼려했기 때문이었다. 예리한 감정으로, 그는 젊은 주인을 대할 때마다 그걸 느꼈다.

그것은 추사도 마찬가지였다. 자기 신변에 오는 제재나 위험쯤이야 상관없지만 손톱만큼이라도 주인에게 폐가 돌아가서는 안 될 일이었다.

눈치가 보이자 그는 서둘러 이사를 해야겠다고 마음을 굳혔다. 그리고 유념하던 중 강도순 훈장을 만난 것이었다. 유학을 하는 그는 그 동안 몇 번 마주친 적이 있었는데, 추사가 말을 비치자 자청하고 나섰다.

"선생님께서 와 계시겠다고만 한다면야 얼마든지 좋습니다."

추사로서는 집이 궂다 좋다 가릴 계제가 아니었다. 그러나 강 훈장의 집은 포교 송계순의 집보다 넓고 격도 높았다. 뒤뜰에 동백과 대나무가 있는 것도 그의 취향에 맞았다.

추사는 그 해 신구간에 강도순 훈장네 집으로 거처를 옮겼다. 그가 제주로 와서 3년째가 되는 임인년(壬寅年) 봄의 일이었다.

옮긴 거처에서는 달 밝은 밤 마루에 나앉으면 방안 가득 달빛이 들어왔다. 가시로 두른 울타리 안에서 우러르는 달은 감상적이었다. 그러나 그는 옮겨오고 나서 두 겹 두르고 있던 울타리 중에서 하나를 거둬 치워놓은 듯하였다.

그가 사념에 잠겨 있는데 안 서방이 다가왔다. 그는 몸이 약해서 늘 추운 듯 몸을 웅크리고 있곤 했다.

"집은 아주 잘 옮겨온 셈입니다."

그는 상경해버린 철이와 교대로 시중을 들고 있었는데, 집을 옮긴 후로 표정이 풀려 있었다.

그런 중에도 아쉬운 건 들꽃 같은 송계순의 딸을 조석으로 만나지 못하는 것이었다. 그것은 주인과 종이 한결같이 아쉬운 바였다.

그러나 안 서방은 심사가 풀려 있었다. 오랜만에 만난 철이와 갑쇠 놈들도 어깨가 근질거리는 모양이었다.

그들은 흥을 누를 수 없던지 놀이판을 벌였다. 이 고장 아이들이 가을서부터 겨울 동안에 연이어 벌이는 '말타기놀이'였다. 한 사람은 기둥이 되고, 한 사람은 말이 되어서 기둥에 기대어 굽으면 기사가 된 다른 사람들은 신나게 달려가면서 그 말 등에 힘껏 올라타는 놀이다. 그리고 올라탄 사람은 부러 몸부림을 쳐서 말 된 사람을 못 견디게 굴었다. 한참 후에 기둥이 된 사람과 기사가 가위바위보를 불러서 승부를 가렸다. 이 승부 겨루기에서 기사가 이기면 그는 또 한 번 말 탈 기회를 갖는 것이지만, 지게 되면 기사가 되레 말이 돼야 하는 것이다. 앞서 말이었던 사람은 기둥이 되고 기둥이었던 사람은 기사가 되어서 신나게 달려가며 엎드린 사람의 엉덩이께에 손을 짚고 훌쩍 올라타는 것이었다. 타서는 요분질을 쳤다.

"자, 잘 굽어라. 간다아!"

올라타는 사람은 대개 신이 나서 소리를 지르며 달려갔다. 그리고 힘껏 올라탄 다음에는 엉덩이를 부러 뭉기적거리며 등 구부린 말을 못 견디게 굴었다.

추사는 난간에 걸터앉아서 짚 깐 마당가에서 이놈들이 노는 모습을 유심히 지켜보고 있었다.

철이는 그 중 나이도 어리고 왜소했기 때문에 말이 되어 엎드렸을 때는 몹시 못 견디는 눈치였다. 상대가 엉덩이를 짚고 올라탈 때마다 흥흥 콧숨도 쉬었다.

그러나 대신 기사가 되었을 때는 날렵한 동작으로 가볍게 달려가서 사뿐 말의 등 위에 올라앉았다. 그 모습은 마치 산딸나무꽃에 나비가 날아앉는 것 같았다. 그는 머리쓰는 것도 그 중 나아서 승부에서도 번번이 이겼다.

대신 갑쇠놈은 둔하고 굼떠서 노상 굽어 있는 판이었다.

갑쇠놈은 자기들의 놀이가 주인에게 거슬려 야단이나 맞게 되지 않을까 눈치조차 늘어 있었다. 그는 자꾸만 추사가 앉은 난간과 안채의 마루 쪽에 할끔거리는 시선을 보내고 있었다.

추사는 난간에 다리를 포개고 앉아서 아랫것들이 벌이는 놀이에서 권자의 무상을 읽고 있었다. 그것은 권불십년(權不十年)이요 이전투구(泥田鬪狗)였다.

놈들은 저마다 굽었을 때에는 끙끙거리며 수모를 견디다가도 한 번 세력을 잡으면 전례의 비례로 난폭해졌다. 게다가 기둥인 놈은 굽은 말의 편이어야 하는데도 말 된 쪽보다는 기사와 한패가 되어서 엎드린 말 역을 괴롭게 굴었다. 눈을 막고 콧구멍도 틀어막는 행패도 서슴지 않았다.

과격한 상소문이 비위에 거슬려 정동계(鄭桐溪)를 이 변방으로 귀양보낼 때 어찌 광해주가 뒤따라 유배를 오리라고야 예측했겠는가. 눈을 가리운 채 바다를 건너와서 싸맸던 헝겊을 풀고

시야가 트였을 때 "내가 왜 이곳까지 와야 하는가"고 항의에
찬 몸부림을 친 것은 어쩌면 수긍이 가는 대목이었다. "여인들
과 간신의 말에 귀를 기울이지 않고 행동을 가다듬었으면 어찌
여기까지 왔겠습니까?" 하고 점잖게 반론을 편 이 섬 목사의
의젓함은 또한 가상한 데가 있었다. 게다가 광해주는 외딴 이
섬에서 한 많은 생을 마감해야 했지 않던가.

　무상, 아아, 무상.

　색즉시공(色卽是空), 공즉시색(空卽是色), 불타는 진리는 그가
저어하는 바였지만 한 치도 어긋남이 없었다. 그는 가슴이 찡해
서 웅크려 앉았다.

　어느새 봄날의 해도 서산 너머로 저물고 있었다.

　지지배배 지지배배 지지배배배배.

　새벽부터 제비들이 처마 밑에 와서 울었다. 이것들은 며칠 전
부터 추사의 방 앞 처마 밑에 흙을 물어다 집을 짓기 시작한 후
아침저녁으로 부산하게 날아들며 지저귀렸다.

　확실한 구별은 안 되었지만 어느 것이 암놈이고 어느 것이
수놈이라는 짐작은 되었다. 물찬 제비라더니 그 깨끗한 빛깔은
신선감이 있었다. 그 소리도 청량했다.

　추사는 난간에 나앉아서 이것들의 작업을 지켜보며 문득 예
안이씨를 떠올렸다. 이것들 무리의 정다움과 조신함이 그녀를
떠올리게 한 것이었다. 부지지 목이 마르며 당겨왔다.

　이시형(李時亨)이 찾아온 것은 청람이 아른거리는 이날 정오
께였다. 흰 무명 두루마기를 입고 애띤 그가 청람 사이로 걸어

들어올 때 그것은 환상 같았다. 가까이 다가온 그를 보니까 갓 아래 눈매도 시원스럽고, 깨끗한 인상이었다.

잘 삼은 미투리를 섬돌 위에 벗어놓고 난간 위로 올라와서 그는 엎드려 절하였다. 그 하는 행동거지 하나하나가 이런 시골에서는 퍽 돋보였다.

추사는 그를 방으로 이끌어 서안을 마주하고 앉았다.

"인근 마을에 거주하는 이시형이란 서생입니다. 선생님 고명은 일찍부터 들어 알고 있었습니다."

"잘 오셨소. 나는 젊은 사람 만나는 걸 좋아합니다. 편히 앉으시지요."

"예."

청년은 꿇은 채 무릎만 고쳐 앉았다.

추사는 청년을 보면서 자신이 옹방강을 찾아갔던 무렵을 떠올렸다. 그때 나이 스물넷이었으니 꼭 이 청년 만했을 때였다. 이제 생각건대 그때 80, 노대가 앞에서 그는 얼마나 당돌했던가. 물도 불도 가리지 않던 의욕이었다.

"그래 어떤 학문에 뜻을 두고 있는지요?"

"시문에 뜻을 두고 있사오나 배움이 짧습니다."

"누군들 처음부터 배움이 깊을 수야 없는 일이지요. 갈고 닦는 연마의 길이 있을 따름입니다."

"말씀을 낮춰 하시지요."

"지내다 보면 그리 될 것입니다."

"『사서삼경』과 『통감』, 『맹자』는 어려서부터 읽었사오나 할수록 혼미할 뿐입니다."

"……"

추사는 대답도 않고 얼굴을 비껴 몇 번 깊게 고개를 끄덕였다. 그에게도 그런 과정은 있었다. 청년이 솔직한 것은 인상대로였다. 추사는 그 솔직함이 마음에 들었다.

"손님이 계셨군요."

민규호가 세안을 한 맑은 얼굴로 난간을 올라오다 멈칫했다. 그는 추사가 유배 올 때 따라온 후로 두 번째 내려와 유배지의 스승과 함께 있었다. 그는 몸가짐이 너무 조용해서 늘 있는 듯 없는 듯 했다.

"들어오시지. 같이 있어도 무관한 사이야."

스승이 그의 바지가랑이를 시선으로 이끌었다. 그는 돌아와 스승을 사이에 두고 청년과 맞절을 하였다. 그러고는 몸을 돌려 스승 앞에 무릎을 꿇고 마주앉았다.

스승은 시선을 반쯤만 뜨고 가볍게 좌우로 몸을 흔들고 있었다. 그것은 감히 범접할 수 없는 자세였다. 꽤 긴 시간이 그들의 옆구리를 흘러서 지나갔다. 그래도 스승은 눈을 감고 몸을 흔들 뿐이었다.

"……무릇 학문을 하는 자세란 심기를 고르고 고요하게 하여 넓게 배우고 힘써 실행할 것이지요……."

마침내 스승이 차분히 가라앉은 음성으로 입을 열었다. 그들은 이제 크게 뜬 스승의 시선을 마주보았다.

"오로지 실제 있는 일에서 올바른 이치를 찾는, 실사구시의 자세야말로 학문의 기본입니다."

이것은 그가 오래 전부터 마음속에 굳혀온 학문의 자세였다.

민규호는 언젠가 스승이 그와 비슷한 이야기를 한 걸 기억하고 있었다. 이제 그 이야기를 반복하는 것은 무슨 뜻일까.

젊은이들 가슴 밑바닥에 가는 빛의 줄기 같은 것이 스며들고 있었다.

"그런데 스승님께서는 중국의 학문이 어쩌다 지리하고 허무한 데로 빠지게 되었다고 생각하시는지요?"

민규호가 말 중간에 쐐기를 박았다. 얼른 말을 꺼내는 것으로 보아 꽤 오래 이 문제를 생각해 왔음이 분명했다.

"그 연유란 이렇지요……"

말을 꺼내놓고 추사는 천장을 한 번 쳐다봤다.

"진나라 사람들은 노·장의 허무사상을 배우면서 속 빈 학문이 퍼졌고, 또 한 차례 불교가 크게 유행하면서 선기(禪機)로 깨닫는다는 것이 지리(支離)로 흘렀어. 이 지경에 와서 실사구시의 학문은 절실해졌던 게야."

스승은 담론 중에 눈에 정기가 번득였다. 이시형은 두려운 마음으로 이런 스승의 시선을 살폈다. 학문에 대한 이런 담론이란 그로서는 새로운 경지였다.

"한나라 유자(儒子)들의 훈고에 열중한 것은 옳은 일입니다. 성현의 가르침이란 비유컨대 큰 집과 같아서 주인이 거처하는 곳은 항상 방안입니다. 즉, 훈고라는 것은 문간과 같은 것입니다. 그러니 훈고에 열중하여야 한다는 것은 당실(堂室)에 잘못 들어가지 않기 위함이지 그것으로 일을 끝마치라는 말은 아닙니다……"

"……"

"진·송 이후의 학자들은 높고 먼 데 있는 공자를 존경하여 성현의 가르침을 누상에 올려버린 우를 범했습니다. 얕은 문간을 버리고 허공에 뛰어올라 용마루 위만 왔다갔다하여 방안의 실체를 몰랐습니다. 또 혹은 옛것을 제쳐두고 새것에만 집착하여 혼란을 빚기도 했습니다."

이시형이 무릎 꿇은 자세를 고쳐 앉았다. 옆을 돌아다보니까 민규호는 허리를 꼿꼿이 편 채 미동도 않고 있었다.

"대체로 성현의 가르침이란 실천하는 데 있는 것이지 공허한 이론에 얽매이는 것은 잘못이지요. 실제 있는 것에서는 응당 올바른 이치를 찾을 수가 있으나 공허한 이론에는 근거로 삼을 것이 없으니, 마치 안개 가운데서 무엇을 찾는 거나 넓은 밭에서 좁씨를 찾는 격입니다. 껍질만 잡고 본뜻은 모두 잃어버리는 꼴이지요."

스승은 다시 시선을 반쯤 닫아버리고 좌우로 몸을 흔들기 시작했다.

"명심하겠습니다."

이시형은 다시 무릎 꿇은 자세를 고쳐 앉았다. 민규호도 비로소 굳은 자세를 무너뜨렸다. 그는 스승의 얼굴에서 오랜만에 화기를 읽고 있었다.

학문에 대한 열정이, 이 신선한 청년을 만남으로써 되살아난 것이라고 여겨졌다.

섬마을 아이들

지지배배, 지지배배

허공을 날아온 제비가 부산하게 우는 소리가 들렸다.

추사는 그래도 눈을 반쯤 감고 가부좌를 튼 채 몸을 좌우로 흔들고 있었다.

창밖엔 각각 마른 바람이 불고 있었다.

귁, 귀익.

거센 바람소리에 섞여 아이가 우는 것 같은 소리도 들려왔다. 그것은 울타리 곁 돼지우리 쪽에서 들려왔는데, 주린 돼지가 먹이를 달라고 보채는 소리일시 분명했다.

이 고장의 보릿고개는 해마다 겪는 다반사였지만 이 해에는 유독 심했다. 그것은 지난해 이맘 때 몰아친 태풍의 후탈이었다. 태풍은 길목인 이 섬을 휩쓸어 밭의 흙을 모두 날리고 자갈만 남겼다.

대양에서부터 거대한 짐승의 혀같이 날름거리며 파도를 앞세우고 몰아쳐 온 태풍은 바닷가에서부터 돌멩이와 모래를 날리고, 아름드리 나무들의 중동을 부러뜨려놓고, 돌담도 헝클어놓았다. 태풍의 한창때는 초토화작전을 벌이는 천군만마가 휩쓰는 것을 방불케 했다.

추사는 이미 제주에 도착하던 날 밤에 이런 바람의 내습을 받은 경험이 있는 터였다. 태풍은 그 내부에 이 고장 사람들이 '도깽이주제'라고 부르는 회오리바람을 동반하고 있었는데, 이것들은 닥치면 잡색부대처럼 섬 안의 초가들을 부수고, 가벼운 물건들을 딴 세계로 날려 올렸다. 초가지붕의 검불과 먼지와 이런 것들로 하늘 끝까지 기둥을 쌓기도 했다. 마침내 회오리가 그 아귀를 풀고 기둥을 무너뜨리면 날아 내리는 티끌이나 빨래들은 마치 솔개 떼가 나는 것 같았다.

"갑인년 숭년 이후로 꼭 마흔여덟 해 만의 일이구만."

지난해 그 바람 끝에 마을 노인들은 곡식들이 해수(海水)로 발갛게 타들어 간 밭머리에 앉아서 넋두리했었다.

"그 해 숭년에 먹다 남은 건 물뿐이었지."

그들은 건초같이 모지라진 머리털을 바람에 날리며 겁먹은 시선으로 먼 물마루를 바라보고 있었다. 그러면서 수없이 고개를 끄덕였다.

그런데 그 모진 태풍의 영향이 해를 지나 금년까지도 흉년을 연장시킨 것이다.

삼월 그믐께부터 절량농가가 생기기 시작하더니 사월에 접어들자 마을 가구수의 거의 반이 식량이 동났다는 소문이었다.

뒷박으로 항아리 바닥 긁는 소리가 아침저녁 소름끼치는 공포를 몰고 왔다. 그것은 굶주림의 경험을 한 사람들만이 아는 공포였다. 그런 공포를 추사도 간접적으로 알아가고 있었다.

양식 떨어진 농가의 아낙네들은 새벽부터 하릴없이 들로 나갔다. 그것은 일종의 도피였으나 괴괴거리는 아귀의 소리는 어디라고 안 쫓아오는 데가 없었다.

여인들은 대구럭을 허리춤에 묶어 엉덩이께에 늘어뜨리고 허리를 구부정히 꺾어 땅만 살피며 묵정밭 가를 감돌았다. 부엌칼로 달래, 냉이, 씀바귀 등속 들나물도 캐고 무릇 같은 것도 캐서 담았다. 찔레순도, 두릅도 꺾었다. 삘기도 뽑고 송피도 벗겼다. 아무거나 먹을 수 있는 것이면 닥치는 대로 뜯었다. 허기가 그들로 하여 시키는 일이었다.

어떤 아낙네들은 파도가 멍석 말 듯 밀려오는 바닷가로 나갔다. 모자반이나 톳, 파래 같은 것들을 따고 소라, 고동, 게 들도 잡았다. 그것들을 따서는 입 귀로 누런 물을 흘리며 날 채로 먹었다. 짐승이 별개 아니었다.

장정들도 등에 붙은 배로 죽쳐 누워 있을 수가 없어 괭이를 들고 밭으로 나갔다. 빈 밭둑을 둑둑 쪼았다.

주린 돼지 울음소리는 건듯건듯 부는 바람을 타고 온 마을 안에 퍼졌다. 그 본능적인 소리는 섬뜩한 공포로 덮쳐왔다.

추사는 주인 없는 빈 집 마루에 앉아서 보이지 않는 주검의 그늘이 담뿍 마을 위로 덮여옴을 느끼고 있었다.

그는 다시 책장을 걷었다. 그가 뒤적거리고 있는 역사의 기록으로는 이 섬의 흉년은 삼국(三國) 이후 상습적인 것이었다. 무모한 대책, 흉년이면 으레 전염병도 뒤따라 번져서 사람 씨를 말렸다.

이런 흉년이면 한 해에 몇 백이 아니라 몇 천씩이 쓰러졌다. 마을 밖에는 애무덤들이 매일같이 불어나고 상여도 안 꾸민 송장들이 새벽녘에 소리 없이 마을을 빠져나가는 것이 부지기수였다.

절량 기간이 긴 때에는 섬사람의 절반을 아주 결단내는 경우도 없지 않았다. 이런 흉년에 한라산 자락의 조릿대(笹)가 열매를 맺어 섬사람들을 구황한 것은 기적이었다. 그리고 한 번 열매를 맺은 조릿대는 영락없이 말라 죽음으로 희생이 되었다.

이런 흉년의 경황 중에 본주(本州) 출신의 두 장령(掌令)은 다음과 같은 상소문을 올려 흉년의 두려움을 알리고 이런 때를 빙자한 무자비한 관원들의 횡포를 규탄하고 있었다.

제주섬은 자주 흉망하여 지난해에도 대흉년이 밀어닥쳤습니다. 더구나 가을 농사는 한 톨도 건질 수 없을 만큼 그 흉작이 심각했습니다. 이 때문에 겨울에서 여름에 이르기까지 굶어죽는 백성의 수가 몇 천 명인지 알 수 없으며, 여기에 설상가상으로 팔월에 다시 연일 태풍이 몰아쳐 정의(旌義)·대정(大靜) 지방은 가히 불모지와 같습니다. 뿐만 아니라 제주 구좌면(舊左面)의 피해가 또한 혹심하여 내년 봄에 기근이 크게 우려되는 만큼 이에 대한 대책이 벌써부터 세워져야 할 텐데도 목사 이철운은 밤낮으로 술에 취하여 백성의 굶주림을 돌아보지 않을 뿐 아니라 환곡까지 빼돌리니 이보다 더한 폐가 어디 있겠습니까? 그는 환곡을 함에 있어 반드시 2, 3두를 더 증수하는 데 반면 분급할 때에는 1말의 쌀이 7, 8되에 지나지 않으니 결국 이를 다 착복하는 셈으로, 이 전곡만으로 구제하는 꼴이 되어 주민의 기근은 더욱 가중되고 있습니다. 대두 (大斗)로 받고 끝내는 소두(小斗)로 분급하여 일 석 당 2두의 쌀을 남기니 이철운이 도취한 양곡은 모두 일천 석에 이를 것입니다…….

그 중에도 흉년의 대명사처럼 불려지는 갑인년의 참상은 대단한 것이었다. 정조(正祖) 임금 18년(1794), 그 흉년은 제주땅을 싹 휩쓸었는데, 당시 제주 목사 심낙수(沈樂洙)의 장계는 그때의 참상을 잘 말해주고 있었다.

올해 삼읍의 농사는 그 동안의 기후가 매우 순조로워 대풍이 예상되었으나 뜻밖에도 8월 27일, 28일 이틀간에 걸쳐 동풍이 크게 휘몰아쳐 거센 회오리바람으로 기왓장이 날고 돌멩이가 튕기는 등 아비규환을 이루었습니다. 나무가 꺾이고 여름 농사가 유린되는 피해를 입었을 뿐 아니라, 바닷물이 넘쳐 땅이 마치 소금에 절인 듯하니 고노(古老)들은 모두 지난 계사년(癸巳年) 이래 처음 있는 재난이라고 입을 모으고 있습니다. 여기에 대정, 정의의 피해는 모든 곡식의 씨를 말릴 정도로 그야말로 목불인견의 참상입니다. 천만다행으로 보리농사가 잘 되어 아직 굶주리는 백성은 없으나 앞으로의 대기근이 예상되므로 2만 석의 구호곡을 나누어 배급, 우선 육칠천 석을 이송하고 계속하여 이송하여 주옵소서.

목사의 예상대로 그 해 대기근은 몰아닥쳤다. 이 해의 기근으

섬마을 아이들 137

로 죽은 사람은 숫자를 헤아리기도 어려울 정도였다. 십만이 빠듯했던 백성 중에 이듬해까지 생명을 부지한 사람은 삼만에 불과했다니 칠만의 인명이 아사했거나 병들어 죽었으니 그 참상이야 어찌 필설로 표현하랴.

의녀(醫女) 김만덕(金萬德)이 사재를 털어 굶주리는 백성을 구휼한 것이 이때였다. 이때 그녀가 내놓은 돈은 어렵사리 번 돈 천금(千金). 그녀는 그 돈으로 육지의 해안지방에서 곡식을 거둬다가 성내 중심가인 관덕정(觀德亭) 마당에 솥을 걸어놓고 죽을 쒔다. 죽을 얻어먹으려는 기민들이 바가지를 들고 장사진을 이뤘다. 주린 배에 한 술 죽이 찰 리 없었건만, 그러나 그녀의 따뜻한 정이 허기를 채워줬다. 더구나 그녀는 어려서 부모를 여의고 외롭고 가난하게 자랐으며, 한때는 관기(官妓)가 된 적도 있었다. 미모와 성정이 출중한 여자였다. 게다가 이렇듯 어렵게 번 돈을 주린 섬사람들을 위해 쾌척했으니 그 행위는 헌헌장부에 댈 것이 아니었다.

마당의 보릿짚에 참새 떼들이 내려앉아서 주둥이로 뭔가를 쪼아먹고 있었다. 그것들은 재잘거리다가는 부리로 땅을 쪼고 작은 발로 비비적거리기도 했다.

추사는 몇 번이고 고개를 끄덕였다. 배고픈 것은 짐승의 차원이었지만 사람에겐 역시 유다른 면이 있었다. 그것이야말로 사람의 몫이었다.

왕휘지가 흥이 나서 밤중에 배를 내어 친구를 찾아가듯 그에게 의욕이 불끈 솟았다.

그가 서안가로 다가앉아 벼루에 물을 붓고 천천히 먹을 갈기 시작했다. 묵향이 은은히 낮은 방안에 퍼질 때 막연한 상상으로 그녀의 얼굴이 천장에 떠올라서 그를 내려다보고 있었다.

면류관 장식이 흔들리고 황·적색 찬란한 곤룡포를 입은 임금이 부드러운 얼굴로 그녀를 바라보고 있었다. 곤룡포 가슴과 어깨에 수놓은 용의 발톱이 날카롭게 다가들다가는 멀어졌다.

"네 소원이 무엇이냐? 기특한지고. 가난 구제는 나라도 못 하는 법인데, 아녀자인 네가……."

용상 위 천장이 한 번 기우뚱 기울었다가 제자리로 돌아왔다.

"황공하옵니다. 소녀의 행위 미천하오나 소원이 있다면 생전에 금강산이나 한 번 구경하고 싶습니다."

"과연 아름다운 생각이요, 그 행위에 값하는 대답이로다. 그러고는 더 없느냐?"

"예. 그것으로 족하옵니다."

"기특한지고……."

임금이 다시 고개를 끄덕였다. 부드러운 얼굴에 함박 같은 꽃이 피어 있었다.

"여봐라, 이 여자의 기특한 행적을 기록하여 후세에 본을 삼을 것이며, 금강산 관람에 불편이 없도록 할지니라. 또한 의녀 반수를 제수하노니 그리 알라."

"예이."

추상 같은 궁궐, 권세와 모의와 알력이 쉴 새 없이 떠돌던 궁전이 이런 화기에 둘릴 수 있다니, 추사는 한참이나 환상 속의 안온함에 잠겨 있었다.

그는 또 채제공(蔡濟恭)의 『만덕전(萬德傳)』도 떠올렸다. 채공과는 그가 아이 적부터 유별난 관계였던 만큼 그 삼각 인연이 결코 우연한 것 같지가 않았다. 『만덕전』을 기술할 당시 채공은 좌의정 직에 있었다.

바다 가운데 던져진 돌멩이 같은, 이런 섬에 태어난 한 소녀가 임금을 알현하는 영광을 얻고, 거기다 채제공 같은 노대가가 그 전기까지 썼으니, 이는 아무래도 그 시대의 이변이었다.

어전 천장의 용의 무늬들은 살아나서 비틀리고 뒤집히며 요동치고 꿈틀거렸다.

문득 그의 시선에 물마루 너머로 저무는 한라산의 어진 능선이 기어 들어왔다. 산자락은 처음 이미 바다 속으로 떨어진 해의 잔광을 받아 자주색이더니 차츰 암묵색으로 짙어지며 투명한 하늘에 능선이 두드러졌다.

아아, 그는 속으로 부르짖었다. 얼마나 어진 산세인가. 날개 젖은 참새 한 마리 날아들어도 이내 품을 것 같은 안온함이었다. 누르고 누르고, 속의 것을 스스로 다스리다 마지못해 솟은 봉우리, 그 자제 때문에 산은 더욱 돋보이는 것인지도 몰랐다. 그러기에 산은 온 섬을, 온 섬마을들을 그 자락에 거느리고 있는지도 몰랐다.

한라산과 오지랖 넓은 여인 만덕, 잠시 그에게 혼란의 순간이 왔다. 그럴 수 있었다. 자연과 인간이 함께 오래 살면 닮아버릴 수도 있다는 어떤 확신이 왔다.

그는 화선지를 꺼내 보료 위에 펴고 서진을 눌러놓았다. 대필을 꺼내들고는 눈을 지그시 감고 심호흡을 했다. 다시 눈을 뜨고는 먹을 듬뿍 적셨다. 그리고는 힘있게 한 획 내려그었다.

은광연세 (恩光衍世)

글자의 먹빛이 번들거렸다. 그는 고개를 꼬고 한 번 글자의 획들을 살폈다.

그는 이 글을 그녀의 살붙이들에게 건네어 기념으로 삼게 하리라 마음먹었다.

그 험악한 흉년에 열매를 맺어 백성들을 구황하고는 자진했다는 한라산 자락 서나무 밑동의 조릿대 깔린 벌판이 상서롭게 시야에 펼쳐졌다. 그런데 그 허옇게 마른 형태의 밑동에서 뾰족뾰족 파란 싹들이 송곳처럼 솟아나고 있었다. 그것은 살진 송곳이었다.

지겹고 힘겨운 보릿고개를 넘고, 사람들은 보리가 물긋물긋 익기 시작하자 서둘러 들로 나갔다. 그리고 덜 익은 이삭들을 잘라다 씹으면 픽픽 고름이 나는 물보리로 밥을 짓기 시작하였다.

"살았저. 그래도 이젠 나 새끼덜 살았저."

물보리 한 되로 밥을 지은 날, 이웃집 여자가 양팔에 아이들을 부둥켜안고 깊은 물 속을 허비며 나왔을 때 같은 소리를 지르는 걸 그는 담 너머로 엿들었다.

"대감마님! 대감마님!"

섬돌 아래서 갑쇠놈이 다급하게 부르는 소리가 들렸다. 방안에 앉았던 추사가 미간을 모으며 방문을 열었다. 돌쩌귀 쪽에서 쇠 갈리는 소리가 났다.

"무슨 일로 그러느냐?"

"대감마님, 얼른 좀 나와 보셔요. 희한한 일이 일어났습니다."

"희한한 일이라니 무슨 일이냐? 차근차근 좀 아뢰어라."

"요 건너 강생(姜生)댁에 글씨 한 폭 드린 적이 있었지요?"

추사는 오른쪽 귀를 만졌다. 글씨를 헤프게 내는 쪽이 아니었기에 긴가민가했다. 그래, 그 글씨가 어쨌단 말인가. 무슨 빌미라도 됐단 말인가. 미간이 더 졸아들었다.

"그런데 벽에 붙여놓은 그 글씨에 오늘 아침 무지개가 서렸다지 뭡니까. 어서 가보시지요."

비로소 표정이 풀리고, 뛰던 가슴도 진정되었다. 아이들같이 내가 왜 이러지? 그는 스스로를 돌아보아 민망스러웠다.

"그럴 리가 없다. 햇빛이 어디다 되비친 걸 게야."

"아니야요. 어서 가보시자니깐요."

이놈 고집은 또 봇줄같이 버쩍이었다. 아니래도 섬돌 아래 선 채 오줌 마려운 놈처럼 오금방아를 찧는다.

"가보시지요. 글씨에 정열을 기울이시니 기이한 일이 일어날 법도 합니다."

언제 나온 것인지 문지방 가에 안 서방이 구부정히 서 있었다. 그는 학질 기운이 떠나지 않는지 똥색의 얼굴에 솜털이 돋아나 있었다.

"어디서 뭔 소문을 들었기에……그래두 어디 한 번 가보기는 하자."

추사가 천천히 난간 아래로 내려서자 안 서방과 갑쇠가 앞서거니 뒤서거니 따라나섰다. 올래 어귀를 막 벗어나려는데 아이 하나가 도깽이주제에 날린 듯이 그들 쪽으로 달려오고 있었다. 그들 앞에서 그 아이가 눈을 뽈록 뜨고 말했다.

"할아버지! 할아버지! 우리집 벽 글씨에 무지개가 섰수다."

"허엇, 그놈…… 무슨 일을 가지고덜 그러는지 원……."

그들의 활개가 시원스러워지고 걸음걸이도 빨라졌다.

강생원 집 올래에는 사람들이 떼로 몰려서 웅성거리고 있었다. 그들 일행이 올래 어귀로 돌아들자 사람들은 옆으로 비켜서 길을 내줬다. 흰옷 입은 사람들은 마당에도 드문드문 서 있었다. 그들이 시선을 돌려 추사 일행이 들어서는 것을 맞았다. 섬돌가에서 떠들던 사람의 목께가 물에 담근 단쇠처럼 식어갔다.

추사는 낮은 지붕, 좁은 구들 안에 마당을 향해 비스듬히 세워져 있는 자신이 쓴 전예체의 오묘(五畝) 대련(對聯)을 보았다.

> 다섯 이랑은 대 심고 다섯 이랑은 채소 갈고
> 한나절은 정좌하고 한나절은 책 읽고
>
> 五畝種竹 五畝藝蔬
> 半日靜座 半日讀書

섬돌가 흰 두루마기의 사내가 손가락질하는 곳으로 따라가 보니까 그의 침침한 눈에도 무지개 같은 아롱거리는 기운이 보였다. 무지개 같은 그 기운은 대련이 쳐진 방 열린 문 앞을 대각으로 가로질러 비추고 있었다.

추사는 서 있는 위치에서 좌우상하를 둘러보고 다시 그는 사방을 한 번 둘러보았다. 그제서야 그는 모든 것을 판단할 수 있었다. 무지개는 글자에서 뿜어 나오는 것이 아니라 필시 솟아오르는 햇빛이 주변 산곡의 영향을 받아 어우러진 상황이었다.

비스듬히 걸린 그 빛 앞에 서서 그는 절로 고개가 끄덕거려졌다. 거품처럼 일어났던 등뒤의 소요는 새벽 해조음처럼 물러나 있었다.

"스승님, 우리 가문에 이런 생광은……."

강생원이 뒤에 와 읍하고 서서 상체를 조아렸다.

"아닐세.……그게 아니야."

그는 가볍게 도리질을 쳐놓곤 말을 멈췄다. 무리들에게 상황 설명이란 아무 의미도 없었다.

절벽 같은 고적이 그의 앞을 막아섰다. 그는 천길 절벽 이편에 있고, 무리들은 모두 저편에 있었다. 때묻은 흰옷을 입고 있는 무리들, 팔짱을 끼고 불티 뒤집어쓴 부은 얼굴로 서성거리고 있는 이들. 그의 가슴에 끝없는 연민의 정이 샘솟았다. 하아, 그의 입에서 짧은 하품 같은 탄식이 새나왔다.

무지개가 걸려 있는 시간은 길지 않았다. 그 길지 않은 시간 때문에 무지개의 가치는 높아지는 것인지도 몰랐다.

흰옷의 무리들이 눈을 크게 뜬 채 혀를 내두르며 돌아갔다. 그에게도 경이의 시선을 보냈다. 평지의 이 마을에 그것은 어느 기간 소문을 만들 것이었다.

이제 섬돌가엔 추사와 그 식구들, 그리고 죄 지은 듯 서 있는 강생원만이 남았다. 그는 주변을 돌아보며 또 쓸쓸해졌다.

자신의 글씨가 높게 빛나는 것은 싫지 않은 일이었다. 그러나 그것이 사실 이상 허황되게 평가받는 것은 싫었다. 더구나 그것이 순박한 백성들로부터일 때 이는 못할 노릇이었다. 그것은 더 할 수 없는 죄악이었다.

그는 고개를 쳐들어 주변 산들을 둘러보았다. 돌올한 산방산, 무슨 고생대 동물 같은 바굼지오름. 그것들이 그에게 무슨 말인가를 할 것 같았다. 산방산 꼭대기엔 테 둘린 모자같이 회색 구름이 걸려 있었다.

고개가 숙여지고 비시식 웃음이 나왔다. 이 산에 얽힌 괴이한 전설이 떠올랐기 때문이었다. 산의 형국으로 보아 그런 말이 나올 만도 했다.

그는 발길을 돌려 배소로 돌아오면서도 주변 산세에 대한 생각을 했다. 혹은 거친 석기(石器)의 날 같고, 혹은 거대한 짐승의 등어리 같은 형태가 예사스럽게 보이지 않았다.

강생원이 올래까지 따라 나와서 깊게 허리 굽혀 절을 했다.

배소로 돌아와서도 그는 사람을 물리고 나서 서너 시간이나 정좌로 앉아 있었다. 눈을 감고 창을 향해 묵연히 앉아 있던 그는 연적의 물을 벼루에 따르고 천천히 먹을 갈기 시작했다. 옥판선지를 펴 서진으로 눌러놓고, 또 한참 지그시 눈을 감고 있었다.

감은 눈동자가 감실거리며 동화 같은 시상이 떠올랐다. 첫 손자에게 옛이야기라도 들려주는 기분으로 붓을 잡았다. 그 기분이 도막도막 글이 되어 쓰여지기 시작했다.

섬마을 아동들에게 보이는 글

유수촌(流水村)에 사는 강생이 나의 글씨 몇 폭을 그 벽에 붙여 놓았는데, 그날 아침에 갑자기 기이한 무지개가 마치 서광처럼 나타나므로, 보는 이가 모두 경이해 하면서, 이는 필력에 의해 발현된 것이라고 하였다. 그러나 이는 산곡(山谷) 사이에 축적해 있던 정기가 우연히 감응된 것이다. 어찌 종이 조각에 무지개가 나타날 리가 있겠는가. 그러므로 이 시를 섬마을 아동들에게 보여 해명하는 바이다. 다시 말하거니와 오대산(五臺山)과 아미산(峨嵋山)에 있는 불등(佛燈)이 광채를 냈다는 것도 이 같은 유이다.

이백(李白), 두보(杜甫)의 광망에도 어림없거니
미불(米芾)의 서화에 어이 같을 수 있으랴.
우연히 유수촌 강생의 벽에
그러한 홍광(虹光)이 보였을 뿐일세.

李杜光芒米可追
米芾書畫於同之
偶然流水村家壁
有此千零射斗奇

붓을 떼자 그는 가슴 한구석이 헐거워진 기분이 되었다. 그가 마주 바라보는 창 밖으로 가난한 아이놈들이 가볍게 춤을 추며 달아나는 모습이 보였다.

그러나 이 사건은 이 작은 현촌(縣村)에 날개를 달고 날아다녔다. 그것이 바굼지오름의 박쥐 떼처럼 퍼덕거려 날아다니며 학문에 대한 자극과 열의를 치솟게 했다.

그 일이 있고 나서 한 달쯤 후였다.

인근 마을의 유생들 셋이 배소로 그를 찾아왔다. 방으로 들어와서 큰절을 하고 마주앉는데, 보니까 가운데 앉은 사내가 어깨도 튼실하고 눈매도 부리부리했다. 광대뼈가 유난히 솟아서 고집 꽤나 있게 생긴 사내였다. 세 사내가 한결같은 건 굵은 마디의 손가락과 모지라진 손톱들이었다. 그런 손들을 그들은 무릎 위에 올려놓고 있었다.

"고매하신 어른을 가까이 모시고도 찾아 뵙는 걸음이 지연되었습니다."

"별말씀입니다. 죄를 얻은 몸이라 이렇게 갇혀 지냅니다. 반갑구면요."

"죄, 죄는 무슨……."

맨 나중에 들어와서 문가에 앉았던 눈꼬리가 치켜 솟은 그중 젊은 사내가 고개를 틀며 픽 뱉듯 말했다. 다른 두 사내는 저어하는 눈치로 고개를 숙여버렸다. 그런 자신들의 행위를 눙치듯 광대뼈가 또 말을 이었다.

"저희가 오늘 이렇게 찾아뵌 것은 다름 아니오라 간곡한 청이 있어서입니다."

그는 그저 고개를 가볍게 끄덕이며 다음 말을 기다렸다.

"촌사람들에게는 배우고 싶은 욕망은 있으되 가르쳐 줄 마땅한 스승님이 안 계신 실정입니다. 향교도 그 동안 수축을 못 해서 헐떨어진 형편입니다만 농사나 끝나면 중창을 할 계획으로 있습니다."

광대뼈의 이 좌수는 인상만큼이나 이야기에도 조리가 있고, 야무진 데가 있었다. 시골에 묻혀 지내지만 만만치 않은 인물이라는 걸 알 수 있었다.

추사는 당장에 대답을 않고 약간 고개를 더 크게 끄덕였다.

"마을 사람들은 촌 무지랭이덜이 글 배워서 무얼 하느냐는 쪽이지만 그 중에는 그래도 배워야 되겠다는 생각을 가진 사람 덜도 있습니다."

속병을 앓는 듯 얼굴색이 파리하고 펴지지 않은 사내가 뾰족한 목소리로 끼여들었다.

"배우고 싶지 않은 것은 아니로되 배울 처지가 못 된 것입지요. 그저 목구녁이 포도청이라……"

다시 이 좌수가 나섰다.

"고명하신 선생님께 이런 부탁, 외람된 것인 줄 아오나 맡아만 주신다면 더 바랄 데 없는 생광이겠습니다."

여섯 개의 시선이 그에게로 쏟아지고 있었다. 그것은 진지한 만큼 강렬했다. 추사는 이들에게 도저히 거절할 수 없다는 강한 타격을 받았다. 그는 더 크게 고개를 끄덕이고 있었다.

"알았소이다. 어디 한 번 해봅시다!"

"고맙습니다."

그들은 무릎을 꿇은 채 상체를 숙여 깊숙이 절을 했다.

"아이들은 은밀히 저희가 모으겠습니다."

파리한 사내가 얼른 토를 달았다. 이제 그들은 아무 말도 하지 않았다. 폭리를 남긴 장사꾼들처럼 들뜬 표정으로 다시 인사를 하곤 황황히 돌아가 버렸다.

그런데 며칠 후 그들이 모아온 학동들을 보니까 천자문부터 가르쳐야 할 개구쟁이가 여섯, 거기다 『통감』과 『맹자』를 읽는 청년이 둘, 모두 합쳐서 여덟이었다. 그나마 그들은 한꺼번에 오는 것이 아니라 농사짓고, 소를 보고 하는 틈틈이, 저들 편한 대로 찾아왔다.

난감했으나 그런 대로 시간을 쪼개 쓰는 맛이 괜찮았다. 그가 배소에 와서 깨닫는 건 큰 것, 대단한 것보다는 작고 다독거려진 일들이 귀중하다는 것이었다. 거기다 아이들을 상대하는 일은 왜 그런지 즐거웠다. 그는 여기 온 후로 헐벗고 가난한 이곳 아이들에게 무한한 정을 느끼고 있었다.

오냐, 내가 너희들에게 시문과 서도를 가르치리라.

그는 연자마 주위에서 떠들며 노는 아이들의 소리를 들으며 속으로 다짐했다.

이런 연후로 추사는 유배지에서 아이들에게 한문과 산술을 가르치게 되었다.

죽을 수 없는 죽음

그날, 그는 원정이었다.

그는 원정으로서 두 그루의 나무 앞에 서 있었다. 나무는 몇 차례 본 것들로 이름이 집힐 것 같기도 한데, 얼른 떠오르질 않았다.

키나마 자란 나무들 중 하나는 한다리 김문(金門)을 대표한다고 하고, 한 그루는 장동 김문(壯洞金門)의 것이라고 했다.

처음 보았을 때, 한다리 김문의 나무는 검푸르게 물이 올라서 대단히 무성했다. 그런데 이상한 일이었다. 이런 무성했던 나무가 한꺼번에 빛이 팍 쇠약해지더니 이파리들이 노란빛을 띠며 하나둘 땅위에 떨어지기 시작했다.

추사는 안달을 해서 수세(樹勢)를 회복시켜 보려고 했지만 노란빛을 띠는 나무 이파리들은 시간이 갈수록 그 수가 많아지고 있었다. 어느새 잔가지에서도 물기가 빠지고 있었다.

한편 장동 김문의 나무는 나날이 수세가 왕성해 갔다. 빛도 그렇거니와 쑥쑥 눈앞에서 가지 크는 것이 보였다.

그는 원정이었으나 손 묶인 원정이었다. 마음은 바작바작 타는데 어째 볼 도리가 없었다. 그런데 그가 자세히 살펴보니까 잎이 마르고 있는 한다리 김문 쪽 나무의 밑동에 날선 도끼가 꽂혀 있었다.

아아, 이것이었구나.

어떤 몹쓸 놈이 이런 짓을 했을까.

힘들여 나무 밑동에서 도끼를 뽑아내었지만 나무는 계속 말라갔다. 나무 밑동에는 수북하게 떨어진 이파리들이 쌓여 있었다.

그런데 이상한 일이었다. 자세히 들여다보니까 그도 떨어진 한 개 이파리였다. 그의 나뭇잎이 퍼뜩퍼뜩 바람에 날리며 떨어져 갔다. 그 떨어져 가는 나무 이파리 아래로 천길 모를 벼랑이 벌어지고 있었다.

그러는데 갑자기 이변이 생겼다. 그 독이 올라 무성했던 장동 김문 나무가 가장자리에서부터 사근사근 회색빛을 띠기 시작하는 것이다. 그래, 엎드려 들여다보니까 그 나무에 벌레가 꾀기 시작한 것이었다. 몸뚱이가 시커멓고 뿔이 돋은 이 벌레 무리는 와스스와스스 소리까지 내가며 삽시에 이파리들을 갉아먹고 있었다.

한 그루의 나무는 도끼가 나무 뿌리를 찍은 때문에 이파리가 말라 가는가 하면, 한 그루는 벌레가 꾀어서 앙상하게 가지가 드러나 가는 판이었다.

그런데……그런데 자세히 살펴보니까 나무에 또 하나의 이변이 일어나고 있었다. 도끼가 나무 밑동을 찍은 그 나무에 도장지 서너 개가 힘을 얻고 파랗게 되살아나고 있는 게 아닌가. 그래, 엎드려서 들여다보니까 도끼에 찍혔던 나무 밑동 자국이 막 아물어서 뭉실하게 부풀어오르고 있었다.

그걸 보면서 그는 고개를 꼬았다.

이상하다. 그럴 리가 없는데……그 무성했던 나무가 뒤바뀌어 그렇게 쉽사리 시들고, 또 그 시든 나무에서는 새 가지가 나다니?

고개를 갸우뚱거리는데 몸이 흔들려 꿈이 깨었다. 새벽참에 일어나 좌장(坐杖)을 짚고 비스듬히 앉았는데 살풋 잠이 들었던 것이었다.

그는 깨어서도 고개를 갸우뚱거렸다.

한다리 김문의 나무 밑동에 도끼가 찍힌 것은 이해가 갔다. 그가 한 개 나무 이파리로 떨어지는 것도 당연한 비유였다. 그런데 거기 밑동에서 새 가지가 솟아나다니? 그의 가슴 밑바닥에 퍼뜩 단샘 한 줄기가 삐죽 솟았다.

그런데 이파리에 검푸른 독이 오르고 눈앞에서 훨씬 훨씬 크던 장동 김문의 나무에 벌레가 꾄다는 것은 무슨 의미인가.

그는 꿈도 참 괴이한 꿈이라는 생각이 들었다. 이런저런 생각을 하다가 그는 쯧, 입을 다셨다. 이런 사소한 꿈에까지 기대를 걸고 매달리게 되는 자신의 처지가 쓸쓸해서였다.

그날 해질 무렵에 서울로부터 가노(家奴) 경득(庚得)이가 도착했다. 놈은 도착하자마자 목에 걸쳤던 수건으로 이마의 땀부터 훔치며 울먹울먹 방바닥에 엎드렸다.

"그 추상 같던 김홍근이가 죽은 거라요."

경득이가 양 손등으로 눈물을 훔치며 울먹일 때 추사는 문득 새벽에 꾼 꿈을 떠올렸다.

'윤상도의 옥사'를 재론하여 추사의 일가를 궁지로 몰아넣고 그를 이 사지(死地)까지 보낸 추상 같던 김홍근이 죽다니……

그는 눈을 감고 고개를 잘게 끄덕이고 있었다. 가부좌한 다리가 후들후들 떨리고 있었다.

"그래, 어떻게 죽었다더냐?"

침착하려는데도 뿌득 이 갈리는 소리가 났다.

"원인도 모르게 시들다가 어느 날 폭 고꾸라졌답니다."

"병사했다는 말이구나."

"예, 그러하옵니다."

"으음……."

추사는 다시 지그시 눈을 감았다.

이제 그를 탓할 마음은 아니었다.

그러나 눈앞에 검은 것들이 어룽거리고 속에서 말뚝 같은 게 치솟는 건 인간인 탓이리라. 너무 허망하게 그가 나동그라졌다는, 어이없는 생각도 들었다.

"그뿐 아니옵니다. 도희(道喜) 대감님께서 대사헌에 임명되시고 권돈인 대감께서 우의정이 되셨습니다."

"……."

그는 대답은 않고 눈을 감아버렸다.

어쩌면 그리도 꿈이 들어맞았을까. 밑동이 도끼에 찍혔던 나무에서 새 가지 서너 개가 솟아오르던 일이 다시 눈앞에 어른 거렸다. 그러나 무조건 기뻐하기만 할 일은 아니었다. 우려되는 구석도 없지 않았다.

친구 권돈인이 중책을 맡은 것은 환영할 일이었다. 그러나 아 직 권세다툼이 마치 술 끓듯 하는 판에 살얼음판 같은 자리인 대사헌을 맡아서 어쩌자는 것인고.

그는 재종형의 일이 남의 일 같지가 않았다.

경득이 놈이 그만하고 벼랑 속에서 몇 사람으로부터 보낸 편 지를 꺼내놓았다. 그는 먼저 사촌형 교희(敎喜)의 편지부터 꺼 내들었다. 자상한 성미인 사촌형은 농사일서껀 전 집안일을 도 맡아 노상 바쁠 텐데도 인편마다 꾸준하게 편지를 보내왔다. 그 때마다 내용도 아픈 마음을 쓰다듬는 것이곤 했다. 핏줄을 나눈 가까운 형제이긴 했지만 이런 험악한 처지에 빠져 있을 때 꾸 준한 정을 보내주는 것은 쉬운 일이 아니다.

사촌형의 편지를 펼쳐 읽으면서 오랜만에 마른 밭이 단비를 맞은 기분이 되었다. 침침하던 눈에서 아지랑이가 걷히는 것 같 기도 했다.

그는 편지를 서안 위에 놓고 한참을 앉아 있었다. 띠살창이 위에서부터 차츰 검은빛으로 어두워 내리고 있었다. 띠살의 그 림자가 선명히 드러났다가 차츰 그것들이 어우러지며 혼미한 검은 색으로 변하고 있었다.

그날 밤에 그는 등피불을 켜놓고 견딜 수 없는 그리움으로 교희 형님께 편지를 썼다.

교희 형님께

경득이가 와서, 보내신 글월을 받아보니 스무 날도 안 되는 최근의 소식이었습니다.

바다 속에 들어온 후에 편지가 이와 같이 신속하기는 또한 이것이 처음이라서 받아보고 기쁨으로 삭막한 마음을 위로할 수 있었으니 모시고 말씀을 듣는 듯하였습니다.

세월이 빨라서 어느덧 겨울이 되니 몰골은 마른나무와 같고 마음은 탄 재와 같은데, 앉아서 이런 세월을 보내야만 할 뿐일까요……이런 때에 건강이 또한 두루 어떠하십니까? 생신이 며칠 안 남았으니 연세가 다시 하나를 더하시겠군요. 저 북두성을 바라보며 이 남극성에서 고개 숙여 멀리멀리 축수를 드리는 것이 또한 다른 때와는 비교가 안 되는군요. 술잔을 잡고 송수(頌壽) 한마디를 정성껏 드릴 수가 없으나 아득한 바닷가에 정만은 끝닿는 데가 없습니다.

요즈음 건강은 더욱 좋아지시어 돌아다니는 것이 또한 꿋꿋하시며 농사지으신 것은 얼마나 되시는지 정을 생각하여 고민을 잊는 것도 한 가지 해소시키는 방법인가 보지요. 보내주신 향기로운 글월 속에서 한가지로 편안하신 줄 알았는데 먼 곳의 소식도 역시 듣고 계십니까. 착잡하기만 합니다.

이 사촌아우는 옛날 그대로 모질고 우둔한 채로 있습니다. 갑자기 요즈음 피부병을 앓게 되어 온몸이 허물을 벗고 점이 생겨나는데, 가려움으로 밤에 조금도 눈을 붙일 수가 없답니다. 전날 우기(雨期)에도 역시 잠을 이룰 수가 없었는데, 이것이 가장 큰 고민거리랍니다.

제 아내는 또 늦학질로 고생한다고 합니다. 이것은 갑자기 떼어버릴 수 없는 것인데, 만약 오래 앓는다면 어떻게 견디어 낼 수 있을지 모르겠습니다. 그 사이 소식을 전혀 더 들을 수가 없으니, 다만 애만 태우면서 갈피 못 잡아 할 뿐이옵니다.

손중(孫仲)이는 요새 별 탈이 없는지 걱정이 물결치듯 하여 시달리니 실로 큰 걱정입니다. 서산(瑞山)에 가시지 않으셨으며, 아직도 그것을 하지 못하셨습니까? 마음 산란하여 이만 줄이겠습니다.

가족에 대한 그리움이 물밀 듯 밀어닥쳤다. 그는 요즘 들어서 점점 범상한 일을 많이 생각하게 되고 인정을 그리워하게 되었다. 높은 학문적 업적도 중요한 것이지만 무엇보다 중요한 것은 사람 사이의 정이라는 걸 느껴 깨닫고 있었다. 어떤 때 그 정에의 갈급함은 실제의 목마름으로 왔다. 목이 바작바작 타서 문득 깨닫고 보면 인정을 아쉬워하고 있곤 했다.

됫박 만한 섬마을의 사람들은 가난한 살림에도 서로간에 정을 나누며 살아가고 있었다. 아무리 대풍이 들어도 쌀 생산이 없는 이 고장에선 쌀밥이나 떡 먹는 일이 거의 없었다. 기껏 쌀로 만든 음식을 접하는 기회란 명절이나 제사 같은 큰일 때뿐이었다. 쌀로 지은 밥을 이곳 사람들은 '곤밥'이라고 불렀다. 그것은 아마 서속밥의 우중충한 색깔에 비교한 것일 터이다. 그들은 또 '반지기밥'이라는 특수한 밥을 지어내고 있었는데, 이 밥은 쌀과 서속을 반반씩 섞은 것이었다. 장가가고 시집가는 날 잔칫집에서는 이 '반지기밥'을 지어서 돼지고기 석 점을 나무쟁반에 얹은 것과 함께 나누었다.

그는 지난해 겨울, 동네에서 치르는 잔치를 구경한 적이 있었다. 마을사람들은 대부분 겨울에 잔치를 했다. 그 잔칫날도 마침 큰 눈이 내리는 날이었는데, 말 탄 신랑이 어렵사리 와서 호령창(欞슝窓) 가에 앉은 신부집의 문장(門長) 어른에게 예장을 드렸다. 엄한 문장은 상 위에 예장을 받아 앉아서는 한 자 한 자 손가락으로 짚으며 신중하게 뜯어읽었다. 그 동안 눈바람 속 마당에 새서방은 한참이나 서 있었다.

신랑을 안으로 들인 것은 그의 넓적한 코끝이 빨갛게 언 다음이었다. 신랑은 대반과 친구들과 함께 술과 음식을 나누고, 그 동안 신부는 골방에서 치장을 했다. 상을 받아 앉는 과정에서 신랑은 몰려와 문 밖에 지켜선 동네 조무래기들에게 음식 나누는 일을 잊지 않았다. 달걀 삶은 것을 반쪽씩 나눠 손에 들려주기도 하고, 부침이나 닭다리도 떼어서 한 쪽씩 나눠주었다. 놋사발의 곤밥을 그릇 뚜껑이나 손바닥에 몇 숟갈씩 듬뿍 떠주기도 했다. 아이들은 서로 돌아보며 웃으며 아귀아귀 음식들을 먹었다.

식사를 마친 후 친족 어른들께 인사를 드리고, 신랑은 신부를 데리고 다시 말을 타 신부집을 떠났다. 족두리 쓴 신부도 하인의 부축을 받으며 말을 타고 가는데 자꾸만 한쪽으로 기우는 게 안쓰러웠다. 멀어져 가는 걸 지켜보니 신랑이 타고 있는 건 자마(雌馬)이고 신부가 타고 있는 건 웅마(雄馬)였다. 하필 신부에게 성질 거친 웅마를 태우는 이 습속 또한 괴이했다.

"집안이 간곤해 놓으니 저리라도 보낼 밖에."

두툼한 입술을 비죽이 내민 문장 어른이 그의 곁에서 쩝 입을 다시며 중얼거렸다. 측측 내리는 성긴 눈발이 굵은 주름살의 그의 얼굴에 닿아 물로 녹아 내리고 있었다.

"잘 살기나 했으면 좋으련만……."

키가 작고 등이 굽은 색시의 어머니가 부엌 어귀에 나와서 올래 밖으로 멀어져 가는 말의 엉덩이를 보면서 코를 핑 풀었다. 그런 여인의 얼굴은 눈물범벅이 되고 눈도 벌겋게 부풀어 있었다.

이런 잔치나 제사 때 큰일 집에서는 꼭꼭 음식을 동네 집집에 나누는 습속이 있었다. 먼 동네까지도 상(喪)이 있거나 늙은 이가 있는 집에는 꼭꼭 음식을 나누었다. 그것은 같은 마을에 사는 사람으로서의 얽혀진 의무였다.

음식을 나눌 때 아낙네들은 대를 다루어 납작하게 짠 채롱에 넣어서 돌렸다. 이런 때 찾아간 집에 주인이 없더라도 그냥 문을 열고 그것을 방안에 넣어두었다. 시골집들은 문을 잠그는 버릇이 없었으므로 이런 일은 예사였다.

됫박 만한 마을이라 밖에서 돌아온 주인은 어느 집에서 무슨 일이 있었는지 소문을 들어 알고 있었으므로 이내 보내준 상대를 파악한다. 어쩌다 그게 잘 파악되지 않는 일도 있지만 그렇다고 그게 무슨 상관인가. 몇 달 후나 혹은 해를 넘겨서라도 언젠가는 그 임자가 나타나게 마련이며, 그러면 다시 일이 있을 때 그 그릇에 음식을 채워보내기만 하면 그만이었다. 다만 그 음식이 풍족치 못함을 안쓰러워할 뿐이었다.

마을 사람들과 얼굴이 친숙해지고 마을 아이 서넛이 글을 배우러 다니기 시작하면서 추사의 배소에도 더러 음식을 가져오기 시작했다. 그가 없을 때 누가 갖다놨는지 모를 음식이 그의 방에 들여놔져 있는 경우가 허다했다.

솔편, 절편, 인절미, 고장떡, 이렇게 시골 떡들을 고루 몇 개씩 놓고 곤밥 한 그릇에 소탕(素湯) 한 보시기, 그리고 배를 갈라 구운 마른 우럭이나 놀래기 한 마리, 이것들이 음식의 전부였지만 그러나 밖에서 돌아왔을 때 빈방에 놓여 있는 그 음식들은 그의 마음을 축축하게 적셔 주었다.

그는 그 음식을 잘근잘근 씹을 때마다 가슴 밑바닥으로 스며드는 이 고장의 인정을 느끼곤 했다.

'수눌음'이라는 어울려 돌아가며 일을 하는 계(契), 대문 대신으로 우마 방비를 위해서 걸쳐놓은 작대기인 '정낭'도 소박하게 살아가는 그들의 삶과 참 걸맞는 데가 있었다.

마을에 사는 사람들은 쭈그러진 오막살이라 할지라도 '우영'이라는 텃밭을 다 갖고 있었다. 그 텃밭에서 무나 배추를 솎아서는 이웃집에 주인이 있거나 말거나 정낭 안에 들뜨려 놓는 일도 예사였다.

추사는 마을길을 스적거리다가 주인 없는 집 정낭 안에 던져져 있는 채소단들을 드물지 않게 보았다. 어쩌면 그가 거리를 돌아다니는 것은 이런 예사 아닌 일을 예사처럼 하는 인정들을 만나기 위함인지도 몰랐다.

그는 가끔 혼자서 들길을 걸어 '거문질' 바닷가까지도 나갔다. 거기 언덕에 서서 바다 가운데 보섭 날을 두 개 거꾸로 세운 듯한 형제섬과도 만나고 멀리 누워 있는 마라도(馬羅島)도 바라보았다. 그 섬을 바라보고 있으면 불타는 섬을 배경으로 뱀, 전갈, 날뛰는 파충류들이 어룽거리고, 전설 속에서 혼자 남겨진 아기업개 소녀가 등에 업힌 채 우는 아기를 추스르며 이쪽을 향하여 애타게 손을 흔드는 장면도 떠올랐다.

이런 때 물에 든 해녀들의 휘파람 소리는 더욱 구슬펐다. 그녀들은 눈보라가 휘날리는 겨울철에도 파도 이랑 사이에서 자맥질을 했다. 이런 날 물에 들었다 나온 해녀들을 보면 온몸이 문신(文身)을 한 것처럼 얼룩져 있었다.

어느 시대에 한 목사(牧使)가 "가장 가엾은 것은 잠녀다. 생명을 한 개의 태왁(박)에 맡기고 발가벗은 몸으로 바다에 들어가서 수국(水國) 지척 사이에 떴다 잠겼다 하면서 헤엄치니 상어도 아니요, 갈매기도 아닌데, 만약 미역 흉년을 당하면 종일 캐고 캐어도 광주리에 차지 아니한다." 했는데 그 목사가 제대로 본 것이었다.

이런 사정을 빤히 알면서도 관원들은 이 섬에서 2월과 9월 사이에 달마다 전복을 20속에서 1백 속까지 갖은 방법으로 약탈해 가고 있었다. 힘 없음이 유죄였다.

이런 잠녀들의 어려움을 보고 기건이라는 선한 목민관이 재임기간 동안 상 위에 전복이 오르는 걸 금했다지 않은가. 하지만 어찌 그 한 사람의 행위가 숱한 해녀들의 고생에 한 푼이나 도움이 됐겠는가.

그의 입에도 전복은 감칠맛이었다. 어려서부터 귀하게 자란 탓으로 음식 타박은 둘째가라면 서러울 판이었는데 더구나 이곳에 온 후론 심려 탓인지 혓바늘이 꺼질 날이 없었다.

부인이 갖추어 보낸 반찬 외에 입에 맞는 건 전복과 추렴 쇠고기 정도였다. 그나마 쇠 추렴이란 1년에 한두 번 명절 때뿐이니 입에 맞는 반찬 만나기가 별 따기와 한가지였다.

노상 상을 받아 앉으면 전복을 찾게 되는 것은 이런 때문이었다. 그러나 그는 이런 때도 전복과 함께 해녀들의 인고도 씹

어야 했다. 그 때문에 그는 전복값을 깎은 적이 없었다. 혹 동네 부인이 아이에게 돌려보낸 애전복이라 할지라도 꼭 값을 치르도록 일렀다. 얻기에 괴로운 것일수록 맛도, 값도 있다는 이치를 그는 이 미물로 하여 깨달은 것이다.

그가 영모암편배제지발(永慕菴扁背題識跋)을 쓴 것이 이 무렵이었다. 이 무렵 그는 주변의 작고 범상한 것들에 마음이 끌리고 있었는데, 가정·이웃·마을, 이런 작고 가까운 것들이야말로 가치 있는 것이라는 생각이 그를 지배하고 있었다.

　　이것은 우리 증조 할아버지(金漢藎 ; 1720~1758)께서 영모암이라는 편액(扁額)의 뒷면에 제사(題辭)로 손수 쓰신 글씨이다. 우리집에서 영모암 절에 보시하는 일을 맡아 한 것이 80~90년이 되었다.

　　그런데 이 못난 후손은 다만 무인년(1758) 이후의 일들 중의 어떤 것들은 알고 있었으나, 고조 할아버지(金興廣 ; 1677~1750)께서 유훈을 남기셔서 증조 할아버지께서 무거운 부탁을 받으셨던 일이 있었던 것은 알지 못하였다. 그러다가 이제야 편액의 뒷면에 제사를 쓰신 것으로 인연해서 비로소 그것을 알게 되었다. 오호라, 집안의 가르치심이 거의 사라질 뻔하였는데, 서로 헤어지는 중에 이와 같이 찾아 나서게 된 것은 대저 조상의 넋이 그것을 열어 보인 때문이라 하겠으니 떨릴 만큼 두려워 이마에 진땀이 더욱 솟아날 뿐이다. 못난 죄도 면할 수 없을진대 하물며 바다 밖으로 귀양 와서 오래도록 펴보지도 못했었음에랴!

　　감히 편액의 뒷면에 제사 쓰신 것을 본떠서 드러나게 새기어 그것을 높게 걸고, 아울러 암자를 수리토록 하여 그것들을 새로 단장해 놓을 일이다.

대체로 선조의 유적을 공경하는 것은 사람마다 같겠으나 오직 우리 집안의 자손들이 세세로 경고하고 훈계해서, 남보다 한 등급 더 공경한다면 가히 전부터 지켜오던 규칙을 허물어 뜨리지 않을 수 있을 것이다.

선대의 뜻을 우러러 찾아볼 수 있는 돌 조각 하나라도 소홀히 해서는 아니 되거늘, 증조 할아버지께서 제사로 쓰신 글씨가 해와 달이 비치는 것과 같음에랴.

암자 세운 뒤 89년 되는 임인년에 증손 정희가 삼가 쓰다.

사나이가 가사나 사사로운 일에 빠져서는 안 된다고 스스로 마음속으로 경계하는데도 그는 가족들에게 탐닉하고 있었다. 이는 더할 수 없는 궁지에 몰린 때문이라고 풀었다.

그런데 새 본관이 오는 편에 보내온 편지에 의하면 부인은 병의 차도가 신통치 않은 것 같았다. '우륵정'을 복용하라 일렀지만 그 약 복용으로 병에 신통한 효험이 있을지…… 그는 아내의 일로 하여 더 우울한 나날을 보내고 있었다.

그런데 섣달 보름날 저녁 무렵, 배소에 도착한 용손(龍孫)은 사뭇 얼굴이 사색이었다. 이놈은 본시 한숨을 잘 쉬고 음울한 분위기를 지닌 놈이라 먼길에 고생이 심했나 보다 하고 있었는데, 짐을 다 풀어놓은 다음 어렵사리 꺼내놓은 편지 한 통은 추사의 가슴을 여지없이 무너뜨려 놓았다.

하마 하마, 하며 지내오던 일이 사실로 눈앞에 벌어진 것이었다. 예안이씨의 부고, 거짓말 같으나 그건 눈을 씻고 보아도 사실이었다. 부고의 내용으로 보아 사망일이 11월 13일이니, 그가 그녀의 병을 걱정하며 갑쇠 편에 편지를 보낼 때에 이미 그녀는 이 세상에 없었던 셈이었다.

이런 판단이 서자 그는 자기 처사가 어이가 없고, 세상일이 그만 허망했다. 그는 마음을 걷잡을 수가 없어 마당가로 나가 서성거려도 보고 거리로도 나가봤다. 그러나 그럴수록 마음은 더 총총거리고 안절부절못했다.

소문을 들은 그 전 집 안주인이 달려와서 강씨의 처와 솥 밑에 마주앉아 속닥거리고, 아랫것들도 자기들 방에 모여 앉아 대책을 숙의하는 듯 보았다.

뿌연 하늘을 우러르니 그는 이제 마치 끈 끊긴 연 같았다.

바닷가까지 나와 서서 수평선과 먼 산등성이를 올려다보았다. 수평선이 가슴을 막아서고, 산도 울담처럼 높았다.

흐릿한 이내 속에 가녀린 한 선으로 존재하는 수평선, 이게 가슴을 베는 비수가 된다는 걸 처음으로 느꼈다. 그는 울담 안에 갇힌 맹수처럼 씨근거리며 바닷가를 배회하였다. 어두워오자 바람이 차고 몸도 옹송그려졌다. 아무리 배회를 해도 수평선으로 갇힌 울은 뛰어넘을 수 없고 마음은 더 절박했다.

그가 집으로 돌아왔을 때 마당에는 스물스물 어둠이 내리 깔리고 있었다. 그는 차려놓은 저녁을 고스란히 물리고 방으로 들어가 상복으로 갈아입었다.

이튿날 그는 또 그 바닷가로 나갔다.

이튿날도, 또 이튿날도 그는 이 바닷가의 '애기 밴 돌' 있는 데에 가 서 있었다. 가슴에 비수처럼 닿는 수평선을 마주하고 서서 그는 어떤 때는 씨근거리고, 어떤 때는 눌러 가라앉히고 있었다. 그러나 씨근거리는 혈기를 완전히 가라앉히는 기간은 그후로도 며칠이 더 걸렸다.

그는 '애기 밴 돌' 곁에 서서 아내의 질투 어린 투정을 떠올렸다. 평양 기생과의 관계로 한때 실랑이를 벌였던 질투, 그러나 이제 그는 질투할 사람마저 아주 잃고만 것이다.

닷새째 바닷가를 헤매고 온 날 저녁나절, 그는 서안 머리에 앉아서 오래 먹을 갈았다. 생각에 잠겨서 갈고 또 갈았기 때문에 먹에서 금빛이 다 났다.

안 서방과 갑쇠는 이제야 주인이 마음을 잡는가 하고 한시름 놓고 밖거리의 자기 방에들 들어가 시렁에 기대고 퍼져 있었다.

초겨울 하늬바람이 한 회오리씩 몰려와 마당의 검불들을 다시 한 차례 헤집어놓고 있었다. 둥지를 찾아가는 철새들의 쏙쏙거리는 날갯짓 소리가 이런 바람을 가르며 지나갔다.

마침내 그는 화선지를 펴고 문진으로 눌러놓았다. 그리고 붓을 들어 쓰기 시작했다.

부인 예안이씨 애서문(夫人 禮安李氏 哀逝文)
임인년 11월 을사(乙巳) 삭(朔) 13일 정사(丁巳)에 부인이 예산(禮山)의 묘막에서 임종했으나 다음달 을해(乙亥) 삭 15일 기축(己丑) 저녁에야 비로소 부고가 바다 건너로 전해져서 남편 김정희는 상복을 갖추어 입고 슬피 통곡한다.
살아서 헤어지고, 죽음으로 또 한 번 갈라진 것을 슬퍼하며 영원히 간 길을 좇을 수 없음이 뼈에 사무쳐서 몇 줄 글을 엮어 집으로 보낸다. 글이 닿는 날 그 궤전(饋奠)에 인연해서 영궤(靈几) 앞에 고할 것이다. 거기 다음과 같이 고하길 바란다.

아아, 나는 착고가 앞에 있고 산과 바다가 뒤를 따랐으나 아직 내 마음을 흔들리게 한 적이 없었는데, 지금 한낱 아내의 죽음에 놀라 가슴이 무너져서 마음을 잡을 수 없으니 이 어쩐 까닭인가. 아아, 대체로 사람마다 모두 죽음이 있거늘 홀로 부인만 안 죽을 수 있으리오만, 죽을 수 없는데 죽은 까닭으로 지극한 슬픔을 뿜게 되고 기막힌 원한 또한 품게 되는 것이다.

그래서 장차 품어내면 무지개가 될 것이고 맺히면 우박이라도 되어 가히 공부자(孔夫子)의 마음이라도 움직이겠기에 착고보다도 더 심하고 바다보다도 더 심함이 있는가 보다.

아아, 삼십 년 동안 효를 하고 덕을 쌓아서 친척들이 칭찬하였고, 친구와 관계없는 남들에 이르기까지도 감격하여 칭송하지 않는 사람이 없었지만 사람이 해야 할 마땅한 도리라 해서 부인은 받기를 즐겨하지 않았다. 그러나 어찌 그대로 잊을 수 있겠는가.

예전에 일찍이 장난으로 말하기를 부인이 만약 죽으려면 내가 먼저 죽는 게 낫다 하면 부인은 크게 놀라서 이 말이 내 입에서 나오기가 바쁘게 귀를 막고 멀리 달아나며 듣지 않으려 하였다. 이것은 진실로 세속의 부녀자들이 크게 싫어하는 것이나 내 말은 끝까지 장난에서 나온 것만은 아니었다. 그런데 지금 마침내 부인이 먼저 세상을 떠났구나.

먼저 죽은 것이 무엇이 시원하겠는가. 내 두 눈으로 홀아비가 되어 홀로 사는 것을 보게 할 뿐이니, 푸른 바다 넓은 하늘에 한스러움만 끝없이 사무치는구나.

벽해장천(碧海長天), 한무궁기(恨無窮己)……

붓 잡은 손이 후들후들 떨리고 있었다. 다 쓰고 나자 그는 갑자기 눈앞이 캄캄해져 와서 눈을 질끈 감았다.

악연

"승설동인(勝雪洞人) 계신가?"

추사가 서향의 띠살창 아랫도리에 차츰 번져가고 있는 햇살을 물끄러미 바라보고 앉았는데 밖에서 걸걸한 목청으로 사람 찾는 소리가 났다. 승설동인, 그렇지, 유독 이 호를 즐겨 부르는 사람이 있었지. 마치 지나다 이웃집에라도 들른 듯한 소리. 그는 화들짝 문을 밀었다. 창문에 머물렀던 햇살 한 자락이 찢기며 그 한 조각이 문지방에 깔렸다.

"아니 초의(草衣) 선사!"

추사가 일어나 버선바람으로 눈썹 같은 마루 끝을 내려섰다.

"승설동인!"

노승의 긴 백미 아래의 시선이 살아서 뚜룩뚜룩 튀어나올 듯 굴렀다. 그들은 손을 맞잡고 한동안 서로의 얼굴을 이윽히 살폈다. 추사는 얼굴색이 검고 주름이 많이 늘어 있었다. 살쩍도 알아보게 흰 털이 늘고 얼굴에 피로의 빛이 역력했다.

오기를 잘했군. 사람의 근심이란 간장을 해치거든, 아무리 수련된 사람이라 해도 견디기 어려운 시련은 있는 법이지.

초의는 추사의 얼굴을 찬찬히 살피며 혼자 속으로 뇌었다.

"……만사는 본래 봄눈 같은 것, 모든 그릇됨도 해될 게 없소. 잘못된 곳 그곳이 깨달음이 아니겠소?"

초의는 심각한 얘기보다는 바람처럼 흘려버릴 이야기를 해야겠다고 생각하는데 입은 그렇게 돌아가 주지 않았다. 도(道)란 먼 곳에 있지 않고 한 잔의 차를 마시는 데 있는 것 아닌가.

"먼 길에 몸이 얼었을 텐데 어서 안으로 드십시다."

추사가 주인치레를 하였다.

"열(熱)은 열로써 죽이라 하였으니 추위도 추위로써 이김이 합당하오."

마당에서 껄껄거리는 소리를 듣고 안 서방과 경득이가 튀어나왔다.

"초의 대선사님, 오셨구만유."

"먼길에 고생이 많으셨지유?"

그들은 손을 모으고 머리를 조아리며 저마다 한마디씩 했다.

"그래, 너희덜, 주인을 잘못 만나 고생들이 많구나. 이게 다 전생의 인연이니 누구라 그걸 탓하랴. 나무관세음보살……"

"저희덜은 괜찮해라우. 대감마님이 큰 걱정이지라우."

그들은 손을 맞잡은 채 구들로 들어와 대좌하고 앉았다. 동갑 나이, 그들은 처음 인사를 나누자부터 속이 통했다. 그래 그때부터 만나면 학문과 화두(話頭)를 동원한 험구질이었다. 그런데 막상 이렇게 떠있는 땅에서 만나니 그게 잘 안 되었다. 안 서방이 들어와서 화로에 숯을 더 넣고 잉걸을 헤쳐놓고는 나갔다.

"서로 헤어지고 만남은 뜻대로 되는 일이 아닙니다. 함께 살고 함께 죽자고 껴안을 틈도 없다는 말이 맞지요."

초의가 비로소 문상의 말을 했다. 그는 추사가 평소 예안 이 씨를 얼마나 아꼈는가를 잘 알고 있었던 까닭에 그 마음을 헤아릴 수가 있었다.

"고맙소이다. 사내 마음이 옹졸해서 되겠느냐고 다독거리는 데도 마음같이 안 되니 안타깝습니다."

"왜 안 그렇겠소. 그러기에 속세의 연이라 하지 않았소? 그러나 한편 생각하면 아픔도 슬픔도 없는 곳에 먼저 갔으니 평소 닦은 선업(善業)의 덕분 아니겠소?"

"나도 그렇게 생각하려 하는데 자신이 마치 끈 끊긴 연 신세 같으니 걷잡을 수가 없구려……."

"차나 한잔합시다. 이것이 상한 마음을 다소나마 누그러뜨려 줄 게요."

초의는 손수 자기 바랑에서 창호지에 정성 들여 싸온 연둣빛 차봉지를 꺼냈다.

"빚을 많이 지오."

"허허허, 내생에나 갚으시지."

좋은 벗이다, 추사는 생각했다. 이런 벗을 가진 나는 행복하다. 탁월한 인격, 뛰어난 지혜, 그에게는 세속의 일체 매임이 없다. "좋을 벗을 갖고, 좋은 벗과 함께 있다는 것은 바로 도(道)의 전부에 해당한다."는 말뜻이 가슴으로 전해지는 듯했다.

홀연히 황석그릇 떨어지는 소리 들으니
하늘이 툭 터져 활짝 개어버렸네.
개인 달 빛나는 바람 속에서
두어 잔 작설차를 기울였네.

초의의 걸걸한 음성이 구들 천장을 쩡 울렸다. 그는 어쨌든
이 좁은 방안의 울적한 분위기를 몰아내야겠다고 작심한 것이
다. 그리고 은은히 차의 향기가 방안에 퍼지면서 그 무거운 공
기는 차츰 밀려나기 시작했다.

"다경(茶經)에는 돌자갈밭에서 나는 차가 으뜸이고, 모래흙에
서 나는 것이 그 다음, 골짜기에서 나는 것이 상이라고 했지요.
이 차는 유배객의 입맛에 맞으라고 두륜산의 돌자갈밭에서 딴
것이라오."

선사는 힐끗 추사의 얼굴을 훔쳐보았다. 아니나 다를까, 차에
미친 사나이 추사의 얼굴에 화색이 돌아오기 시작하고 있었다.

"글쎄요. 중죄인이 입맛만 높아서 탈이외다."

그렇지, 되어가는구나. 초의는 그에게 아무거라도 많이 지껄
여야 한다고 생각했다. 그의 편중된 마음의 골을 돌려놓는 데는
그 수밖에 없다는 계산이었다.

"소승은 그 동안 다도를 하면서 아홉 가지 어려움을 체험했
소이다."

추사의 관심어린 동공이 반짝 빛났다.

"그늘에서 차를 따 말리는 것은 제조가 아니고, 맛을 씹고 향
기를 맡는 것은 감별이 아닙니다. 노린내 나는 솥과 비린내 나
는 사발은 사발이 아니고, 기름 묻은 솥과 간기 있는 숯은 불이

아닙니다. 급히 흐르는 여울과 막힌 장마물은 물이 아니고, 밖으로만 익고 안은 날것으로 구운 것은 구운 것이 아니며, 푸르거나 옥색의 티끌은 말(末)이 아니며, 제조는 어렵게 해야지 빨리 하는 것은 끓여내는 것이 아니지요. 여름에는 적게, 겨울에는 많이 마셔야 합니다……."

그는 강론을 하며 추사가 달여 따라놓은 차를 들어 찔끔찔끔 마시고 있었다.

"차는 딸 때 그 묘함을 다하고, 만들 때 정성을 다하며, 진실로 좋은 물을 얻어야 하는 것이지요."

"바로 그거지요. 차의 몸이 되는 물과 물의 신(神)이 되는 차가 서로 조화를 이루어 차의 신기(神氣)가 건실하고, 더불어 물이 신령스러우면 이로써 다도에는 다 통하게 되는 거지요."

"천하에 좋은 차를 속된 솜씨로 못쓰게 만드는 경우가 적잖으니 안타까운 일 아닙니까?"

"그러나 무엇보다 중요한 것은 함께 마시는 사람이 아니겠소? 다우(茶友)야말로 다도(茶道) 중 가장 필수의 요소라 할 것이오."

그들은 따라서는 마시고, 마시고는 또 끓였다. 벌써 몇 잔쨌지 산을 놓지 않아서 모르지만 초의도 추사도 아직까지 이렇게 여러 잔의 차를 마셔본 기억은 없었다.

어느새 겨울날 찬 초승달이 띠살창의 아랫도리에 달빛을 보내고 있었다. 가끔 바람이 마당에서 검불을 걷어가며 여인의 옷자락 스치는 소리를 내었다. 초의는 말없이 주인의 벼루를 끌어당겨 물을 따른 후 천천히 팔을 내저어 먹을 갈기 시작했다.

"제법불이(諸法不二), 선(禪)과 다(茶)가 별개의 둘이 아니고, 시(詩)와 서(書)가 둘이 아니지요. 이거 내가 오늘 공자 앞에서 문자를 쓰는군."

"아니오. 참으로 귀한 인연이오. 착한 벗을 둔 행복이 어떻다는 것을 이 참에야 깊이 깨닫고 있소이다."

초의는 먹을 다 간 다음 종이를 폈다. 그리고 그 위에 써 나가기 시작했다. 맺힌 데 없는 활달한 글씨였다.

밝은 달 촛불 삼고 또 벗을 삼아 흰 구름 자리하고,
또 병풍도 둘러
죽뢰(竹籟)인 양 송도(松濤)인 양 시원도 하고
몸도 마음도 밝고 또 맑아
흰 구름 밝은 달 손님으로 맞으면
도인(道人)이 앉은 자리가 이보다 더 나을손가.

그들은 밤이 깊는 줄도 모르고 차를 끓이고 글씨를 썼다. 송뢰 울리는 바람소리마저 아랑곳하지 않았다.

이튿날 그들의 산방산 소요에는 집주인 강 훈장도 동행했다. 초의는 척 보아 반골 기질인 이 시골 중늙은이가 마음에 들었던지 자꾸만 동행을 권유했던 것이다.

"가자면 못 갈 것도 없수다."

그는 몇 번 권유에 선선히 앞장섰다.

산방산에는 올라가는 중턱에 해식동굴이 있고, 이 굴에는 산방굴사(山房屈寺)라는 오랜 절이 마련되어 있었다.

"아하, 옛날에 여기까지가 바다에 잠겼겠는데, 거 전망 한번 그만이다."

이 굴사로 올라가는 오릇길에서 초의는 몇 번이나 바다 쪽을 돌아보며 감탄을 마지않았다. 서편으로 가직하게 가파도와 마라도가 누워 있고 바로 눈앞에는 보습부리 같은 두 개의 뾰족한 형제도(兄弟島)가 솟아 있었다. 물결 희끗거리는 흰 바다는 성큼 가슴 위로 올라와 있고, 이 바다 가운데로 만이 스름하게 뻗어 나가다가 멎어 있었다.

"거 좋다. 이거야말로 시(詩) 이전이 세곌세."

초의는 추사에게 동의를 구하듯 힐끔거리며 자꾸만 감탄을 연발했다. 강도순 훈장은 자기도 여기가 좋다는 건 느끼겠는데 이들이 이렇게 감탄을 하자 오히려 심통이 났다.

그들이 위로 오를수록 나직한 수평선도 성큼성큼 따라올라왔다. 그래서 바다는 이제 천 길 깊이의 벼랑이 되었다. 소나무한 그루가 허공으로 뻗은 굽이를 돌아가자 횅한 굴이 나타났다. 어두운 굴 천장은 축축하게 물기가 배어 있고, 그 천장에서 가끔씩 물방울이 떨어져 굴속을 울렸다. 자세히 들여다보니까 굴 안쪽에 작은 부처가 모셔진 단이 있고, 단 주위에 벽 쪽으로 돌아앉은 두 여인이 열심히 손을 부비며 빌고 있었다. 그리고 그 옆에 앉아 있던 스님이 일어나 의아한 표정으로 그들 앞으로 나왔다.

"어서 오시지요. 나무관세음보살……"

머리에 헌데투성이인 늙은 중이 합장을 하고 그들을 맞았다.

"산사의 바람이 찬데 수고가 많소이다. 소승은 해남 대흥사

(大興寺) 일지암(一枝庵)의 초의올습니다."

초의도 합장을 하고 인사를 했다. 추사와 강 훈장도 합장을 하고 절을 했다. 비념을 하던 여인들이 손을 부비는 채 힐끔힐끔 그들 쪽을 보았다.

"천연굴사이군요. 이 정도면 대란(大亂)이 와도 끄떡없겠소이다."

초의가 높은 굴 천장을 쳐다보며 말했다. 뚝뚝 물방울이 또 떨어졌다.

"옳습지요. 무수한 변란을 잘도 견뎌낸 셈입니다. 그런 연유로 해서 이 절엔 산방덕(山房德)의 전설이 전해내려 오지요. 이 천장에서 떨어지는 물이 산방덕의 눈물이라는 겁니다."

헌데투성이 중의 대답은 각박했다. 시선을 들어보니 바다엔 잔뜩 바람이 들어 있었다.

"산방덕이라는 아리따운 여자는 저 바닷가에 살던 고성목이라는 부자의 첩이었답니다."

중의 말 중동을 강 훈장이 맡고 나섰다. 그리고 그들 둘이 엇섞어 꾸며낸 이야기의 대강은 이런 것이었다.

고성목이라는 사내는 키도 크고 힘도 세었으나 천한 신분으로 태어난 때문에 벼슬은 못하고 살았다. 그러나 타고난 힘과 재주로 부지런히 일을 했기 때문에 많은 재산을 모을 수가 있었으며 마침내는 지방의 세도가가 되었다. 더구나 그는 소문난 미인인 산방덕을 첩으로 삼아 부러움을 사고, 마침내는 그 호사가 관가에까지 알려졌다.

관가에서는 조사해 본 결과, 이런 모든 결과가 그의 집터에 연유한 것이며, 그 터전은 장수가 날 곳이어서 그대로 두면 무슨 변란이 날지도 모른다고 결론을 내렸다. 관가에서는 그에게 배겨낼 수 없는 과제들을 일부러 지우기 시작했다. 처음 그에게 내려진 과제는 내일 목사가 고성목의 집을 방문할 터이니 그 길을 담배씨로 석 자 두께가 되게 깔아놓으라는 것이었다. 그런데 고성목은 그 일을 하루 사이에 거뜬히 해내었다. 마침내 그들이 내댄 전가(傳家)의 보검은 그가 역적모의를 하고 있다는 소문을 퍼뜨린 것이었다. 그리고 그의 겨드랑이에 날개가 돋았다는 소문도 퍼뜨렸다. 그의 비상한 능력은 이 지방 사람들에게 이런 허황한 소문을 믿게 하는 충분한 근거가 되었다.

이 소문이 어느쯤 퍼지자 관가에서는 그 소문을 핑계로 고성목을 잡아들였다. 그리고 지독한 고문을 시작했다. 관가의 속셈은 빤했다. 고문으로 그를 죽이고 그의 재산과 미모의 첩 산방덕까지도 차지하겠다는 속셈이었다.

그러나 고성목이 거듭되는 고문에 못 이겨 혀를 깨물고 죽자 산방덕은 울며 이 바위산 속으로 들어가 버렸다. 그제야 밝혀진 사실이지만, 그녀는 고성목을 도와 그에게 재산과 능력을 부여하고, 어려운 일을 해결해냈던 산방산의 여신이었던 것이다. 그리고 그녀의 그 원한의 눈물샘이 되어 이제까지도 이렇듯 굴 천장에서 떨어진다는 것이었다.

"그러니까 우리가 마신 이 약수는 물이 아니라 산방덕의 한 맺힌 눈물이고만……."

이야기의 끝을 초의가 마무리지었다.

"썩을놈덜, 헌다는 짓이 예나 이제나 그런 식이라니까……."

강 훈장이 콧날개를 불룩거리며 성이 나 있었다.

"거 다 권력이 승한 곳에 부정이 있게 마련입니다. 이게 부단한 우리 민족의 비극이지요."

이제까지 묵묵히 듣고만 있던 추사가 한마디 거들었다.

"거 승설동인, 오랜만에 참말을 하는구만, 독가비(獨脚) 김가덜도 세도야 뉘 못지 않게 휘둘렀잖소?"

초의의 말에는 악의 없는 가시가 돋혀 있었다. '독가비 김가'란 추사 가문인 한다리 김문(金門)을 비꼬아서 하는 말이었다. 그들은 한바탕 웃은 다음, 늙은 중과 작별하고 길을 돌아서 마침내 산방산의 꼭대기로 기어올라갔다. 한라산이 보이는 북쪽 기슭으로 에돌아서였다. 그런데 산방산의 꼭대기에는 멍석 두어 질은 깔 만한 평평한 너럭바위가 있었다. 발 밑 산중턱에 마침 구름 한 자락이 날아와 걸려 있었는데, 그 때문에 그들은 마치 천상에 오른 듯한 기분이 되었다. 펄쩍 건너뛰면 바로 형제섬까지 닿을 듯했다.

"여기를 풍수지리학상으로 금장지지(禁葬之地)라 하지요."

"그러니까 무덤을 못 쓴다는 말인데……거 산터 한 번 기막히다."

강 훈장의 말을 받아 초의가 대답하며 좌우 경계를 휘이 둘러보았다. 그의 시야에 청룡백호가 들어왔다. 원조(遠祖), 중조(中祖), 근조(近祖), 주산(主山), 조산(朝山) 들이 에워잡혔다.

"좋아, 기막히다고, 인물이 나도 큰 인물이 날 곳이야."

"맞습니다. 여기 산을 쓰면 저깽이(겨드랑이)에 날개가 돋은 장수가 태어난다는 겁지요. 그런데 고약한 것은 여기 산만 쓰면 가뭄이 드는 것입니다. 이 근방 사람들은 가뭄이 들면 '산 방산에 산 써시냐?' 하고 의심부터 합니다. 실지로 어느 해인 가는 어떤 가문에서 산 옆구리로 굴을 파서 매장을 한 적이 있습지요. 사람들이 찾아내서 보니까 오래 전에 묻은 시체가 갓 죽은 것처럼 생생하고 그 시체 겨드랑이에 날개가 돋았었 다지 뭡니까?"

"그러니까 거 옴쭉달싹을 못하게 만들어놓은 상황이구먼."

초의의 말에 추사가 몇 번이나 고개를 끄덕인 다음 토를 달 았다.

"어쩌면 이 섬의 상황과 그렇게도 들어맞소? 날개 돋은 장수 는 태어나야 하는데, 그렇게 되면 백성들이 죽습니다."

"장수 하나의 탄생을 위해서 이런 많은 희생을 치러야 한다 는 것인데, 현실적으로 그 극복이 어려운 거지요. 이게 바로 중 생의 인연입니다. 나무관세음보살……."

그 말끝에 세 사람은 꼭 같이 한숨을 내쉬었다. 앞을 바라보 니까 수평선은 계속 쫓아와 이마 위에 가직하게 올라가 있었다. 그 하늘과 바다가 맞닿은 지점이 회색을 아무렇게나 뭉개버린 것처럼 흐릿하게 어우러져 있었다. 발 밑을 굽어보았다. 거기에 는 아까부터 걸린 구름이 꼼짝 못하고 산의 목에 테를 두르고 있었다.

"그러나 원망으로써 원망을 갚으면 마침내 원망은 지워지지 않느니……오직 참음으로써만 원망은 자나니……이 법은 영원히 변하지 않는 법……."

초의가 법구경 속의 일 절을 소리내어 뇌었다.

"나더러 들으라는 소리인 듯한데……."

추사가 발아래 구름 쪽으로 시선을 떨어뜨리며 말했다.

"이 말이야말로 부처님께서 승설동인을 위해 만들어낸 말인가 싶소."

초의는 또 껄껄 웃었다.

"명심하리다. 그러나 사람의 마음이란 게 뜻대로 돌아가 주질 않소이다."

그 말끝에 초의는 관세음보살을 부르고 껄껄껄 웃었다. 그 웃음소리가 바람을 타고 사방 허공으로 흩어져 갔다.

김도희 대감이 이조판서에 임명되었다는 편지를 가지고 팔룡(八龍)이가 내려오자 그의 침울한 기분을 돌리려고 며칠간 씨름하던 초의는 대흥사 일지암으로 돌아갔다. 그가 돌아간 후 며칠간 추사는 혼자 구들 문을 반쯤만 열어놓고 앉아서 꿈속 같은 지난 며칠 동안의 즐거움을 반추하고 있었다.

붓다가 어느 마을에 머물 때, 그의 시자(侍者)인 아난다가 한 질문을 던졌던 고사가 있었다.

"대덕이시여, 우리들이 좋은 벗을 갖고, 좋은 둥지 속에 있다는 것은, 이미 성스러운 이 도의 절반을 성취한 것이나 다름없다고 여겨지는데, 어떻습니까?"

그때 붓다의 대답은 이랬다.

"사람들은 나를 좋은 벗으로 삼음으로 늙지 않으면 안 될 몸이면서 늙음으로부터 자유로워질 수 있다. 병들지 않으면 안 될 몸이면서 병에서 해방된다. 또 반드시 죽을 몸이면서 죽음으로부터 자유롭다. 그러니까 좋은 친구 속에 있다는 것은 도의 전부이다."

그는 이 대목을 생각해내곤 혼자 여러 번 고개를 끄덕였다. 초의와의 우정은 거기까지 미친 것은 아니나 능히 그런 경우를 생각나게 하였다.

이날로 그는 구들 창문을 반쯤만 열어놓고 초의가 오늘쯤은 대흥사엘 가 닿았겠나 생각하고 있었다. 그때 뒤뜰 멀구슬 나뭇가지에 험상궂게 생긴 까마귀 두 마리가 날아와 앉아서는 깍깍깍 급하게 울었다. 그 동안 그가 얻어들은 바로는 이 고장에서는 까마귀의 울음소리로 소문을 점치고 있었다. 깡굴락 깡굴락 한가하고 곱게 울면 그것은 좋은 소식이 올 징조요, 깍깍깍 궂고 급하게 울면 급하고 나쁜 소식이 올 징조라는 것이었다. 이 고장 사람들은 이것을 아주 철석같이 믿고 있었다.

아내의 사망소식이 날아온 후로 그는 누가 편지를 가지고 오면 먼저 겁부터 났다. 무조건 두려운 생각부터 덜컥 들었다.

그런데 그날 저녁때 여기서 길 떠난 지 한 달도 채 안 된 갑쇠놈이 헐레벌떡 돌아왔다. 그만하면 올라가자마자 선달음에 돌아 내려온 것이 틀림없었다.

"어인 일이냐?"

추사는 그놈의 표정만 보고도 가슴이 철렁 내려앉았다. 아침에 뒤뜰 멀구슬나무에 와 앉아 울던 까마귀들의 검고 흉칙한 부리가 떠올랐다.

"말씀 여쭈옵기 황송하오나 교희 대감님께옵서……."

"교희 대감님께옵서 어찌 되었다는 말이냐?"

"교희 대감님께옵서 세상을 뜨셨사옵니다."

그는 행장을 더듬어 편지 한 장을 꺼내어 추사 앞으로 내밀었다. 추사는 떨리는 손으로 그 편지를 집어 펼쳤다. 그것은 사촌형님 교희씨의 부고가 틀림없었다. 눈앞이 뽀얗게 흐리고 짚깐 마당이 퇴색하듯 삽시에 벌겋게 번져갔다.

궂은 일 홑으로 오는 법 없다더니, 충혈된 그의 눈에서는 허연 눈물이 소리 없이 솟아 나오고 있었다. 그 자신이 그렇듯 기울어져 수습할 수 없게까지 된 데다 가장 의지하던 아내의 횡사, 게다가 집안일을 가장 소상히 알아 처리해 주고 변함없는 정을 보내오던 사촌형까지 타계하고 말다니……

이제야 참말로 나는 끈 끊어진 쪽박 신세가 되었구나…….

사촌형님은 그가 부재시, 집안일을 알아서 처리해 줄 뿐더러 아내의 장례시에는 모처럼 마련해 두었던 관널까지 양도를 해 주셨다. 기둥이 쓰러지고 서까래가 무너져 앉았다. 사촌형님의 졸일은 이월 스무여드레. 그는 편지를 무릎 위에 놓고 문지방에 기대앉아서 마당이 어둑어둑할 때까지 넋을 놓고 있었다. 초의로 하여 겨우 나아져가던 기분이 다시 적막강산이 되어버렸다.

이날부터 그는 또 밤늦게까지 잠을 이루지 못하고 뒤척였다. 혓바닥에 가시가 버쩍 일었다. 가슴에 돌을 얹어 놓은 듯이 묵직하고 눈도 더 침침하였다. 뼈 속에 궂은 물이 고인 듯이 노곤하고 그 때문에 누워서는 끙끙 앓았다. 이제 수습해 볼 수 없게 기운도 쇠잔하고 몸도 지쳤다. 아무 것도 더 바랄 게 없었다.

그는 못 견디게 괴롭고 불안해지면 거리를 지나 들로 나갔다. 낮은 돌담들이 양옆에 따라오는 길, 이 길바닥에는 군데군데 마소의 똥들이 내갈겨져 있곤 했다. 겨울 동안 데친 듯이 시들었던 보리밭들이 파랗게 되살아나기 시작하고, 길가나 밭 둔덕에는 수선화 무리가 꽃대를 내밀고 있었다. 그 무성한 수선의 무리들은 그대로 장관을 이루고 있었다. 거기다 이곳의 수선화는 꽃판이 크고, 한 꽃대에 수십 개의 꽃이 매달려 있는 것이 보통이었다. 이 꽃은 겨울이 한창인 정월 말께부터 2월초에 피기 시작하여 3월까지 이르는데, 이때는 산야와 밭둑이 수선화로 가득 차서 미색 눈이 대지를 덮은 것만 같다. 침침한 시선을 가늘게 뜨면 시야 가득 흰 꽃들이 들어와 찼다.

그러나 이 지방 사람들은 이 꽃을 귀한 줄 몰라 귀찮은 잡초로만 여겼다. 밭 둔덕에 호미나 낫으로 무참히 베어 내버린 것들이 널려 있기도 했다. 이름조차도 '마늘꽃'이라고 부르고 있었다.

추사는 이런 광경을 접할 때마다 그 꽃들이 괄시받는 일이 자기 신체처럼 여겨졌다. 몰이해란 참으로 무서운 것이었다. 그는 시 한 수를 지었다.

푸른 바다 푸른 하늘 시름 가시고
너와의 선연은 다할 수 없어

호미 끝에 버려진 예사론 너를
오롯이 창가에 놓고 키우네

碧海靑天一解願
仙緣到底未終慳
鋤頭棄擲尋常物
供養窓明几淨間

　　그는 실제로 수선화의 꽃대 한 줌을 뜯어다가 작은 옹기단지
에 물을 담아 그 안에 꽂아두었다. 꽃은 모양도 그렇거니와 향
기 또한 그만이었다. 온 방안에 향기가 가득 차고 넘쳤다. 마당
에서 일을 하던 강 훈장의 처가 신기한 듯 다가와 보곤 고개를
갸우뚱거리며 말하였다.
　　“그것도 제법 곱다, 꽂아놓으니까…….”
　　그녀는 한참이나 꽃을 들여다보고 냄새를 맡으며 서 있었다.
제주에는 초목의 종류가 많고 꽃도 다양한 때문에 이름 모르는
풀, 잘 모르는 꽃들은 설사 그것이 귀한 것일지라도 괄시를 받
고 있었다. 그는 이런 버려진 자연과 꽃들에게 서서히 애정과
관심이 솟구치고 있었다.

　　꽃대 끝에 소복한 동그란 송이
　　그 맵시 깨끗하고 그윽하고나
　　매화는 고매하나 섬돌 곁 신세
　　맑은 물가에 있어 수선이런가.

　　一點冬心朵朵圓

品於幽澹冷雋邊
梅高猶未離庭砌
淸水眞看解脫仙

수선에 대한 찬양은 해도 해도 모자란 느낌이었다.

그는 또 수심을 난(蘭) 치는 일로 달래 보려고도 했다. 난을 치는 일은 억지로 되는 것도 아니고, 정성을 쏟아야 했다. 그 때문에 한 골로 정성을 모으는 데는 좋은 일거리였다.

난은 산방산에도 많았다. 한란(寒蘭)은 흔치 않았으나 춘란(春蘭)은 산기슭에 드문드문 돋아나 있었다. 상록관목이나 소나무의 밑동 같은 데, 그것들은 낙엽의 층을 뚫고 싹을 내밀고 있곤 했다. 이른 봄철이 되면 이것들은 이파리와 함께 색색의 꽃송이들을 내밀곤 했다. 그러나 이 고장 사람들은 아무도 이 꽃들을 눈여겨보려 하지 않았다. 드물고 귀한 한란을 여기서 찾아낼 수 있었던 일은 그에겐 은근한 기쁨이었다.

그는 이 난 한 포기를 나무 밑동의 부엽토째 캐어다가 깨진 항아리 굽에 심었다. 그리고 하루 중 한가한 시간에 그걸 보고 있으면 은밀한 기쁨이 가슴 밑바닥에서부터 샘솟았다.

산중에 찾고 찾고 또 찾아서
붉은 꽃 흰 꽃 찾아내었네
한 가지 보내련들 길이 멀구나
이슬 향기 차기가 지금 같고저.

山中覓覓復尋尋

覓得紅心與素心
欲寄枝嵯遠道
露寒香冷到如今

　그는 한란을 처음 찾아낸 날 배소로 돌아와서 시 한 수를 지었다. 그리고 그는 붓을 들어 난을 쳤다. 그는 되도록 신기(神氣)를 모으고 분위기를 살려 난을 치려 애썼다. 그러나 그것은 그리 쉬운 일은 아니었다. 난을 치는 데는 반드시 붓을 세 번 궁굴리는 삼전(三轉)의 묘법을 써야 하는데 쭉 쭈욱 뒤 번 뽑다가는 어느새 붓이 멈춰 있곤 했다. 생각처럼 마음을 다스리기가 쉽지 않았다.

　　산 위의 난초꽃은 아침에 피나
　　산허리 난초꽃은 아직 봉올다
　　그린 사람 뜻한 맘 더디 피란 것
　　동풍(東風)만 수고로이 사이에 넣다
　　이는 그윽하고 청순한 한 떨기 꽃
　　알려지기 싫어하여 연하(煙霞)에 잠기다
　　오가는 나무꾼 혹시 길 낼까
　　다만 높은 산 하나 그려 가리어준다.

　　山上蘭花向曉開
　　山腰蘭箭尙含胎
　　畫工刻意敎停蓄
　　何苦東風好作媒
　　此是幽貞一種花
　　不求聞達只煙霞

采樵惑恐通來徑
秖寫高山一片遮

난을 그리고 마침내 판교의 시를 써넣기까지는 며칠이 걸렸다.

상우(商佑)가 난을 그려보내 주십사는 응석어린 편지와 함께
화선지 뭉텅이를 보내온 것이 이 무렵이었다. 추사는 이 자신의
서자(庶子)에 대해 남다른 연민의 정을 품고 있었다. 더구나 이
놈은 상무(商懋)를 양자로 들이고 난 다음부터 성격이 더 비뚤
어지고 있는 듯 여겨졌다. 가노(家奴)들의 얘기를 엿들어도 성
질이 거칠어지고 욕심이 터무니없어졌다는 것이었다. 추사는
보내온 화선지 뭉치를 받아 앉아서 그 심보를 실감하고 있었다.
"이놈이 장차 어찌 될 놈인구?"
그는 아무래도 이놈이 가문의 골칫거리가 될 것 같은 예감을
떨쳐버리지 못했다. 그는 이런 아들놈의 교정을 위해서 정신을
가다듬고 편지를 썼다.

　　상우에게
　　난초를 치는 법은 역시 예서(隸書)를 쓰는 법과 가까워서
반드시 문자향(文字香)과 서권기(書卷氣)가 있은 연후에야 얻
을 수 있느니라.
　　또 난법(蘭法)은 그리는 법식을 가장 꺼리니, 만약 화법(畵
法)이 있다면 그 화법대로는 한 붓도 대지 않는 것이 좋다.
조희룡(趙熙龍) 같은 사람들이 난초 그림을 배워서 치지만 끝
내 화법이라는 한 길에서 벗어나지 못하는 것은 가슴속에 문
자기(文字氣)가 없는 까닭이다.

지금 이렇게 많은 종이를 보내왔으니, 너는 아직도 난초 치는 경지와 취미를 이해하지 못하는구나. 이처럼 많은 종이에 그려달라고 하지만 특별히 싹을 토해내어 난초를 그릴 수 있는 것은 서너 장의 종이에 지나칠 수 없느니라. 신기(神氣)가 모여들고 분위기가 무르녹아야 하는 것은 서화(書畵)가 모두 똑같으나 난초를 치는 데는 더욱 심하거늘 어떻게 많이 얻을 수 있겠느냐? 만약 화공(畵工)들과 같이 화법에 따라서 치기로 한다면 비록 한 붓 가지고서라도 천 장의 종이에 친다고 해도 가능할 것이나 이런 식으로 치려면 치지 않는 것이 오히려 좋다. 이 때문에 난초를 치는 데 있어서 나는 많이 치는 것을 즐겨하지 않았으니, 이것은 너도 일찍이 보던 바이다. 이제 약간의 종이에 그려보내고, 보낸 종이에 죄다 그리지는 않았다. 모름지기 그 묘법(妙法)을 깨달았으면 좋겠구나.

　난을 치는 데는 반드시 세 번 궁굴리는 것으로 묘법을 삼아야 하는데, 이제 네가 친 것을 보니 붓을 한 번 쭉 뽑고 곧 끝내버렸구나. 꼭 삼전(三轉)하는 것을 힘써 익히기 바란다. 대체로 요사이 난을 친다는 사람들이 모두 이 삼전의 묘법을 알지 못하고 함부로 찍어 바르고 있을 뿐이니라.

　다 써놓고 보니까 너무 질책조가 된 것 같았다. 그러나 이놈을 사람 만들기 위해서는 이런 따끔한 질책이 필요한 것 같은 생각도 들었다. 오래 신경을 모으고 있어서인지 눈이 다 침침하였다. 목은 부은 듯 아팠다. 다행히 이놈이 아비의 글을 받아보고 깨치는 바가 있었으면 하거니와, 오히려 삐쳐나간다면 어찌 될 것인가. 사람을 가르치는 일이 매우 어렵다는 걸 실감했다. 요즘도 아무 때나 시간이 되는대로 찾아오는 서생들에게 글을 가르치고 있지만 이들에게보다 자기 자식 하나 가르치기가 더

힘든 것 같았다.

소치가 두 번째로 추사의 배소를 찾아온 것은 무더위가 기승을 부리던 7월이었다. 이 고장의 무더위는 숨이 까북 넘어가리만치 힘들었다. 밭이랑의 콩과 조들도 숨이 막히는지 한낮이면 이파리가 소들소들했다. 지붕 위로 뻗은 호박넝쿨도 맥없이 시들어 있곤 했다. 그 흔한 바람은 다 어디 갔는지. 이런 갑갑함 속에서 머귀나무에 앉은 매미소리만 시름시름 들려왔다.

이날도 그는 마루 끝에 앉아서 시상 하나를 떠올리고 있었다.

맨드라미 두어 줄기 장독 동편에 피어 있고
쇠막(외양간) 지붕에 호박넝쿨 뻗었네
세 가호 시골집에 꽃소식 퍼지니
피어오른 해바라기 열 자 높이 붉었구나.

數朶鷄冠醬瓿東
南瓜蔓碧上牛宮
三家村裡徵花事
開到戎葵一丈紅

바랑을 걸머진 소치가 정낭 안으로 들어선 것은 바로 이 시를 짓고 난 다음이었다.

"아니 이 사람, 예가 어디 이웃집이라도 되는가?"

추사는 반가움에 버럭 역정 같은 소리가 나갔다. 그가 중부(仲父)의 부음을 받고 육지로 떠난 것이 재작년 6월이었으니까 그가 온 것은 만 2년 만이었다.

그 동안 몇 차례 소식이 오갔지만 이렇게 또 만나게 되리라고는 전혀 예상치 못했다.

그는 바랑을 벗고 위로 올라가 스승님께 큰절을 올렸다.

"별고 없으셨습니까? 저는 대둔사에 있다가 이용현(李容鉉) 대감이 제주목사로 오게 되자 그 막하(幕下)에 들어 그제 제주로 왔습니다."

"이용현의 막하로?"

"예……대감께서는 스승님께 안부를 전하랍시는 분부셨습니다."

"그, 잘 됐구만……."

"예……한동안 마음놓고 스승님을 찾아 뵈실 수 있을 것 같습니다."

"……."

추사는 가볍게 고개를 끄덕였다.

"내 금방 이런 시를 끄적거려봤네."

추사는 자기가 쓴 「촌사(村舍)」란 시제의 시를 소치 앞에 펼쳐놓았다.

"대단히 아름다운 풍경이옵니다. 오히려 그림이 무색할 지경입니다."

"과찬일세. 그런 대로 맘에 들게 그려진 소품이야……."

소치는 그제야 바랑에서 마련해 온 음식들을 꺼내놨다. 차와, 절간에서 먹는 약간의 마른반찬과 곶감이 나왔다.

"그 오랜만에 곶감을 보는구만. 작년에 마련한 것이렷다?"

"예, 작년에 만들어 보시해 온 것을 스승님 생각하고 간직해

됐었습니다."

"곶감이 아니라 정성을 먹는 셈이구만."

"스승님 고생에 비하면 그거야 정성이라 하겠습니까?"

사제간에 시선이 마주쳤다. 그 따스한 시선들이 서로의 눈 속에 열기를 빨아 당기고 있었다.

대정현감 이모가 두 번째로 그를 찾아온 것은 이 목사가 부임해 오고 소치가 그의 배소를 찾아오기 시작한 한 달쯤 후였다. 그는 이번엔 대낮에 포졸 둘을 대동하고 왔었다.

"뒷박 만한 현이오나 업무는 매한가지라 어찌나 바쁜지, 자주 찾아 뵙지 못하였습니다."

그는 맞대하고 앉아 갓을 숙여 인사치레를 했다.

"별말씀이옵니다. 되레 심려를 끼쳐 드리는 걸 죄스럽게 생각하던 차였습니다."

"그 동안 소문은 익히 들었습지요. 마을 아이들에게 서당을 열어 훈학에 열중하신다는 소문 잘 알고 있습니다. 유생들과의 교류도 알고 있었구요."

"예, 그런 것도 삼가야 옳은 일이오나 동네분들 간청이 너무 간곡하여……."

"일 없습니다. 아, 이 고장 사람들에게 이익을 끼치는 것이니 되레 장려를 할 일이지요."

그는 처음 왔을 때의 데면데면하던 것과는 다소 태도가 달라져 있었다. 호의적이기까지 했다. 추사는 그 영향이 신임목사 탓이라는 생각을 했다. 목사가 그에게 선물을 보내고, 또 그 막하에 있는 소치가 늘 어울려 다니는 것이 현감의 태도를 바꿔

낳을 것이었다.

추사는 그를 위해 또 차를 달였다. 그가 함께 차를 마실 상대가 못 됨을 알면서도 면전박대를 할 수는 없었다.

"가난한 서생의 적소라 대접이 변변치 못합니다."

"으레 그렇지요. 이런 곳에서 무슨 대접을 바라겠습니까? 그보다도 뭔가 불편한 게 있으시면 서슴지 마시고 말씀을 하십시오. 이제 피차간에 뜻도 알고 마음도 통하게 되었으니……."

"과분한 조치이십니다. 지금도 너무 과분한 대접을 받고 있소이다."

"원래 땅도 인심도 척박한 곳이라 불편이 많으실 것입니다. 게다가 한 해 걸러큼씩 흉년까지 겹치니……."

"아니올시다. 오히려 동네에서 너무 잘해 주시는 쪽이지요."

그건 전혀 꾸며낸 말만은 아니었다. 동네 사람들은 대부분 무식했으나 그만큼 순수했으며 그를 위해서는 뭐라도 돕고 싶어 하는 눈치들이 분명했다. 그런 의사 표시를 하는 사람들도 적지 않았다.

어쨌거나 현감이 이 정도까지 된 것은 그를 위해서는 다행한 일이었다. 그는 문득 지난날의 꿈을 떠올렸다. 귀양 온 중 보우가 목사의 미움을 사서 돼지처럼 몰려다니다 몽둥이에 맞아 죽어가던 장면이었다. 또 조정철(趙貞喆)의 경우만 해도 혹독한 처지에서 귀양생활을 했었다. 그를 좋아했던 홍씨 처자는 흉계를 꾸미려는 관가에 맞섰다가 장살을 당하기까지 했지 않던가. 그러고 보면 자신은 뭐니뭐니 해도 다행한 쪽이었다. 가시울을 쌓고 위리안치된 입장에서 이 정도의 자유를 누릴 수 있는 건

호강에 속했다.

그는 새로 온 이 목사에게도 고맙고, 특히 자기를 위하여 이렇듯 애쓰는 소치가 고마웠다. 따지고 보면 오늘 실로 2년 만에 현감의 방문도 그들 덕분이 아닌가.

식은 찻잔을 들고 앉아서 그는 누구에겐지 모르게 한없이 감사하고 있었다.

십오조 변망증(辨妄證)

　백파(白坡) 선사가 추사에게 문상의 편지를 보내온 것은 그 무렵이었다. 그는 전라도의 백양산(白羊山) 운문암(雲門庵)에서 개당(開堂)하고, 여러 차례 선찬법회(禪讚法會)를 열어 제자들을 길러내고 있었는데, 아마도 초의가 돌아간 후 이곳 소식을 전한 모양이었다. 백파의 편지를 받고 나서야 추사는 그가 제주로 유배길을 내려올 때 시간이 엇갈려 만나지 못하고 섭섭하게 갈린 일을 떠올렸다.

　유배객 행렬이 구암사 아래 삼거리의 주막에 닿은 것은 이미 해가 저물어 땅거미가 스멀스멀 산사 주변을 감돌 무렵이었다. 일행은 며칠째 강행군으로 파김치처럼 지쳐 있었다. 추사는 지친 중에도 선에 대통하고 선문 중흥의 종주(宗主)이기도 한 백파를 만날 기대로 가슴이 부풀어 있었다.

　"달마(達摩)를 닮았지. 아주 빼다 박았어."

그를 추사에게 소개한 초의는 백파에 관해 이야기할 때면 언제나 그 인상을 이렇게 말하였다. 달마 화상을 보고는 백파의 초상이라고 우기는 그 주변의 제자들이 적지 않다는 것이었다. 추사가 그를 만나고 싶어한 것은 그의 이런 특이한 인상에도 이유가 있었고, 그의 얼굴을 화제(畫題)로 삼아보고 싶은 생각도 없지 않았다. 미리 사람을 보내어 어느 시각에 이 지점을 지나게 된다고 전갈을 한 것도 이런 특별한 이유가 있어서였다.

"백파 선사님께서는 정오께 내려와서 한나절을 기다리시다가 해가 저물자 절로 돌아가셨습니다."

키가 크고 유독 허리가 굽은 주막 주인은 이렇게 된 것이 자기 잘못이기라도 한 듯이 송구스러워했다.

"산길이라 우리 걸음이 너무 지체된 게 탈이었구만⋯⋯."

그러나 추사는 기대가 컸던 만큼 실망도 적잖았다. 달마 같은 인상의 그를 만나 실컷 이야기라도 했으면 울적한 심사를 다소나마 풀 수 있으리라 여겼었기 때문이다.

산기슭의 어둠이 갑작스레 짙어지는 듯했다. 둥지를 찾던 새소리도 잦아들어 버리자 쓸쓸한 산기슭엔 적막이 깃들였다. 가끔 나뭇가지를 흔드는 가을 바람 소리가 그 적막감을 더욱 짙게 했다.

한편 추사는 백파에게 몹시 죄스러웠다. 그는 이미 70을 넘긴 노장이었으며, 그에 비해 나이가 스물 가까이나 연상이었다. 그런 그가 한나절 이상이나 그를 기다리면서 무슨 생각을 했을까. 게다가 모처럼의 기회를 놓친 것이 속이 상했다.

그런 백파가 이제 바다 건너 문상의 편지를 보내온 것이었다.

편지만 하더라도 그가 먼저 보냈어야 할 터인데 선수를 빼앗긴 셈이었다.

백파의 편지는 선문 중흥의 종주요 노선사답게 선에 대한 교시로 가득 차 있었다.

> 80년 넘게 선을 참구(參究)한 내가 알기로는 적연부동(寂然不動)이 진공(眞空)이며 감이수통(感而遂通)이 바로 묘유(妙有)이다. 원형이정(元亨利貞)이 상락아정(常樂我淨)이다. 사바도 없고 극락도 없다. 모든 것은 평등(空·無)하며 일여(一如)이다. 선이란 대체 사물과 한몸 된 때이며, 이런 때 사물이라는 것도 없고, 자기 자신도 없어진다. 초월하는 것이 중요하다. 천천히 가서 흐르는 물소리를 밟아 끊으라. 천천히 봐서 나는 새의 발자국을 그려내라. ……약이 능히 사람을 살리기도 하고 죽이기도 한다. 사람을 죽일 수 있는 이 독초가 사람을 살리는 영약으로 되돌릴 수도 있다. 살활(殺活)은 일심상(一心上)에 본래 갖추어진 면목이다. ……부처님이 이 세상에 나오시기 전에 무사자오(無師自悟)한 것은 이것이 고승견해(高勝見解)이지마는 부처님 이후에 무사자오한 것은 이것이 천연외도(天然外道)이다…….

읽어 내리던 추사는 고개를 쳐들어 벽을 바라보았다. 그의 이마에 분명한 두 개의 주름이 세워져 있었다. 백파의 아리송한 선사상이 그의 실증적 저항의식의 밑바닥에 물살을 일으켜 놓은 것이었다. 그는 백파가 보낸 것이 문상 편지라는 것도 잊고 그에게 반박의 편지를 쓸 마음을 올곧히고 있었다. 그는 편지의 서두부터 다시 찬찬히 뜯어 읽기 시작했다. 그리고 그날 밤 그는 일어 앉아 장문의 편지를 쓰기 시작했다. 몸의 피로와 여기

저기 쑤시던 아픔도 사라지고 무아의 경지에서 밤을 밝혔다.

그가 붓을 던졌을 때 닭이 세 회째 우는 소리가 가까이서 들렸다. 그는 자기가 써놓은 것을 처음부터 다시 읽어 내리기 시작했다. 그의 얼굴은 피로한 기색이었지만 안도의 긴장이 돌아와 있었다. 그것은 스스로 해낼 수 있었던 기운과, 자기 논조에 대한 자신에서였다.

선생은 선문(禪門)에서 망증(妄證)과 망해(妄解)를 일삼다가 그것도 부족하여 대담하게 복희(伏義)·문무(文武)·주공(周公)의 글에까지 손을 대는가? 한역(漢易) 및 송역(宋易) 이후로 수백·천의 역학가가 있었지만 '적연부동(寂然不動)'을 '진공(眞空)'과 같이 보고 '감이수통(感而遂通)'을 '묘유(妙有)'와 같이 보는 사람은 없었다. 어찌 이같이 무엄하고 무탄(無憚)할 수 있는가. 이미 적연부동이니 감어수통이라는 말이 무슨 뜻인지도 모르고 그처럼 망령되게 논증(論證)을 할진대, 진공이니 묘유니 하는 것도 무슨 말인지 알지 못하고 망령되게 논증한 것이 분명하다.

선생께서 스스로 80년간 선을 참구하였다고 하면서 진리를 연구한 것이 모두 이러한 사설(邪說) 망증이란 말인가. 이를 보면 이른바 "사인(邪人)은 옳은 법을 설파할지라도 그 정법(正法)은 모두 사법(邪法)으로 귀착하고 만다."는 말을 실증하는도다.

더구나 선생만이 아니라 세봉(世峰)·종밀(宗密) 같은 이는 조금 식견이 있어서 자못 선문에서 아무개라는 명성이 있는 터이면서도 그의 『원각경(圓覺經)』 서(序)에서 '원형이정(元亨利貞)'을 '상락아정(常樂我淨)'과 같은 것으로 대비시켰으니 이것은 또 무슨 말인가? 이미 '원형이정'이 무슨 말인지 알지 못했을진대 '상락아정'도 무슨 말인지 알지 못했을 것이다. 또 '건지덕(乾之德)'을 '존일기이치유(尊一氣而致柔)'와 같은 것으로 대비시켰으니 이것은 더욱이 무슨 소리인가?

옛날과 오늘의 역학가에게서 아직 이러한 말을 들어보지 못하였도다. 나는 이렇듯 망령된 증언과 해석이 이보다 더 심한 것을 들어보지 못했으므로 늘 준엄하게 배척해 오던 터였다.

이제 또 선생의 말하는 바가 이와 같으니 과연 선문의 모든 사람들은 옛부터 무식한 무리들이라, 족히 변척할 것도 못 된다. 내가 이렇듯 말하는 것도 어린아이들과 떡다툼을 하는 것 같아 도리어 창피하다. 이것이 선생의 첫 번째 망증이로다.

심지어는 정자(程子)·주자(朱子)·퇴계(退溪)·율곡(栗谷)의 학설을 끌어다가 유(儒)와 불(佛)을 비유하고 있으니, 이같이 무엄하고 방자한 자가 아직까지 없었다. 이는 마치 닭 우는 소리, 개 짖는 소리를 가지고 망령되게 함(咸), 영(英), 소(昭), 호(護)의 음률에 비기려는 것과 같으니 진실로 '불파천지(不怕天地) 도량무쌍(跳梁無雙)'의 격이로다. 이것이 선생의 두 번째 망증이로다.

살활(殺活) 두 자에 대한 논증은 갈수록 더욱 괴이하거니와, 문수(文殊)의 '채약화(採藥話)'까지 끌어들여 설을 세우니 더욱 웃음이 나오는 것을 막을 수 없도다. 문수의 이 화지(話旨)를 염송제사(拈頌諸師)의 무리들 중에 한 사람도 이해하는 자가 없고, 다만 '살활' 두 글자에만 매달려 천만 가지로 떠들어대니 자연히 선생 같은 자도 그것이 무슨 말인지도 알지 못하고 말을 이룬 데만 집착하여 또 이렇게 호란(胡亂)에 눈이 어지러운 꼴이 되고 겉모양만 건드리는 격이 되었도다.

문수가 처음에 "약이 되지 않는 풀을 캐어 오너라."고 한 첫째 사물의 근본 뜻이 있는데, 지금까지 어느 한 사람도 이 첫 구를 드러내어 참구하지 않았도다. 단지 '살활'이라는 두 자에만 바짝 매달려 아무 두서가 없으니 탄식할 일이도다.

또한 "이 약이 능히 사람을 살리기도 하고 죽이기도 한다. 사람을 죽일 수 있는 이 독초로써 사람을 살리는 영약으로 되돌릴 수 있다."고 한 것은 비유하건대 마치 사람을 죽이는 독약일지라도 노부(盧咐)나 편작(扁鵲)과 같은 의인(醫人)이 병의 증세에 맞도록 쓰면 또한 사람을 살리는 묘방이 되는 것과 같다.

이것이 중생의 정식(情識)을 바꾸어 불(佛)의 혜지(慧知)로 만들고 중생의 범속을 바꾸어 불의 성명(聖明)으로 만드는 진체(眞諦)로다.

문수가 "약이 되지 않는 풀을 캐어 오너라."고 한 어구가 이미 명백하거늘 선생은 어찌 하여 이를 알지 못하고 '살인도(殺人刀)'니 '활인검(活人劍)'이니 운운하고 있는가. 털끝 만한 차이가 천리에 걸치는 잘못을 낳았도다. 내게 사람을 죽일 수도 살릴 수도 있는 주먹이 있어서 백파노사(白坡老師)를 타살하기도 하고 젊은 해안(海眼) 스님을 살릴 수도 있겠거늘 하필 분분하게 칼로써 사람을 죽이고 검으로써 사람을 살리랴.

손 한 번 들면 살리고 죽이는 것이 모두 있으니 이러한 죽이고 살림이 선생이 말하는 의미와 같겠는가. 이것이 세 번째 거짓된 논증이로다.

"살활은 일심상(一心上) 본래 갖추어진 면목이다." 운운하는 것은 또 무슨 설인가? 약초의 살활에 대해서도 '살인·활인'이라 하고 도검(刀劍)의 살활에 대해서도 '살인·활인'이라고 하더니 이제는 "살활은 일심상에 본래 갖추어진 면목이다."고 하니 이것은 결국 자살·자활이 되어버린다. 선생이 말하는 살활이 결국 자살·자활이란 말인가?

일심(一心)은 불생불멸이거늘 어찌 일심에 살활이 본래부터 갖추어 있단 말인가.

내가 시험삼아 조사(祖師)의 뜻에 따라 게송(偈頌)을 지어 묻겠노라.

죽이는 것도 본래 죽이는 것이 아니요
살리는 것도 역시 살리는 것이 아니라
본래 아무것도 없는데
어디에서 살활에 집착하는가

殺者本非殺
活者亦非活
本來無一物
何處着殺活

무릇 살활이라는 것은 자기 자신을 대하고 하는 말이 아니라 남을 상대하고 하는 말이니 그러므로 '살인·활인'이라고 하는 것이다. 마치 기쁨과 노함이 남의 태도 여하에 달린 것이지 나 자신 속에 있지 않으니 그러므로 '희인(喜人)·노인(怒人)' 하는 것과 같도다. '희인·노인'이라는 것은 물질에 감응하여 기뻐할 만할 때 기뻐하고 성낼 만할 때 성내는 것이지 본래부터 마음속에 기쁨과 노함이 감추어져 있는 것이 아닌 것이다.

비유하건대 거울 앞에 호인(胡人)이 오면 호인이 나타나고 한인(漢人)이 오면 한인이 나타나는 것과 같으니, 이제 만약 "호인의 상(像)과 한인의 상이 거울 속에 본래부터 갖추어져 있다."고 한다면 되겠는가 안 되겠는가? 이것이 선생이 네 번째 거론한 논증이로다. 『금강경』 32분을 말하고 있으나 선생의 식견으로야 어찌 이 관문을 꿰뚫을 수 있을 것인가.

소명태자(昭明太子)가 『석교경전(釋敎經典)』을 깊이 연구하여 일찍이 『해삼체의(解參諦義)』를 지은 바 있어 철두철미하거늘 그분이 어찌 무식하게 『금강경』을 32분으로 과문(科文)을 나누어 후세에 웃음거리를 남기었겠는가?

본연의 모습을 그대로 두지 않고 갈기갈기 찢어 복잡하게 만드는 것은 뒷사람이 가탁(假託)한 것임에 의심이 없도다. 사과(四果)를 점차 추궁하여 결국 시래(始來)에까지 이르는 것은 정히 아주 절실한 관계가 되는 것이니, '석재연등(昔在燃燈)'이 어찌 '장엄불토(莊嚴佛土)'만을 받으며, 또 '색견성구(色見聲求)' 사구(四句)는 원래 그 아래 글과 함께 한 줄기 질펀하게 흘러내리는 물줄기와 같아 칼로 물을 치기는 어려운데 어찌 조각 조각으로 나누어 32분을 낼 수 있겠는가? 이것은 양각(良覺)과 우안(遇安) 두 대덕(大德)에 의하여 낱낱이 감파(勘破)되었고, 그후 중국의 선문에서는 이대로 믿고 봉양한 지가 오래되어 이설(異說)을 낸 자가 없거늘, 어찌 선생의 편파적인 식견으로 대인의 경계를 알 수 있으랴?

선생의 견문이 여기까지 미치지 못하는 것은 깊이 책망할 일이 아니로되, 그러나 선생 스스로 80년 선문의 노사로서 나를 넘어설 자가 누구냐고 크게 자만하고 있는 것은 깊이 책망할 일이로다.

소명태자나 함허당(涵虛堂)의 설은 이미 삭제할 수 없다고 해놓고서 이제 전서(前書)에서는 갑자기 덕산(德山)의 『금강경소(金剛經疏)』를 불살라버렸다는 말을 인용하여 교적사구(教跡死句)들은 이렇게 불태워버려도 마땅하다고 하는 것은 무슨 까닭인가? 덕산이 『금강경소』를 불살라버린 것이 옳다고 한다면 소명태자의 32분설도 또한 불살라버려야 할 것이고, 덕산이 『금강경소』를 불살라버린 것이 그르다고 할 것 같으면 마땅히 원증(援證)할 일이 아니거늘, 선생의 구두선(口頭禪)은 화살 가는 대로 과녁을 옮겨 세우는 격이 아닌가?

또한 『육조구결(六祖口訣)』을 선생이 닥치는 대로 그릇되게 논증하여 무식한 육조를 유식한 육조로 만들어 놓았으니, 나로서는 육조도 반드시 선생이 망증하는 유식 두 자를 즐거이 받지 않으리라 믿는다. 육조에 있어서야 유식하면 어떻고, 무식하면 어떠하랴. 이것이 선생의 다섯 번째 망증이로다.

"원효(元曉)·보조(普照)가 대혜서(大慧書)로써 벗을 삼았다."고 한 말은 어느 글에서 보았는가? 내가 알고 있는 바로는 원효·보조는 신라 사람이고, 대혜는 남송(南宋) 사람이라, 신라시대가 중국에서는 당(唐)시대가 되고 남송시대가 동국에서는 고려시대가 되니 원효와 대혜가 상거 수백년(相距數百年)이라. 당대 사람으로 어떻게 남송대 사람의 글을 미리 취해다가 벗을 삼았단 말인가. 선생이 화두(話頭)를 불설(佛說)이라고 하여 늘 뇌까리고 있더니 이제는 또 당대 사람이 송 이후의 글을 미리 가져다 읽었다고 하니, 대저 선문에는 신통도 광대(廣大)하도다.

부처님이 조주(趙州) 이후의 화두를 미리 가져다 읽었고 원효·보조가 남송 이후의 사람의 글을 미리 가져다 읽었으니 아무렇거나 다시 한 번 일전(一轉)함이 어떠한가? 이것이 선생의 여섯 번째 망증이로다.

염화(拈花) 소식에 가섭(迦葉)이 홀로 파안(破顔)한 것은 고금에 모두 듣고 모두 아는 바이거늘 이제는 염화할 때에 아난(阿難)과 대중은 가르침으로 해득하고 가섭 한 사람은 선으로써 오득(悟得)하였고 마침내 중생들까지도 각기 유를 따라 제나름대로 이해하였다 하고 아울러 『화엄경』의 "부처님은 일음(一音)으로 이해하였다."는 구절을 들어 명명적적(明明的的)한 증거를 삼고 있으니 이것은 무슨 말인가? 화엄구(華嚴句)에 '불이일음연설(佛以一音演說)'이란 것은 이것이 음설상(音說相)이므로 중생의 수류(隨類)하는 것이 마땅하지마는 염화는 꽃을 만지작거리는 것이지 어찌 그것이 음설(音說)이겠는가? 전혀 맞지 않는 말이로다.

더욱이 "선오(禪悟)이든 교해(敎解)이든 모두 염화에 연기(緣起)한 것, 선은 부처님의 심전(心傳)이요, 교(敎)는 부처님의 구설(口說)이니 부처님 같은 대성인이 어찌 마음과 말씀이 서로 다를 리가 있겠는가."한 것은 반드시 아난을 염화의 오득에 한 몫 끼워보고자 함이니, 이것이 제사(諸師)의 기록 중에 있는 말인가? 또한 선생이 스승 없이 홀로 깨친 것인가? 이것이 선생의 일곱 번째 망증이로다.

또한 "선시불심(禪是佛心) 교시불구(敎是佛口) 불이대성(佛以大聖) 개심구지동이(豈心口之同異)"라 한 것은 선교를 합일(合一)하여 이단으로 나누지 아니하고 또 조어불어(祖語佛語)가 이와 같지 않다고 하여 만일 조어가 불어와 같다고 할진대, 이것은 '소 등 위에 소를 태우고 평상 위에 평상을 겹치는 것과 같은 것'이니 하필 교외별전(敎外別傳)이니 격외선(格外禪)이니 하고 떠들 필요가 있겠는가? 그러므로 이것은 또 선과 교를 둘로 나눈 것이라 어떤 때에는 선교(禪敎)를 합일하고 어떤 때에는 둘로 나누는가? 동에 번쩍 서에 번쩍 하여 칠전팔도하니 이것이 선생의 여덟 번째 망증이로다.

달마가 『능가경(楞伽經)』을 이조(二祖)에게 부여한 것은 천하가 듣고 아는 바이거늘 『금강경』도 함께 주었다는 것은 어느 글에서 보았으며 누가 전한 말인가? 더욱 "두 경(經)의 종취(宗趣)가 똑같으니 반드시 두 경을 함께 줄 필요가 없었을 것이고 다만 『금강경』만 전했다."는 것은 또한 누구의 전설인가? 이것이 운문(雲門)의 말인가, 대혜의 말인가? 이것이 선생이 아홉 번째 망언이로다.

경문에 그릇된 번역이 있는 것은 으레 하는 일이요, 그럴 수밖에 없는 이치로다. 우선 심경 일부(心經一部)를 두고 말을 할지라도 무릇 다섯 번이나 개역하였으니, 제일은 후진(後秦) 구마라십(鳩摩羅什)의 번역인데 이름이 '마하반야바라밀대명주경(摩訶般若波羅蜜大明呪經)'이요, 제이는 유송(劉宋) 법월(法月)의 번역인데 이름이 '보통지장반야바라밀경(普通知藏般若波羅蜜經)'이요, 제삼은 유송 시호(施護)의 번역인데 이름이 '불설성불모반야바라밀경(佛說聖佛母般若波羅蜜經)'이요, 제사는 당 현장(玄奬)의 번역인데 이름이 '반야바라밀다심경(般若波羅蜜多心經)'이니 라십역본(羅什譯本)과 비교해 볼 때 다과(多寡)가 같지 않도다. 제오는 당 이언(利言)의 번역인데 이름이 현장의 번역과 같도다.

또 현수(賢首)는 '석가모니불설(佛說)'이라 하고, 심구(心求)는 '관자재보살소설(觀自在菩薩所說)'이라 하니, 이제 이 수백 자 되는 작은 경에도 이름이 같지 않고 자수가 같지 않아서 서로서로 어긋나거든 하물며 『대품반야경(大品般若經)』이나 『화엄경』 등에 있어서야 과연 어쩌하겠는가?

무릇 역장(譯場)에서는 범본불어(梵本佛語)가 겨우 반구(半句)만 되면 여자들이 중화문자로써 부연하여 백십여 구를 만들었으니, 이런 것을 어찌 모두 불설(佛說)로 볼 수 있으랴? 또한 부처님은 주소왕(周昭王) 때의 사람인데 어찌 한(漢)·위(魏) 이후에 생겨난 오언, 칠언구로 지었겠는가? 이 어찌 역사(譯師)들이 그릇한 변조가 아니랴? 선문의 모든 사람들은 오직 역경되는 것만을 다행히 여기고, 또 무식한 무리들이 많아서 전혀 원본과 대조 검토도 하지 아니하고 장님으로부터 장님에게 전하여 모수유행(冒受流行)하면서 언필칭 불설이라한다. 늑담대혜(泐潭大慧) 같은 무리들도 집상사병(執相死病)으로써 "감히 한 자라도 개역(改易)하지 못한다."고 하였으니 어찌 가소롭지 아니하랴?

이제 만일 명안(明眼)과 혜식을 가진 사람이 장경을 모두 갖다가 한 번 그 그릇된 것을 고쳐 번역하여서 겨우 가히 정령(正令)을 높이 들고 진면목을 되찾아야 할 것이다. 이 일은 특히 역량이 큰 사람이 아니고서는 능히 분변치 못할 것이니 그런 사람이 없는 것을 함께 한탄하는 바이다.

만일 사견망식(邪見妄識)이 선생과 같은 자들로 감히 한 글자나 조치한다고 하면 또한 마땅히 늑담이 꾸중을 듣는 바 되어 바로 "역문(譯文)이 하나도 그릇됨이 없으니 감히 한 자도 개역할 수 없다."고 하리니 어찌 선생의 망증이 아니랴! 이것이 달마대사가 한 번 오류들을 싹 쓸어버리고 바로 불립문자(不立文字) 직지인심(直指人心)을 가르친 소이이다.

또한 지금에는 오천축(五天竺) 땅이 모두 중국의 판도 중에 들어와서 도로의 간저(艱阻)도 없고 언어문자의 불통도 없고 중국사람이 왕래하기를 내지같이 하고 중국관원이 설산(雪山), 하욕달지(阿耨達池) 사이에 주태(駐箚)하여 천축 사정을 훤히 알지 못하는 것이 없으며 오천축 안에는 자고 이래로 『능엄경』이 없다가 중국에 『능엄경』이 성행한다는 말을 듣고 도리어 중국 사람에게서 『능엄경』을 가져갔으니 이런 일을 선생이 만일 들으면 반드시 크게 놀라리라.

소위 역장(譯場) 문자라는 것은 이렇게 준신(準信)치 못할 것도 있으니 선생과 같이 무식하고 경솔한 무리들이 흑산귀굴(黑山鬼窟) 속에 떨어져서 다만 구두선으로 사설망증(邪說妄證)하지 않는 자가 없도다. 그렇지 않은가. 이것이 선생의 열번째 망증이로다.

"부처님이 이 세상에 나오시기 전에 무사자오(無師自悟)한 것은 이것이 고승견해(高勝見解)라"고 한 것은 가소롭기 짝이 없는 말이로다. 영가(永嘉) 진학대사(眞學大師)의 고승견해로도 좌계랑사(左谿朗師)에게 졸린 바 되어 조계(曹溪)에 한 번 걸음을 하였으나 영가가 육조에게 무엇을 깨쳤단 말인가. 육조의 언언구구(言言句句)가 모두 영가에서 제파(提破)한 바 되어 육조는 낱낱이 심절수응(心折首膺)하여 다만 탄복한 이기(而己)였으니 만일 육조로 하여금 일반분(一半分)이라도 영가를 점화(點化)함이 있으면 영가가 어찌 즉지(卽地)에 하직하고 돌아갔으랴? 영가의 안중에는 육조를 초개(草芥)같이 보았으니 어찌 육조를 인하여 증오함이 있었으랴?

그런데 『육조단경(六祖壇經)』에는 양민의 자식을 종의 자식으로 깎아 내리는 식으로 '일숙각(一宿覺)'이라고는 하였지만, 영가가 조계에서 하룻밤 묵은 것도 육조의 만류로 일숙한 것이요, 영가가 스스로 일숙한 것은 결코 아니다. 이것은 법해배(法海輩)의 망령된 협잡이다. 어찌 진정한 법안(法眼)을 가진 사람이야 그 말에 속을 리가 있겠는가. 선생은 영가를 천연외도(天然外道)라 하느냐? 그렇지 아니하면 영가를 육조의 방파(旁派)라고 하느냐? 시험삼아 묻겠노라. 원효대사의 스승은 어떤 사람인가? 대지국사(大智國師)의 스승은 어떤 사람인가? 원종대사(圓宗大師)의 스승은 어떤 사람인가? 대경국사(大鏡國師)의 스승은 어떤 사람인가? 법경대사(法鏡大師)의 스승은 어떤 사람인가? 광자대사(廣慈大師)의 스승은 어떤 사람인가? 혜덕왕사(慧德王師)의 스승은 어떤 사람인가? 화정국사(和靜國師)의 스승은 어떤 사람인가? 진경대사(眞鏡大師)의 스승은 어떤 사람인가? 원응대사(圓應大師)의 스승은 어떤 사람인가? 진철대사(眞徹大師)의 스승은 어떤 사람인가? 승묘선사(勝妙禪師)의 스승은 어떤 사람인가? 속전(俗傳)에 운묵대사(雲默大師)가 입적할 때에 그 문도들이 "장차 어느 법계(法系)를 이어야 합니까?" 물으니 웃으며 대답하되 "서산(西山)은 한갓 명리승(名利僧)에 불과하지만 그대로 이어대지" 하였다니 운묵도 입적하기 이전에는 또한 천연외도이냐? 또 묻노라. 선생의 스승은 어떤 사람이었으며, 항우(項羽)의 아버지는 어떤 사람인가? 그대가 "여러 번 겪어온 큰스님의 연단을 수백 번 거친 끝에 마침내 진금(眞金)이 되었다." 한 것은 어떤 사람의 대치(大冶)인가?

그대의 스승은 불과 허두광객(虛頭狂客)의 설암금령배(雪岩錦領輩)이리라. 선생이 끌어 쓴 불전불후(佛前佛後)의 설은 더욱 가소로운 바로다. 이것이 선생의 열한 번째 망증이로다.

『간화설화(看話說話)』를 이렇게 구구하게 진술한 것은 더욱 말도 안 되는 무식한 어록들을 약간 주워 모은 무릇 안중에 본 문자를 아무 간택 없이 취해다가 밑도 끝도 없이 보는 대로 지껄인 것인 줄 알았도다. 마치 어떤 정신나간 사람이 『등왕각서(藤王閣序)』, 『적벽부(赤壁賦)』 등 소위 마상(馬上)의 당음(唐音)을 입으로는 잘 외워서 얼음 위에 박 밀듯 하지마는 "남창(南昌)은 고군(古郡)이요 왕술지추(王戌之秋) 칠월에 마상봉한식(馬上逢寒食)이라" 하고, 둘둘 뭉쳐 한 구절을 만들어서 지껄이는 포곡(布穀) 새가 거꾸로 날아가듯 하니 듣는 사람이 웃음을 참지 못하게 하는도다. "특히 고양이가 쥐를 잡듯 심안상속(心眼相屬)하고 닭이 알을 품듯 난기상속(暖氣相屬)하다."는 두 구절에 더욱 심득(心得)한 것이 없이 다만 구두선으로 함부로 지껄이는 것임을 알겠도다. 대개 이 두 구절이 어떠한 뜻이 있길래 '간화문(看話門)' 중에서 그렇게 시끄러운가? 이 두 구절은 단지 간화에서뿐 아니라 무릇 대인접물(對人接物) 일용상행(日用常行)에도 이 한 경계가 아니면 착각하수(着脚下手)할 수가 없으니 '설화문(說話門)' 중에서 홀로 이것을 알지 못하고 무엇을 하겠다는 말인가? 선생이 매양 "80년 공부한 나인데 다시는 내 위에 올라갈 자가 없다."고 하더니 이른바 공부라는 것이 겨우 이것인가?

묻노니 '심안상속'이라는 것이 무슨 뜻인가? '난기상속'이라는 것은 또 무슨 기운인가? 어떤 것을 난기라고 하는가? '고양이가 쥐를 잡듯(如猫捕鼠) 닭이 알을 품듯(如鷄抱卵)' 하다는 것이 차제로 공부하는 것이냐? 또는 한꺼번에 병용하는 것이냐? 또는 이것이 점수처(漸修處)냐? 직절법(直截法)이냐? 선생이 아무 체험도 없이 이것저것 닥치는 대로 모아 함부로 지껄이는 꼴이 더욱 볼 만하도다. 이것이 선생의 열두 번째 망증이로다.

화(話)와 화두(話頭)가 같지 아니하니, 화라는 것은 상식에 맞는 순리적인 이야기로써 사람마다 가히 이해할 수 있는 것이니 이른바 타우화(打牛話) 등은 화라 할 것이다. 화두란 것은 화 자 밑에 두 자를 하나 더해서 달리 화두라고 하니, 화두란 것은 직절도취(直截道取)해서 사람마다 가히 이해하지 못하는 것이니 이른바 '정전백수자(庭前柏樹子)' 같은 것은 화두라 할 것이다. 『대장경』 중에 어떤 구절이 백수자와 같은 화두가 있던가. 그런 까닭에 불설에는 화두가 없는 것이니 만일 불설로써 화라고만 한다면 가할 것이다. 화와 화두의 분별이 이렇듯 분명하니 간화(看話), 증화(證話) 이문(二門)으로 분설(分說)한 것은 그래도 무슨 분효(分曉)가 있는 듯하나, 이것도 역시 어느 어록 중에서 뒤적이다가 찾아낸 것이요, 아무런 체득이 없었기 때문에 타우화를 역시 화두라고 하고 백수자도 화두라고 한다. 위의 한마디는 화와 화두에 구별이 있다가 아래 한마디는 도로 애매모호해져서 전혀 이동이 없어졌도다.

이것은 다만 어떤 사람의 한 말만을 의지하고 간택하여 심정(審定)할 줄은 알지 못하고 보는 대로 지껄이는 구두선이라 선후가 서로 엇갈리고 동서를 능히 판별하지 못하여 입만 벌리면 사설망증(邪說妄證)이 됨이로다.

염화화(拈花話), 분좌화(分座話), 시질화(示跌話) 같은 이 삼화자는 망령되기가 극에 달했도다. 다만 염화했을 따름인데 언제 화가 있었으며, 분좌에는 다만 분좌만 있을 따름인데 언제 화가 있었으며, 시질에는 다만 시가(示迦)뿐일 따름인데 언제 화가 있었는가?

만일 화가 있었다면 가섭(迦葉) 이외에 또 어떤 격외(格外) 밖에 따로 한 사람이 있어서 그 화를 받아온 사람이 있는가. 사설 아닌 것이 없고 망증 아닌 것이 없도다!

무릇 우로(雨露)·상설(霜雪)·예악(禮樂)·형정(刑政)이 가르침 아닌 것이 없은 즉 이씨(二氏)의 교(敎)도 각각 가르침이 있고 가르침도 술(術)이 많으니 선왕(先王)의 예악은 미연에 앞서 가르치는 것이요, 형정은 이연(已然)의 후에 가르치는 것이라, 비록 살인일지라도 거기에는 역시 예가 있는 것인데, 교가 있은 이래로부터 화두처럼 사람을 지독하게 물어뜯는 것이 있지 아니하도다. 마치 상앙(商鞅)이 정전(井田)을 폐지하여 밭둑길을 만들며 이사(李斯)가 시서(詩書)를 불사르고 진법(秦法)을 마련하여 드디어 후세에 이르러서는 선왕의 경계를 다시 찾을 수 없고 선왕의 전형(典刑)을 다시 볼 수 없게 되니 대저 화두라는 것은 상앙 이사의 술(術)이니라. 선문에는 일찍부터 혜식(慧識)이 있는 이도 있지만, 일반적으로는 유식한 사람이 없어서 마침내 한 사람도 이를 바로잡지 못하고 있구나. 상앙 이사의 술책도 부족하여 다시 여불위(呂不韋)의 수단까지 함께 끌어 모아 음결파측(陰譎叵測)하기가 대혜 같은 자가 없거늘 선생의 소소한 식견은 다만 대혜에게 농락된 바 되어 칠통(漆桶) 속에 떨어져 있을 따름이니, 이것이 선생의 열세 번째 망증이로다.

화두가 모두 천칠백 측(則)이 있다는 것은 틀림없이 『전등록』에 빠져 이렇게 눈이 가리어졌으니 더욱 가소로운 일이로다. 사실 『전등록』이란 것은 한때에 문호(門戶) 시비하던 글에 불과한 것인데, 동인(東人)은 능히 이것을 알아채지 못하고 이를 답습하여 『선문념송(禪門拈頌)』이라는 한 책을 만들어서 금과옥조와 같이 받들고 이것을 화엄 원교 이상으로 여기면서 염송만 능히 이해하는 자이면 망령되이 뻐기고 있도다.

중국 선문에는 『염송집』이란 책이 없을 뿐 아니라 또한 이런 법문도 있지 아니하니 더욱 가소롭지 않은가? 또한 부처님 말씀은 이것이 화이고 화두는 아니니, 만일 화로 말할진대, 『대장팔만』에 화 아님이 없거늘 어찌 법보(法寶) 중에 다만 수백여 측만 있으며 『화엄경』에는 겨우 수십 측만 있을 것인가?

『전등록』이란 요즘의 삼가촌숙(三家村塾)의 소아배들이 응시용으로 쓰는 『사요취선(史要聚選)』에 불과한 것이라, 황잡불경(荒雜不經)하기가 짝이 없는 것이니 사대부의 안두(案頭)에 『사요취선』이 있는 것을 보았는가?

『전등록』 후에 다시 『광등(廣燈)』, 『속등(續燈)』, 『연등(聯燈)』, 『보등(普燈)』 제서(諸書)가 있고 조금 재전(裁剪)을 더하여 『오등회원(五燈會元)』이란 글을 집성함에 면목이 『전등록』보다는 훌륭하지만, 오히려 그 거칠고 난잡스러움을 모두 바로잡지 못하고 있다가 『대운오종록(大雲五宗錄)』이라는 일서가 나옴으로써 비로소 낱낱이 잘못이 바로잡혀 정론이 된 것이지만 이런 문자는 동국선문에서 꿈에도 얻어보지 못하였으니 실로 서글픈 일이요, 족히 책망할 일이 아니로다. 이것이 선생의 열네 번째 망증이로다.

『반야경』이 공종(空宗)인 것은 선생은 "성종(性宗), 의리선(義理禪), 격외선(格外禪)이라 한들 무엇이 불가함이 있으리요? 하니 만일 이렇게 미루어 말을 할진대 아함(阿含), 함방(含方) 등으로부터 원교(圓敎)·대교(大敎)의 모든 경에 이르기까지 모두 불가한 것이 없어서 스스로 공종, 성종, 선종을 갖추었으니 하필 『반야경』뿐이랴? 또 하필 나누어 소승·대승·원교·대교라고 하랴? 그러한가, 아니 그러한가? 이것이 선생의 열다섯 번째 망증이로다.

"법화, 화엄은 교적(敎迹) 사구(死句)가 되므로 선문상승(禪門上乘)이 되지 못한다." 한 것은 선생의 자설(自說)이 아닌가? 전서(前書)가 아직 뚜렷하게 여기었거늘 이번에는 홀연히 백지에 잡아떼니 80 나이 종장(宗匠)도 한 입으로 두 말을 하는가? 대저 염화의 『교외별전(敎外別傳)』이란 것을 어언문자(語言文字)로써 누누이 말해왔거늘 고인의 생기활법(生機活法)이 선생의 수중에 와서는 모두 교적사구가 되어 흙으로 만든 말(馬)이 난잡하게 이 앞에 벌여 있게 되니 사증망증이 더욱 극에 이르렀도다.

사화망염(邪火妄焰)에 이 15조 금강저(金剛杵)로써 한 번 내리니 선생은 이에 패가상신하여 다시 여지가 없으리니 비록 일파묘(一把茆)로도 개두(盖頭)함을 얻지 못하리라. 이런 지두(地頭)에 이르러서는 수락석출(水落石出)하여 천근(天根)이 비로소 드러날지라. 대권보살(大權菩薩)이 도행역시(倒行逆施)하는 공덕이 동방허공(東方虛空)과 같으리니, 시험삼아 염향(拈香)하고 한 번 참구해 보라!

남들이 모두 말하기를 "백파 노인이 이것을 보면 기가 또 산처럼 솟아서 거용삼백(距踊三百)을 하리라" 하니, 만일 노인으로 하여금 걸림 없이 순수(順受)할진대, 이것은 소 위에 소를 태우는 격이고, 만일 노인으로 하여금 곡용거용(曲踊距踊)하게 못하면 족히 글 될 것도 없으니 이것은 목침을 도로 베고 아이들의 장난을 구경하는 일법이니라. 시험삼아 염향하고 참구해 보라.

15조의 변망증(辨妄證)을 다 쓰고 한 번 더 읽어 내리고 나서 그는 가만히 눈을 감았다. 눈꺼풀이 파륵파륵 떨렸다. 지나치지 않은가……백파, 이름하여 허연 머리의 노인이 눈앞에 어른거렸다. 그가 이럴 수 있느냐고 펄펄 뛴다. 아니, 그는 오히려 한 번 호탕하게 웃고 말는지도 모른다.

학문에 있어 양보란 미덕이 아니지……그는 그만 편지지를 구부려 접었다. 보내보는 거지……그는 일어나다가 휘청거리며 문설주를 짚었다. 창호지의 창이 번히 밝아오고 있었다.

편지를 보내고 석 달, 찜찜한 나날이었다. 그리고 아니나다를까, 백파에게서 화답이 날아왔다. 떨리는 글씨로 쓴 장문의 편지였다. 그는 거듭 썼다. 사물과 한몸되는 훈련으로 선을 이루는 길만이 중요하다. 그리고 큰 학문인 당신을 꼭 한 번 만나고 싶다. 과연 그는 산 속에만 묻혀 산 어중이 중이 아니라 도량 넓은 그릇이었다.

그의 답신을 읽으면서 추사는 생각했다. 이 고집은 꺾을 수 없겠구나, 또 백천만겹 토론을 해도 이론의 합일점을 찾기는 어렵겠구나. 그는 고개를 끄덕이고 붓을 들어 다시 쓰기 시작했다. 결론이 내려진 이상 길게 쓸 필요는 없었다. 그는 문득 대흥사의 초의를 생각해내었다. 그는 좋은 스님이었다. 그가 우리 불교의 한 오른팔이라면 그 왼쪽에 자리잡게 되는 건 역시 궂으나 좋으나 백파밖에 없었다.

나는 노사(老師)를 만나보고 싶지 않도다. 노사가 반드시 나를 만나고자 하여 84세의 늙은 나이로 산을 내려와 내게 온다면 나는 '바다 속에서 진흙으로 만든 소가 달을 안고 달려가는(海底泥牛含月走)' 꼴을 면하지 못할 것이요, 노사는 곧 '곤륜산의 코끼리를 가는 실로 끌어당기는(崑崙騎象鷺絲牽)' 꼴을 면하지 못할 것이니 크게 웃음이 터져 나옴을 깨닫지 못 하겠도다.

그러나 80 노인이 산을 내려오려는 뜻만은 결코 외로운 것이 아니라 하리로다. 이 사람을 보내어 길이 나쁜 것을 돕도록 하니 이 또한 크게 웃음이 터져 나옴을 깨닫지 못 하겠도다.

이 사람은 장무구(張無垢)와 같은 패거리는 아니니, 한마디만 말해 봐도 가히 알 수 있으리라.

선지(禪旨)가 서로 상합한가, 상합하지 않는가 하는 것은 이미 토론한 바와 같으니 비록 백천만겁을 토론해도 의견이 합동되어 귀일될 길이 없으리라. 또한 합동되기를 바라지도 않노라. 훗날 영산회상(靈山會上)에 가서도 역시 합동될 까닭이 없으니, 선생은 스스로 선생이요 나는 스스로 나인 즉 그렇다고 무엇이 방해되겠는가.

'시부(示趺)'라는 한 문제는 선문에서 크게 잘못 생각하지 않는 사람이 없도다. 일찍이 한 게송이 있어 그러한 잘못을 타파할 수 있게 하였으니 게송에 이르기를,

오천축이 손바닥 안에 있으니
팔수삼봉(八水三峰)이 왔다갔다 하도다.
시부하여 법인(法印)을 전수하였다고 말하지 말라.
금신(金身)은 아무튼 탈없이 석란산(錫蘭山)에 있도다.

선생은 비록 이 게를 깨닫지 못해도 선생의 문중에는 오경(悟境)에 들어갈 만한 자가 있으리니 역시 120성을 헤매는 어려움을 겪지 않아도 되리라.

그러나 깨닫는 것도 역시 하나의 집착일 뿐이요, 깨닫지 못하는 것도 역시 하나의 집착일 뿐이니, 깨닫고 못 깨닫는 것이 어찌 코가 바로 서고 눈이 옆으로 뚫린 것 속에 있으리오.

그는 스스로 두 사람 사이의 논쟁을 마감했다. 이 이상의 논쟁은 도로라고 생각된 까닭이다.

그리고 그 해 추석 무렵에 백파는 그에게 승설다 한 봉지를 인편에 보내왔다. 그 값은 아니었지만 추사는 유배에서 풀린 후 백파의 초상화를 그렸다.

— 멀리서 바라보니 달마와 같고, 가까이서 살펴보니 바로 백파일세. 서로 차별이 있으면서도 서로가 둘이 아닌 지경에 들어갔구나. 오늘은 흐르는 물이지만 전신(前身)은 밝은 날이었네.

추사는 이미 유배지의 실랑이 속에서 백파의 상을 마음속에 그려놓고 있었다.

— 모든 그릇됨이 해롭지 않다. 잘못된 곳, 그것이 곧 깨달은 곳이다.

이것은 백파가 서로간의 관계를 미뤄 풀이한 말이었다.

이 해에 헌종(憲宗)의 왕비 안동김씨가 세상을 떠나고, 시월에는 권돈인(權敦仁)이 좌의정, 김도희(金道喜)가 우의정의 자리에 올랐다.

배소의 봄

　배소의 봄은 더디 왔다. 그러나 켜켜 쌓인 울적과 찌든 겨울의 누기마저도 계절의 위력 앞에는 별 수가 없었다. 오랜만에 바람이 자고 햇볕이 쏟아지던 날, 추사는 창을 발겨놓고 겨울 동안 묵혀 두었던 방안의 물건들을 짚 깐 마당에 내놔 볕을 쪼이고 있었다. 그 자신도 밖으로 나와 하릴없이 텃밭도 살피고 티슥티슥 소리를 내는 짚가리들 옆을 돌아다니기도 했다.

　다급하게 제비의 울음소리가 들려온 것은 그때였다. 직직직직, 재재거리는 소리는 아무래도 심상치가 않았다. 바다빛깔이 보랏빛으로 풀림과 함께 남쪽 바다에서 날아온 제비들은 그의 배소 난간 천장에다 집을 지었다. 어디선가 물어오는 젖은 흙과 지푸라기들을 섞으며 동그랗게 집을 지었다. 암수 두 마리가 정답게 재재거리며 집을 지을 때 추사는 난간 마루에 걸터앉아 그 모습을 바라보며 문득 예안이씨의 모습을 떠올렸다. 우리가

죽어서 윤회하여 다음 세상에 환생하게 된다면 저런 제비로나
태어났으면……그는 이런 감회에 젖었다.

어떻게 월노(月姥)께 하소를 하여
서로가 내세에 바꿔 태어나
천리 밖에 나 죽고 그대 살아서
이 마음 이 설움 알게 했으면

那將月姥訟冥司
來世夫妻易之爲
我死君生千里外
使君知我此心悲

그는 또 한 번 마음속에서 가만히 이 시를 뇌었다. 은근한 애
정이 가슴 밑바닥에 질펀히 고이며 부지지 아파 왔다.
제비 두 마리는 아직도 둥우리 주변을 파드닥거려 날아다니
며 급한 소리로 잭잭거렸다. 그 소리가 다급하게 들렸던지 주인
집 아낙네도, 갑쇠와 경득이도 문을 열고 밖으로 나왔다.
"어이쿠!"
앞장서 제비 둥지 아래로 가던 갑쇠가 눈이 휘둥그레져서 주
춤 뒤물러섰다.
"왜 그래?"
"히야, 굉장히 큰 뱀이네."
갑쇠와 경득이가 서로 주고받는 말을 들으며 가까이 다가가
보니까 정말 한 발은 실히 될 구렁이가 갈라진 혓바닥을 날름

거리며 눈을 희번득거려 둥지 있는 쪽으로 기어가고 있었다. 그 놈은 주의 깊게 사방을 살피며 서두르지 않고 앞으로 나아갔는데 그 앞에서 제비들은 감히 덤비지도 못하고 가냘픈 날개를 파드닥거리며 안달이었다.

"작대기를 가지고 저놈을 갈겨라."

추사가 나직한 음성으로 지시했다. 갑쇠와 경득이가 작대기를 찾으러 뒤꼍으로 내달았다.

"안 됩니다. 다치민 안 되어마씀."

그때 어디서 나타났는지 주인 아낙이 조심스러우면서도 단호한 음성으로 말했다.

"저 배엄은 이 집을 지키는 뱀이라마씀. 잘 모셔사 되어마씀. 다치지 않게 잘 모셔사……."

그녀의 말 속에는 어길 수 없는 엄숙함이 있었다. 뱀은 이제 거의 둥지 가까이까지 접근해 있었다. 갑쇠가 세답줄 받치는 가지 돈은 작대기를 가지고 처마 밑에 서서 주인과 주인 아낙의 얼굴을 번갈아 쳐다보았다. 뱀이 유독 많은 이 고장에서 사람들이 뱀을 숭상하는 경향이 있다고는 들었으나 그 사상이 이렇게까지 깊은 줄은 몰랐었다. 그래서 그도 어떤 결론을 내리지 못했다.

"쉬! 이놈의 뱀! 쉬!"

갑쇠는 작대기를 휘두르며 자꾸 뱀을 쫓는 시늉을 했다. 뱀은 갑자기 저지하는 물건이 눈앞에 나타나자 멈추어 서서 더 자주 혀를 날름거리며 제비들은 그 서슬에 더 단 소리로 재재거렸다.

"쉬! 쉬!"

"쉬! 이놈의 뱀귀신, 쉬!"

갑쇠와 경득이는 계속 작대기를 내두르며 뱀을 쫓는 소리를 했다. 마침내 뱀이 허리를 꺾어 되돌아서는데 갑쇠가 작대기 가지를 그 가까이 갖다대며

"쉬!"

소 모는 소리를 했다. 그 서슬에 육중한 뱀이 툭 처마 밑으로 떨어졌다.

"아이고게! 경허민 안 되는디게……."

주인 아낙의 비명소리가 째졌다. 땅바닥으로 떨어진 뱀은 한 번 몸을 뒤채더니 유유히 짚 깐 마당을 가로질러 돌담 구멍으로 기어들어가 버렸다. 주인 아낙은 뱀이 사라지는 쪽을 향하여 합장을 하고 절을 했다. 그리고는 돌아서서 혼잣말처럼 중얼거렸다.

"잘못 건드려 놓으면 흉험이 말도 못 헙니께."

제비들의 잭잭거리는 소리는 한결 누그러져 있었다. 그것들의 소리는 이제 새로운 구상을 위한 모색처럼 들떠 있었다. 한동안의 북새통 끝에 배소 마당에는 봄 햇볕과 정적이 되돌아왔다. 산방산의 모습이 한결 가깝게 느껴지는 한나절이었다.

"어째 다 마당에들 나와 계십니까?"

이때 두루마기 차림의 소치가 성큼성큼 마당 안으로 들어섰다. 그는 한 손에 전대를 들고 있었다.

"자네가 꼭 올 것 같아서 마중을 나온 참일세."

추사가 얼굴에 미소를 띠고 말했다.

"황공하온 말씀이옵니다."

그는 먼저 난간 마루 쪽으로 다가갔다. 그 서슬에 재재거리던 제비들이 마당을 휘돌아 날아 시원스레 담장을 넘어갔다.

그들은 앞서거니 뒤서거니 방으로 들어갔다. 그리고 두 사람은 서안을 가운데 두고 마주앉았다.

"그 동안 수선화 한 폭을 그려보았습니다."

소치가 전대를 부시럭거려 두루마리 화선지를 꺼내놓았다. 그리고 반절의 화선지를 손으로 펴 펼쳐놓았다. 구근과 잔뿌리, 정갈한 이파리, 소박한 꽃대와 봉오리, 그것들이 비스듬히 고결한 품위를 화선지 위에 드러내고 있었다. 추사는 아무 말도 하지 않고 몇 번이나 고개만 끄덕이고 있었다.

"일품이네. 바로 향기가 맡아지는 듯한 걸."

마침내 그가 한마디했다. 소치는 얼굴이 붉고 코끝에 땀방울이 솟았다. 더구나 그는 오늘 심중의 말을 하기 위해 온 길이었다.

"스승님, 사실은 오늘 작별 인사차 왔습니다."

그가 어렵게 입을 열었다. 추사가 눈을 깜박이고 나서 치떠 그를 보았다. 그 표정이 일순 흔들렸다. 그러나 이내 그 얼굴에 잔잔한 평온이 되돌아와 있었다.

"그렇지, 갈 때가 되었구말구……."

그는 잠시 시선을 서안 위에 떨구고 몇 번이나 눈을 깜박거렸다. 그제도 눈은 침침하여 거미줄이 씌운 것 같기만 했다.

"가면 고향으로 가겠지?"

한참만에 그가 물었다.

"예. 우선 고향으로 갔다가……."

"마침 잘 아는 위당 신관호(威堂 申觀浩)가 전라우수사로 와 있다는 말을 들었어."

"위당에 대한 말씀은 저도 익히 들어 알고 있습니다."

"그 사람은 본래 무반 출신이지만 시·서는 물론 정세에도 밝은 뛰어난 인물이지. 특히 예서, 해서는 어디 내놔도 부끄러움이 없네. 그 사람이라면 서로 뜻이 통할 게야……."

"고마운 말씀입니다. 꼭 만나뵙고 좋은 공부를 하도록 하겠습니다."

"알았네. 내 그에게 소개 편지를 쓰도록 하지."

추사는 그 자리에서 지필묵을 내어 편지를 썼다. 그 동안의 안부를 묻고, 소치를 보내니 서로 알고 가까이 지내며 격려, 정진하라는 내용이었다. 그 소개 편지에서 그는 특히 소치의 화법이 조선 사람들의 고루한 버릇을 모두 떨쳐버려서 압록강 이남의 제일인자라는 말을 서슴지 않고 썼다. 소치는 그걸 지켜보면서 또 코끝에 땀이 솟았다. 추사는 편지를 밀어낸 후 다시 종이한 장을 내어 시를 쓰기 시작했다.

　　보랏빛 제비 날아와 단청한 들보를 돌면서
　　뜻 깊은 일을 말하는지 그 소리도 낭랑하여라
　　수없이 재잘거려도 알아듣는 사람 없는데
　　또 다시 꾀꼬리를 쫓아 담장 넘어 날아가네

　　此燕飛來遶畵樑
　　深談實狀語瑯瑯
　　千言萬語無人會
　　又逐流鶯過別墻

그리고 그는 시의 끝에 "이 시는 뜻이 매우 심오하니, 시험삼아 연화세계에 돌아가면, 혹 아는 사람이 있으리라"고 부기했다.

"이건 한 장 정표로 간직하게. 그 동안 지나치게 신경을 썼네. 이 목사도 고맙고⋯⋯."

"황공하온 말씀이옵니다. 목사에게는 스승님의 뜻을 받들어 전하겠사옵니다."

"⋯⋯."

스승은 또 말없이 고개를 끄덕였다.

소찬의 점심 후에 그들은 차를 마셨다. 다섯 잔, 여섯 잔, 그들은 시름시름 이야기하며 계속 차를 마셨다.

"난을 치건 다른 그림을 그리건 한 줄기의 잎, 한 장의 꽃잎이라도 스스로 속이면 얻을 수 없네. 또 그것으로 남을 속일 수도 없으니 대학(大學)에도 있듯이 열 사람의 눈을 보고 열 사람의 손이 가리키고 있으니 엄격하다 할 밖에⋯⋯."

"그림에 손을 대는 데 스스로 속이지 않는 것으로부터 시작하라는 말씀이시군요."

"말하자면 그거야. 난을 치는 데는 마땅히 왼쪽으로 치는 한 법식을 먼저 익혀야 되네. 왼쪽으로 치는 것이 익으면 오른쪽으로 치는 것은 바로 따라가니까. 게다 군자의 필적은 귀하니 붓을 대면 움직일 때마다 문득 계율에 들어맞아야 하는 게야⋯⋯."

"명심하겠습니다."

이번에는 소치가 여러 차례 고개를 끄덕였다.

그들은 이렇듯 이별이 아쉬워 밤이 깊도록 마주앉아 있었다.

세한도

    우선 이상적(藕船 李尙迪)이 연경엘 다녀와서 추사에게 가장
령(賀長齡)의 『황조경세문편(皇朝經世文編)』을 보내온 것은 소
치도 곁을 떠나고, 그가 극도로 조울증에 빠져 있을 때였다. 그
는 밤이면 잠을 못 이루고 눈물로 지새웠으며 새벽에 일어나면
핏발이 서고 눈이 침침해서 시야가 어룽거렸다. 따져보면 이 외
딴섬으로 귀양살이를 온 것도 벌써 4년. 그와 가까운 권돈인,
김도희가 번갈아 우의정을 지내고 조인영이 영의정을 지내기도
했으나 그때마다 막연히 가졌던 한 가닥 기대가 무참히 무산되
곤 했다. 그들은 이제 그를 아주 잊어버렸거나 이 섬이 너무 멀
어서 힘이 미치지 못하는 것일 터였다. 거기다 아무리 친한 친
구라 할지라도 남의 일을 자기 일처럼 위험을 무릅쓰고 앞장설
사람이 어디 있으랴. 그는 차츰 옷 갈아입는 것조차 귀찮아졌
다. 그래서 때묻은 옷을 그냥 입고 지냈다.

그의 생각에 우선(藕船)은 유다른 인물이었다. 시와 서에 뛰어난 역관(譯官)인 그는 공무와 관련하여 여러 차례 연경엘 다녀왔다. 그가 연경엘 다녀올 때마다 추사에게 선물을 사오고, 정을 두터이 한 것은 연경에서의 추사의 역량과도 무관한 것은 아닐 터였다. 그러나 이 해맑은 선비가 그의 유배 이후에도 꾸준히 정성어린 선물을 보내오는 것은 고맙고 감격스러운 일이 아닐 수 없었다. 주위가 껄끄러울 텐데도 그가 추사를 대하는 거동은 귀양 전이나 후가 한결같았다. 그는 앞서도 계복(桂馥)의 『만학집(晚學集)』과 운경(惲敬)의 『대운산방문집(大雲山房文集)』두 권을 보내온 바 있었는데 그때마다 편지를 동봉하여 스승의 괴로움을 위로하고 있었다.

　　겨울 당한 후에 소나무, 잣나무가 여느 나무와 다르다는 것
　　을 알거니와…….
　　(歲寒然後 知松柏之後凋)

그는 『논어』내용 중의 공자의 말을 소리내어 중얼거리고 있었다. 그리고 그는 아직 젊지만 충분히 칭찬 받을 만한 선비라는 생각이 들었다. 문득 세한도(歲寒圖)의 화제가 떠오른 것은 이때였다.

그는 밖으로 나가 물을 떠놓고 세수를 하였다. 그냥 물을 찍어 바르던 때와는 달리 오랜만에 정성들인 세수였다. 놋그릇 세숫대야에 달이 떠 흔들리다가 천 조각 만 조각으로 부서졌다. 방으로 들어와서는 옷을 갈아입고 망건, 탕건도 갖추어 썼다.

먹을 갈고 종이를 꺼내 펼쳐 놓았다. 마음을 가다듬기 위하여 심호흡도 했다. 화선지 복판에 밑동이 부실한 노송 두 그루를 그리고, 한 녘으로 또 두 그루의 젊은 잣나무를 쳤다. 노송 아래에 야트막한 한 채의 와가, 그림은 되도록 해맑은 우선의 인상처럼 그리려고 애썼다. 그림이 완성되자 전예체로 '세한도(歲寒圖)', '우선시상(藕船是賞) 완당(阮堂)'이라고 머리에 썼다. 그의 손이 가볍게 떨리고 있었다.

그러고 나서 그는 그림 한 옆에 단정한 해서체로 제문(題文)을 써내리기 시작했다.

그대가 지난해에 계미곡(桂未谷. 이름은 馥, 호는 勉學)의 『만학집』(8권)과 운자거(惲子居·이름은 敬, 호는 簡堂)의 『대운산방(大雲山房)』(8집)을 보내주고, 올해도 또 가경우(賀耕藕·이름은 長齡)의 『황조경세문편(皇朝經世文編)』(120권)을 보내주니, 이런 일은 세상에 있는 일은 아닐 것이다.

더구나 이것을 천만 리 먼데서 구입하였고, 그것도 몇 해 걸려서 처음으로 얻었으니, 한때의 일이 아니라 하겠도다.

또 세상 사람들은 도도하게 오직 권세와 이익에만 쫓아가는데, 이처럼 마음과 힘을 합하여 권세와 이익이 있는 자에게 보내지 않고, 도리어 절해고도 유배지에 있는 초췌하고 마른 나에게 보내주니, 세간의 권세와 이익만을 추종하는 사람들은 태사공(太史公 ; 司馬遷)의 말대로 "권세와 이익으로 얽힌 자는 권세와 이익이 다하면 사귐이 멀어진다."고 했다.

그대 또한 세상의 도도한 권리 중의 한 사람인데 초연하게 스스로 권세, 이익 밖에 솟아남이 있으니, 권세와 이익의 대상으로 나를 보지 않음인가, 태사공의 말이 틀린 것인가. 공자가 "추운 겨울을 당한 후에야 소나무와 잣나무가 다른 나무보다 뒤에 시드는 것을 안다."고 하였으니, 송백(松柏)은 사계절을 일관하여 시들지 않음이다.

추운 겨울 이전에도 한 송백이요, 추운 겨울 이후에도 한 송백이거늘 성인이 특히 추운 겨울 이후의 송백을 칭찬하였다. 이제 그대와 나와의 관계는 귀양 전이나 후가 더하고 덜함이 없도다.

그러나 전날의 그대는 칭찬받을 만한 것이 없었고, 이제 와서 그대는 또한 성인에게 칭찬받을 만하게 되었다. 성인이 각별히 겨울 소나무와 잣나무를 칭찬한 것은 한갓 다른 나무보다 뒤에 시든다는 정조와 굳은 절개뿐만 아니라 또한 추운 겨울에도 오히려 싱싱한 때문이다.

아아, 전한(前漢)과 같이 순후한 풍속에도 당시의 급암(汲黯) 정당시(鄭當時)와 같은 사람은 현달한 현자이었으나, 그의 성시(盛時)에는 많이 모이던 빈객들도 그의 세력이 쇠하자 하루아침에 문전이 쓸쓸하였다.

저 하비의 책공(翟公)이 대문에 방을 붙여 "일사일생에 교정(交情)을 알겠고, 일식일부(一食一富)에 교태(交態)를 알겠으며, 일귀일천(一貴一賤)에 교정이 나타나 보인다."고 했듯이 세상 인심을 통탄함은 박절함이 극한 것이로다. 슬프다. 완당 노인은 쓰노라.

다 써놓고 나니까 그는 더욱 슬퍼졌다. 인심 박절함이 극하다고 규정을 짓고 나자 그것은 크게 기정사실화해 버렸다. 그날 밤에도 그는 울며 뜬눈으로 밤을 새웠다. 우선(藕船)의 변함없음, 또한 그의 후의가 고마우면 고마울수록 그렇지 못한 다른 인심의 박절함이 상대적으로 크고 강렬하게 다가들었다.

어느새 마당은 어둑어둑해지고 섬돌 밑에서는 귀뚜라미가 울기 시작했다.

찌르찌르 찌르찍―

그러자 그는 문득 자기 난초 그림에 대한 정판교(鄭板橋)·고남부(高南阜)의 화제가 생각났다. 판교가 처음 쓴 화제는 "가시덤불을 베어버려야만 군자(君子)가 홀로 온전하다."는 것이었다. 그것은 당연한 말이었고 숨은 뜻이 있었다. 그런데 거기 대해 남부가 이의를 제기하고 나선 것이었다. "자네는 그렇게 하고 싶겠지. 그렇지만 세상은 그걸 받아들이지 않아." 그것은 어쩌면 더 정곡을 찌른 말이기도 했다. 그는 이 작은 그림 위에서 글씨름을 한 두 벗의 마음이 싫지 않게 여겨지면서 내심 빙긋이 웃음이 머금어졌다.

추사는 다 그린 〈세한도〉와 제문을 두루마리로 말았다. 다음 인편에다 한양의 이상적에게로 보낼 심산이었다.

이 그림은 그후 재문(再文)이가 서울로 가는 편에 이상적에게 보내졌다. 그리고 해맑은 문사 이상적은 그림과 제문을 펼쳐보고는 눈물부터 앞세웠다. 먼 섬에 갇힌 스승의 신세가 가련하고, 그 마음씀이 너무 황송했다. 그는 나중 이때의 심정을 추사에게 편지로 썼다.

〈세한도〉 한 폭을 엎드려 읽으매 눈물이 저절로 흘러내리는 것을 깨닫지 못하였습니다. 어이 그다지도 분수에 넘치게 추장(推獎)하셨으며 감개가 진실하고 절실하였을까요. 아! 제가 어떤 사람이기에 도도히 흐르는 세파 속에서 권세와 이해를 따르지 않고 초연히 스스로 빠져나올 수 있었겠습니까? 다만 구구한 작은 마음으로 스스로 아니할래야 아니할 수 없어 그렇게 했을 뿐입니다. 하물며 이런 서적은, 비유하건대 몸을 깨끗이 하는 선비(章甫)와 같아서, 권리와 세도에 맞지 않으므로 저절로 맑고 시원한 세계에 돌아가게 마련이니 어찌 다른 뜻이 있겠습니까?

이번 걸음에 이 그림을 가지고 연경에 들어가 표구를 해서 아는 분들에게 보이고 시문을 청할까 하옵니다. 다만 두려운 것은 이 그림을 보는 사람이 저를 참으로 속(俗)을 벗어나 세상의 권세와 이해를 초월한 것으로 안다면 어찌 부끄럽지 않겠습니까. 과당한 말씀입니다.

화제(畵題)의 정도시(靜濤詩) 3폭도 또한 표구하고 따로 부탁한 정도기(靜濤記)는 끝이 더욱 좋으며 이 외에 예서도 적절히 여러 사람에게 나누어주고 맹자(孟慈)와 중원(中遠)의 소식도 탐문해 보겠습니다.

진사(塡詞 ; 화제 등 화폭의 여백에 쓰이는 글)하는 일은 일찍이 두실(斗室) 조상국(趙相國)이 단상(湍上)에 은퇴해 있을 때 제가 가서 배운 바 있으며 그후 약간 화보(畵譜)를 모방한 바 있으나 시율(詩律)과 같이 경률히 억지로 지을 수는 없으므로 그만두어버린 지 오랍니다. 이런 책자도 봄직한 것이 있으면 삼가 구해 오겠습니다.

예태상(藝台相)의 중용설(中庸說)은 일찍이 『연경실집(孽經室集)』에서 본 바이나 올 여름에 역하(歷下)의 시인 왕자매홍(王子梅鴻)이 남방으로 돌아갈 때 궐리(闕里)를 지나가면서 공자묘의 벽에 각(刻)한 그 글의 탁본을 부쳐왔는데, 그 중에 공수산(孔繡山)은 태상의 처숙(妻叔)이라고 말하고 지금의 연성공(衍聖公)인 공치산경용(孔治山慶鎔)은 태상과 동서간이라고 합니다.

손수 표구해 올리는 바이나 풀이 세고 주름져서 보잘것없어 마치 부처 머리에 똥칠한 것과 다름없으니 한탄입니다.

　정부(廟堂)의 공론이 봉책(封冊)의 칙명받은 일로 여러 가지 지시하여 이 한 몸이 중책을 지게 되니 일이 성취하기 어렵기가 쇠망치로 하늘을 치는 것과 같습니다. 또 감히 세상에 말을 낼 수도 없고 함께 가는 사람에게 의논할 수도 없으니 장차의 걱정이 형언할 수 없습니다. 또 내전(內殿)에서 연경에 가면 사오라는 물건이 극히 많아서 이 일은 또한 민망합니다. 날마다 일과하듯이 궐내에 들어가서 근심걱정이 천만 가지오니 이른바 약한 말에 짐이 무겁다는 말과 같습니다. 약하고 옹졸한 저로서 어찌 이 지경에 이르렀을까요. 공사간에 어떻게 될 것인지 알지 못하여 황송하고 두려워할 뿐입니다.

　끝에 있는 조항은 보신 후에 불태워 버리십시오.

　이듬해 10월, 이상적은 동지사 이하응(李昰鷹)의 일행을 따라 연경엘 가게 되었다. 그는 가면서 추사가 그려준 〈세한도〉를 남몰래 짐 속 깊숙이 넣고 갔다. 연경에서 그는 선비들이 모이는 기회를 엿보았으나 그 기회가 쉽게 오지 않았다. 그럭저럭 두어 달이 지나고 해가 바뀌었다. 그리고 그 해 정초에 그가 기다리던 기회는 왔다. 연경의 학자이며 관리인 오위경이 베푸는 연회에 초대받은 것이다.

　지루한 식사가 끝나고 서화에 대한 담론이 시작되었을 때 그는 〈세한도〉 그림을 상 위에 펼쳐놓았다. 둘러섰던 시선들이 놀라는 눈치가 완연했다.

　"저는 이 그림으로 스스로를 자랑하려는 생각은 추호도 없습니다."

　상적은 흥분한 탓으로 얼굴이 붉고 말소리가 떨렸다.

"이 그림을 그리신 추사 선생님은 아직도 유배지 제주섬에 계십니다. 5년 가까운 세월 유배지에 계신 동안 화제의 내용처럼 몸은 지치고 실의에 빠져 있습니다. 해도천리(海濤千里) 밖 유배의 섬에 계신 우리 스승님께 위안이 될 만한 글귀를 한 구절씩 적어 주십사 하는 것이 제 뜻입니다."

뺨은 붉고, 콧등엔 땀방울이 송글송글 맺혀 있었다.

"어디 봅시다. 음…… 과연 졸박무속(拙撲無俗)이란 이를 두고 한 말이군……."

주인인 오위경이 먼저 감탄을 했다.

"제자도 훌륭하거니와 스승 또한 과연이로세……."

"징송(贐送)받은 사람이나 징송한 사람이 모두 이 세상 사람은 아니로고. 자, 우리 한 줄씩 우리 뜻을 보탭시다."

"그 참 좋은 생각이오."

상적은 얼굴이 달아올랐다. 그러나 그는 잠자코 서 있을 수밖에 없었다.

자리는 금세 이들 청조명유(淸朝名儒)들의 경시 장소로 바뀌었다. 그들은 저마다 최고의 시를 지으려고 눈을 지그시 감고 지혜들을 짰다.

도(道)가 성할 때와 쇠할 때가 있나니 세상을 잘 만날 때와 잘못 만날 때가 있도다. 이것은 다 하늘이 하는 일이라 인력으로는 어찌할 수 없도다. 도가 성하면 따라서 성하고 도가 쇠하면 따라서 쇠하는 것은 사람의 일이고 하늘의 주장하는 것이 아니라. 전(傳)에 말하기를 하늘은 사람이 추위를 싫어한다 하여 겨울을 없애지 않고 군자는 세상이 어둡고 혼탁하다 하여 그 행실을 고치지 않나니 어찌 한갓 감히 고치지 않을 뿐 아니라 오히려 굳게 가지나니 굳게 가진 후에 가히 융성해지고 가히 쇠해지고 가히 순경(順境)도 될 수 있고 가히 역경(逆境)도 될 수 있으니 진퇴와 존망을 알아서 그 바른 바를 잃지 않는 것이 군자일진저.

공자께서 말하기를 "해가 추워진 후에야 송백이 남보다 늦게 시드는 줄 안다." 했으니, 대개 깊이 곧은 절개가 눈서리를 겪지 않으면 사람들이 소홀하게 여겨 알기를 늦게 하고 써주는 사람이 적은 것을 애석하게 여긴 것이다.

그러나 송백이 나중 시드는 것은 해 추운 후에 처음 한 것이 아니라 군자가 송백의 절개를 배우고자 할 때는 마땅히 먼저 송백의 추위 전의 절개를 배워야 할 것이니 그 절개가 항상 있으므로 능히 사시를 막론하고 고치지 않나니, 저 여러 가지 화초, 추운 겨울을 당해 어찌 송백이 되기를 원치 않으리오마는 능히 되지 못하는 것은 본디부터 그 절개를 굳게 못 가졌기 때문이다. 평시에 절개를 굳게 했다가도 잠깐 사이에 변하는 수가 있나니 절개를 평시에 굳게 가지지 못하고 능히 잠깐 사이에 변치 않는 것을 못 들었노라. 그러면 군자가 송백을 배우는 것을 가히 알 수 있다. 절개를 세우기를 높이 안 할 수 없으니 세상을 모방함이 아니라 하나만 삼가지 아니하면 아래층 일반 화초와 같이 될 것이다. 스스로 가다듬기를 굳게 안 할 수 없으니 옛것을 생각하는 것이 아니라 한번 삼가지 않으면 장차 그 뜻을 잃게 될 것이다.

산 속 바위틈에 늙어도 고독하게 여기지 않음은 대개 장차 재목으로 길러 쓰이기를 기다림이요, 목수에게 버림받아도 원망하지 않음은 장차 내 천진(天眞)을 보전하여 옛 모습으로 마침을 바람이다.

겨울 추위를 만나는 것은 보통 풀과 다를 바가 없고 여러 번 겨울 추위를 지내고도 가지가 다를 바 없으며 세상에서 절개를 알아주어도 여전히 같은 송백이고 세상에 알아주는 이 없어도 또한 여전히 같은 송백이다. 그러므로 반드시 겨울 추위 후에 그 절개를 나타낸다는 것은 송백이 즐겨하는 바가 아니며, 겨울 추위 후에 절개를 안다는 것도 깊이 송백을 안다고 할 수 없다.

우선의 김추사 선생이 그린 〈세한도〉에 보인 것은 우선을 면려(勉勵)하고 겸하여 스스로를 가다듬어 장차 세상을 떠나 숨어살아도 비관하지 않는 심회(心懷)를 보인 것으로 추사옹의 높은 절개를 우러러보는 바이다.

을사(乙巳) 맹춘(孟春)

양호(陽湖) 장악진(章岳鎭) 씀

장악진이 붓을 놓고 수염을 한 번 쓰다듬었다. 그의 큰 눈동자에 핏발이 서고 얼굴에도 피가 몰려 있었다. 그가 놓은 붓을 오찬(吳贊)이 집어들었다. 키가 작고 땅땅한 그는 몸집이 비대한 양호를 몸짓으로 밀어내었다. 팔을 걷어붙이고 나서 그는 단숨에 써 내리기 시작했다.

숲 속의 나무는 절개 높은 것 같구나. 소나무와 잣나무는 본성이 있나니 군자는 궁할수록 절개 더욱 굳게 갖도다. 용납되지 않기로니 무슨 상관이리오. 영화와 곤궁이 또한 우연한 일이니 어찌 여느 꽃들과 다툴 것인가. 때로 엄한 눈서리 만나나 천지의 정기를 얻도다. 훗날 시드는 마음을 전습(傳習)하여 현인과 성인을 바라보고 살리라. 세한도에 제(題)한다. 청에 따라, 우선존형 대아(大雅)

만오(滿虞) 오찬(吳贊)

오찬이 붓을 놓자 이번엔 조진조(趙振祚)가 달려들었다. 그도

과장된 붓놀림으로 단숨에 써내리기 시작했다. 필시 가슴속에
미리 마련해 둔 내용이었다.

옛적 영균(靈均)이 귤송(橘頌)을 지었는데 그 글에 "행비백
과 제이위중(行比伯夷 制以爲衆)"이라 했다. 굴원의 뜻이 어찌
공자가 송백을 탄식한 것과 다르리오. 귤을 찬미하는 자는 그
받은 바 명수(命數)를 옮기지 않는 것을 칭찬하고 송백을 찬
미하는 자는 송백이 유심한 것과 같다고 했으니 아! 이것이
모두 감탄할 만한 일이라. 이에 구장(九章)의 귤송에 모방하
여 송백의 송을 하여 완당의 뜻을 넓히고 겸하여 우선에게 올
리노라.

조진조

이때 이미 다른 상에서는 반준기(潘遵祈), 반희보(潘希甫), 진
경용(陣慶鏞) 들이 둘러서서 저마다 다른 화제들을 써놓고 있었
다. 반희보는 이렇게 썼다.

한 자 남짓한 운림(雲林)의 필치가, 만리 뱃길 따라 건너왔
네. 동심(冬心)은 고사전(高士傳)을 보는 것 같고, 신기로운
물건은 태평세월 보는 듯하다. 바위 골짜기에 묻혀 있는 재목
버리기 어렵구나. 빙상(冰霜)을 맞아 절개 더욱 굳어지네. 음
률을 감상하고 줄(絃) 밖에 부치니, 소중하게 바다산 꼭대기
에 간직하라.

반희보

반준기는 또 도연명과 소동파를 비겨 짤막한 화제를 지었다.
모두들 명문장이었다.

도연명이 소나무 우거진 오솔길에서 글을 지었고, 동파가 잣나무집에서 시를 읊었다. 여느 꽃은 스스로 번영했다가 떨어지나, 늦은 절개는 굳을수록 더욱 나타난다. 새 그림이 규풍(規諷)을 부쳤으니 오래도록 사귀던 이를 잊지 못함이라. 경사(經師)가 큰 새우를 낚는 솜씨에 낭현(琅嬛)이 향을 살라 축하한다. 붓을 들어 곧은 나무 줄기 만들어 굳게 사리는 것이 늙은이로다. 한 조각 돌을 보태어 완당에게 보낼진저.

우선존형 아정(雅正) 다마산인(茶磨山人) 반준기

또 반증위(潘曾瑋)도 썼다.

추사는 해외에 있는 영준(英俊)한 선비. 일찍부터 높은 이름 들은 바이다. 높은 이름에는 비방이 돌아오니, 세상 그물에 걸리기 일쑤일세. 도도한 세속을 보라. 누가 선비의 맑음을 알리오. 감개 깊이 생각건대 이 풍진 속에 일찍부터 어진 벗으로 사귀어 왔도다. 높은 정은 시종 돈독하여, 추운 겨울에도 맹세 변치 않노라. 저 송백처럼 본성이 다 같이 굳고 곧더라. 맨 나중 시드는 질(質)을 본받아, 이것으로 후정(厚情)에 답하노라.

반증위 고(稿)

진경용(陳慶鏞)도, 주익지(周翼墀)도 저마다 화제를 써서 내놓았다.

큰 나무 일백 뿌리 뻗어나가 항상 무성하여 낙엽이 지지 않도다. 뒤늦게 꽃다운 소리내어 부러지게 되니, 복을 받도다. 여러 번 엄한 서리맞아도 가지와 잎 뜻을 변치 않네. 화기(和

氣) 있는 곳에 못 얼을 것 없느니라.

역림팔구(易林八句)를 모아 우선대아에게 바치노라.

진경용

절개란 본디부터 스스로 가지는 것이 소중하다. 내 마음을 하필 남에게 알리오. 하늘에 닿은 듯한 검은빛과 구름을 능가하는 기운이 바로 텅빈 산에 쓸쓸하게 서 있을 때이다.

바위 언덕에 자취를 붙인 세월이 깊어, 높은 사람의 기절이 스스로 삼엄하다.

만약 얼음과 서리의 겁계(劫界)를 겪었다 하지 않았다면, 어찌 봄날의 화창한 하늘 마음 알리오.

을사 맹춘 양계(梁溪) 주익지가 제하여 우선종행 대아께 바침

장수기(莊受祺), 장요손(張曜孫)도 썼다. 이렇게 해서 무려 〈세한도〉에 제한 청조 명유는 16명이나 되었다.

이상적은 이 날 이 자리에서 지어진 송시(頌詩)와 찬사(讚辭)를 받아 감격한 마음으로 그림과 함께 철하여 한 권의 책을 만들었다. 그리고 그는 이 책을 귀국하는 길로 다시 유배지의 스승에게로 보내었다.

그 송시 찬사들을 받아 읽은 날 추사는 혼자 밤중에 일어 앉아 배소 울타리의 탱자 가시에 걸린 달을 쳐다보았다. 그런데 그 달이 탱자 가시에 찔려 철철 피를 흘리고 있었다. 그는 가시에 찔린 달을 바라보며 저것이 상적의 마음인가 자신의 마음인가 헤아릴 수가 없었다.

그러나 단 한마디 그가 내심 장담할 수 있는 말이 있었다.

"내가 결코 사람을 헛보지는 않았구나."

배로 온 신 김치

해마다 정기적으로 조세(租稅) 수송을 위하여 내왕하는 세선
(歲船)이 들어올 때에 서울서 부친 김치 항아리도 왔다. 짐들 중
에는 나주목(羅州牧)에서 이름을 밝히지 않은 사람이 김치 단지
하나를 보내온 것도 끼여 있었다. 대강 짐작이 가는 데가 있었
지만 이런 인정은 대단히 감격적인 것이었다. 무쇠놈이 지고 온
김치가 아직 시지 않은 것도 다행한 일이었다.

이놈은 오면서 또 서울의 놀라운 소식 하나를 가지고 왔다.
작년에 안동김씨가 세상을 떠난 후 홀로 있던 헌종이 재혼하는
국혼 소식이었다. 이 왕비 책봉의 국혼이 있던 날은 9월 10일이
었는데 그가 이 소식을 접한 날은 벌써 한 달이 지나 10월 초
였다. 같은 하늘 아래 살면서도 이렇듯 소식이 캄캄하게 산 것
이었다.

무쇠를 불러 앉히고 이 얘기 저 얘기 물어보았으나 그놈이

아는 세계란 정해져 있으니 답답할 뿐, 방안에 걸려 있는 낡은 옷가지들은 그의 심사를 더욱 처량하게 했다.

그는 서울서 보내온 책들과 의복들과 음식들을 정리하다가 또 문득 세상 떠난 예안이씨의 손길이 가슴을 와 짚는 걸 느꼈다. 동생들과 다른 가족들이 한다고는 하는 모양이나 그녀가 있을 때와는 아무래도 솜씨부터가 달랐다. 그는 정리하던 물건들을 벽 쪽으로 밀어버리고 털푸덕 구들바닥에 누워 버렸다.

그는 배소에 온 후부터 잠버릇까지가 아주 바뀌어 있었는데 천장을 향해 바로 누우면 깨일 때까지 반듯하던 자세가 이제는 마구 흐트러지고 다리 한 짝을 오그리거나 팔 한 짝을 꺾인 날개 퍼덕이듯 방바닥에 퍼질러놓고 눕는 것이었다. 그러고도 자꾸 뒤채이고, 도무지 깊은 잠을 이룰 수가 없었다. 처음 귀양을 올 때 배를 타고 궁굴리던 때처럼 방바닥에 자꾸 궁굴렸다.

정말 이제서야 그는 당황했다. 따져보면 참 죽을 고비를 여러 차례 넘겼고, 실낱같이 구차한 목숨을 간신히 연명해온 셈인데 이제야말로 더 어찌 볼 도리가 없는 막다른 골목에 다다른 기분이었다. 그는 눈을 감았다가도 이런 생각이 들면 번쩍 떠졌다. 그렇게 눈을 뜨고도 탕탕 뛰는 가슴으로 죽은 사람처럼 누워 있었다. 사지가 나른하고 뼈 속에 썩은 물이 고인 듯 온 몸이 녹작지근했다. 그는 한숨을 쉬며 뒤채어 눕고, 다시 한숨을 쉬며 돌아누웠다.

먹고 자고 서성거리고, 어떤 때는 지겨운 세월이 견딜 수가 없게 어깨를 타고 눌렀다. 그는 괴로워서 차라리 죽었으면 하고 바랐다. 더는 아무 기대가 없으니 죽는 것만이 소망이었다.

무쇠와 갑쇠는 한다고는 하나 시킨 일뿐이지 무슨 일을 스스로 알아서 계획하고 처리하는 능력은 없는 놈들이었다. 철이가 이제까지 모든 일을 알아서 처리해 왔으나 벌써부터 한 약속대로 이놈도 봄이 되면 서울로 올라가 버리게 된다.

그러면 내가 죽더라도 독기 서린 이 땅에서 유골을 수습해줄 사람이 누구겠는가. 이 문제를 깊이 생각하다가 어느 날 새벽에 꿈을 꾸었다.

그의 눈앞에는 한 낯선 장례 행렬이 지나가고 있었다. 넝마로 싸고 그 위에 다시 가마니때기로 덮은 딱딱한 시체, 그걸 지게에 지고 산길을 올라가는 걸 보니까 장정의 뒷모습이 아무래도 눈에 익었다. 한참을 보고 있자니까 그놈은 무쇠였다. 그런데 그 앞쪽을 내다보니까 명정을 들고 앞서 가는 건 갑쇠놈이 분명했다. 무쇠놈은 고개를 푹 꺾고 가는데 명정을 든 갑쇠놈은 얼쑤얼쑤 어깨춤까지 추어가며 올라가다가는 돌아서 한바탕 춤을 추고 또 올라가고 또 올라가고 하는 것이었다. 저런 흥이 난 거동이라니……죽은 사람이 누구길래 저렇게 즐거울 수가 있단 말인가. 그런데 가까이 다가가서 명정을 자세히 들여다보던 추사는 깜짝 놀랐다. 그 명정의 뚜렷한 글씨는 '처사 김공 정희지구(處士 金公 正喜之柩)'. 그 명정을 보는 순간 그는 얼떨떨해져버렸다. 그래 기껏 내 명정의 명칭이 처사? 이런 생각을 하다가 그만 고개가 끄덕여졌다. 그렇지. 그것으로도 족하지. 어쩔 것인가. 그것이면 됐지. 그는 그만 깊게 눈을 감아버렸다. 그 감은 눈꼬리로 허연 눈물이 무른 샘에서처럼 하염없이 흘러내렸다. 사람 한세상, 결국 이렇게 끝나는 것을……

갑쇠놈이 얼쑤얼쑤 춤을 추며 앞서 가는 초라한 장례 행렬은 멀어져서 마침내 산굽이를 돌아간다. 그는 더 쫓아가지 못하고 그 자리에 서서 하염없이 눈물을 흘렸다.

그렇게 울다가 그 눈물의 선뜩함에 놀라 잠이 깨었다. 깬 눈에도 산굽이를 돌아가던 장례 행렬의 꼬리께가 보였다. 그는 다시 눈을 질끈 감았다.

입안은 역시 깔깔하고 혀 밑에 난 허물이 따끔거렸다. 고름이 앉아 가운데가 노랗게 된 이 빨간 허물은 그 자리가 나았는가 하면 잇몸이나 입술 안쪽, 다른 아무 데나 가서 다시 생겼다. 게다가 코도 막혀서 숨을 맘대로 못 쉴 때도 있었다. 잠을 자다가도 코가 막혀서 컥컥거리며 깰 때가 있었다. 이런 증상은 벌써 일 년이 가까워오는데 여기서는 의논할 의원마저 없으니 난감한 일이었다. 먹는 것도 그랬다. 오랜만에 김치를 본 김에 밥을 좀 양껏 먹으면 배가 더부룩하고 명치끝이 아팠다. 팔은 또 자고 나면 피가 통하지 않아서 튼튼하게 저리고 어떤 때는 양팔이 아주 마비되어버리는 것이었다. 몸의 이런 이상은 겁이 날 때도 있었다. 그는 이런 고통을 겪으면서 자꾸 전생의 업보를 생각하게 되었다. 전생에 무슨 엄청난 죄를 지었기에 이런 고통이 따르는 것일까. 그는 이런 괴로움을 견디기 위하여 손가락을 깨물어 뜯었다. 피가 배게 손가락을 깨물면 다른 더 큰 아픔이 줄어드는 듯했다.

아침만 되면 밖이 밝은 것 때문에 불안했다. 어려려려 덜덜덜, 새벽에 일터로 나가며 소 모는 소리를 들으면 더 마음은 급해지고 불안했다. 일어나야 되겠는데, 일어나 밖으로 나가야 되겠는데……마음은 빠지면서도 등은 구들바닥에 눌어붙은 듯이 꼼짝할 수가 없었다. 간신히 하는 건 겨우 한두 번 뒤채어 눕는 동작뿐이었다.

띠살창 창문이 훤해서 눈이 부시면 화선지 한 장을 끌어당겨 눈을 가렸다. 그러면 화선지 한 장의 두께 만큼 마음에 안정감이 왔다. 이런 호도책은 안 된다고 자책을 하는데도 행동은 마음과 달리 소인배나 할 짓을 되풀이하고 있었다.

그렇게 화선지로 얼굴을 덮고 누워 있는데 조용히 문 여는 소리가 났다. 그 조심스러운 거동으로 보아 철이놈일시 분명했다. 그는 사람이 들어오는 소리를 듣고도 가만히 누워 있었다. 문을 열고 방에 들어온 사람은 한참 그렇게 서 있었다. 그는 아마 화선지 덮은 자기 얼굴을 이윽히 내려다보고 있을 것이었다.

"대감마님, 사시가 지났어라우."

드디어 그의 입에서 울 것 같은 음성이 튀어나왔다. 그가 얼굴에서 화선지를 걷어내고 꿇어앉아 있는 놈의 얼굴을 살핀다. 놈은 봄부터 이질을 앓아서 몹시 시달려 왔는데 아직도 뒤끝이 좋지 않아서 머리가 흔들린다고 누워 있기를 잘했다.

"요기라도 하시고 바깥에도 좀 나가셔야지요."

그 음성이 물기에 젖어 있었다.

"알았다. 그래, 일어나야지……."

그는 스스로에게 타이르듯 말했다.

팔에 다시 쥐가 나서 몇 번 손을 털어보았다. 그래도 안 풀리자 쥐가 안 난 다른 손으로 팔과 손을 주물렀다.

"다시 쥐가 나는 게라우?"

철이놈이 다가앉아 주인의 팔을 쥐고 자꾸 주물렀다. 그러자 이제 겨우 쥐가 풀렸다. 비로소 무딘 코에 배릿한 냄새가 맡아졌다. 이놈이 오래 앓는 사이에 몸에 밴 냄새다.

그는 일어나려다가 어지럽고 허청거려 다시 앉아버린다. 철이놈이 황급히 달려들어 그의 팔을 붙든다. 놈의 얼굴빛이 어두워진다.

"현기증이 이는 게라우?"

불안하게 물었다.

"괜찮아. 이제 다리가 말을 안 듣는구나."

그는 다시 머리를 털고 어렵사리 일어섰다. 그리고 무거운 다리를 끌며 문께로 나갔다. 그 뒷모습을 지켜보던 철이의 시선에 문득 눈물이 비쳤다. 허연 눈물이 콧등 위를 지나서 입술에 짭짭한 맛을 남기며 흘러내렸다. 손등으로 눈물을 훔치고 그도 따라 밖으로 나갔다. 요즘 하루의 열림이 이렇듯 어렵고 더디다.

도저히 견딜 수 없을 만큼 마음이 다급해지고 괴로우면 그는 마을 안 거리로 나갔다. 무거운 몸을 이끌고 거리를 걷고 있으면 이제 꽤 얼굴이 익숙해진 마을 사람들이 다가와서 인사를 했다.

"나오십디가?"

"어딜 감수과?"

이런 퉁명스런 말투의 인사들이 그는 싫지 않았다. 그는 그들의 인사를 받아주고 지나쳐 걸으면서 이들의 이 퉁명스럽고 어딘가 생략된 듯한 말투들이 어디서 연유한 것일까를 생각해보왔다.

거두절미, 그 생략은 놀라운 데가 있었다. 어서 빨리 오라고 할 때에 '확 오라'고 했는데 '어서'에 해당하는 '확' 소리에서는 바람 후리는 소리가 났다. '확'을 강조하고 싶을 때는 '확확 오라'고 한 글자를 더 넣어서 강조했다. '가서'는 '강', 와서는 '왕', 봐서는 '봥'이라고 시위 당기듯 해 넘기는 말에서 첫소리조차 났다. '확 강 봥 오라.' 이렇게 되면 '어서 가서 보고 오라'는 뜻이 된다. 그것은 참으로 거침없고 무뚝뚝한 어감이다.

그는 이 같은 생략과 무뚝뚝함이 아무래도 높은 파도 소리와 거칠고 거센 바람 소리 때문일 것이라고 생각했다. 산더미 같은 파도가 몰아쳐 오는 바다 위에서 낙엽 같은 배에 탄 사람들이 서로 불러서 이야기할 때에 그것은 자연히 크고 거친 소리가 될 수밖에 없을 터였다. 거센 바람 휘몰아치는 들판에서 소몰이를 할 때 목동들의 목청은 자연히 거친 음이 될 수밖에 없을 것이었다.

이렇게 따지자 그는 이들 제주 사람들의 거칠고 무뚝뚝한 어투에 어떤 연민을 느꼈다.

이들은 욕지거리도 무지막지했다. '망할 놈의 새끼', '피쟁이 새끼', '개백정놈의 새끼' 이런 말을 부모가 자기 자식에게도 서슴없이 퍼부었다.

한번은 길을 가다가 한 중년부인이 달아나는 자기의 어린 아들에게 돌팔매질을 하면서 쫓아가며 잘 알아들을 수 없는 욕지거리를 하는 걸 들었다.

"몽고놈 좆으로 맹그라분 거!"

그런데 나중 그 말뜻이 몽고놈들과 붙어서 생겨난 놈이라는 뜻이란 걸 전해 듣고는 아연했다. 그런 욕설이 성립될 수 있는 것일까. 스스로가 몽고놈과 붙어먹었다는 뜻이니 이거야 욕설치고는 대단한 욕설이었다. 그러면서 그는 이 고장 아픈 역사가 뼈 속 깊이 스며드는 걸 깨달았다. 고려 99년 동안 그들은 이 섬에 무지한 죄인들을 들이몰아 완전한 목장을 만들어버렸으며 그들의 말발굽 아래 짓밟았다. 야산지대엘 나서면 그들은 아직도 가죽옷, 가죽감티(감투)에 말을 달려 소리지르며 내닫는 것이었다. 그들은 이제도 무수한 발자국으로 휘몰아와 가슴과 어깨를 짓밟고 지나쳐 가는 것이었다. 참으로 그들에 의한 폐해는 엄청났으리라는 짐작이었다.

그는 야산 잡초밭엘 서면 짧은 띠밭 어디에 그들 달루하치(達魯花赤)들의 흔적이 있을 것 같아 시선을 휘둘러 살펴보게 되었다. 집주인 영감께와 글을 배우러 오는 이시형군에게도 여기에 관해서 물어보았다. 그러나 그들은 아무도 어디에 그들의 흔적이 있는지 알지 못했다. 그의 칠언시 「탁라(托羅)」는 이런 궁금증 끝에 지어진 것이었다.

> 옛적엔 담보, 탐부라 했는데
> 유리성은 텅 비어 바닷가로 둘려 있구나
> 구한의 풍토지 많기도 하여라
> 노화(魯花)의 유적 어디서 찾으리

聃牟於古赤耽浮
儒李城空枕梅頭

要足九韓風土志
魯花遺蹟若爲求

　그는 또 그 계절에 우능조실(又陵釣室)이라는 다른 한 편의
시도 지었다.

　　낚대 드리우고 그 뉘 오고 싶잖으랴
　　낙엽 지는 늦바람이 어이 그리 시원한가.
　　끝내 득실엔 전연 생각이 없거니
　　세상 흥망이나 깊이 슬퍼하리

　　垂竿何人無意來
　　晚風落葉何颸颸
　　了無得失動微念
　　況有興亡生遠哀

　육지와 멀리 떨어져 있는 섬이라 풍속도 유별났다. 그는 그
풍속들을 애정을 가지고 살펴보게 되었다.
　관아를 제외하고는 아무리 부유한 집안이라 하더라도 종을
둔 집이 흔하지 않았다. 농사철에는 부모, 자식, 할아버지, 할머
니까지도 일터로 나가서 함께 일했다.
　흙은 가볍고 건조한 때문에 밭을 갈고 좁씨 같은 걸 파종할
때는 소나 말을 여러 마리 한꺼번에 들이몰아 사방 돌아가며
밭을 밟게 했다. 그리고 보니까 구멍 숭숭 뚫린 현무암으로 한
길이나 되게 쌓아놓은 밭담은 이런 때 소나 말이 도망가지 못
하게 하는 구실도 하고 있었다. 길에서는 함부로 뛰어들지 못하

고 밭에 에운 때는 함부로 튀어나지 못하였다. 돌담은 본래 이 고장 밭들이 경계가 없어서 세력 강한 사람들이 남의 소유 땅까지 자꾸 차지하려 드는 까닭에 김구(金坵)라는 판관이 보다 못해 경계로 쌓도록 한 것이 시초라고 했다. 돌담은 또 무덤 둘레에도 여러 겹으로 둘러 마소와 들불이 드는 것을 막고 있었다. 돌 많기로 유명한 이 섬에서 돌을 참 요긴하게 사용한 예라 할 수 있었다.

봄, 여름, 가을은 들에 나가 일을 하고 겨울철에는 집 단장과 새끼 꼬기, 구럭 겯기 등 부업으로 날을 샜다. 또 남녀가 시집장가를 가는 혼례도 부득이한 경우가 아니고는 이때에 거의 치렀다. 그런데 혼례시 특이한 것은 신랑신부간에 폐백이 오가는 법이 없고, 아무리 가난한 신부집이라 할지라도 반드시 새 이불과 요, 베개 등을 준비하여 시집을 가는 습속이었다. 육지부 혼례의 화려하고 번다함에 비하여 알차고 실용적이었다.

시집을 가서 색시가 애기를 낳으면 서너 살이 될 때까지는 반드시 '애기구덕'이라는 대로 짠 요람에 눕혀 재웠다. 아기 하나가 누울 만한 장방형의 이 구럭에는 중동에 칡넝쿨로 그물을 짜 하단을 비게 하고 그 위에 짚을 깔아 오줌을 싸면 흘러내리게 하였다. 기저귀는 헌 옷가지 등속을 사용하는데 베 헝겊 등 특히 거친 것을 많이 쓰고 있었다. 이렇게 해서 어려서부터 피부를 단련시키고 강인함을 연마하고 있었다.

어른들은 아이들에게만 강인함을 가르치는 것이 아니라 스스로 자립하고 있었다. 아이들이 장성해서 다 장가보내고 나면 큰아들에게 집을 물려주고 스스로 '밖거리'라는 바깥채에 물러앉

거나 바깥채가 없을 때에는 숫제 남의 집을 빌어서라도 나갔다. 안채에 자식 부부, 바깥채에 그 부모가 사는 경우라도 취사는 각각 했다. 별미 음식이나 특별한 반찬을 했을 때는 서로 나눠 먹는 경우가 있었으나 평상시에는 남남같이 지내었다. 한 마당을 두고 '안거리', '밖거리', '모커리', 세 채의 집이 ㄷ자로 앉아 있고 거기 삼대가 살고 있는 경우라도 취사와 생활은 각각이었다. 그가 배소로 정했던 강도순의 집도 늙은 부모와 주인 부부가 안팎거리로 따로 살고 있는 예였다.

그는 처음 이런 생활을 미개한 데서 오는 무지의 소산이라고 속으로 못마땅하게 생각하고 있었으나, 5년째 이 고장에 살면서 지켜본 결과 섬의 어려운 상황을 이기는 지독한 지혜라는 걸 깨달았다. 그들은 이런 지혜로 모진 어려움을 이겨나가고 있었다. 적어도 그런 이해가 돋아나기까지는 그에게도 5년이란 적지 않은 세월이 요구되었다.

그들에게는 놀이라는 게 따로 없었다. 예부터 내려오는 놀이로 줄다리기 비슷한 조리희(照里戱)라는 놀이가 있었다고 하나 그는 한번도 마을에서 이 놀이를 하는 걸 구경하지 못했다. 다만 아이들이 거친 돌길에서 팽이치기를 하거나 겨울철 한가한 때 며칠간 연날리기를 하는 걸 봤을 뿐이었다.

일이 한가한 때 마을의 남자들은 하나둘 팔짱을 끼고 거리모퉁이로 나왔다. 그들은 거의가 표정에 변화가 없고 허리를 굽혀 인사를 하는 법도 없었다. 그리고 그 중 목청 굵고 입심좋은 사내가 먼저 말을 하기 시작해야 다른 사람들이 거기 합세해서 이야기를 시작하는 것이었다. 여기에서 소문이 만들어졌으며,

사소한 일로 의견이 대립되면 심하게 언쟁도 했다. 어떤 때는 싸움 대신 거리 모퉁이에 팽개쳐져 있는 들돌들기 내기도 했다. 스름한 맷돌을 허리를 굽힌 채 두 손을 깍지 껴 바싹 안고 들어 올리는 내기였는데 들어올린 젊은이는 돌을 안고 몇 발자국 옮겨놓기도 하고, 심통이 날 때는 사람이 없는 데로 내팽개치기도 했다. 좁은 지역이라 들돌을 들고 힘 자랑을 하는 사람들은 언제나 정해져 있는 사내들이곤 했다.

물이 귀한 때문에 동백이나 녹나무 같은 정갈한 나무 밑동에 따로 타래머리처럼 꼰 '춤'을 묶고, 그 끄트머리에 항아리를 받쳐서 비올 때 나무 이파리에서 유도한 물을 받아 마셨다. 그러나 그것으로 충족이 안 되어서 먼 바닷가의 샘에 가서 허벅이라는 부리가 긴 동이로 날라 오기도 했다. 여자들은 행렬을 지어서 허벅으로 물을 길어왔다. 그녀들은 물긷는 일과 밥 짓는 일, 바다에 드는 물질까지 하고, 남정네와 꼭 같이 밭일을 거들어야 했으므로 그 일의 부담이 이중삼중이었다.

그래서 그런지 아낙네들의 방아 찧는 노래는 간장을 에는 듯 구슬펐다. 그 소리를 듣고 있으면 가슴에 처연히 늦가을 비가 내리는 듯했다.

> 익은 감 먹을 적엘랑
> 집에 종놈 있건 없건
> 보리방아는 물 섞어놓고
> 잃은 종도 찾으러 간다
> 산 앞뒤로 찾다 보니
> 보리는 나서 잎 벌렸구나

이런 가사의 노래를 여인들은 절구공이를 내려 찧으면서 부르고, 쳐들면서 화답했다. 보리방아를 물 섞어 놓고 잃은 종을 찾으러 다니다 보니까 보리는 싹이 나서 잎을 벌리고 있더라는 노래를 들으면서 그는 가슴속이 을큰하게 아파 왔다. 노래는 가사도 그렇지만 가락이 더 구슬펐다. 이곳 아낙네들은 맘껏 목청을 놓아 노래를 부르는 것이 아니라 안으로 목청을 죽이고, 그중 슬픈 가락만을 밖에 내어서 불렀다. 주눅이 들어있으면서 안으로 한을 푸는 소리들이었다.

아홉 껍질 열 껍질 입은
피도 찧어 쌀 내어 먹는다
한 껍질과 두 껍질 입은
조를 겨워 가리란 말가

이런 가사 속에는 어떤 일에도 굴하지 않는 제주 여인들의 강인함이 스며 있었다. 이런 제주 여인들의 깊은 절망은 오히려 그의 절망을 순화시키는 역할을 했다. 노래를 듣다가 덜컥 가슴이 내려앉은 연후에는 새로운 다른 일들을 찾아나서게 되곤 했다.

그러나 그것은 잠시일 뿐, 깊은 절망의 늪은 언제나 그 가까이에 도사려 있었다. 그의 이성으로 덮쳐오는 절망을 뛰어 넘기란 그리 쉽지 않았다.

선문답

그는 오늘도 위리안치된 집 올래를 나서 큰길로 나왔다.

돌하르방이 서 있는 마을 어귀까지 나와서 한참이나 그것들을 바라보고 있었다.

"귀양 온 하르방인게."

"무섭다이?"

"용다리(문둥이)인가?"

"아니라. 저 하르방, 훈장이라……."

아이들이 그를 피하여 돌담 곁으로 지나가며 수군대는 소리가 들려왔다. 그는 자신의 행색이 되돌아 보였다. 오래 빨지 않고 입어서 냄새가 나는 바지저고리, 다 떨어진 짚신, 다듬지 않아서 멋대로 자란 머리, 아이들이 보면 무섭다고 할 만도 했다.

그는 요즘 조반을 먹으면 마을 어귀까지 나오는 것이 일과였다. 방문을 나서서 먼 올래를 바라보면서 마당귀를 서성거리다가, 도시 올래로 나와서 한길을 바라보다가 그래도 사람 그림자가 보이지 않으면 큰길까지 나갔다. 큰길에서 사람들은 얼굴을 가리듯 외면하고 지나갔다. 그것은 이미 이들의 몸에 밴 습속이었다. 힐끗힐끗 이런 사람들을 살피며 마을 어귀까지 가서 하릴없이 돌하르방과 눈싸움을 하다가 다시 무거운 발걸음을 돌려 세웠다. 이런 걸음은 저녁 무렵 또 한차례 되풀이되었다. 앉아 있어도 올 사람은 온다고, 마중나갔다고 재게 올 리가 없다고 자신을 다독거려보나 초조한 마음을 진정시킬 방법이 없었다. 안달하는 마음을 누르고, 앉았다 누웠다 뒤채일 때 뼈 속이 녹는 것 같았다.

해마다 연초가 되면 죄수들에게 사면장(赦免狀)이 내려진다. 이제 그가 제주 유배를 온 지도 어언 6년 — 여러 가지 상황을 미뤄 사면이 내릴 만도 한데 어쩐 일인가. 정월도 하순에 접어들었는데도 사면장 가진 사람은 아직 먼발치로도 비치지 않았다.

허긴 지난해에도 사면장은 2월초에야 내려왔었다. 바다로 사방 막힌 섬에 풍파 그칠 날이 없으니 도리 없이 애나 타는 일이었다. 거기다 꼭 사면이 된다는 보장도 없었다.

그는 키 작은 돌하르방 앞으로 가 서서 그 해학적으로 생긴 돌하르방과 심심파적 선문답을 시작했다.

"그 퉁방울눈, 주먹코, 째진 입, 누굴 위한 것이여?"

"낮은 성, 어진 백성들을 돌보자니 눈퉁이가 튀어나고, 코도 주먹코로 불거질 밖에……."

"짐짓 쳐든 어깨. 째진 입은 웬 것이지?"

"양반 쓰레기덜 재고 지나다니는 꼴 보니 어깨가 절로 쳐들리고 입이 째질 수밖에……"

"그런데 그 벙거지는 차양이 왜 그 꼴이며, 자네는 어디서 왔는가?"

"내가 나를 어떻게 알아? 날 이렇게 만들어논 사람이 알지. 벙거지 꼴 ×대가리 같지?"

"예끼, 이 사람, 천한 말 쓰지 말아. 점잖은 체면에……"

"호호호, 그 꼴에 그래도 양반이라고 체면 찾누만."

"그 꼴이라니, 꼼짝없이 서 있는 자네보다야 백 번 낫지, 난 어쩌면 이번에 사면이 될지 몰라. 그렇게 되면 자네하고도 마지막일세."

"섭섭해 할 것 없어. 언제라도 좋으니까 어서어서 이 마을을 떠나라구. 나야 자네가 떠나고 나도 얼마든지 벗들이 있으니까……그런데 자네 눈병은 좀 어떤가?"

"말 말게. 눈곱이 끼고 눈병이 더 심한 때문에 자네를 제대로 볼 수조차 없어. 늙은이 꼴이 말이 아니네……나 몸이 지쳐 이만 들어가 봐야겠네."

"그러세. 나야 상관없으니까. 이 성이야 내가 버티고 지켜줘야 하잖은가?"

그는 돌하르방의 어깨를 한 번 짚어주고 비척비척 걸어서 어두워오는 배소로 돌아왔다.

그런데 배소 난간에 양재완이 앉았다가 배시시 웃으며 일어났다. 그는 강진(康津) 사람으로 배를 부리고 있었는데, 고맙게도 추사에게 여러 차례 소식도 전해주고 물건을 날라다 주기도 했었다.

"아니, 이 사람, 어찌 된 일인가?"

추사의 어조가 크게 나무라는 투가 되었다.

"급한 마음에 샛길을 질러 왔습지요. 상희 대감님 편지를 갖고 왔는데 요긴한 내용인가 봅니다."

"어디 보세, 무슨 말인가……."

추사의 손이 침착을 잃은 채 떨리고 있었다. 전대 속의 보따리를 꺼내어 풀자 거기서 붓과 종이 뭉텅이가 나왔다. 그 틈에서 막내아우 상희의 곱상한 글씨체 편지가 뚝 떨어졌다.

떨리는 손으로 편지를 펼치며 읽어나가는 추사의 눈길이 붉었다. 오규일(吳圭一)의 편지투를 인용해 쓴 아우의 편지 내용은 그의 글씨가 헌종 임금의 신권(宸眷)을 받고 있으니 편액 세 폭과 두루마리 다섯 폭을 써 보내줬으면 한다는 것이었다. 그만 맥이 탁 풀렸다. 서예와 그림을 좋아하는 임금의 뜻이 한편 고마우면서도 눈앞이 다시 침침해왔다. 이 침침한 눈을 가지고 어찌 임금께 바칠 글을 쓰지? 감격과 절망이 함께 밀려드는 순간이었다.

또 이렇게 되면 금년 사면은 기대 밖이었다. 그는 방안으로 들어가 아우의 편지를 서안 위에 펴놓고 넋을 놓고 앉았다. 이 일을 어찌한다? 그러나 한편 어지러운 머리 속 한쪽이 맑아오며 그 안에 글씨의 제목들이 한 자 한 자 들어와 박히기 시작했다. 역시 일감이 생긴다는 것은 좋은 일이었다.

그는 뭉텅이에 붓과 종이를 뒤져보았다. 물건들 중 큰 붓들은 기대했던 것과 달리 질이 낮았다. 족제비 털로 맨 황모필

(黃毛筆)이 두 자루, 그러나 그것은 털이 빳빳하고 매끄럽지 않았다. 황영(黃穎)도 두 자루 들어있었으나 장사치들이 들여와 팔러 다니는 하질이 분명하였다. 자영(紫穎) 한 자루가 더 들어있었으나 이것도 지나치게 빳빳해서 요즘 자신의 팔 힘에는 벅찰 것이었다. 날카롭고, 가지런하고, 굳세고, 둥근 것이 붓의 네 가지 큰 덕인데, 붓 고르는 안목이 모자란 듯했다. 그는 붓 뭉텅이를 둘둘 말아서 머리맡으로 밀어놨다. 게다가 보내는 사람은 붓과 종이만 생각했지 먹은 보내지 않았다. 유배올 때 가지고 온 중국 먹을 아껴둔 것이 아직은 남아 있었으나 그것 가지고는 넉넉지 못할 것이었다. 해주(海州) 먹 약간을 섞어 쓴다? 이런 땐 자옥광(紫玉光) 같은 기름진 먹이 아쉬웠다.

종이를 펼쳐 보던 그의 입가에 비로소 웃음이 번져갔다. 종이는 그만하면 쓸 만했다. 거기다 장수도 여유가 있어서 맘껏 한번 써볼 만하겠다는 생각이 들었다.

이튿날부터 그는 임금께 드릴 글씨 쓸 궁리로 앉아서나 누워서나 전전긍긍하였다. 편액 한 폭은 무씨상서도(武氏祥瑞圖) 중의 '목련이각(木蓮理閣)'을 택했다. 무씨상서도는 후한(後漢) 환제(桓帝) 때의 명족(名族) 무씨의 네 형제가 세상 떠난 아버지의 넋을 기려 세운 석실(石室) 사당(祠堂)의 벽화였다. 이 벽화는 성현의 사적을 그림으로 그린 후 조각하고 내용을 명기(銘記)한 것인데 청조 이래로 금석·고증학과 미술사 연구에 중요한 자료 역할을 하고 있었다. '목련이각(木蓮理閣)'의 예서 글씨는 써놓고 보니까 그런 대로 마음에 들었다. 그는 글씨 속의 전아(典

雅)한 맛을 함축시키고자 붓끝에 온 힘을 모았다.

또 한 폭의 편액은 홍두시첩(紅豆詩帖)에서 따온 것이었다. 그는 이 글을 쓰면서 동갑이며 금석(金石) 친구인 옹수곤(翁樹崐)을 떠올렸다. 그는 이제 다시 만날 수 없는 나라의 사람이 되어 있었지만 그런 까닭에 그에 대한 그리움은 더욱 간절했다.

홍두시첩 아래에는 소제(小題)로 풍자의 의미가 담긴 잠문(箴文) 한 구절을 써넣었다. 서로 먹고 먹히는 당쟁의 세태를 비유하고, 임금으로서 어떻게 처신해야 할 것인가를 암시하는 내용이었다. 그는 스스로의 처지를 생각하며 두려운 마음으로 그 글을 썼다.

두 개의 편액은 모두 고예체(古隷體)였는데, 써놓고 보니까 병중에 쓴 것 같지 않게 웅장하고 신기한 기운이 있었다. 그는 스스로 잠재된 힘을 느끼며 흡족했다.

그러나 보름을 들여서 편액 세 폭과 두루마리 세 폭을 써내고 나니 눈이 아주 침침해져서 도저히 더는 써낼 수가 없었다. 그는 나머지 두루마리 두 폭은 되돌려 보내기로 마음먹었다. 송구스러운 일이었으나 억지로 되는 일이 아니었기 때문이다.

그는 임금께 드릴 글씨를 다 쓰고 난 후 자신의 여러 가지 심회를 막내아우에게 편지로 썼다. 아울러 안현(安峴)의 권돈인 대감 댁에 황대치의 그림과 이묵경(李墨卿)의 예서 대련(對聯)을 보낼 것도 부탁했다. 좋은 먹과 대인찰(大印札) 공책(空冊) 두어 권을 함께 보내줄 것도 부탁했다.

슬픈 섬

"큰일났수다. 큰일나서. 영길리(英吉利 : 英國) 배가 정의현 우도(牛島)에 쳐들어왔던 헴수다."

작작거리는 주인 아낙의 목소리에 추사는 눈을 떴다.

"먼 말을 허는 거여? 좀 자세히 말헤여 봐."

핀잔처럼 짓누른 남자 주인의 말도 들려왔다.

"영길리 군함이 우도엘 쳐들어왔젠마씸."

"길엘 나강 봅서. 말 탄 마병덜이 수전소(水戰所)로 나가고, 잡색군(雜色軍)덜도 막 달려가는 걸 봤수다."

추사는 그만 상체를 일으켜 앉았다. 멀리서 각(角) 부는 소리가 아련히 들려오고 뭐라곤가 외쳐대는 소리도 들려왔다. 그 소리는 가까이서, 혹은 멀리서 여러 번 되풀이되었다. 말들이 흐흐흥거려 코를 부는 소리, 말발굽이 자갈길을 박차고 뛰어가는 소리, 군병들이 뛰어가는 소리도 들려왔다.

"대감마님, 큰일났사옵니다. 양(洋)것들이 정의현에 침범을 해와서 섬 안이 발칵 뒤집혔다 하옵니다."

경득이가 들어와 급하게 아뢰었다. 놈은 지난 겨울 얻어걸린 감기 때문에 연신 코를 안으로 후리고 있었다.

"그래, 피해를 낸 게 있다더냐?"

"자세한 것은 모르겠사오나 말 탄 군인들이 막 뛰어가고 야단이 났사옵니다."

그는 벌써 사백여 년 전에 게 입질하듯 덤비는 왜구의 침범을 견디지 못하여 정의현청을 바닷가의 고성(固城)에서 중산간 지대로 옮긴 일을 상기해냈다. 그때 그는 적극적으로 대처하지 못하고 지레 겁을 먹고 달아나는 그들을 못마땅하게 생각했었다. 해변 마을의 백성들을 그대로 둔 채 관아만 산 속으로 옮겨서 어쩌자는 것인가.

허긴 장수들 중에는 통 크고 대단한 인물이 없었던 것도 아니었다. 온 섬을 둘러 성을 쌓겠다는 배짱도 있었다. 섬 바닷가에는 파도와 바람이 무너지던 환해장성(環海長城) 잔해가 남아 있는 곳도 있었다. 순비기나무 줄기가 뻗어오르다만 돌담붙들, 그것들이 세월과 파도에 시달려 허옇게 바래있었다.

"이 성은 고려 원종 연간에 고여림(高汝霖) 김수(金須)가 삼별초 난군들이 쳐들어올 것에 대비, 백성들을 동원하여 쌓은 것이라 하옵니다."

어느 날 바닷가에 나갔던 집주인 영감이 지팡이로 툭툭 돌담을 두들기며 일러준 말이었다.

"이제나저제나 섬은 깅이(게)에게 뜯기듯 하니 어찌 살라는 말인지……."

그때 그는 멍하니 수평선 쪽을 바라보며 한숨을 쉬었다. 그런데 그런 일이 사실로 벌어진 것이었다.

추사는 방안에 앉았을 수가 없어 문을 밀기고 나왔다. 마당에서 서성거리던 사람들의 시선이 일제히 그에게로 쏠렸다. 그러나 그에게도 묘안은 없었다. 할 수 있는 것은 우선 그들을 안심시켜 놓는 일이었다.

"배가 몇 척이나 쳐들어왔답니까?"

"예, 자세히는 모르나 이놈들 세력이 소소하지는 않는 듯 합니다."

"그렇게 막연히 겁만 집어먹을 게 아닐 텐데……놈들이 설마 섬 안까지야 넘보진 않을 겁니다."

높은 언덕으로 올라가서 발꿈치를 들고 바라보니까 산방 연대에서 연기가 솟아오르는 게 보였다. 연기는 마침 무풍한 날씨라 곧추 하늘 높이 솟고 있었다. 조금 있으니까 그 서편의 송악산 쪽 연대에서도 연기가 솟기 시작했다.

"저거 보십시오. 저거……저래도 큰일 안 났는지……혹……."

겁보 경득이가 오당오당 발을 굴렸다.

"가만 있거라. 그건 군인들이 미리 방비를 하기 위한 수단일 수도 있고, 잘못 판단한 것일 수도 있다. 연대란 위험을 알리기 위한 방법 아니냐?"

추사는 경망한 경득이를 준열히 꾸짖었다.

"그래도 너무 방심할 것은 아니옵니다. 숙종대왕 삼십년에는 적선 50여 척이 가파도에 몰려와 멋대로 도둑질을 한 적이 있고 사람도 죽였습니다. 듣자 하니 이놈덜은 꼭 중승 한 가지였다 합니다."

항시 침착하고 투지가 강한 주인영감이 이렇게 질려 있는 걸 보면 당하기만 해온 섬사람들의 처지를 이해할 것 같았다. 그는 혀를 차고 두어 번 고개를 끄덕였다.

"그뿐이 아닙니다. 불과 삼사 년 전 일인데, 바로 영길리놈 배 두 척이 역시 가파도에 쳐들어온 적이 있었습지요. 멀찍이 닻을 내려 배를 세우고는 섬에 방목하는 나랏소들을 총 쏘아 죽이고 혹은 묶어 배에 싣기도 하였습니다. 저들 멋대로였습지요. 보다 못한 현감이 고깃배를 타고 쫓아갔는데 그들은 대포를 세 발이나 쏘았습니다. 대포알이 하나는 바다에 떨어지고, 하나는 해안에 날아와 떨어졌는데 무게가 서른 근이 넘고 크기가 수박 만했다 합니다."

쯧, 추사는 또 한번 혀를 찼다. 섬사람들을 위무시키기에는 이들이 치른 경기가 너무 컸다. 자라 보고 놀란 가슴 솥뚜껑 보고도 놀란다고, 이들 가슴의 울렁거림을 끄기가 그리 쉬울 성싶지 않았다.

"그때는 싹 달아나는데, 바로 비선(飛船)이었답니다. 그후에 나랏소들을 모동장(毛洞場 ; 현재의 新桃里)으로 옮기는 역사가 이뤄졌습지요."

"그건 그때고 이때는 이때입니다. 방비는 철저히 해야 하지만 무턱대고 겁을 집어먹을 일은 아니지요. 더구나 우도는 여기서 이백 리가 넘는 섬의 끝 아닙니까? 어쩌면 저 배는 단순히 지나가는 배인지도 모릅니다."

"글쎄요, 그러기나 했으면 오죽 좋겠습니까?"

"내 말을 믿어보십시오. 이것은 예감입니다만……."

"쳐들어왔다고 해도 우리는 할 수 없이 당하는 신세니까 미리 겁을 먹어서 좋을 것은 없습니다. 그런데 겁을 안 내려고 해도 그게 잘 안 되는 걸 어쩝니까?"

추사도 막상 말을 하려니까 이빨들이 소리를 내며 흔들렸다. 뱃속이 거북한 기운도 더 치밀어 오르는 것 같았다. 얼굴이 새파랗게 질린 안 서방이 그의 곁에 서서 학질 기운이 도진 듯 사뭇 몸을 떨고 있었다.

그때였다. 벙거지가 벗겨져 끈은 턱에 걸려 있고 모자는 등에가 붙은 잡색군 하나가 지나가다가 그들에게 호령한다.

"뭣덜을 헙니까? 영길리 군함이 쳐들어와서 난린디……."

그는 사뭇 눈까지 까뒤집고 야단이었다.

"여보, 젊은 병사."

추사의 목소리는 약간 노기를 띠고 있었다. 기세등등히 호령하던 병사가 그 소리에 흠칫하여 그를 바라보았다.

"군함이 쳐들어왔으면 우리들이 어떻게 해야 되는 겁니까?"

이제 그 질문은 침착을 되찾고 있었다.

"아, 나가 싸울 준비를 하든가 숨든가 양단간에 할 것 아닙니까?"

추사의 서슬에 기세가 꺾였던 병사가 다시 목에 핏대를 세웠다.

"배가 사뭇 저 해안에라도 쳐들어온 듯 서두는데, 군함이 어디에 와 있는 겁니까?"

"아, 배가 정의현 우도에 쳐들어왔다 안 합니까? 이제 곧 이곳까지 쳐들어올지도 모릅니다. 목안 성내도 온 성안이 발칵 뒤집혔습니다. 아, 얼마 전에 비선이 가파도에 와서 쾅쾅 대포를 쏘던 것 못 보셨습니까?"

그는 얼른 증거가 생각나자 기세를 돋구어 윽박질렀다.

"여보, 젊은 병사, 그래도 그런 게 아닙니다. 우매한 백성에게 사리를 분별해서 행동하도록 지도해줘야지 무턱대고 겁부터 줘서야 쓰니까. 아, 그리고 이 현만 하더라도 기병 2백, 보병 1백, 잡색군 근 4백이나 되는 병정들이 해안을 지키는데, 싸우기로 든다면 그까짓 영길리놈 몇 명이 어찌 당할 것입니까?"

눈에 핏발을 세우고 빤히 쳐다보던 병사는 그가 차근차근 얘기하자 수그러들고 만다. 주인영감이 자꾸 추사의 얼굴을 살피고, 안 서방과 경득이도 손을 맞부비며 안절부절못하고 있었으나 한 번 눈을 부릅뜬 그는 기세를 누그러뜨리지 않았다.

병사는 떨군 고개를 쳐들지 못했다. 그리고는 곧 도망치듯 올래로 나가버렸다.

"알아서들 헙서. 날 욕 듣게만 허지 말곡……."

나가면서 흘리듯 이 한마디를 뱉는다.

"흐흐흐."

"허허허."

안 서방이 배를 잡고 웃음을 터뜨리자 경득이도 따라 웃었다.

"똑 불 벤 도세기(돼지)로고."

주인영감이 그들의 웃음에 토를 달았다.

"저렇게 돌려보내도 괜찮겠습니까?"

안 서방이 그에게로 다가와서 부들거리며 말했다. 헤헤거리던 경득이의 얼굴도 금세 어두워졌다.

"괜찮지 않으면 어쩔 것이냐?"

추사는 그만 마루로 올라서고 있다. 병사가 사라진 마당은 한 구석이 횅뎅그레 비어난 듯했다.

아직도 연대의 연기는 높이 솟고 있었다. 부우부우, 각(角)을 부는 소리도 그쪽으로 들려왔다. 보오보오, 맞은쪽 연대에서 화답하는 각소리도 들렸다.

추사는 이 북새통에 안으로 들어가서 서안 앞에 가부좌를 틀고 앉았다. 숱한 세월 왜구의 발아래 짓밟히던 섬의 처지가 눈앞을 스치고 지나갔다.

여말(麗末)께부터 입질이 잦아진 왜구는 해변 마을로 쳐들어와서는 닥치는 대로 재물을 약탈하고, 소나 닭 같은 가축을 쓸어 갔으며, 사람을 죽이거나 사로잡아 갔다. 부녀자들을 보면 게걸스럽게 욕심을 채우려 대들었다.

제주섬 중에도 유독 추자(楸子)와 우도, 가파도가 피해가 잦았다. 섬 중의 섬들인 때문이었다. 충숙왕(忠肅王) 10년(1323) 왜적은 추자도에 침범하여 늙은이와 어린아이들을 포로로 잡아갔다. 넝마 같은 것을 어깨에 걸쳤을 뿐 거의 벗다시피 한 그들은 이 섬을 이웃 목장 다루듯 돌아다니며 닥치는 대로 몰아간 데 대해 사람들 간에는 말도 많았다.

"잡아다가 밥도 하게 하고 청소도 시키고 종으로 부린덴."

"그게 아니라 잡아 간을 내어서 약으로 먹는덴……."

"에에, 중숭 같은 놈덜……."

사람들은 고개를 돌리고 침을 뱉었다. 왜적들이 무서워서 추자도 사람들은 배를 내어 풍랑을 헤치며 목안의 조공천(朝貢川) 변으로 이사를 한 적도 있었다. 그런데 이놈들은 이런 이동을 알아채기라도 한 듯이 그들이 조공천으로 옮긴 바로 이듬해에 조공천 이웃 마을인 귀일촌(貴日村)에 쳐들어왔다. 그 이듬해에도 왜구는 우포(友浦)를 침범했으며, 공민왕(恭愍王) 8년(1539)엔 심지어 성내 대촌(大村)에까지 들이닥쳐 무모한 약탈을 자행해 갔다. 그들은 거의 한 해 걸러큼씩 쳐들어와서는 사람을 죽이고 재물을 약탈해 갔다.

봉수(熢燧)와 연대는 도내에 모두 63개소였는데 제주목 안에 봉수 10처, 연대 18처, 대정현 내에 봉수 5처, 연대 9처, 정의현 내에 봉수 10처, 연대 11처가 있었다. 이 봉수와 연대에는 각각 지키는 감관(監官) 한 사람과 망한(望漢)이 3인씩 18인, 어떤 곳에는 12인씩을 두고 있었다. 이런 망대도 어떤 곳은 장정이 모자라 여정(女丁)들이 지키는 곳도 없지 않았다.

왜적이 쳐들어오면 낮에는 연대에서 연기를 올리고, 밤에는 봉수대에서 봉화를 올려 삽시에 온 섬 안에 알렸다.

추사는 앉은 채 온 섬 안이 봉화불로 벌겋게 밝혀진 걸 바라보았다. 그 붉은 불빛 아래서 삿갓 비슷한 모자를 쓴 왜적들이 개미처럼 기어 섬으로 올라오고 있었다. 그들은 마을로 쳐들어와서 칼과 창으로 사람들을 헤치고 외양간에 들어서는 제 것처럼 소 고삐를 풀어내었다. 닭장의 닭들도 모가지를 비틀어서 허리춤에 찼다. 어떤 놈은 고방(庫房)으로 기어들어 쌀독의 쌀들을 부대에 쏟아 담았다. 진흙발로 구들에 들어간 놈이 이불을 들쓰고 떨고 있는 부녀자에게서 이불을 낚아채더니 침을 흘리며 달려들어 욕심을 채우려 들었다. 훈도시를 헤치자 아랫도리가 그대로 드러났다. 그러나 떨고 있던 여자는 모질게 그의 허벅지를 물어뜯어 버렸다. 왜병이 허리춤에서 환도를 꺼내더니 사정 두지 않고 내리쳤다. 그녀가 비명을 지르며 옆으로 쓰러졌다. 추사는 그만 눈을 질끈 감아버렸다. 병사들은 모두 어디 가고 약한 백성들은 당하기만 한단 말인가.

왜구들은 다른 곳에서도 여전히 약탈을 일삼았다. 드디어 마을 한가운데서 연기와 불길이 오르고 있었다. 그 불길 속에서 사람들이 달아나는 것이 보였다. 왜구들이 노략질한 물건을 짊어지고, 가축들을 몰아 지나가는 것도 보였다. 둥둥둥둥 북소리가 들렸다. 거칠게 땅을 걷어차며 치닫는 말발굽 소리도 들렸다. 부우부우 각을 부는 소리가 가까워져 있었다. 그렇지, 협공이 시작되는 거구나.

"한 놈도 놓치지 말아라!"

"배를 포위하고, 배에다 불을 놓아라!"

선명한 대장의 지시가 떨어졌다. 말 탄 군인들이 횃불을 들고 달려갔다. 바다 저만치 세워져 있는, 돛을 반만 내린 왜적선에 불화살이 날아갔다. 하나, 둘, 셋, 자꾸만 날아가서는 드디어 돛에 불을 붙였다. 그 불길이 삽시에 배 안에 번졌다. 당황해서 우왕좌왕하고 있는 적선의 왜구들, 큰 배로 노를 저어가던 소형선에도 불화살은 날아가 박혔다. 배 가운데 떨어지고, 당황해 한쪽으로 쏠리는 바람에 작은 배가 뒤집혔다. 노략질해 가던 물건도, 왜구들도 바다 속에 빠져서는 허우적거렸다. 바다 가운데 두 척의 해적선은 마른 장작처럼 이제 신나게 탔다. 물에 빠지고, 쫓기던 해적들은 삽시에 수가 줄어갔다.

"한 놈도 남기지 말고 몰살해라."

"이 기회에 원수를 갚자!"

신난 군인들이 환호성을 질렀다. 그리고 배의 불길이 사그라져 가듯 해적들도 잦아들고 이날의 싸움은 이쪽 병사들의 승리로 돌아왔다. 그러나 그것은 어쩌다가 한 번, 대개는 무지막지한 이들에게 백성들만 당하기 일쑤였다.

유리병 속의 술

정월 열하루 날에 권돈인이 영의정에 임명되었다는 소식은 한 달이 더 지난 삼월 초에야 배소에 닿았다. 아직 초봄인데도 땀을 뻘뻘 흘리며 배소에 도착한 범쇠는 이젠 마치 자기 상전의 유형이 감해지기라도 한 듯 떠벌여댔다.

"대감마님, 드디어 권돈인 대감께서 영의정에 임명되셨습니다."

"으음……."

그의 목안에서도 신음 같은 소리가 흘러나왔다. 그는 요즘도 피부병으로 심히 고생하고 있었다. 사타구니와 겨드랑이, 손가락들 사이에 물집 같은 게 생기고 그 물집이 터지면서 껍질이 벗겨졌다. 가려워서 긁으면 그 물집들은 자꾸자꾸 번져갔다. 그는 가려운 데를 긁다가 지쳐서 이제는 송곳으로 콕콕 찔렀다. 그러나 굳어진 피부는 감각마저 잃어가고 있었다.

손톱, 발톱은 깨어지고 피부에는 자꾸 검버섯이 돋아났다. 그는 자신의 이런 피부가 싫었다. 목이 꺽꺽 쉬고 눈이 침침한 기세도 좋아지지 않았다. 그러나 권돈인이 영의정이 되었다는 소식은 그에게 새 바람 같은 시원함을 안겨 주었다. 조인영의 구제로 생명을 건지더니 권돈인으로 하여 해배가 되려는가. 그는 좋은 벗을 가까이 두고 있음이 천만금보다도 낫다는 생각을 했다.

범쇠는 등때기에 땀이 번진 짐 꾸러미를 벗어놓았다. 약간의 김치와 어란, 장조림 그리고 상희(相喜)가 보낸 책 꾸러미가 나왔다. 『서화보(書畵譜)』와 『주역절중(周易折中)』을 보내달라고 부탁했었는데 어쩐 일인지 이 편에도 그 책들은 들어 있지 않았다.

"왜 이것만 보내더냐?"

소용없는 물음인 줄 알면서도 그는 물었다.

"예, 내놓는 물건은 하나 남김 없이 챙겼사옵니다."

"이상한 일이로다. 왜 가까이 있는 책을 찾아 보내지 못할구?"

그의 미간에 주름살 두 개가 바늘로 세워졌다. 책은 스스로 벽장 가로 쌓아 정리를 하고 찬거리와 의복 등은 밀어놔 범쇠로 하여 정리하게 했다.

범쇠가 부엌으로 물러가자 강위(姜瑋)가 들어왔다.

"권돈인 대감께서 영의정에 임명되셨다는 소식, 반갑습니다."

준수한 그의 표정이 기대로 하여 빛나고 눈에도 생기가 돌아 있었다. 다리를 모두어 꿇어앉은 모습이 단정했다.

"그렇다네……빈틈이 없는 사람이니 잘 해낼 거야."

"……"

그는 무릎 위에서 손을 모아 만지작거리며 무슨 말을 더 할 듯 하다가 입을 다물어버렸다.

그가 추사를 찾아 이 배소로 온 지 어느새 한 달이 지나간다. 그 동안 지척에 두고 지내면서 보니까 그는 인물도 그러하지만 인품도 상당히 갖추고 있었다. 이곳 사람들과 함께 지내는 걸 보니까 마치 닭무리에 봉이 섞인 것 같았다. 그는 추사에게 글씨와 난 치는 법을 배우고 있었지만 욕심이 거기에 머물러 있는 건 아니었다. 말없는 가운데 오히려 추사의 인품을 배우려 한다는 걸 잘 알 수 있었다. 그는 온다고 기별을 하고 오지도 않았지만 언제 간다는 말도 없이 지내고 있었다. 추사로서는 젊지만 뜻이 맞는 친구를 얻은 셈인데 딴은 생활이 문제였다. 먹을 것이야 어찌어찌 댄다고 해도 입을 옷이 걱정이었다. 그렇다고 그에게 구차한 내색을 보일 수도 없는 일이었다. 그도 추사의 이런 내심을 모를 리 없건만 입술을 꼭 다문 채 아무 말도 하지 않았다.

어쨌거나 권돈인이 영의정이 된 것은 먹구름 하늘에 한 가닥 여명이라 할 만했다. 그날 저녁은 범쇠가 가지고 온 찬거리에 강위와 겸상을 해서 오랜만에 여유있게 저녁을 먹었다. 그러나 저녁상을 물리고 나자 목안에 가득 먹은 음식이 되올라왔다. 이 증세는 피부병과 함께 꽤 장기간 계속돼오고 있었는데 음식이 과하다 싶으면 영락없이 도졌다. 그는 밖으로 나와 돼지우리 옆에서 목에 올라온 음식을 모두 게워 버렸다. 게운 음식에 김치 냄새와 어란젓 냄새가 역하게 섞여 있었다. 강위는 그런 스승을 보고 어쩔 줄 몰라 하였다.

몇 차례 게우고 나니까 거북했던 가슴이 약간 개운해졌다. 그는 도로 방안으로 들어서다가 다기들 옆에 외롭게 놓인 병 하나에 시선이 가 머물렀다. 몸뚱이에 알아볼 수 없는 서양 글씨들이 쓰인 이 술병은 반계(磐溪)가 그에게로 가지고 온 것이었다. 반계도 군인이었던 시절에 해변 마을의 어부가 주워 온 것이었는데 추사는 그걸 얻은 후 이 병에 송순주(松筍酒)를 담아뒀었다. 다기 잔을 강위와 자기 앞에 하나씩 놓고 그 잔에 송순주를 따랐다.

"입이나 축이지. 사람들은 언제나 신이 나도 술, 축하할 일이 있어도 술을 마시지."

"참말로 무슨 축하할 일이 생겼으면 싶습니다."

"기대란 언제나 허망한 것일세. 그러면서도 사람들은 그 기대를 저버리지 못하지."

그는 유리병 속의 파란 술에 시선을 고정시킨 채 더듬거려 말했다. 그 병 속에 코가 크고 얼굴이 흰 영길리 사람들이 떠올랐다. 또 게 입질하듯 하는 왜구들의 무리도 떠올랐다. 갯벌에서 개싸움 하듯 하는 왜구들의 무리도 떠올랐다. 갯벌에서 개싸움 하듯 하는 다툼, 내부에서는 당쟁, 외부로는 외적의 침입……그는 살레살레 고개를 저었다. 그리고 그는 조각 종이를 끌어당겨 장난치듯 써 내려갔다.

유리병 속의 술, 자네에게 맛 못 뵈어 한이네.

다행히 병이 남아 일찍이 대해(大海)에 잠겼던 걸 알겠네.
같잖은 벼슬아치들 싫도록 마시겠으나,
천한 사람은 다만 입을 축일 뿐.
완연히 금대(金臺 ; 燕京)에서 마셨던 것,
하늘 끝에서 옛 향기 되새기다.

　이 병은 본래 서양 뱃속에 있던 물건이다. 서양 술맛이 매우 향기롭고 독해서 30~40년은 상하지 않을 수 있다고 한다. 연한 나무(코르크 마개)로 주둥이를 막아서 한 방울도 새나가지 않게 한 것으로 비록 바다 속을 떠돌아 다닌다해도 술은 변함이 없다니 매우 이상한 일이다. 나는 예전에 연경의 여러 명사들을 좇아서 한번 맛볼 수 있었는데, 곧 이 병에 담은 것과 같았다. 듣건대 섬사람이 바닷가에 떠돌아다니는 것을 주웠고, 병 안에는 술이 아직 남아 있었다 한다. 반계가 빈 병을 얻어서 매우 진기하게 여겨 깊이 감추어두었다 하니, 아마 억지로 빼앗을 사람이 있을까 보아서인 모양이다. 나는 듣고 크게 웃었다. 섬사람이 감히 제가 가지지 못하고 관군(官軍)에게 바친 것이다. 다만 빙옥(氷玉) 같은 절조(節操)에 흠이 갈까 무서우니 대읍자(大邑磁) 고사(古事)로써 급히 백성에게 보내버리는 것만 같지 못하리라. 그 축중(軸中)의 시에 이어 화답하였으나 내가 운에 맞춰 시 짓는 것을 즐거워하지 않아서 붓 가는 대로 이와 같이 이리저리 쓴다. 아울러 소림(小林)에게 보이노라.

노료(老愗)

　이 글을 쓰고 나자 그는 기분이 퍽 상쾌해졌다. 입가에 빙긋이 웃음을 물었다. 그는 글 중에서 또 친구인 권돈인을 생각하고 있었다.

그 해 여름은 유달리도 무더웠다. 가을 겨울에 그렇게 각각대던 바람도 어디로 갔는지 사방은 아주 정체되어버리고, 은빛 바다도 그냥 굳어버린 듯 했다. 한증막 같은 방안에 앉아 있으면 땀구멍이란 땀구멍에서 담뿍 땀이 솟아나고 그것들이 천을 비집고 밖으로까지 번져 나왔다. 피부병이 덧난 것은 더 말할 나위 없었다. 가려워 긁은 자국에 땀이 들어가면 그 부위는 쏘는 듯이 아팠다.

햇빛은 담뿍 미립자가 되어서 큰 갓을 씌워놓은 듯한 하늘에서 까뿍 쏟아져 내렸다. 그것들은 쏟아져 내려서 따끔따끔 살갗을 찔렀다. 장마기에 그 흔하던 빗발도 어디로 사라졌는지 여름 내내 비 한번 내리지 않았다. 미립자의 햇볕을 받은 곡식들이 먼지 풀썩이는 밭이랑에서 배배 꼬이며 시들어갔다. 어떤 데는 사뭇 발갛게 타버린 곳도 있었다.

낮에 기승을 부리던 더위는 저녁때가 되면서 사그라지는 것이 아니라 그대로 내려앉았다. 그 더위와 함께 각다귀 무리도 쏟아져 내려와서 피부에 달라붙어 피를 빨았다. 나뭇가지를 꺾어서 내저으며 쫓고 부채로 쫓아도 정통으로 얻어맞지 않아서는 도망가는 법이 없었다.

마당에 멍석을 펴고 앉아 저녁을 먹고 나면 주인집에서는 모기를 쫓기 위해 마당 한 녘에 '모기내'를 피우는 것이었다. '모기내'는 마른 쑥 같은 것으로 피우기도 했으나 보리 까끄라기에 불을 지르고 그 위에 흙을 덮어서 사뭇 연기만 나게 만들기도 했다. 이 연기가 다소 모기를 쫓는 역할을 했다. 그러나 그 캄캄한 열기의 연기는 더위를 더욱 부채질해서 숨가쁘게 했다,

이런 밤이면 그도 후덥지근한 방에서 견디지 못하고 마당으로 나왔다. 그가 나오면 언제나 주인집에서는 평상을 비워 주었다. '모기내'가 마당 네 귀를 돌다가 사라지고 어둠이 담뿍 좁은 마당에 내려오면 그제야 어디선가 청량한 바람 줄기도 한 올 날아들었다.

목침을 베고 북쪽 하늘을 바라보니 별들이 영롱했다. 문득 얼마 전에 세상을 뜨셨다는 누님 얼굴이 떠올랐다. 그럴 수가 있을까. 이런 배소에서 누님의 사망 소식을 듣고, 또 앞서는 아내와 교희 형님마저 먼저 세상을 떠나보내야 하다니⋯⋯울먹한 가슴이 찢어드는 듯 아팠다. 인생은 무엇이고 죽음이란 무엇인가. 도저히 마음을 걷잡을 수가 없었다.

두 누님이 계셨지만 특히 이번에 돌아가신 누님은 70세 가까이 사시면서 가정적으로 대단히 험난한 세월을 산 분이었다. 그렇건만 일을 당할 때마다 크게 깨우친 사람처럼 호연지기가 있고 얼굴에 근심기를 나타내지 않았다. 그가 유형의 벌을 받고 제주로 올 때만 해도 얼마나 의연했던가.

"세상 삶이란 좋은 날도 있고 궂은 날도 있게 마련이다. 너무 상심 말고 몸 건강히 기회를 기다려라."

그의 손을 잡고 주위를 곁눈질해 살피며 은근히 들려주던 위로의 말이 떠올랐다. 뜻 있는 시선, 대단한 오지랖이었다.

환후가 위중하다는 소문은 오가는 종들 편에 들어 알고 있었으나 당신이 돌아가셨다는 소문은 충격이었다.

별은 왜 저렇듯 영롱한가. 서울 하늘에서도 저 별들은 보일 테지. 그러자 궁색한 자신의 처지가 더 되돌아 보이고 심사도 처량해졌다. 죽은 사람이야 의연히 제 갈 길을 갔을 터이지만 같이 떠나지도 못한 사람은 끝간데까지 슬퍼하며 가슴을 찢어 대고 있으니 산 사람이 더욱 슬프다는 말이 실감되었다.

초종(初終)의 모든 예절은 누가 때맞추어 하고, 출상(出喪)은 언제였을까. 무덤은 또 돌아가신 매형의 묘와 합장이었을까, 혼 자였을까. 생각이 번잡하니 가슴이 답답하였다.

상무는 그런 대로 예의범절이 바르고 가문의례를 숭상한다 하니 다행스런 일이거니와 상우는 그 욕심에 심사나 비뚤어지 지 않았는지. 한때 상무가 위험을 무릅쓰고 제주 배소에 와 보 겠다고 예안이씨를 졸랐던 일이 떠올랐다.

한참 혼자서 공상의 나래를 펴는데 마을 갔던 강위가 털턱거 리며 돌아왔다. 그의 몸에서 얼핏 술냄새 같은 게 맡아졌다. 이 동네에는 주막이 없는데 어딜 가서 술자리엘 어울렸는구. 그가 요즘 마음이 고르지 못하다는 걸 그는 느끼고 있었다. 뭔가 고 민이 가슴속에 쌓여 있는 것 같았다.

"스승님, 우리가 벼슬을 하고, 학문을 하고, 일생을 살아간다 는 지표는 어떻게 삼음이 옳습니까?"

사람은 누구나 뱃속에 향풀을 감추었건 오물을 감추었건 그 냄새를 토해내게 마련이다. 추사는 그가 어떤 대답을 요구하고 있는지를 대강은 짐작한다. 이 참에 뭔가 그가 바라는 말을 해 주리라. 목침을 세우고 상체를 일으켜 앉았다.

"대체로, 여기서 천리 길을 가려는 사람이 있다면 먼저 반드시 그 길이 나 있는 곳을 판단해야 할 것이야. 길을 안 다음에야 출발할 곳을 생각할 수 있는 까닭이지."

"길이 판단되면 그 길로만 가면 되는 것이옵니까?"

"문을 나서서 가는데, 진실로 앞길이 아득히 멀어서 진로가 분별이 잘 안 될 때에만 반드시 길을 아는 사람에게 묻는 것이 중요해. 바르고 큰 길을 안내받는 것이 필요하다는 말이네. 나쁜 길로 가면 가시밭 속으로 들어가며 바른 길로 가면 반드시 목적지까지 갔다가 돌아올 수 있을 것이야."

"그런데 그 안내자들이 꼭 길을 제대로 안내한다고 장담할 수 있겠습니까?"

"의심을 하려면 한이 없지. 의심이 많은 사람은 그대로 믿으려 하지 않고 머뭇거리며 다른 사람에게 묻고, 또 다른 사람에게 묻고 하지. 반드시 그것을 지내보고 시험해 봐야겠다고 생각하다가 구렁텅이에 빠지는 경우도 없지 않아."

강위는 깨닫는 바가 있는지 연신 고개를 끄덕였다.

"마침내 어리석음을 깨닫게 되어 돌이키는데, 그때는 대개 시간과 정력을 지나치게 낭비한 후이지. 현명한 처사는 남이 명백하게 밝히어 가르쳐주면 힘써 그것을 실행하는 것일세."

강위의 입에서 긴 한숨이 흘러나왔다. 별은 하늘에 더 총총하고, 멍석 위에 누운 하배들에게서는 고른 숨소리가 들려 오기 시작했다. 강위는 절망해 있는 스승에게서 그래도 이런 가르침이라도 뽑아낼 수 있었던 것이 무척 다행스러운 모양이었다. 그것은 그에게 큰 수확이었다.

"한잠 주무시지요. 이제 꽤 서느러워졌으니……."

"그러세. 밤이 꽤 깊었나보네."

추사는 고개를 쳐들어 한 바퀴 휘돈 미리내를 살펴보았다. 모기향불이 가녀린 연기를 피워 올리고 있었다.

작은 초상화

진짜 나도 역시 나고 가짜 나도 역시 나다. 진짜 나도 역시
옳고 가짜 나도 역시 옳다. 진짜와 가짜 사이에서 어느 것이
나라고 할 수 없구나. 제석궁(帝釋宮)의 구슬들이 켜켜로 쌓
였거늘 누가 능히 큰 구슬들 속에서 그 참모습을 가려 집어낼
수 있을까. 하하하.

　　　　　　　　　　스스로 작은 초상화에 제함

추사가 제주로 유배 와서 7년 만인 1846년 6월 3일은 그의
회갑날이었다. 이날 아침 추사는 조반상을 받고 깜짝 놀랐다.
이날 상은 전례없이 주인 강씨의 처가 직접 들고 들어왔는데,
상 위에는 잡곡 섞인 반지기밥 대신 흰쌀밥이 올라 있었다. 거
기다 몇 가지의 떡과 통닭 한 마리, 그리고 술병까지 곁들이고
있었다.

　그는 평소 주인 여자를 거칠고 떠들기 잘하며, 예절조차 모르

는 전형적인 제주 여자라고 생각하고 있었는데 이런 때 보니까 그 마음 밑바닥에 으름같이 달콤한 정이 고여 있음을 깨닫게 되었다.

"차린 것은 별로 없수다. 시골 살림에 어떵 헙니까?"

상을 놓고 물러나는 걸 보니까 그녀는 마을 갈 때만 입는 치마저고리를 갖춰 입고 있었다. 그 뒤로 갓을 쓴 강 훈장이 두루마기 차림으로 서 있었다.

"차린 게 별로 없어서……만수무강을 빕니다."

강 훈장은 넓죽이 엎드려 그에게 큰절을 하고 그는 엉거주춤 맞절을 하였다.

"이거 원, 폐가 많소이다. 어찌 귀양 사는 신세에 이런 대접을 바라겠소? 그러잖아도 폐가 많던 차에……."

"무슨 말씀이옵니까? 귀한 어르신을 모시고 늘 대접이 소홀하여 몸둘 바를 모르고 있었습니다. 언제나 생활이 좀 펴질지……."

수염을 한 번 쓸어내리는 그의 표정이 어두웠다. 그 뒤로 헬쑥한 경득이와 안 서방이 손을 모으고 서 있었다. 강 훈장이 뒤돌아보고 자리를 비켜주자 그들이 들어와 한 사람씩 엎드려 큰절을 하였다.

"만수무강하소서, 대감마님."

"만수무강 누리소서."

절을 하고 일어나는 걸 보니까 경득이와 안 서방 눈에 이슬이 맺혀 있었다. 그걸 숨기려고 안 서방은 얼굴을 외면하고 팽코를 풀었다.

"너희들을 고생시켰구나, 괜시리……거기다 주인집에까지 폐를 끼쳤으니 이 일을 어쩌면 좋으냐?"

"폐라니, 그 무슨 섭섭한 말씀이십니까? 저희는 더 잘해드리지 못한 것이 한인데……."

"좌우간 게 앉읍시다. 주인장께서 유일한 축하객이시니……."

그는 문득 한 달쯤 전에 떠나간 강위를 떠올렸다. 그는 들판에 생기가 돌고 바다가 맑아지자 훨훨 떠나가버렸다. 함께 있을 때는 먹을 걱정, 입을 걱정, 걱정이 태산 같더니 떠나고 나니까 사람이 그리웠다.

"그러려고 어렵게 술을 마련했습니다."

"……"

강 훈장은 꿇어앉아서 잔에 술을 따르고 두 손으로 받쳐 권했다. 그도 두 손으로 잔을 받았다.

"60이 이순이라는데 이때가 되어 나는 더 세상사를 모르겠소. 생각이 섞갈리고 어느 게 옳고 그른지 판별이 잘 안 됩니다."

"무슨 말씀이십니까? 이런 어려운 고비에 자신을 그만큼 지키고 몸을 바로 세워 나가기가 쉽지 않은 일입니다."

"잘 봐주니 고맙소. 그러나 배운 사람으로서 부끄러운 일이 많습니다. 자, 이번엔 내 술 한잔 받으시지요."

그는 잔을 내어 강 훈장 앞으로 내밀었다. 그리고 천천히 수염을 쓸어내렸다.

"나의 선생님 중에 담계(覃溪)와 운대(芸臺) 두 스승이 계시지요. 담계 스승님은 이르기를 '옛 경전을 좋아한다' 하고, 운대께서는 '남의 말하는 것을 그대로 좇는 것을 좋아하지 않는다'고

하셨습니다……이런 두 분의 말씀은 서로 상반되는 듯하나 가
만히 생각해보면 모두 다 들어맞는 데가 있지요. 거기다 두 말
의 일치점도 찾을 수 있어요…….”

“심오한 말씀이시군요. 명심하겠습니다.”

“달마는 면벽 9년 좌선에 신이(神異)를 깨치고 도연명(陶淵明)
은 80일 벼슬에 귀거래사(歸去來辭)를 지었건만…….”

그는 묵연히 천장을 바라보며 혼잣말 끝에 긴 한숨을 내쉬었
다.

“꿈속에 꿈이 있고 몸 밖에 몸이 있다는 말씀, 여러 차례 들
은 것 같습니다…….”

강 훈장이 잔을 내어 다시 그에게 권했다.

“옛날 공산(空山)의 한 늙은 중이 자신의 조그만 초상화에 제
목으로 쓴 글이지요. 대단한 의미가 있는 말입니다.”

그들은 주거니받거니 꽤 여러 잔을 마셨다. 밖에서는 아랫것
들이 술잔이나 걸쳤는지 말소리와 웃음이 꽤 높아져 있었다.

그는 술잔을 들고 보니 세상이 참 허망했다. 어찌 이럴 수 있
는가. 제주까지 귀양을 와서 이렇게 환갑을 맞으리라고는 전혀
생각해보지 않았다. 그런데 이제 환갑이라……지나온 세월을
돌아보니 첩첩산중이었거니와 앞일 또한 한치도 내다보이지 않
았다. 앉았거나 누웠거나 그저 몸이 나른했다.

그는 이제까지 실사구시설(實事求是說)을 주창하고 성현의
가르침을 몸소 실천해 왔으며, 공허한 이론을 숭상해서는 안 된
다고 노상 주장해 왔다. 실제 있는 것에서는 응당 올바른 이치
를 찾을 수가 있으나 공허한 것에서는 근거로 삼을 것이 없다

고 주장해 왔다. 또 스스로 학문에 있어서 주장이 뚜렷하고 고집이 세다고 생각하고 있었다.

그러나 심기를 고르고 고요하게 하여 넓게 배우고 힘써 실행하려는 그의 노력은 자꾸만 꺾이었다. 그는 요즘 어떤 때 스스로 낙망하고 심약한 늙은이가 되어 있는 것을 깨닫고는 깜짝깜짝 놀라곤 했다. 실로 두려운 일이었다.

술기가 온몸에 번지면서 사지가 노곤하게 아려왔다. 그는 강훈장이 앞에 있어 실례인 줄 알면서도 잔을 놓고 물러나 벽에 등을 기대었다.

"쉬시지요……저도 물러가 쉬겠습니다."

강도순이 천천히 일어나 읍해 보이고 방을 나갔다. 그는 그만 눈을 감았다. 보라색 휘장 같은 게 눈앞에 확 드리워지며 앞을 가렸다.

상우의 편지가 생각났다. 그는 상우만 생각하면 가슴에 앙금 같은 게 부글거리며 죄책감이 짓눌려오곤 했다.

상우는 그 편지에서 글씨 쓰는 법을 어디서 구해야 옳으냐고 물어오고 있었다. 글씨 쓰는 법, 그거야 예나 지금이나 예천명(醴泉銘) 이외에 어디 있던가. 조맹견(趙孟堅)의 때부터 예천명은 해서법(楷書法)의 모범이었다. 그는 이것을 상우에게 명확히 알려줘야겠다고 다짐했다. 놈은 잘못될 가능성이 커. 그래서 그는 그런 아들이 늘 걱정이었다. 상우는 또 "겨우 몇 자를 썼더니, 글자마다 각각 달라서 끝내 한결같지 않았다."고 투정부리고 있었다. 이제 그가 이런 걸 깨닫게 되었으니 가히 어느 정도의 경지에 들어간 것일까. 그는 한편 기뻤다. 이 정도 된 것만도 다행이었다. 그는 이제 60년 동안 글씨를 썼으되 오히려 한 결같지 않으니 상우의 말이야 오히려 당연했다. 이제 마음을 가다듬어 힘껏 좇아가서 어느 정도의 과정만 지나면 통쾌하게 깨닫는 곳에 이를 것이었다.

그는 아들에게 서법의 근본인 예서를 익히도록 권해야 되겠다고 생각했다. 서도에 마음을 두고자 한다면 예서는 꼭 이겨야 하리라는 생각이었다. 또 예서는 반드시 모지고 굳세며 옛스러운 데가 있고 졸박해야 하는데 상우가 이 경지까지 좇아갈 수 있을지. 그건 그로서도 자신할 수가 없었다.

또 이놈이 해야 할 바는 글씨 쓰기에 앞서 인격을 닦는 일인데 가슴속에 맑고 드높으며 고아한 뜻을 길러낼 수 있을지. 문자향과 서권기를 몸 속에 지니도록 글을 읽고 연마함이 무엇보다 앞서야 될 것 같은데 그걸 배겨낼 수 있을지.

아들의 변화하는 모습과 함께 영락한 서울집의 모습이 하나하나 되살아나서 눈앞에 다가들었다. 그들은 오늘을 어떻게 보내고 있을까. 이럴 때면 언제나 돋보이게 떠오르는 것은 아내 예안이씨의 모습이었다. 그녀만 살아있다면 그 한 가지 이유만으로도 자신의 오늘은 좀더 여유있고 풍요로울 수도 있었을 텐데…….

그는 그만 모로 누워버렸다. 아슴푸레 잠기가 몰려오는 그의 눈꼬리께에 번직거리며 물기가 비쳐가고 있었다.

소치와 무과(武科)

소치는 추사 선생과 작별을 하고 고향으로 돌아온 후 며칠이 안 되어 관아로부터 부름을 받았다.

"우리 관장(官長)님께서 모셔오라는 분부여유."

섬돌 아래 선 사령은 불문곡직 이렇게만 아뢰었다. 그는 어쩐지 기분이 좋지 않았다. 언제나 관에 불려 다니는 일은 께름칙했다. 추사의 배소에서 지낼 때 그는 어느 농가의 머리맡 벽에 돼지꼬리 같은 걸 그려놓은 걸 보았다. 모지락 붓으로 쓴 관(官)자 테두리로 동그라미를 몇 겹이나 그리다가 꼬리를 삐쳐 내버린 것인데, 그는 얼른 보아도 그게 부적이란 걸 알 수 있었다. 그래도 그런 내색은 전혀 않고 농부에게 물어보았다.

"여기 이 돼지꼬리 같은 건 무슨 뜻입니까?"

농부는 처음엔 뒷덜미만 긁으며 대답하려 하지 않았다. 그래도 그가 농부의 의뭉한 표정에서 시선을 떼지 않으니까 농부는 마지못해 어눌하게 대답했다.

"뭐 관 같은 데 걸리지 않게 해달라는 부적입죠……."

그의 손은 다시 뒷덜미로 돌아갔다. 아하, 그렇구나. 관은 양민들에게 심한 기피의 대상이구나. 그리고 보니까 그도 별로 관이 달갑게 생각되지 않았다. 불가근 불가원(不可近不可遠), 관이야말로 가까이도 멀리도 하지 못할 상대였다.

소치는 두루마기 끈을 조르고, 갓을 쓰고, 사령을 따라 길을 나섰다.

"너희 관장 성함이 무엇이며 어디 사람이냐?"

그는 사령놈의 비위를 건드릴까봐 조심스런 어조로 물었다.

"예, 밀양사람 이유봉(李儒鳳)이여유."

놈은 고분고분 대답했다.

"성격은 어떠냐?……알아둬야 좋을 것 같아서 그런다."

"……"

놈은 대답하지 않고 헤에 웃기만 했다. 그도 짓궂게 다시 캐묻는 것도 이상하여 입을 다물었다. 놈은 울퉁불퉁한 돌길을 한참 걸어서 용마루만 유독 높은 관아 있는 데로 들어갔다. 소치는 문지방을 넘을 때 문득 스승 추사를 떠올렸다. 어쩌면 죄인의 배소에 오래 머물러 있는 것도 죄를 삼으면 죄가 될 수 있었다. 그 일을 잡도리하려는 것이나 아닌지.

그러나 대 위에 앉았다가 일어나 나오는 관장의 표정을 보고는 이제까지의 걱정이 눈 녹듯 스러졌다.

"어서 오시오."

관장은 마주 일어나 나오며 그의 손을 맞잡았다. 대청에 마주

앉자 미리 시켜뒀던 듯 바로 술상이 나왔다. 관장은 첫 잔을 따라 마시고 잔을 건네면서야 의중의 말을 꺼냈다.

"오시게 한 것은 다름 아니오라 연영사(蓮營使)께로부터의 부탁에 따른 것입니다. 신관호(申觀浩) 영사께서 감영에 부임하신 지 얼마 안 되어 영감을 찾으셨어요. 사람을 보내어 찾아보게 했더니 제주로 가셨다더군요."

이렇게 되면 숨길 것도 뭣도 없었다.

"죄송하게 됐습니다. 추사 스승님께서 배소에 계셔서 거기 가 있었습니다. 그렇지 않아도 제가 나오는 길에 스승님께서 신 영사님께 인사를 드리라시는 분부셨습니다."

"그러셨군요."

그는 고개를 끄덕이며 소치 앞에 잔을 내밀었다. 그는 신중했지만 대단히 주호였다. 이미 주먹 같은 코끝이 꽤 붉고 거기 땀방울이 솟기 시작하고 있었다.

"나는 그림 같은 것은 잘 모릅니다만, 그러나 사람들 말로는 속계를 초월하여 삼매경에 들어간 그림은 영감 것밖에 없다더군요……."

소치도 코끝이 붉어짐을 느꼈다. 맞대놓고 이러는 데야 뭐라고 대답을 할 것인가. 술이 오르면서 관장의 태도는 신중함이 무너지고 호방해졌다. 그런 호방함이 술자리의 흥을 돋구었다.

그날 소치는 밤중까지 대취하게 마셨다. 배소에서 못 마신 것까지 벌충을 한 셈이었다.

이튿날 이유봉 관장의 안내를 받아 우수영으로 신 영사를 찾아갔다. 제승당(制勝堂) 높이 앉아 있는 신 영사는 빼어나게 민

첩해 뵈는 멋쟁이였다. 이글거리는 시선, 밝은 표정이 마주앉으니까 어깨를 누르는 듯한 기분이었다.

"내가 여기 부임하자마자 제일 먼저 찾은 사람이 누구였을 것 같소?"

그들은 서로 미소만 교환했다.

"황송하게 됐습니다. 오래 그리다 만날수록 뜻이 깊은 것 아니겠습니까?"

"거 좋은 말입니다. 이제 간절히 바라던 일이 이뤄졌으니 이제부터는 내 곁에만 붙어 있어야 됩니다."

"바랄 수 없는 일이오나 더 없는 영광이옵니다."

영사의 말이 진지했으므로 그는 감격했다. 그는 미리 그가 제주에서 떠나올 때 스승이 써 준 시를 소매 속에 넣고 갔으므로 그걸 꺼내서 영사 앞에 펼쳐놓았다.

보랏빛 제비 날아와
단청한 들보 돌면서
뜻 깊은 사연을 말하는지
그 소리 낭랑하네

영사는 낭랑한 목청을 높여 시를 새겨 읊었다. 시도 좋았지만 높낮이가 조화 있는 낭독소리도 아름다웠다. 그는 참 마음이 흔쾌했다.

이날도 그들은 술이 거나하게 취하도록 마셨다. 술자리가 벌어지자 영사는 막하에 있는 신의한(申義翰)과 해사(海史) 김용(金鏞)도 불러들였다. 그들은 술도 잘 마셨지만 시와 풍류도 걸

맞은 선비들이었다.

술이 거나해진 그들은 시를 지어 읊고 글씨도 썼다. 그날 소치는 그들 앞에서 파초 한 그루를 그렸다.

이날을 계기로 소치는 신 영사와 아주 가깝게 지내게 되었다. 소치의 사촌아우와 어린 아들까지도 무시로 관아에 드나들어 마치 한집안과 같이 지냈다.

이듬해 정월 신 영사는 조정으로 돌아가게 되어 소치도 그와 함께 서울로 올라갔다. 그가 안현(安峴 ; 현재의 안국동)의 권돈인 대감댁에 기식하게 된 것은 오로지 신 영사의 소개에 의한 것이었다. 또 임금을 만나 뵙고 그 앞에서 그림을 그리는 영광을 안게 된 것도 딴은 신관호의 도움이 컸다.

그는 그림이나 그리고 글씨나 쓰는 한갓 서생이면서 서울 체류 동안에 무과에도 급제했다. 그런데 그 과정엔 참 웃기는 대목이 있었다.

"어떻게 될 겝니다.……제가 해보지요."

거 왜 어떻게 되는 수가 있지 않느냐고 신관호가 윽박지르자 훈련대장 이주식(李周植)은 뒷덜미를 득득 긁었다.

기골이 장대하고 호걸풍인 이주식은 이 방면에는 도통한 사람이었다. 소치를 이주식에게 따라보내며 신관호는 말했다.

"걱정할 것 없어요. 그저 저 사람이 시키는 대로만 하면 됩니다."

그는 얼떨결에 건덩건덩 걸어가는 이주식의 뒤를 따라나섰다. 밖에는 메마른 바람에 깡깡하게 추운 날씨였다. 귀섶이 떨어져 나가는 듯 귀가 시리고 아팠다.

시험장소는 춘당대(春塘臺). 앞장선 사내는 그 옆의 훈련대장 막사로 건덩건덩 들어갔다. 그가 들어서자 애띤 젊은이가 의자에 앉았다가 일어나 자리를 비워주었다. 앞장서 들어선 이주식이 젊은이에게 소개했다.

"인사드려라. 이 어른이 그림으로 유명한 소치 허유(許維) 선생이시다."

그리고 소치 쪽으로 돌아서서 말했다.

"제 가아(家兒)올시다. 오늘 입시를 하지요."

"말씀 익히 들었습니다."

젊은이가 소치에게 허리를 깊이 꺾어 절을 했다. 소치도 웃으며 허리를 굽혔다. 젊은이는 귀골풍으로 깨끗한 인상이었다.

장군의 막사는 철판에 숯불을 피워 후끈후끈했다. 몸을 녹이며 앉아 있으려니까 사령이 술을 데워 가지고 나왔다.

"자, 조금만 드십시다. 이제 곧 활을 쏘게 될 테니……."

소치는 얼떨결에 잔을 들었다. 귀골풍의 젊은이는 앞서 밖으로 나가고 있었다.

이주식은 어찌 보면 순 건달풍이었으나 신관호가 신임하는 것으로 봐서는 그렇지만도 않은 구석이 있는 듯했다.

잠시 후에 밖에서 호령소리가 들려서 밖을 내다보니까 입시자들의 사대(射隊)가 쭉 늘어서 있었다. 눈치를 살피던 이주식이 그의 등을 밀어 사대로 내보내며 귓속말로 속삭였다.

"오늘 과거에는 선생이 참방(參榜)을 하게 되어 있습니다. 그러나 활을 쏘면 화살이 제대로 나갈 리가 없으니, 살을 쏘기 전에 화살의 이름을 모두 지워버려야 합니다.”

이주식의 시선은 은밀하게 반짝였다.

“어떻게 지우지요?”

그의 반문은 다급했다.

“먹으로 쓴 것이 되어서 손가락에 침을 묻히고 닦으면 다 지워집니다.”

소치는 얼떨결에 고개를 끄덕이고 등을 떠밀려서 사대로 나왔다. 활과 화살을 받아들고 대열에 서자 아랫도리가 다 떨려왔다. 그는 눈치로 다른 사람들이 하는 걸 보며 이주식이 하던 말을 떠올렸다. 다른 사람들이 보지 않게 엄지손가락에 침을 바르고 살 끝의 자기 이름을 살살 지웠다. 이름은 잘 지워지지 않았으나 알아보지 못하게끔 얼버무려졌다. 그는 떨리는 팔로 시위에 살을 끼고 힘껏 당겼다. 그가 활시위를 당기는 건 난생 처음이었다. 한껏 당기고 탁 놓으며 어느쯤 나가리라 계산했는데, 화살은 못 언저리에도 못 나가 맥없이 떨어졌다. 옆에서 활을 쏘던 땅딸막한 사내가 킥킥 웃었다. 땅딸이의 활시위 당기는 모습은 당당했다. 그러고 보니까 아까 자기는 활과 화살을 손을 바꿔 쥐고 있었던 셈이다. 사내의 화살이 과녁에 가 맞는 여문 소리가 탁 하고 여기까지 들렸다. 그러자 그가 소치 쪽을 돌아다보며 말했다.

“아니, 어찌된 게 활 잡을 줄도 모릅니까?”

“ㅎㅎㅎ”

사방에서 소리를 죽인 웃음소리가 들렸다. 소치는 그 웃음소리를 듣자 팔힘이 팍 풀리며 얼굴이 확 뜨거워졌다. 다시 화살의 이름을 지우고 시위를 당기려는데 누가 툭툭 어깨를 쳤다. 얼굴이 확 뜨거워져서 돌아다보니까 전립을 쓴 선전관(宣傳官)이 노려보고 있었다. 그는 가슴이 쿵 내려앉았다.

"당신은 어째 이름을 지우고 쏘시오?"

그는 표정이 엄했다. 그는 얼굴을 보이지 않기 위해 푹 숙인 채 대답했다.

"지우는 게 아닙니다. 살을 잡는 거지요."

그는 손에 밴 땀을 바지가랑이에 닦았다.

"이리 오시오. 당신 안 되겠구만……."

선전관은 그의 팔을 잡아끌고 사대 뒤를 돌아 임금이 앉아 있는 단 앞으로 가는 것이었다. 끌려가자니 그는 창피하기도 하고 겁도 나서 몸이 부들부들 떨렸다. 앞뒤 안 가리고 나선 내가 잘못이야. 활도 잡을 줄 모르는 주제에 과거장엘 나오다니 이 꼴이 뭐람. 이제 꼼짝없이 당하게 되었구나. 무슨 낯으로 다시 임금님을 뵙지? 그는 마치 넋 나간 허수아비 같았다. 선전관은 나무계단을 올라 임금과 훈련대장들이 앉아 있는 데로 갔다. 그는 춥기도 했지만 두렵고 부끄러워서 다리가 와들와들 떨렸다. 사대 쪽 사람들이 낄낄거리는 웃음소리가 자꾸 뒷덜미에 와서 화살처럼 퍼부어졌다.

그런데 조금 후에 나무계단을 내려온 선전관은 전혀 딴판의 대우로 말했다.

"갑시다."

그리고는 앞장서서 먼저 활을 쏘던 자리로 그를 데리고 갔다.

"당신에게는 그렇게 쏘도록 하였노라니, 도대체 무슨 말인지 모르겠소……."

선전관은 투덜거리며 딴 데로 가버렸다.

소치는 주위의 흩어지는 신경을 가다듬고 간신히 유엽전을 다 쏘았다. 다음은 편전을 쏠 차례인데, 그는 전통이 없었다. 남의 눈치를 봐가며 화살을 주워 쏘니까 옆 사람들이 또 킥킥대고 웃었다.

"대단한 격수 하나 났군."

"그러게 말이오. 전통도 없이 편전을 쏘니……."

"아무도 장원할 생각은 마시오."

"흐흐흐. 내 일찍 포기하겠소."

"하하하. 나두요."

그래도 그는 마지막까지 배짱 좋게 시위를 당겨 활을 쏘았다. 아무리 당겨도 화살은 못 언저리에 가서 떨어졌다. 어느새 추운 기가 다 사라지고 등때기가 흥건히 젖어왔다. 그는 신관호도, 이주식 대장도 모두가 원망스러웠다. 이렇게 사람 얼굴에 모닥불을 끼얹을 수가 있는가. 나 같은 게 무과 참방이라니, 그는 대충 쏘아놓고 도망치듯 막사로 돌아왔다.

그런데 이튿날, 나붙은 방에는 그의 이름이 단연 상단에 올라 있었다. 장원은 훈련대장의 아들 이희태, 막사에서 만났던 젊은 이였다.

그는 이 방을 우러러보면서도 또 한 번 얼굴이 달아올랐다. 일말의 양심과 임금에 대한 감사가 두루뭉수리가 된 감정이었다.

섬의 제자들

　막내아우 상희가 보내온 책꾸러미를 뒤지다가 추사는 얄팍한 한지 책자 하나를 집어들고는 빙그레 웃음을 머금었다. 젊은 시절 그의 필치로 베껴 쓴 한글 책자의 표지에는 『서상기(西廂記)』라고 쓰여 있었다.

　화살은 쏘면 어쨌건 날아간 자리에 가 있는다더니……그는 젊은 날의 그 봄 햇볕 같은 치기가 눈부셨다. 자신만만하고 패기에 차 있던 그때 일들이 남의 일처럼 생소하게 느껴졌다.

　서문을 뒤적거리다 보니 '백양맹춘(白羊孟春)'이라 쓰여 있었다. 백양맹춘……짚어보니까 그의 나이 스물여섯 때의 일이었다. 연경을 사모하여 풍선처럼 부풀어 있었으며 거칠 것이 없던 시절, 선비들 간에 패관애곡(稗官哀曲)이라고 나무람받는 이런 글을 혼자만 읽는 것도 아니고 번역까지 하다니…….

　그러나 그에게는 하나의 확신이 있었다. 그것은 모름지기 예술은 그 속에 은근한 즐거움이 있어야 한다는 생각이었다. 『서상기』는 비록 '재자기서(才子奇書)'로 알려지기는 드물었다.

그는 이 책 번역을 위해서 주역한 여러 가지 원본을 찾아 읽던 생각이 났다. 그리고 내용 중에 번거롭게 난삽한 부분은 칼로 베듯 잘라내던 생각도 했다.

"좋다"

"얼씨구!"

책이 다 번역되었을 때 부러 동네 벗들을 불러 낭독을 해줬더니 그들이 깨놓고 즐거워하던 모습이 눈에 선하였다.

그가 한참 책을 번역할 때 등 너머로 들여다본 어떤 친구가 빈정거리며 말린 적이 있었다.

"성현의 글이 아니면 군자는 시선을 두지 않는 법이야. 이런 패관애곡이란 눈에 한번 스치는 것도 오히려 꺼려할 일이거든 하물며 번역을 하다니⋯⋯이 글이 비록 공교롭다면 공교롭지만, 마음을 음탕하게 함이 틀림없는 바 이를 어떻게 하려는 게야?"

친구의 질책은 사뭇 진지했다. 그러나 그때 그는 물음에 흡족한 대답을 해줬다고 생각한다.

"그러나 꼭 그렇게만 생각할 것은 아니야. 하늘에는 해와 달 풍우가 있고, 땅에는 오곡과 초목이 있고, 사람에게는 공경(公卿)과 농공(農工)이 있으며, 글에는 경(經)·사(史)·자(子)·집(集)이 있으니 이것들은 실로 우리가 쓰고 살아가는 데 없어서는 안 될 것들이야. 가령 저 하늘에서는 기이한 구름이나 환상적인 안개, 땅에서의 이상한 꽃이나 이상한 풀, 사람에게서의 일사(逸士)나 만객(漫客), 글에서의 기사(綺詞)나 염곡(艶曲) 등은 비록 아무 데도 쓸 곳이 없는 것이라 이르겠지만, 역시 천지 사이에 이 한 가지라도 없애기에는 어려운 것이야. 나는 이 『서상기』로써 한편으로 기이한 구름이나 환상적인 안개로 보기도 하려니와, 또 한편으로는 이름난 꽃이나 이상한 풀을 대신함이니 무엇이 나쁠 것이 있겠는가.”

그제야 그들은 서로 마주보고 웃었다.

어쩌면 상희놈은 고의적으로 이걸 책갈피에 끼워 넣었는지 모를 일이었다. 유배지 형님의 울적한 심사를 달랠 수 있을까 살짝 끼워 넣었을 것이다.

따지고 보면 이곳에는 한숨밖에 없었다. 한숨을 놀이로 깨뜨리는 여유마저 잃고 있는 것이 분명했다. 그렇지 내가 한 번 그들을 크게 웃기리라. 배꼽이 출렁출렁하게 한 번 웃겨보리라.

그런 『서상기』의 내용인즉 이러하였다.

당나라 덕종황제(德宗皇帝) 시절에 최명이라는 명공에게 만득한 앵앵이라는 딸이 있었다. 그녀는 그 부친이 세상을 떠나자 관곽(棺槨)을 모시고 박능(博陵)으로 가던 중 중도에 보구사(普救寺)에 머물게 되었다. 열아홉 살인 앵앵이는 춤추는 듯한 허리에 사지가 무르녹고 아리따우니 '천 가지로 요나하고 만 가지로 의리하야' 드리운 버들이 늦은 봄바람 앞에 서서 흔들리는 것 같았다.

여기서 서락(西洛) 땅의 수재 장군서(將軍瑞)가 노자 금동이를 데리고 과거길에 지나다 머물게 되면서 이야기는 급진전한다. 장생의 나이는 스물셋. 아니나 다를까, 장생은 먼발치로 한 번 앵앵과 홍랑을 보고서 반해 버렸다.

"내 잠깐 사이에 오백 년 풍류 업월을 보았구나. 내 세상에 절대가인을 많이 보았으나 저처럼 기묘하게 어여쁜 계집아이는 일찍 보지 못한지라. 눈에 아지랑이 일고, 입안이 벙벙하며, 혼과 정신이 허공에 떠 달아났도다."

이것이 장생이 그녀를 본 첫 감탄사였다. 그리고 그는 과거 보러 가는 목적도 잊고 절의 화상 법초에게 앵앵 소저를 주선하여 주도록 억지로 조르기 시작한다.

"주선하여 주지 아니하면 너를 은근히 원망하고 죽이리라. 내 비록 옥을 훔치며 향을 도적하지는 못하나 아무튼 행운(行雲) 바라보는 눈이나 맞춰 보자꾸나."

이렇게 조르는 장생의 모습은 머리는 눈 같고, 살쩍은 서리 같고, 얼굴은 소년 같으니 아마 양생법의 덕택이었다. 모양이 당당하며 소리가 낭랑하고 원광(圓光)이 빙옥 같으니 주물러 만든 승가의 화상일시 분명했다.

장생은 화상과 앵앵이를 만날 갖은 계략을 꾸미게 되며, 중간에 홍랑이를 포섭하는 데도 성공한다. 마침내 장생은 앵앵이네가 머무는 곁의 조용한 절로 옮기어 그녀들의 거동과 기원을 엿보게도 된다.

앵앵이는 밤마다 향을 피우는데 세 자루를 피워 한 자루는 돌아가신 부친을 위해 빌고 한 자루는 중당에 계신 모친의 장수를, 마지막 한 자루의 향은 다 타도록 아무 말도 않고 속으로만 빌고 있는 것이었다. 그러던 어느 날 시녀가 우리 아가씨가 풍채 좋고, 성격 온화하며, 문장 으뜸이요, 재학 높은 가문 자제를 낭군으로 맞아 백년해로케 해달라는 기원을 얼른 대신해버린다.

엿보던 장생은 이때다 하고 그녀 앞에 우뚝 나타나고 그들 남녀는 파란만장한 곡절 끝에 화합을 기약하게 된다.

책장을 걷으며 내용을 대강 넘보던 추사는 스읍 안으로 침을 삼켰다. 남녀간 운우지정(雲雨之情)의 신비를 은밀히 엿본 듯한 기분이었다.

실의와 절망 속에 추사에게 가끔 찾아오는 이 고장의 젊은이들은 적잖은 위안이 되었다. 그들은 아직 세상과 학문에 미천한 지식밖에 갖고 있지 않았으나 그런 만큼 무모하고 순박한 정열이 있었다. 그들 중 대정골이 고향인 이시형은 재주가 뛰어나고 학문에 대한 열의가 높았으며, 곽지가 고향인 박계첨은 아직 어렸으나 순후하게 보였다. 박군은 두 번째 그를 찾아왔을 때 김구오라는 목안 친구 하나를 데리고 와서 소개했다. 추사는 그들과 마주앉아 있으면 자신이 아버지를 따라 연경엘 가서 여러 학자들과 교류하고, 학문의 길에 정진하던 무렵의 일이 떠올랐다. 그들의 홍안, 초롱초롱한 눈동자가 마음에 위안이 되었다.

이날도 박계첨은 김구오와 짝하여 그를 찾아왔다. 마침 이시형이 찾아와 강(講)을 받던 때였으므로 그들은 자연스럽게 합석하였다. 그들은 이미 추사 선생을 통하여 서로를 알 만큼은 알고 있었으므로 이내 구면처럼 되었다.

추사도 오랜만에 마음이 평안하고 넉넉해졌다. 그는 젊은이들을 둘러보며 천천히 입을 열었다. 그것은 그가 여러 차례 망설여 오던 일이었다.

"재주가 닿으면 난을 좀 쳐보아. 이 고장은 수선도 보배지만 난이 또 일품이라구. 몰라서 그런데, 한라산 속 한란은 그게 그리 소홀히 대할 물건이 아니야."

그는 연신 고개를 끄덕이고 있었다. 가끔은 눈이 침침한지 가

스름하게 뜬 시선을 잘게 꺼벅거리기도 했다.

"그럼 선생님께서 그리시는 난초가 한라산에도 있다는 말씀입니까?"

이시형이 한 무릎 앞으로 다가앉으며 물었다. 다른 두 젊은이의 표정도 긴장해 있었다.

"그렇다니까. 한라산엔 어디보다 한란이 많아. 한란뿐 아니라 춘란, 풍란, 희귀한 꽃들의 보고야. 아직 그 가치들을 몰라서 그렇지……"

"자기 동네 색시 이쁜 줄 모른다는 말이군요."

"그렇고 말고……"

스승은 또 눈 주위를 실룩였다. 손을 입술로 가져가 손가락으로 입술을 꼭꼭 누르는 걸로 봐서 입술에 또 의주감(蟻走感)이 이는 모양이었다. 그것은 그에게 최근에 보이는 증상이었다.

"어떻습니까? 난초를 치는 것과 서예를 익히는 것, 어느 쪽이 더 어렵습니까?"

박계첨이 상체를 숙여 그 시커먼 눈을 스승에게 들이대며 물었다. 짙고 거센 눈썹이 꿈틀하는 게 보였다.

"난초를 치는 것과 서예를 쓰는 법은 아주 가깝지. 어느 게 쉽고 어렵다고 할 수가 없어. 이 두 가지를 이루는 데는 반드시 문자향과 서권기가 있어야 하지. 그러나 그림으로는 산수(山水), 매죽(梅竹), 화훼(花卉), 어느 것보다도 난을 치는 게 어렵다네……"

"……"

젊은이들은 묵연히 고개를 숙였다. 그렇게 어려운 길을 권하는 스승이 고맙기도 하고 두렵기도 했다.

"대체로 난은 정소남(鄭所南)으로부터 비로소 드러나게 되어 조이재(趙彝齋)에 이르러 가장 뛰어났지. 그들은 속에 고고한 인품을 갖추고 있어서 인품이 곧 화품(畵品)을 이룬 거야. 빗대어 모방하기조차 어려운 경지에 이르렀었지."

"조희룡이 난을 많이 친 걸 접할 기회가 있었습니다만……그 난은 어떻습니까?"

이시형이 맑은 눈을 꺼벅거리며 물었다. 그의 홍안이 붉게 물들어 있었다. 추사는 한참 그를 바라보고 앉아서 턱을 쳐든 듯한 채 아무 말이 없었다. 그리고 꽤 시간이 흐른 뒤에야 입을 열었다.

"그 사람이 내 난초 그림을 배워서 난을 치긴 하지만 끝내 화법을 깨치지 못하니 안타까운 일이야……가슴속에 문자기가 없는 까닭이지……."

스승이 고개를 끄덕이기 시작하자 젊은이들도 흉내낸 듯 고개를 끄떡였다.

"문자향, 서권기를 몸에 지녔다. 해도 신기를 모으고, 경우가 무르녹아야 그릴 수 있으니, 난 그리는 법이 어렵다는 게 예삿 말은 아니야."

"어떻습니까? 난초 그림이 요즘 와서 너무 흔하게 나도는 것 같습니까?"

"잘 보았어. 난초가 귀한 꽃이듯이 칠 때에도 무턱대고 쳐서는 안 되고 신기를 모아서 한두 장에 그쳐야 하지. 옛사람들도 다른 그림처럼 잇대어 여러 폭을 그리지는 않았으니까……자칫

하면 그릇됨이 쌓여서 그 그릇됨이 올바른 것보다 승하게 될 수도 있지."

그릇됨이 쌓여서 올바른 것보다 승하게 된다. 젊은이들은 깊이 고개를 끄덕였다.

"난을 치거나 서예를 하거나 요는 곁길이 없다는 것을 알아두는 일이 중요하지. 글씨의 본을 이제도 구양순, 저수량에게서 찾는 것은 그것이 육조시대의 비판(碑版)으로까지 올라가고, 한 점, 한 삐침, 간가(間架)의 법식까지가 한 자기도 옛 법규를 감히 바꾸지 않은 까닭이야. 이 길을 거치지 않고 곧장 산음(山陰)에 들려고 하고, 함부로 진체(晋體)를 표방하여 '난정서'니 '황정경'이니 하고 일컫는데, 이런 것은 모두가 알지도 못하고 날뛰는 짓들이지……."

스승의 목소리는 이제 꼬장꼬장해지고, 가무스름한 눈 가장자리도 색상이 돌아와 있었다. 그것은 그가 자기 이론을 바로 펼 때면 으레 나타나는 버릇이었다. 힘이 진하여 있다가도 일단 이론에 닿으면 눈에 불꽃이 일고 몸에 생기가 돌아왔다.

"그러면 우리가 본으로 삼을 만한 난의 그림은 어떤 것이옵니까?"

박계첨이 눈을 빤히 뜨고 스승을 쳐다보았다.

"정사초(鄭思肖), 조맹견(趙孟堅)이 가장 잘하였다는 것은 앞서도 말한 바이거니와 특히 사초의 노근(露根)은 의미심장한 바 있지. 평생 장가도 들지 않고 묵란만 쳤던 이 사람은 송나라가 망하자 난의 뿌리를 드러내어 그려서 오랑캐에게 땅을 뺏긴 울분을 나타냈어. 친구인 조맹부가 송의 종실이면서 절개를 버리고 원(元)에 벼슬하자 아예 상대를 안 했다니까……난을 치는 데는 손재주가 아니라 무엇보다 고결한 정신이 중요하지.”

“난에 있어 우리 조선에는 손꼽을 만한 사람이 누구겠습니까?”

“우리 나라에서도 선조대왕(宣祖大王)의 어화(御畵) 묵란은 정사초의 필의(筆意)가 담겨 있지. 또 석파(石坡 ; 흥선대원군)의 난을 치는 법도 격식을 벗어나 빼어난 쪽이야……”

“난을 치는 데 있어 저희들이 취할 자세는 어떤 것이 있겠습니까?”

“좋은 난을 치려면 반드시 옛사람의 좋은 작품을 많이 봐야지. 거기다 난은 먼저 왼쪽으로 치는 법식을 익혀야 하니까, 왼쪽으로 치는 것이 익숙해지면 오른쪽으로 치는 것은 자연히 따라오게 되지…… 그러나 무엇보다 중요한 것은 스스로 속이지 않는 일이야. 여기서부터 난 치기는 비롯되지.”

“……선생님은 저희들에게는 난 치기를 권하시면서 어째서 난을 별로 안 치시는지요?”

“……”

추사는 잠시 뜸을 들였다. 노루꼬리 만하다는 가을 해가 기울어 창호지의 띠살창 아랫도리에 밝은 햇살을 비추고 있었다. 그 햇살에 비치는 부위가 어느새 두어 뼘이나 올라와 있었다. 그의 입에서는 가는 한숨이 새어 나왔다.

“고목에서 싹이 나고 찬 재에서 불길이 오르기를 기다리는 격이야. 배우려고 심히 노력하고 애썼으나 점점 자신이 없어져.”

"그러시면서 저희에게 권하시면 저희는 어찌 합니까?"

이시형이 말끝을 흐렸다.

"나는 늙고 재주가 쇠하였고, 자네들은 아직 젊지 않은가. 그 이상의 재산이 어디 있어?"

스승의 눈가에서 잔주름이 파르르 떨렸다. 그가 다시 오른손 장지와 검지를 입술로 가져가 꼭꼭 눌렀다.

이날 젊은이들은 스승이 따라주는 차를 마시며 배소에 늦게까지 머물러 있었다. 스승이 지어 쓴 화엄사(華嚴寺) 상량문을 보여준 것도 이 자리에서였다.

"초의가 어떻게 보채는지 안 쓸 도리가 있어야지……."

스승은 그렇게 말은 하면서도 싫지만은 않은 표정이었다.

이날, 젊은이들은 밤이 이슥해서야 떨리는 가슴으로 배소를 떠났다.

걸궁

　겨울이 되면 배소 주변은 더욱 쓸쓸해진다. 저녁때면 서북쪽
에서 몰아오는 하늬바람 소리, 나무들은 바람에 겨워 북쪽으로
뻗은 가지가 모지락 빗자루처럼 닳고 마른다. 대숲에 이는 바람
도 사람의 마음을 슬프게 한다. 바람을 타고 가끔 몰려오는 떼
까마귀 무리들은 쉭, 귀싸대기 후리는 소리를 내며 갑자기 쏟아
져 산방산 쪽으로 사라진다. 귀청을 찢듯 날카로운 직박구리 울
음도 처량한 느낌을 더해줄 뿐이다.

　오랜만에 눈발이 그치고 난간에 햇볕이 들었으므로 추사는
그 눈썹 같은 햇볕 아래 나 앉았다. 헤아려 보니 벌써 이 고장
으로 유배되어 온 지 벌써 8년째가 된다. 막역지우 권돈인이 영
의정에 올랐을 때 행여 해배(解配)의 소식이 들여오지나 않나
기다렸으나 그후 벌써 두 해가 지나도록 감감소식이다. 사람은
저마다 앞뒤의 사연이 있는 것이지만, 너무 무심하다는 생각이

들었다. 바꿔, 자기가 그 자리에 앉고 그가 유배의 몸이 되었다면 그냥 견딜 수 있었을까.

구겨진 무명바지저고리, 자신의 몰골을 돌아다보니 몸은 마치 마른나무 같고 마음은 제대로 타지 못한 숯덩이다. 피부병이 옮아 뱀처럼 허물을 벗은 몸은 이제도 긁기 시작하면 살갗이 파지도록 긁어야만 했다.

담 모퉁이 너머로 보이는 바다는 회색 빛이다. 바다가 울타리가 되어서 그를 에운다. 턱 아래를 치받는 수평선, 그것은 위리안치를 위해 울을 두른 가시 울타리보다도 오히려 더 그를 속박한다. 그는 스스로 거칠고 찬 물가에 버려져 있고, 잡초 속에 묻혀 있는 듯한 기분이 되었다. 모두들 그를 잊어버린 듯한 절망이 휩쓸어 왔다. 여뀌가 맵고 차는 쓴, 세상일에 대한 정확한 판단은 갈수록 흐릿해지고, 스스로 추하다는 생각이 몸 안으로 몰려든다. 이제 할 수 있는 일은 초목과 같이 썩는 일뿐이다. 썩으면 그 위로 말뚝버섯이라도 솟아나겠지.

입과 코에서 바람과 화기가 나는 증세는 유배 온 초기부터 비롯되더니 나아졌는가 하면 또 덧나고 했다. 늙은이가 마음을 다스려 병을 고칠 만도 한데 그게 잘 안 되니 아직도 인격 수양이 모자란 탓인가. 백년 학문을 한들 무슨 유익이 있으랴. 그러고 무슨 사표가 되랴. 면구스러웠다. 그는 살레살레 고개를 저었다.

돌아누워도 돌아누워도 벽이요, 돌아서도 돌아서도 바다일 뿐이었다. 마음은 갑갑하고 조급증이 목께까지 차올랐다. 혼자 마음이 급해본들 어찌 할 것인가. 쇠파리에 쫓기는 늙은 황소에 스스로 비겨본다.

주인집 헛간에 시어머니와 며느리가 멍석을 깔고 맷돌을 나르는 것이 메밀을 바수려나 보았다. 그녀들은 가끔 마주앉아서 맷돌을 갈았다. 작업이 한창 진행될 때 보면 그녀들은 이미 괴로움도 잊고 삼매경에 들어 있곤 했다.

이여 이여
이여도 허라

맷돌을 날라 간 여자들이 작업을 시작한 듯 맷돌노래가 들려왔다. 그는 그 가락에 귀를 기울인다. 맘껏 소리질러 부르는 것이 아니라 안으로 소리를 죽여 부르는 그녀들의 민요 가락에는 슬픔이 잔잔히 배어 있다. 눈물과 한숨과……이런 것들이 깊게 가라앉아 있다.

이여 이여
이여도 가라

할머니의 노래를 며느리가 받아서 돌린다. 쉰 듯한 그 목소리도 역시 슬프다.

ᄀ레(맷돌) 갈아
품팔이하지니
적삼 앞이 다 닳아진다.
방아 찧어

얻어먹으려 하니
치마 앞이 다 해어진다.
좁쌀만큼 살 도리 있으면
남의 품팔일
사람이 하랴

노래는 가사부터 서럽고 외로웠다.　　　．

맷돌 자루를 위아래서 잡고 할머니가 밀어내면 며느리는 잡아당기면서 받았다.

요 집 맷돌
확 없는 맷돌
둘러가민 확이 나온다

노래는 본디 가사가 있는 것이 아니었다. 이야기로 할 것도 가락을 붙이면 노래가 되었다. 그는 고부간에 부르는 노래를 귀 기울여 들으며, 삼매경의 이들 작업장면을 지켜보았다.

한 번 돌리고 두 번 돌릴 때마다 맷돌 주위에는 바수어진 메밀 알맹이가 크고 작은 산을 이루어 갔다. 산은 둥근 맷돌 밑동을 의지하고 높아지다가 한껏 높아져서는 그대로 무너져 내렸다. 세상사 영고성쇠란 도처에 있었다. 그는 지그시 눈을 감았다. 감은 눈 두께가 파르락거리며 잘 감겨지지 않았다. 그런 속에 그녀들의 작업은 이제 절정을 이뤄가고 있었다.

자잘한 좁쌀 양식을 싸서

조선팔도 다 돌며 보라
나만큼 전생 궂은 이 있더냐
궂으니까 내 이리 울지
좋았으면 내 왜 울리

　아낙네들의 민요를 훔쳐 듣고 있자니 가슴속에 을큰하게 눈물이 고여왔다.

　석파(石坡) 이하응(李昰應)의 새해 문안편지를 가지고 재문(再文)이가 도착한 것은 그날 저녁 때였다. 편지를 받고 그는 부들부들 손을 떨며 봉함을 떼었다. 종실인 석파는 영조(英祖)에게 현손(玄孫)이 되고, 추사는 영조의 외현손이었으므로 따지고 보면 그들은 팔촌간인 데다 추사는 꽤 연상이었다. 그러나 그들이 가까이 느끼는 것은 이런 인척 관념 때문만은 아니었다. 석파는 추사의 권유로 난을 치기 시작했으며, 이제 대단한 경지에 이르러 있었다. 그는 성격답지 않게 여리고 개성 있는 난을 칠 줄 알았다. 추사도 그에게만은 특별한 관심으로 지도를 하였고 그 난법의 진전에 늘 놀라움을 품고 있었다.
　이런 이심전심이 석파로 하여 해마다 유배소에 하례편지를 보내오게 하는지도 몰랐다. 편지의 내용은 간단하고 가식이 없었다. 필경 그의 인상을 닮아 있었다.

　다시 한 해가 흘러 어느덧 새해가 되었습니다. 절해 배소에서 새해를 맞는 느낌은 유별나시겠지요.
　이 아우는 신령님의 도움으로 오래 앓던 병도 다 낫고 몸조리와 난 치는 일에 정진하고 있습니다. 요즘 와서 학문의 길이란 더욱 어렵고 아득하다는 걸 깨닫고 있습니다. 가르치심을 저버리지 않고 다만 겸허한 마음으로 정성을 다하여 되풀이할 따름입니다.

생각 같아서는 새처럼 한 번 날아가 얼굴이라도 뵙고자 하나 능력 미치지 못함이 한스러울 뿐입니다. 쉬지 않고 노력하고 있사오니 옥체 보중하옵소서.

그 동안 그려본 〈난공침(蘭貢枕)〉을 보내 드리오니 고람하시고 질책 주옵소서. 총총 이만 줄입니다.

석파 상서

추사는 이 편지를 읽고 또 읽었다. 행간에 숨겨진 의미가 있는 것 같은데 그걸 캐낼 수가 없었다. 몇 겹 땅 속 저 밑에 아련한 것이 움츠려 있는 듯했다.

그는 지체하지 않고 붓을 들어 회답을 쓰기 시작했다.

신년의 편지가 지난해보다 더 기쁨을 주니, 새해가 기쁨이 되는 결과인가요. 기쁨이 해로써 이루어지기 때문인가요. 다시 오직 귀하신 몸 끝없이 신령의 도움을 받으신다 하시니, 오랜 병환이 쾌차하시고 새해 복이 냇물처럼 이르실 것이며, 문자의 상서로움이 그에 따라서 점점 불어날 것이니 엎드려 이마를 조아리며 칭송을 드립니다. 이 친척형이 구차스럽게 남은 목숨을 지탱하여 동해에 빠져 죽은 염제(炎帝)의 딸이 원금(寃禽)이란 새가 되어 나무와 돌을 물어 날라 동해 메우듯 하기를 또 일 년 하였습니다. 이 무슨 사람이 이렇습니까. 몰골 보아도 역시 추하기만 합니다.

보여주신 〈난공침〉은 사이사이에 그렇듯 뛰어난 필력이 문

채(文彩)를 발하시니 육기(六氣 ; 陰·陽·風·雨·晦·明)가 젖어드는 것이 손끝에 보이지 않으나 봄바람이 남산을 좇아서 곱게 불어오듯 하여 며칠 안 가서 모든 병통을 고칠 수 있을 것 같습니다. 축하와 존경을 보내드립니다. 남은 이야기는 눈 맞은 벼루가 얼어붙어서 다 갖춰 쓰지 못하겠습니다.

밤이 깊었는데도 아직 둥지를 못 찾은 겨울새가 성급하게 홰를 치며 날아가는 소리가 두꺼운 처마 끝에서 들려왔다.

입춘 전날, 입춘 굿놀이는 동헌 마당에서 벌어졌다. 입춘이라고는 하나 아직 진눈깨비가 측측 흩날리는 날씨인데 놀이꾼들은 땀을 뻘뻘 흘리며 춤을 추고 있었다. 쟁기를 진 목우(木牛)가 마당 한가운데 세워졌고 예복에 관을 갖춘 호장이 위엄을 부리며 목우를 끌어가는데 그 앞에서는 탈을 쓴 광대와 악기를 갖춘 사내들이 북과 장고를 두드리며 덩실덩실 춤을 추었다.

　　덩덩 덩더쿵, 덩덩 덩더쿵.

악기소리는 단조로웠으나 흥을 돋구기에는 족했다.
탈을 쓴 기장대, 엇광대, 빗광대, 초란이, 갈채광대, 할미광대, 그리고 기생들은 북소리에 맞춰서 신이 났다.
세상 난데없던 북소리에 성안 사람들이 어른아이 할 것 없이 다 털려 와서 마당 주위, 돌담, 지붕 위, 나뭇가지 할 것 없이 허옇게 덮씌웠다.
주사도 철이의 부축을 받으며 이들 사이에 끼여 있었다. 그

옆에는 장죽을 문 강도순도 뒷짐을 지고 서 있었다.

"시절이 괜찮았던 때에는 해마다 치러오던 행사이온데 몇 년을 걸렀습니다."

그는 장죽을 입에서 떼고 후우 연기를 내뿜었다.

놀이꾼들은 동헌 마당에서 한판 신나게 놀고 나서는 객사 쪽으로 갔다. 탈을 쓴 광대들은 저마다 독특한 몸짓으로 사람을 웃기는데 털모자를 쓰고 사냥총을 가진 초란이는 아이들이 서 있는 데로 가서 툭툭 총부리를 들이대어 아이들을 울려놓고는 행렬의 뒤에 따라붙었다. 행렬을 따라 구경꾼들이 쫓아가고, 굿패거리가 객사를 돌아오는 사이에 흥은 절정에 이르러 있었다.

그러자 목우를 마당 한가운데 세워놓고 의자에 버티고 앉은 호장이 짐짓 위엄 있는 목청으로 심방들에게 호령했다.

"우리 모두가 그렇거니와 내 심히 금년 흉풍이 궁금하니 너희들은 이 길로 민가에 흩어져 오곡의 씨앗들을 얻어 오너라. 내 그것으로 금년 농사를 점치리라."

"예에이!"

광대와 심방들은 함께 소리를 지르고, 대답이 끝나자 심방들은 사람 울타리를 헤치고 거리로 나갔다. 그리고 탈춤꾼들과 기생들의 마당을 돌며 춤을 추는 동안 그들은 어디서 얻었는지 종이로 바른 구럭에 조, 보리, 콩 등 각종 씨앗들을 한 됫박씩 얻어 가지고 왔다. 호장은 덩실덩실 어깨춤을 추며 그것들을 받아서 벌여진 상 위에 차례로 놓았다. 그리고 그 중 몇 알갱이를 집어내더니 거기서 여문 것과 쭉정이를 따로 골라내는 것이었다.

"자, 조 농사는 풍년이여! 열 중 여덟이 여문 알이로구나.

얼씨구. 자, 조 풍년을 위해서 춤을 춥시다 ! "

덩덩 덩더쿵, 북소리는 다시 울렸다.

호장은 두 번째로 보리 알갱이를 집어서 다시 알곡과 쭉정이를 골라내었다.

"얼씨구. 보리는 더 풍년이구나 ! 열 개 중 아홉이 여문 알이네 ! 춤, 엇쑤 춤이여 ! "

덩덩 덩더쿵, 다시 춤은 벌어졌다. 그는 이렇게 오곡을 모두 같은 식으로 흉풍을 점쳤다. 오곡의 흉풍을 점치고 난 호장은 이번에는 목우에 쟁기를 메워 밭을 갈기 시작했다. 허리띠를 늦추어 배꼽을 내놓고 아랫배로 쟁기 꼭지를 눌러 쩌쩌쩌쩌, 밭을 갈기 시작했다. 그 과장된 몸짓이 우스워서 모여선 사람들이 까르르 웃었다.

빨간 가면을 쓰고 흰 수염을 길게 늘어뜨린 농부가 씨부게(씨앗 망태기)에 오곡의 씨앗을 넣어 가지고 나와서 호장의 뒤를 쫓아가며 씨앗을 뿌렸다. 엄지손가락을 손바닥 안으로 오므리고 획획 씨앗을 뿌렸다. 입꼬리에 비스듬히 문 장죽에서 뻐끔 뻐끔 연기가 솟았다. 부러 허투루 뿌린 씨앗들이 구경꾼들의 꼭두각시까지 날아가 떨어졌다. 콩 알맹이를 얼굴에 맞는 구경꾼들이 에그그그 죽어 가는 소리를 내며 뒤물러섰다.

갑자기 구경꾼들 사이에서 새털 옷을 입고 새로 분장을 한 키 작은 사내가 튀어나오더니 자꾸 흩뿌려놓은 씨앗들을 주워 먹는 시늉을 했다. 새는 모로 앉고, 다시 돌아앉고 하며 조작조작 씨앗들을 주워 먹었다. 이런 동작이 얼마 동안 계속되고 있는데 가죽옷에 가죽모자를 쓴 사냥꾼이 약돌기(제주 고유의 배낭)를 메고 사냥총을 겨냥하고 쫓아오더니 자꾸 새 쏘는 시늉을 했다. 한쪽 눈을 감고 몸을 비스듬히 기울이며 새를 쏘았다. 총소리가 나면 새는 엉덩이를 하늘로 치켜올리며 껑충껑충 뛰어올랐다. 그 시늉이 재미있어서 사람들은 까르르 까르르 웃었다.

거 참 고약하군. 왜 하필이면 씨앗을 뿌려놓았는데 새부터 와서 주워 먹지? 구경하던 추사는 고개를 갸우뚱하였다. 모든 사람들이 웃고 있었지만 그는 웃을 수가 없었다. 섬사람들의 비유가 그로 하여 웃을 수 없게 했다.

동헌 안에서 허연 여자가면을 쓴 두 아낙이 숫제 서로 저고리 고름을 쥔 채 악을 쓰며 나오고, 그 뒤로 흩어진 매무새의 사내도 허둥지둥 따라나왔다.

"이년아! 남의 서방 회쳐 먹은 년! 뭐 헐 짓이 없어 남의 시앗을 드느냐? 이년!"

나이 들어 뵈는 여자가 먼저 젊은 여자의 머리끄덩이를 잡고 마당 가운데로 끌어내며 사설을 읊어댔다.

"네년은 뭐를 잘했다고 날 박접허느냐, 이년! 네년이 잘 했으면 왜 네 서방이 나를 넘봐? 이년아!"

젊은 여자도 결코 만만치가 않았다.

"허헛, 이 사람덜 놈 구차스럽게스리……."

미련스레 생긴 사내는 긴 장죽을 사방 내저으며 어쩔 줄을 몰라했다. 여인들은 그제도 엎치락뒤치락 싸움질을 하고, 그 서슬에 치마끈이 풀어져 치맛자락이 흘러내렸다. 저고리 고름도 풀어져 가슴이 드러났다.

길이 없어 한길을 걷고
　　　물이 없어 한물을 먹고
　　　살챗 보리 거죽째 먹은덜
　　　시앗이야 한 집에 살랴

　본처가 먼저 민요로 사설을 읊었다. 그녀의 목청이 가슴이 서
늘하리 만큼 서글펐다.

　　　물이 없어 한물을 먹고
　　　길이 없어 한길을 걸은덜
　　　속과 셈이야 어디를 갈꼬
　　　시앗님아 강새암 말라
　　　길에 보건 벗으로 알라

　시앗의 대꾸도 제법이었다. 그 목청도 설움에 잠겨 있었다.

　　　편지 왔네 편지 왔네
　　　시앗 죽은 편지 왔네
　　　고기에도 밥이 쓰더니
　　　소금에도 밥이 달다
　　　앞밭에도 묻지 말고
　　　뒷밭에도 묻지 말고
　　　가시덤불에 묻어서는
　　　가시 열매 열리거든
　　　먹도 말고 쓰도 말라

　그러나 본처의 사설은 누그러지지 않았다. 그녀는 마당에 퍼

더버리고 앉아서 짚신으로 바닥을 치며 목을 놓아 통곡하고 있었다.

젊은 여자도 등을 돌리고 얼굴을 묻어 어깨를 들먹이는데 매무새가 흩어진 사내는 두 여자 사이를 왔다갔다하며 어쩔 줄을 몰라하고 있었다. 병신스런 사내의 허둥거림이 재미있어서 구경꾼들은 또 까르르 까르르 웃었다.

앉아 땅을 치며 통곡을 하던 여자가 맨발인 채 일어나 짚신을 들고 춤을 추기 시작하자 젊은 시앗도 언제 그랬더냐 싶게 일어나 덩실덩실 춤을 추기 시작했다. 덤벙이 남편도 장죽을 휘저으며 덩달아 히죽히죽 웃으며 춤을 추었다. 구경하던 사람들 중에서도 나가 어우러져 춤을 추기 시작했다.

동헌 마루에 앉아 구경하던 현감이 내려와 나이든 노인들에게 담배와 술을 권하기 시작했다. 탁배기 몇 사발을 권하는 대로 얻어 마신 현감도 덩실덩실 함께 어우러져 춤을 추었다. 젊은 무당 하나가 가면을 갖다가 현감의 얼굴에 억지로 씌웠다. 얼굴 가려진 현감의 춤은 더욱 신이 났다. 이제 놀이 마당은 한결같은 춤의 물결이 만판 벌어져 있었다.

"눈이 가물거려서 그만 가봐야겠습니다."

추사가 강 훈장에게 말했다. 그에게는 놀이판의 사람들이 환상 속 인물들처럼 가물거렸다.

"이제 태평과 풍요를 비는 절차가 남았습니다만……."

강 훈장은 아쉬워하며 옆 걸음으로 그를 따라왔다. 그들이 한참 언덕을 내려왔을 때도 북과 장고 소리에 섞인 마을 사람들의 훤화는 그들을 따라오고 있었다.

추사체의 완성

소치가 세 번째로 유배지의 추사를 찾아온 것은 유배 8년째인 1847년 봄의 일이었다. 그가 정포(靜浦)의 추사 배소에 다다른 것은 지겨운 봄 햇살이 여광만 남아 있는 저녁 무렵이었다. 그때 추사는 조짚가리 한 옆의 햇볕 바른 양지에 앉아 해바라기를 하고 있었다.

"아니, 어쩔려고, 다시……."

마당에 들어선 그가 다가가 인사를 드리자 눈부신 듯 바라보던 추사는 엉거주춤 일어나며 이 한마디를 뇌까린다. 스승은 언젠가 스스로를 조선의 유머거사(維摩居士)에 비기고, 병거사(病居士)라고 자처한 바 있거니와 그의 안색은 병색이 완연했다. 단소(短小)한 몸은 더욱 마르고, 흰 수염은 바람에 너훌거렸다. 머리카락 없는 민둥머리가 이제 을씨년스러워 뵈고, 빛나던 봉

눈도 많이 그 기운이 죽어 있었다.

그는 문득 이번 걸음에 선생의 초상화를 완성시켜 놓으리라 마음을 먹었다. 그것은 스승을 만나자 벼락같이 달려든 생각이었다.

"옥기(玉器)는 모름지기 먼저 다듬고 갈아야 하며, 진금(眞金)은 수백 번 연마하여 공을 들여야 하리라. 남의 힘을 빌어 하늘의 궁궐에 올라가 고개를 들고 여러 신선들이 대라(大羅)에 오름을 보리라."던 초의선사가 건네준 『심경(心經)』 비전(秘傳) 속의 말이 불현듯 떠올랐다.

수묵(水墨) 두루마기에 대패랭이를 씌우고 붉은 얼굴에 제멋대로 자란 흰 수염을 그리리라.

그는 스승의 가려진 손에 이끌려 난간을 오르며 혼자 마음을 굳혔다.

그는 추사와 대좌하고 앉아서야 그의 표정에서 '방외지인(方外之人)'을 읽었다. 섞인 자리에 들어도 섞이지 않는 사람들 ― 그는 이미 초의와 백파, 이들의 사귐이 방외청교(方外淸交)임을 마음속으로 느끼고 있었던 터였다.

추사는 천천히 차를 내어 와 그와 대작을 했다. 오랜 시간 바다를 건너오며 시달리고 입안이 텁텁해서인지 그 향취가 유독 더했다.

그는 그렇게 앉아서야 헌종 임금을 알현했을 때의 대화가 떠올랐다.

"김추사의 귀양살이는 어떻던가?"

임금은 스스로도 어쩔 수 없음이 측은한 듯 사방을 둘러보며 물었다. 임금의 은밀한 질문을 받으니까 그도 새삼 주위가 둘러보아졌다.

"그것은 소신이 목격한 바이니 자세히 말씀드릴 수 있습니다. 위리된 집안 방벽에는 도배도 하지 않고 있는데 북쪽 창문 가에 꿇어앉아 정(丁) 자 모양의 좌구에 몸을 의지하고 있습니다. 밤낮으로 마음놓고 편히 자지도 못하고 밤에도 늘 등잔불을 끄지 않고 있습니다. 숨이 경각에 달려 얼마 살지 못할 것으로 생각됩니다."

그의 말에는 약간 과장도 섞여 있었다.

"먹는 것은 어떠한가?"

"생선 등속이 없지 않사오나 비린내가 위를 상하게 하는 것은 싫어합니다. 간혹 멀리 본가에서 반찬을 보내오지만 모두 너무 짜서 오래 두고 비위를 맞출 수는 없습니다."

"무엇을 하며 날을 보내는가?"

"마을 아이들이 서너 명 오면 글씨를 가르쳐 줍니다. 만일 이런 것도 없다면 너무 적막하여 견디지 못할 것입니다."

듣고 있던 헌종은 고개만 끄덕였다. 그는 속이 달았지만 어느 앞이라 어쩨 볼 도리도 없었다.

그는 그때 왕이 거처하던 낙선재(樂善齋)에서 '향천연경루(香泉硏經樓)', '유재(留齋)' 등의 현판을 보았다. 그것은 추사가 제주에서 써보낸 것을 각하여 붙인 것이었다. 역시 그 현판들은 월등하게 격이 돋보였다.

그는 임금을 알현했던 자초지종을 스승님께 아뢸 것인가, 말 것인가 망설였다. 그리고 결국 그 말을 꿀꺽 안으로 삼켰다.

"으음."

추사는 앉아 있다가 가끔 깊은 한숨을 쉬었다. 좌수(坐睡)에 빠져 있다가도 깊은 신음을 하였다. 가끔은 목안에서 끓는 소리 도 들려왔다.

그런데도 벽을 둘러보니까 설봉도인(雪峰道人)이 지두(指頭) 로 그린 달마상(達摩像)이 태평스레 내려다보고 있었다.

"사부님……제가 사부님의 해천일립상(海天一笠像)을 그려볼 까 하옵니다."

그가 몇 번이나 입 속에서 굴리던 말을 내뱉었다. 순간, 스승 의 입가에 경련 비슷한 웃음이 스쳐갔다.

"그려보아……네 이 꼴을 그려서는 어쩔려구?"

말끝에 그는 몇 번이나 기침을 하였다. 그 가슴에 해소 끓는 소리가 더 심해져 있었다.

그는 문득 소동파(蘇東坡)를 떠올렸다. 「적벽부(赤壁賦)」의 구 절도 떠올랐다. 동파와 추사 ─ 그 안에 이 두 개의 의미가 한 데 어우러졌다.

이튿날부터 〈완당선생해천일립상(阮堂先生海天一笠像)〉을 그 리는 작업이 시작되었다. 그런데 어려운 일이었다. 스승의 얼굴 에서 짙게 깔린 절망의 그림자를 걷어내는 일은 보통 어려운 일이 아니었다. 그는 스승 앞에서 화선지를 걷어낼 때마다 죄스 럽고 황송하였다.

그가 마침내 마음에 드는 스승의 상을 그려냈을 때 그는 완전히 탈진해 있었다. 목에 조갈증이 오고 온 몸이 짚북더기처럼 지쳐 있었다.

그는 그만 붓을 놓고 스승의 얼굴을 쳐다보았다. 다 그린 그림을 벽에 붙였을 때 스승이 게슴츠레 눈을 쳐들어 벽 속의 그림을 보았다.

"너무 곱게 되었어……."

고개가 살레살레 돌아가고, 경련 같은 미소가 입가를 스쳤다.

추사는 아침저녁 산바라기를 하였다.

거칠고 모나고 낙타 등 같은 단산, 그 뒷배경으로 바가지를 엎어놓은 듯한 산방산 — 그것들을 바라보는 것은 그에게 유일한 위안이었다. 더구나 단산의 한 굽이는 영락없이 전서의 '山' 자를 닮아 있었다.

"묘하게 생겼단 말이야……."

그는 혼자 속으로 중얼거리고는 방으로 들어와서 서안 앞에 앉았다. 그리고 붓을 들어서는 붓 대는 대로 섰다. '계산무진(溪山無盡)' '산해숭시(山海崇深)'의 '山' 자는 모두 그 영향을 입어 이뤄진 글자였다.

"스승님, 저 왔습니다."

창 밖에서 젊은 목소리가 났다. 그 목소리의 주인이 난간 위로 올라섰다. 이시형이었다.

"아, 들어오시게."

추사는 그를 만날 때마다 섬 젊은이들의 열망과 좌절을 엿보는 듯했다. 그의 시선은 언제나 열망으로 형형한데 그 빛은 이내 좌절하곤 했다.

"아무래도 저는 이 섬을 떠나야 할까 봅니다."

이것은 그가 몇 번째 내놓은 말이었다.

추사의 입에서 먼저 한숨이 새어나왔다. 재주가 뛰어나고 뜻이 큰 젊은이들의 월안치를 보고 있었다.

"늘 따라다니는 수평선, 늘 등뒤에 있는 산 그림자가 가슴을 짓눌러 놓습니다."

이것은 언젠가 이시형이 그에게 한 말이었다. 감수성이 예민한 그에게 이런 느낌은 과장된 것만은 아닐 터였다. 추사는 그의 기골과 눈빛을 봤다. 그는 아직 견문이 짧고 학문의 깊이는 없으나, 갈고 닦으면 인물이 될 소지가 충분했다.

이시형의 얼굴 위에 다른 몇 젊은이들의 얼굴이 겹쳐 떠올랐다. 김구오, 박계첨…… 저마다 가슴이 넓고 장점들이 있는 젊은이들이었다. 그러나 그들 얼굴 위에는 항상 망설임과 이내 같은 어두운 그림자가 어른거리고 있었다.

"주선만 해 주시면 아무 일이나 제가 할 수 있는 일은 힘껏 하겠습니다."

추사는 자신의 처지를 되돌아보았다. 박살난 집안도 미뤄 짐작할 수 있었다. 그러나 그는 젊은이 하나의 뜻을 다소라도 키워주고 싶었다. 그것은 어떤 의미에서 그 혼자의 뜻이 아니라 이 섬 전체 젊은이들의 뜻일 수도 있었다. 새장의 새를 날리듯 이들을 푸는 일은 중요하다는 생각을 했다.

그는 한편 양자인 상무의 심지와 지혜도 시험해보고 싶었다.

"자네의 뜻이 정 그러니, 내가 있을 만한 데를 소개하지. 준비를 서두르도록 하게."

"그게 정말입니까?"

젊은이의 얼굴에 화색이 돌다가 이내 다시 습관화되니 그늘에 뒤덮여버렸다.

"해보는 거지. 뜻이 있으면 길은 열리는 법이야……."

젊은이는 무릎을 들었다놓았다 안절부절못했다. 그의 형형한 시선이 벽가에 쌓여 있는 해묵은 책들에게로 향해지고 그 시선이 기대로 더욱 붉어졌다.

시형이 들뜬 걸음으로 돌아가고 추사는 붓을 들어 상무에게 편지를 썼다.

> 여기 이시형이란 사람은 나이가 젊고 재주가 뛰어난데, 결단코 학문을 하고자 하니, 그 뜻이 자못 예리하여 막을 수 없으므로 올려 보낸다. 함께 공부하여 보도록 하여라. 비록 그 견문은 넓지 않다 하나 만약 갈고 닦게 한다면 족히 이곳의 책을 읽지 않은 사람들에게서는 뛰어날 수 있을 것이다.
> 그가 가는 것은 배를 타고 가야 하므로 늦을 것 같다…….

그 봄, 젊은이는 편지 한 장을 들고 물마루를 넘었다.

추사는 요즘 들어 꿈이 잦았다. 앉아서 자면서도 꿈을 꾸었다. 그런 중에 자꾸 꿈은 어린 시절 월성위궁에서 자랄 때의 추억과 아버지에 관한 꿈이었다.

월성위궁의 뜰에는 성성한 백송 한 그루가 서 있었다. 어른 키 하나쯤 위로 자라 서 있었다. 가지를 뻗기 시작한 이 소나무는 일년 내내 싱싱한 빛깔이었다. 그 빛깔은 주변의 묵은 기와

지붕과 잘 조화를 이루고 있기도 했다.

"이 나무는 영조대왕께서 네 증조부님께 내리신 나무니라. 영조대왕께서는 사위로 삼은 네 증조부님께 백송처럼 오래 살고 독야청청하라고 이 나무를 선물하신 거야."

그는 그런 아버지의 손이 참 따듯하고 부드럽다고 느꼈다. 그의 집에는 부족한 게 없었으며, 나쁜 짓만 제외하고는 모든 걸 하고 싶은 대로 할 수 있었다. 그가 뜰에서 뛰놀 때 아버지는 사랑에서 책을 읽거나 글씨를 쓰다가 지그시 내려다보고 있곤 했다. 그의 지긋한 미소 속에는 한없는 기대와 자신이 차 있었다.

어느 날, 아버지는 그를 불러서 무릎에 앉히더니 벽에 붙어 있는 '직도이행(直道以行)' 네 글자의 액자를 가리켰다.

"너, 저 뜻이 뭔지 알겠느냐"

"예, 직도이행. 바른 도리로 행하랍시는 뜻이옵니다."

"옳지, 잘 아는구나. 그러면 바른 도리란 무얼 뜻하느냐?"

아버지는 얼추얼추 어린 아들의 엉덩이를 추슬렀다.

"예, 바른 도리란 사람이 사람답게 사는 도리를 말합니다. 손해가 가더라도 옳은 사람의 편에 서고, 설사 큰 이익이 있더라도 편협한 사람들과 작당을 해서는 안 되는 것이옵니다."

"그래 아주 잘 맞추는구나. 네가 정 그럴 수 있겠느냐?"

그는 이번엔 입으로 대답치 않고 고개를 끄덕였다. 아버지의 큰 손이 그의 볼을 우악스럽게 싸안아 흔들었다.

추사의 시선이 아버지의 서안 위로 갔다. 서안 위에는 아버지의 필체로 쓴 『유당집(酉堂集)』과 『화운초(華雲草)』 여러 권이

가지런히 놓여 있었다.

그는 또 관례(冠禮)를 행하던 날의 일들을 꿈꾸었다. 일가 친척, 부모의 친구들이 몰려와서 밝은 표정으로 갖은 축하를 해줬었다. 모두들 큰 어른이 되고 오래오래 살라고 빌어 주었다. 틀림없이 훌륭한 큰 어른이 될 것이라고 기대들을 걸고 있었다. 이런 축복의 절차가 끝났을 때 그는 아버지 앞에 꿇어앉았다.

"예절을 갖추어 좋은 날에 너의 자(字)를 밝게 고하니 자는 심히 아름답도다. 준수한 선비에게 마땅한 자이니 마땅히 받으리라. 이 자를 길이 보전하여라. 네 자는 '백양(伯養)'이니라."

추사가 일어나 큰절을 하였다.

"정희 비록 불만하오나, 감히 아침저녁으로 삼가 받들겠사옵니다."

호화판 원색지에 적힌 찬란한 축복의 글이 그에게 내려졌다. 또박또박 쓴 분명한 해서, 그 글자들이 맑은 머리에 와서 박혔다. 이제 축복의 글자들이 선히 떠오른다. 그런데 그때 누가 물사발을 엎질렀다. 사발의 물은 사랑 마루에 번지면서 핏빛으로 변하였다. 이럴 수가? 사람들이 모두 놀라서 뒤물러섰다.

그는 그만 부르륵 몸을 떨었다. 추억의 색깔이 화려하면 화려한 만큼 절망의 빛깔도 짙었다. 그는 아버지가 탄핵받고 고금도(古今島)로 유배당한 당시의 일을 떠올렸다. 대사헌 대사간 양사(兩司)가 일어나 권신에게 아부하여 전권을 누렸고, 익종(翼宗)의 가례시에 국혼을 치근덕거려 방해했다는 죄목으로 탄핵

했다. 그들의 입살은 무서웠다. 그 입살은 여러 사람을 옭아놓고 죽었다. 고금도 유배 3년 동안 추사의 집안은 암울했다. 일찍이 겪어보지 않은 어두운 그늘이 짙게 드리워져 있었다.

추사는 이때처럼 권세 다툼의 잔인함과 폐단을 느껴본 적이 없었다. 권력의 허무함, 그 속성도 깨달았다. 그는 이를 갈았다. 아버지에게 이런 억울한 누명을 씌워 내버릴 수는 없었다.

아버지 노경이 귀양간 이듬해, 또 임금 행차가 있던 봄과 가을 두 차례나 꽹과리를 치고 억울함을 호소할 수 있었던 용기는 아버지에게 물린 것이었다. 이런 노력이 효과가 있었던지 고금도에 위리안치된 지 만 3년, 아버지는 방송되었다. 그러나 이제 그에게는 격쟁(擊錚)의 호소마저 해줄 아무도 없었다. 이제 절도 여덟 해 — 되돌아보면 참 잘도 견딘 셈이었다.

그는 이제 모두에게 아주 잊혀져 있는지도 몰랐다. 그런 생각이 두려움으로 덮쳐왔다.

절망이 몰려오면 그는 일어나 서안 앞에 앉았다. 글을 쓰는 순간만은 절망을 잊을 수가 있었기 때문이다. 시선과 손끝에 온 신경을 모두고 글씨를 쓰다 보면 몸 속의 다스리지 못한 절망이 다소나마 사그라졌다.

이제 그에게 글씨 쓰는 일은 구원의 한 수단이었다. 절망이 그의 온 몸을 사로잡으려 할 때, 그의 핏줄 속에 녹슨 철물이 흐르려고 할 때, 그는 억지로 일어나 서안 앞에 앉았다. 그리고 정신을 모아 글씨를 써나갔다. 그 붓끝에서 뻑뻑하고 거센 글자들이 이루어져 갔다. 이른바 추사체는 이렇게 해서 만들어진 글씨였다.

해배(解配)

　양지바른 마당 곁 눌왓에서 아까부터 아이들이 연을 만들고
있었다. 글 읽을 때는 보면 시무룩해 있는 놈들이 제법 신이 나
서 떠들며 장난치는 걸 보니까 추사는 평소 지나치게 잡도리를
한 게 아닌가 후회가 되었다.

　뒤뜰에서 베어 온 시누대를 여러 갈래로 쪼개어서 쪽을 내고
그것들을 다시 잘게 잘라내어서는 무릎에 놓아 얇게 다루었다.
그것들에 다시 헝겊에 싸서 이긴 밥풀을 먹이고 엇맞춘 다음
창호지를 오려서는 붙이는 것이었다. 어떤 놈은 보니까 어디서
구한 것인지 그가 글씨 연습을 하고 버린 화선지를 내다 쓰는
놈도 있었다. 그 거친 획들이 두 개 세 개로 어룽거리며 떠올랐
다. 그들이 만드는 연은 거의가 가오리연이었다. 머리꼭지가 뾰
족하고 양 날개가 돋았으며 꼬리가 달린 가오리연, 이 연을 여
럿이 만드는 건 손이 덜 들기 때문인 듯했다. 그러나 그 중 머

리 큰 아이들은 방패연을 만들고 있었다. 잘 다루어진 대쪽을 네 귀를 맞추어서 자르고 미리 잘라논 창호지를 붙였다. 꼭지에는 붉은 색 둥근 달을 그려서 귀머리장군을 만들고 중동 아래엔 푸른 칠을 해서 청치마를 입혀 놓는 것이었다. 아이들은 미리 마련했던 풀이 쌩쌩하게 들여진 무명실로 연의 네 귀퉁이 갈개발에 벌잇줄을 매었다.

"자, 이만하면 됐지? 어때……어디 귀 가는 데나 없나?"

아이들은 한 발쯤 연실을 풀어서는 바람길을 따라 얼추얼추 날려본 다음 기우는 반대쪽에다 창호지 조각을 잘라 붙였다.

"섣달만 되면 아이들이야 연 날리는 재미로 살지요……."

부석부석 짚 깐 마당을 밟으며 다가오는 소리가 들리더니 강훈장이 말했다.

추사는 그저 미적거려 자리를 옮겨 앉음으로 인사를 대신했다. 강 훈장이 난간 가장자리에 엉덩이를 대고 앉았다.

"바람이 많은 곳이라 연날리기가 대단했던 모양이지요?"

"그런가 어떤가는 몰라도 우리 어린 때부터 연날리기는 성했습니다. 저 '망동산'은 그때부터 연 날리는 동산이어서마씀."

추사는 고개를 끄덕였다. 갇혀 있던 됫박 같은 섬에서 벗어나고픈 심정을 이렇게 끌 수도 있었겠지. 실을 풀면 비록 한 치 섬 밖이라 할지라도 벗어날 수 있었을 테니까.

꺄욱, 까르륵 꺄욱.

어느새 몰려 왔는지 떼까마귀 무리들이 마당 위의 하늘 가득 날고 있었다.

"엇다, 바람까마귀가 많이도 몰려 왔저……저것덜은 어디사

갔다 오는지……."

강 훈장은 떼까마귀들이 선회하는 하늘을 눈부신 듯 쳐다보며 혼잣말처럼 뇌었다. 그도 그 회색빛 하늘을 올려다봤다. 그 연청색 하늘빛에 눈이 부셨다. 그 하늘에 흰 구름 떼가 마냥 흘러가고 있었다. 저것들은 흘러서 어디로 가는고. 그는 참 하염없었다. 그는 그가 여기 와서 지낸 세월을 떠올렸다. 이제 벌써 9년 — 머잖아 강산도 변한다는 10년이 차 오고 있었다. 그는 그 쾨쾨 묵은 지독한 세월이 지겨웠다. 초의, 소치, 강위, 배소 주변을 감돌던 사람들의 얼굴이 떠오르고, 이시형, 박계첨, 김구오……또 저기 멋모르고 떠들며 노는 아이들……이 섬에 와서 맺은 인연들도 떠올랐다.

둘러보면 가시 울타리, 쪽박 만한 마당 위의 하늘, 하릴없이 헤매었던 바닷가 꼬불길, 수평선, 수선과 난초……산방산……그는 그만 눈을 감아버렸다.

이제 서울에는 아무도 나를 기억하는 사람이 없을 거야. 아무도 이 늙은이가 땅 끝 초가 처마 밑에 넋을 놓고 앉아 있는 걸 모를 것이다. 그리고 나는 이렇게 사그라져 갈 것이다.……아아, 이 나를 어찌 하면 좋을꼬? 그의 눈꼬리에 진데처럼 물기가 번지기 시작했다.

떠들며 연을 만들던 아이들이 서너 발 실을 늘여 멀리 위에 연을 띄우며 울래 밖으로 내달아 간다. 그 연꼬리가 멀구슬나무 가지에 걸릴 듯하다가 간신히 벗어났다. 뒤따라가는 아이들이 우워우워 소리를 질렀다. 겨울 추위가 오기 전에 강(講)을 마친 걸 참 잘했다고 그는 생각했다. 아이들을 따라가 연 날리는 거

나 구경할까 하다가 생각을 고쳐 강 훈장 쪽에 목례를 하곤 난
간 위로 올라섰다. 그리고 구들로 들어간 그는 그만 벽을 의지
하고 앉아버렸다. 절망감으로 갑자기 천지가 캄캄하게 그를 덮
어씌워 왔다.

　같은 날, 겹바지저고리에 발감개를 하고 뫼산자 보따리를 등
에 짊어진 젊은이 하나가 새벽참에 과천(果川) 역을 지나쳤다.
그는 바지가랑이에 바람이라도 붙은 듯 빠른 걸음으로 남쪽으
로 난 길을 사뭇 급하게 걷고 있었다. 이미 먼길을 걸어온 듯
쌀쌀한 날씨인데도 코끝에 땀이 송송 돋았고 볼도 붉었다. 그는
가끔 으슥한 곳을 지날 때는 사방을 두릿거리기도 했으나 두려
워하는 빛은 없었다. 오히려 무슨 신나는 일이라도 있는지 콧노
래까지 흥얼흥얼거리며 발길을 재촉하고 있었다. 섣달 중순의
마른 바람이 그가 밟고 지나간 짚신 발자국에서 흙먼지를 풀썩
풀썩 날렸다.
　젊은이의 짚신 발은 조치원을 지나서 대둔산 굽이를 돌아 내
장산 옆을 지나서 과천을 지나친 지 사흘 만에 해남의 어란진
포구에 닿았다. 이 포구가에 닿아서 서성거릴 때 그의 몸에서
팔팔하던 원기는 이미 싹 가셔 있었다. 어란진 포구에서 배가
떠서 한참 멀어졌을 때 발감개를 하고 먼길을 온 사내가 손을
쳐 애타게 배를 부르고 있었다. 그러나 사공들은 그 한 사람의
손님을 위해 회선하지는 않았다. 그리고 그가 제주의 추사 배소
에 닿은 것은 서울을 떠난 지 엿새째, 그 동안의 노독이 젊은이
의 몸에서 모든 진기를 빼버린 다음이었다.

"썩 나서서 바람같이 달리렸다. 한시가 급한 전갈이니라!"

배소의 올래로 들어설 때 젊은이는 자기 주인 석파가 하던 일갈을 퍼뜩 떠올리고 있었다.

그 시각 추사는 '망동산' 아이들이 연 날리는 데 있었다. 바닷바람을 받은 연들은 부산스럽게 꼬리를 흔들며 저만큼 단산 위에 떠 있었다. 그 연들의 그림자가 순비기덩굴 무더기와 밭담에 걸려 어룽거리고 있었다. 바람결이 고를 때 꼬리를 하늘거리며 평화롭게 날던 연들도 바람이 거세어지면 매인 줄에서 놓여나지 못해 몸부림을 치며 안달을 했다. 산방산에 부딪친 바람이 회오리를 치면 허공에 머리를 처박고 몇 번 감돌다가는 그냥 땅위로 곤두박질치기도 했다.

등뒤에서 해명(海鳴)은 한시도 쉬지 않고 으르렁거렸다. 무슨 거대한 짐승의 혓바닥처럼 날름거리는 파도는 갯벌을 핥고, 갯가의 바위에 부딪쳐 허옇게 부서지며 요동쳤다.

아이들이 그러니까 사면 에워싸인 좁은 공간에서 그 공간을 벗어나고 싶은 욕망으로 연을 띄우는 셈이었다.

추사는 몸부림치는 연이 자기 심사를 대신하는 듯한 생각을 했다. 그래서 안타깝고 답답했다.

"어디 내가 한 번 날려볼까?"

그는 옆의 아이에게서 얼레 하나를 넘겨받을 때부터 스스로의 마음속에 음모를 꾸미고 있었다. 아이는 어렵사리 얼레를 내줬고 그는 그걸 받았다. 얼레를 잡자 팔목에 튼실한 감촉이 느껴졌다.

"야, 우리 선생님이 연을 날린다!"

머리 굵은 놈들은 히죽히죽 웃는데 어린놈들이 좋아라고 함성을 질렀다.

한껏 풀어준 연줄, 그 연줄이 버거워서 포물선처럼 휘었다. 연은 바다 쪽에서 센바람이 불어오자 꼬리를 파드닥거리며 외로 기울었다가 바른쪽으로 기울었다 하며 버팅겼다. 그 파드닥거리는 모습이 놓여나고 싶어서 안달하는 것 같았다. 그래, 이쯤에서 음모를 실행해야지. 그는 얼레 가까이에서 아이들이 눈치채지 않게 가만히 실을 당겨 끊었다.

"늙은이가 노망이지……."

이 소리는 입 속에서 혼자만 듣게 뇌었다.

매인 데서 놓여난 연은 한껏 붙은 바람을 타고 천방지방 산방산 옆구리로 날아갔다. 뒤로 뭉클뭉클 뒷걸음을 치며 사뭇 희한한 몸부림이었다.

"연 나갔저!"

"저 연 잡아라!"

그제야 아이들이 눈치를 채고 드리워진 연줄을 잡으려고 쫓아 내달았다. 그러나 드리워진 연줄은 한 길 한 길 위로 치솟더니 까마득하게 허공으로 떠올라버렸다. 쫓아가던 아이들은 가물가물한 실 끝을 보며 맥없이 땅위에 앉아버렸다. 이제 그의 침침한 눈에는 연도, 실의 끄트머리도 보이지 않았다.

경득이가 이 언덕까지 쫓아온 것은 막 그때였다. 그는 급히 온 듯 얼굴이 붉었다.

"대감마님, 석파 대감님댁에서 사람이 왔습니다!"

그의 음성이 떨리고 있었다. 추사는 가슴이 쿵 내려앉았다. 그의 시야가 가물거리며 천방지축 날아가던 연의 모습이 잡혔다.

"무슨 일이라더냐?"

"지엄한 전갈을 가지고 왔다고만 합니다."

"가자!"

그는 후들후들 떨리는 다리로 그 언덕을 내려왔다. 그리고 어떻게 들길을 걸어 거리를 지나 배소까지 왔는지 기억이 없었다. 내가 왜 이렇게 침착치 못하고 허둥거리지? 자신을 걷잡으려 하는데도 그게 맘대로 되지 않았다.

안 서방이 이미 서안 앞에 초석을 펴놓고 있었다. 거기 짐을 부린 젊은이가 꿇어앉아 읍해 있다가 일어났다.

"오냐, 고생이 많았다."

"……"

젊은이가 서안 위의 봉함을 들어 추사 앞으로 바쳤다. 침침한 눈에도 석파의 솜씨는 글도 난도 보기에 시원스러웠다. 조심스럽게 봉함을 떼는 추사의 손길이 떨리고 있었다. 삽시에 글을 읽어 내려가는 그의 눈동자가 붉게 충혈되어 갔다. 그 눈꼬리께에서 무른 샘에서처럼 허연 물이 솟아 흘러내리고 있었다.

"상감마마!"

드디어 그의 입에서 이 한마디가 터져 나왔다.

"마마!"

"마마!"

안 서방도, 경득이도 구들바닥을 치며 울부짖었다. 젊은 시중꾼도 눈치를 알아채고는 하염없이 눈물을 흘리고 있었다.

이상한 기미를 챘는지 강 훈장과 그 마누라가 건너왔다.

"게메 엊저녁 꿈이 희한하더라니!"

"아이고, 잘 됐저! 잘 됐저!"

강 훈장 입이 헤벌어지고, 그 마누라가 들썩들썩 엉덩춤을 추었다. 검은 구름이 잔뜩 깔렸던 배소에 활짝 햇볕이 드는 순간이었다.

"대감 계시옵니까?"

지나간 악몽 같은 세월이 시야에 자꾸 잡혀서 눈을 감고 앉았는데 밖에서 누가 찾는 소리가 났다. 귓가에서 나는 듯 은근한 소리, 추사는 언젠가 들은 소리다 하는데, 얼핏 간사스런 대정현감의 얼굴이 떠올랐다.

"계시옵니까? 대감님, 저올습니다."

그 은근한 소리가 이번에는 한결 가까운 데서 났다. 이제 목소리의 주인이 누구라는 게 분명해졌다.

"게 누구시오?"

추사가 일어나 문을 발겼다. 쌩 하고 섣달 바람이 마당의 검불을 들썩이고 지나가는데 흔들리는 불빛을 보니까 구부정히 섰는 현감은 손에 뭔가 꾸러미를 들고 있었다.

"아니, 현감께서 어인 일로 이 밤중에."

"헤헤, 지나는 길에……오래 뵙지도 못했구 해서…….."

그는 자기 행동을 정당화시키느라 몸둘 바를 모르고 들고 있는 꾸러미를 올렸다 내렸다 허둥거리고 있었다.

"헤헤, 진진 잘 잡수시는지? 이걸 약간……숙복이옵니다…….."

"그 귀한 걸 현감이나 드시지…….."

"벌써 한 번 찾아 뵙는다는 게 공무 때문에 차일피일……."

그는 허리를 굽실굽실 유연하게 움직였다. 추사에겐 짐작이 가는 데가 있었다. 날개 돋은 방면 소식이 어느새 촉새 같은 현 감의 귀에까지 들린 것이구나, 인심조석변이라지만 얇상한 세 태 인심이 야속했다.

"드시지요. 너무 황공하온 조치이옵니다."

그는 일어나 현감을 맞았다. 현감은 안으로 들어와 앉았으나 몸둘 바를 모르고 안절부절이었다.

"벌써 한 번 찾아 뵙는다는 게 공무 때문에 차일피일……."

그는 이 말을 두 번째 하면서도 '공무 때문에'라는 대목에서 특히 목청을 돋우었다.

"세상일이 다 그렇지요. 저마다 바쁘게 살아가는 게 세상사 아니옵니까? 하물며 현감께서 저 같은 대역죄인을 어떻게……."

"거 무슨 말씀을 그렇게 하십니까? 본인은 한 번도 대감님을 대역죄인이라고 생각한 적이 없사옵니다."

"황공하온 말씀입니다……어쨌거나 덕분에 적소의 생활이 편 안했지요……."

"큰 불편이나 없으셨는지. 소홀했던 점 너그럽게 용서해 주십 시오."

"……."

이렇게 되면 할 말이 없었다. 추사는 허둥거리는 현감의 꼴을 측은하게 내려다보았다.

이날 밤도 추사는 현감에게 차를 내었다. 차를 나누는 동안에 그는 현감의 지나친 저자세와 표변한 태도가 참 불편했다. 불쌍

한 생각도 들었다. 얼마나 당하기만 했으면 사람이 이렇게까지 될까. 그러나 추사는 그의 행동이 이해가 되었다. 그 이해가 더 그의 가슴을 옥죄이게 했다.

"허긴 풍편에 방면 소식을 접했사옵니다……그 동안 공사 때문에 지나치게 소홀하게 해드렸다는 생각이 들어서 면목이 없구먼요."

"그렇지요. 어찌 공사에 매인 몸이 일개 유배인의 사사로운 정에 끌리겠습니까?"

그들은 홀짝거려 차를 마셨으나 누구도 차 맛이 그리 향그럽지 못했다. 벌써 세 번째 차 마시는 자리를 함께 하고도 전혀 차 맛을 모르고 지낸 경우였다. 현감은 거푸 담배를 피웠기 때문에 그가 돌아가고 나자 재떨이에는 덜 탄 담뱃재만 수북이 남아 있었다.

현감의 태도에 비하면 섬사람들의 전송방법은 특이했다. "떠나는 사람의 짐은 본래 안 날라준다."고 속담을 내대면서 그들은 추사가 떠날 준비를 하는데도 겉돌기만 했다. 내심 불편하고 서운하기도 했지만 그게 그네들의 풍속이라니 하긴 도리 없는 일이었다.

막내아우 상희에게

성은이 망극하사, 돌아오게 하시는 큰 은택을 특별히 입게 되니 오직 임금님의 은혜에 감사하고 감사할 뿐이라 이를 다 어떻게 갚을지 모르겠네.

돌아보건대 이 죄가 산같이 쌓인 몸으로 이처럼 하늘 같은 특별한 은혜를 입었으나, 선친의 일이 지금까지 신원되지 못하였으니, 하늘에 외치고 땅을 칠 만큼 서러운 일일세. 비록 산과 바다 같은 은혜를 입고 있다고 하지만 무슨 면목으로 세상에 나서겠으며 사람 축에 끼일 수 있겠는가.

기쁜 소식이 온 것은 지난 섣달 19일이었네. 위에 올리는 일을 그친 뒤에 심부름꾼이 섣달 그믐날 내려와서 계속 둘째 아우와 자네의 여러 글을 받아보았으나 아직 영향을 미칠 만한 한 글자도 없었으므로, 이 마음은 초조하여 미칠 것만 같아서 갓만 만지작거리고 있었네.

이제 새해가 시작되어 벌써 곡일(穀日 ; 음력 정월 초 8일)이 되었는데, 모두 이 새해를 맞이해서는 많은 복과 크게 좋은 일들이 꼭 찾아와야 하겠지. 서울과 시골의 크고 작은 위 아래 여러분들은 모두 안녕하시며, 연로하신 누님과 서모의 연세는 또 하나를 더하셨는데 모두 한결같이 기운이 좋으신가. 먼먼 바다 밖에서 걱정만 치밀 뿐일세.

더욱이 내 병에 이르면 지금 벌써 팔구십 일이 되었고, 또 이제 해가 바뀌었네. 달로 따질 때 조금 나아지지 않은 것은 아니나, 먹은 것이 그대로 삭지도 않고 거듭 비오듯 쏟아져서 매일 두어 사발씩 나오네. 새해 들어서 처음으로 된 죽이나 찐 밥 같은 것을 먹어보기 시작하였으나 먹은 것이 몇 숟갈 되지 못하네. 이와 같이 점차 밀어 나가지만 잘못될지 회복할 수 있을지 어떻게 알 수 있겠나.

두 번째 편지가 온 이후에 있던 곳에 오래 머물러 있을 수가 없어서 서둘러서 돌아갈 차비를 차리었는데, 애들의 정성스럽고 자상한 보살핌과 철규(鐵圭)의 부지런한 주선으로 이레 동안에 10년간 묵은 잡다한 일들을 모두 처리할 수 있었네.

7일에 대정으로부터 출발하여 본주(濟州)로 향하였지. 하룻밤을 제주성 밑의 김리(金吏) 집에서 묵었는데, 연 이틀을 바람 속에 다녔어도 더 몸이 축나지 않은 듯하네.

바닷가에 나와 바람을 기다리는 것은 정말 일정한 계산이 있을 수 없으니 반드시 여러 사람들 말이 다 같은 연후에라야 출범을 할 수 있다네.

오늘밤에는 꼭 바람이 있을 것 같다고 들리기도 하지만 잠시 부는 바람 상태만으로 함부로 말할 수 없으니 곧장 질러 한꺼번에 달려가지 못하는 것이 안타깝기만 하네. 애들이 들어온 이후로 다시 나가는 배가 없었으므로 재문이네들로 하여금 먼저 바닷가에 나가 있도록 하였지만 설이 되어서 돌아오지 않을 수 없었다네. 오늘 저녁 바람이 아직 반드시 있다고 할 수는 없지만 미리 팔룡이로 하여금 가는 배에 함께 타고 가라고 하였는데 어떻게 될지 모르겠네.

10년 동안 안에만 앉아 있다가 이틀을 힘겹게 걸었고 겹쳐서 큰 병이 난 끝이라 정신이 가물거려서 자세하게 알릴 수가 없으므로 대략 여기 몇 자 적어 보내는데, 어느 날 다시 뒷소식을 이어 보낼지 모르겠네. 갖춰 다 쓰지 못하면서…….

해배가 된 후 추사는 마지막으로 막내아우 상희에게 편지를 보냈다. 편지에 쓴 대로 그는 맨 처음 석파의 방면 소식을 받고 긴가민가 어리둥절했었다. 두 번째 소식이 올 때까지 당황하기도 했었다. 그러나 그의 방면 소식은 허황된 것이 아니었다. 마침내 그에게 정식 통보가 왔다. 그러나 그에게 안타까운 것은 부친의 일이 신원되지 못한 것이었다. 소식을 접한 후 추사는 배소를 정리하고 정포(靜浦)를 떠나 제주목으로 왔다. 그리고 배 떠날 날을 기다려 며칠 여기 머물러 있었다.

해 떨어진 캄캄한 밤에 섬으로 왔다가 해 떠오는 찬란한 새벽에 섬을 떠났다. 닻을 거두고, 돛을 달고, 사공이 삿대로 섬을 밀어내자 배는 바다 위에 두둥실 떴다.

철썩 쏴, 철썩……

섬 기슭을 치는 파도가 작은 배를 바다 가운데로 밀어내었다. 올 때는 사방에 금오랑과 아전들이 지키고 서 있었지만 갈 때는 배 위에 아무도 없었다. 미역과 마른 해물을 가지고 쌀과 피륙을 바꿔오려는 소금기 묻은 장사치가 서너 사람, 그리고 팔룡이와 재문이가 타고 있을 뿐이었다. 박계첨, 김구오, 서당의 아이들, 그들이 포구까지 나와서 떠나는 스승 일행을 배웅했다. 목사와 대정현감도 섭섭지 않게 전송해 줬다. 섬이 멀어졌을 때 이물에 앉은 그들은 배가 헤치고 나가는 파도의 이랑만 바라보고 있었다. 추사는 그 반대편 고물에 앉아서 멀어지는 섬과 섬 발에 앉아 있는 작은 마을을 바라보았다. 배웅나왔던 사람들이 서 있던 자리가 비어 있고, 봄 배추밭에 나앉은 노랑나비처럼 가냘픈 햇살이 그 마을의 지붕 위에 내리비치고 있었다. 섬 전체를 안은 듯 큰 산은 해가 떠오는 반대편 자락이 그늘져서 짙은 묵화인 듯 캄캄했다.

그는 마치 이제 큰 꿈을 깨고 일어나 앉은 듯 혼미했다. 아니, 이제부터서야 꿈속으로 드는 듯 겁이 나기도 했다.

섬 발을 지나면서 물 이랑은 폭이 넓어졌다. 배가 흔들리는 것도 그만큼 폭이 넓어졌다. 섬은 자꾸만 멀어지고, 이제 떠오른 해는 온 섬 위에 고루 햇빛을 내리쬐고 있었다. 섬은 햇볕 아래 비로소 잠들어 있었다.

올 때 빠르던 배가 갈 때는 궁글리며 더뎠다. 서너 시간 배질을 한 연후에야 겨우 도끼날을 세워놓은 것 같은 소관탈(小冠脫) 섬 발을 지나게 되었다.

이 섬이 관탈이란 건 올 때 들어 이미 알고 있었다. 맑은 날 섬에서 보면 신기루같이 나타나던 섬, 귀양오는 유배객들의 관문, 유배객들은 여기를 지날 때면 관을 벗는다 했다. 그러나 유배객에게 어디 여기까지 쓰고 올 관이 있었던가. 관을 벗는다면 파립처럼 헐떨어지다 형체만 남은 의식의 관일 터였다.

지내놓고 보니까 섬에 와서 보낸 9년 세월은 그에게 소중한 체험이었다. 썩고, 절망하고……절망하고 떠 흐르고……퇴비 속 같은 썩음이 있기에 거기서 싹트는 소망의 빛이 저리 새로운 것인지도 몰랐다. 묵정밭의 망초 씨앗처럼 대기 속에 멋대로 날아다니고, 무의미한 생존과 번식……그것의 의미를 희미하게나마 알 수 있을 것 같았다.

농부가 소 모는 소리, 해녀들의 휘파람 소리, 깊은 허무를 속에 담은 그 소리들이 뱃전을 따라왔다. 이여 이여, 이여도 허라……고부가 함께 부르던 맷돌노래 소리도 그의 귓가에 쟁쟁하게 따라오며 들렸다.

밟혀도 밟혀도 그 굳은 땅을 뚫고 되솟아나던 향부자 새싹처럼 그 첨침처럼 강인한 생명 의지 — 이것은 그가 섬에 오기까지는 모르던 세계였다. 밭 둔덕에 호미로 베어져 지천으로 널려 있던 수선화 무더기들, 그 향기조차 이제 생각하면 섬과 섬사람들과 한통속이었다. 어두운 산자락에 피어 있을 한 가닥 꽃의 우아한 자태가 그의 시선을 잡고 놓아주지 않았다.

도끼날같이 곧추선 섬이 돛폭으로 가려졌을 때 그는 마음이 경건해졌다. 뭔가 이제 해보고 싶고, 할 수 있을 것 같았다. 녹슨 철물이 흐르는 것 같던 혈관 속에 맑은 바닷물 같은 피가 되돌아와 있었다.

　이렇게 풀림은 가시울을 두른 갇힘이 있음으로써만 의미가 있고, 절망이 크면 소망도 큰 법이다.

　그는 일어나 아득히 멀어진 섬 쪽을 향하여 서서 합장했다. 무슨 말을 하고 싶은데 아무 말도 나오지 않았다. 다만 그는 두 번째 생을 살고, 또 다른 삶을 살기 위하여 다른 세계로 가는 듯한 착각 속에 들었다.

　그리고 어디엔가 한없이 감사했다.

☆ 끝 ☆

추천의 글

김 동 길

　추사 김정희가 이 나라의 땅 끝인 제주 섬에서 아홉 해의 유배생활을 하였다는 것은 세상에 널리 알려진 사실이다.

　그는 권력다툼의 애매한 희생자였다. 이 나라 역사에는 억울한 사람이 부지기수인데, 추사는 억울한 사람 중에도 억울한 사람이었다. 형조판서에 갓 임명된 권돈인(權敦仁)은 추사와는 각별한 사이였다지만, 자신의 출세를 위하여는 옛친구와의 의리도 저버릴 수밖에 없었는지 "네 죄를 네가 알렸다!" 이렇게 외치는 권돈인의 음성은 떨렸다. "내 죄가 무슨 죄인데?" 추사는 마음속으로 뇌까렸을 것이다. "나는 아무 죄도 없는 사람이다!"

　중상과 모략 때문에 희생된 한 시대의 지성인, 그의 유배지가 제주라는 사실에 작가 오성찬(吳成贊)은 큰 관심과 정열을 품었나 보다. 그는 여러 해를 두고 추사의 제주 유배 9년을 추적하였다. 김정희가 되어 함께 절망과 희망 사이를 수없이 내왕하였을 것이다.

회의 · 갈등 · 초조 · 불안, 이런 것들이 인간의 속성이며 더욱이 선비의 속성이었을 것이다. 확고한 것 같지만 흔들리고, 태연한 것 같지만 초조한 것이 선비라는 이름의 인간일지도 모른다.

면벽구년(面壁九年)에 한 스님은 달마(達磨)가 되었다지만, 유배 9년에 김정희는 추사가 된 것이었다.

제주 토박이 작가 오성찬은 이 사실에 감격하여 『세한도』를 썼다. 우리 모두에게 그런 인고(忍苦)의 아홉 해가 꼭 필요하다는 생각이 든다.

1986년 7월 대한Y의 「이달의 도서」에서

추사 김정희 실사소설

● 세한도

| 초판인쇄 | 2001년 4월 20일 |
| 초판발행 | 2001년 5월 1일 |

지 은 이	오성찬
펴 낸 이	한봉숙
편 집 인	김현정
펴 낸 곳	푸른사상사

출판등록	제2-2876호
주 소	100-192 서울시 중구 을지로2가 148-37 삼오빌딩 층
전 화	02) 2268-8706－8707
팩시밀리	02) 2268-8708
이 메 일	prun21c@yahoo.co.kr / prun21c@hanmail.net